Das Buch

Die junge Handelsstadt New York an der amerikanischen Ostküste hat im Jahre 1675 bereits eine wechselvolle Geschichte hinter sich: Seit kurzem gehört das aufstrebende Gemeinwesen wieder zu England. Der rätselhafte Mord am Pferd des englischen Gouverneurs wächst sich deshalb zu einer delikaten Angelegenheit aus, die mit höchstem diplomatischen Geschick behandelt werden muß. Als ehemaliger Sheriff von New York wird Pieter Tonneman von seinem alten Erzrivalen Nicasius De Sille zur diskreten Untersuchung des Falles erpreßt. Pieter, der durch die Heirat mit der um vieles jüngeren jüdischen Heilkundigen Racqel endlich zur Ruhe gekommen ist und sich als Geschäftsmann niedergelassen hat, macht sich widerwillig ans Werk. Doch schon kurze Zeit später geschieht ein zweiter Tiermord und wenig später der erste Mord an einem Menschen. Das Schlimmste: die heilkundige Racqel wird bald zum Ziel dunkler Gerüchte und fanatischer Hetze – und zur Zielscheibe eines Mörders.

Die Autoren

Das Ehepaar Annette und Martin Meyers hat sich als Autorenteam spannender Kriminalromane international längst einen Namen erschrieben. Annette Meyers ist darüber hinaus die Autorin der beliebten Smith-und-Wetzon-Krimis. Annette und Martin Meyers leben in New York.
Von Annette Meyers liegt im Heyne Verlag bereits vor: *Der letzte Vorhang.* Ein Smith-und-Wetzon-Krimi (01/9890).

ANNETTE und MARTIN MEYERS

DER SHERIFF VON NEW YORK

Aus dem Amerikanischen
von Helmut Gerstberger

Deutsche Erstausgabe

WILHELM HEYNE VERLAG
MÜNCHEN

HEYNE ALLGEMEINE REIHE
Nr. 01/10786

Titel der Originalausgabe
THE DUTCHMAN'S DILEMMA

Umwelthinweis:
Das Buch wurde auf
chlor- und säurefreiem Papier gedruckt.

Printed in Germany 1998
Umschlagillustration: Archiv für Kunst und Geschichte/Erich Lessing, Berlin
Umschlaggestaltung: Atelier Ingrid Schütz, München unter
Verwendung eines Gemäldes »Hafen« von Claude Lorrain, 1639
Satz: Pinkuin Satz und Datentechnik, Berlin
Druck und Bindung: Ebner Ulm

ISBN 3-453-14713-8

http://www.heyne.de

Wir widmen dieses Buch unserer Nichte
Barbara Meyers.

In liebevoller Erinnerung

Danksagung

Für ihre Erfahrung und ihre Ratschläge danken wir John Milnes Baker, Annette Botnick, der Auskunftsbibliothekarin am Jewish Theological Seminary, den Bibliothekaren der Local History Division der New York Library sowie den Bibliothekaren der New York Historical Society Library.

Außerdem gilt unser Dank Chris Tomasino und Kate Miciak für ihre stete Unterstützung und ihr Wissen.

Die Kolonie von Manhattan ist mit dem fruchtbarsten Boden von ganz Neuengland gesegnet; ich habe Männer mit Urteilsvermögen und Integrität berichten hören, daß ein Scheffel europäischer Weizen in einem Jahr einen Ertrag von hundert Scheffeln erbracht hat. Andere Handelsgüter sind Felle und dergleichen. New York liegt an der Mündung des breiten Flusses Mohegan und ist aus holländischen Backsteinen alla moderna errichtet, und selbst das geringste Haus besitzt einen Wert von einhundert Pfund. Zur Landseite hin wird es umgeben von einer Mauer ansehnlicher Stärke, und in der Einfahrt zum Fluß liegt eine gut befestigte Insel, von der aus jedes Schiff gesichtet wird, das versuchen sollte, ohne Erlaubnis zu passieren.

Josselyn, An Account of Two Voyages
to New-England, 1674

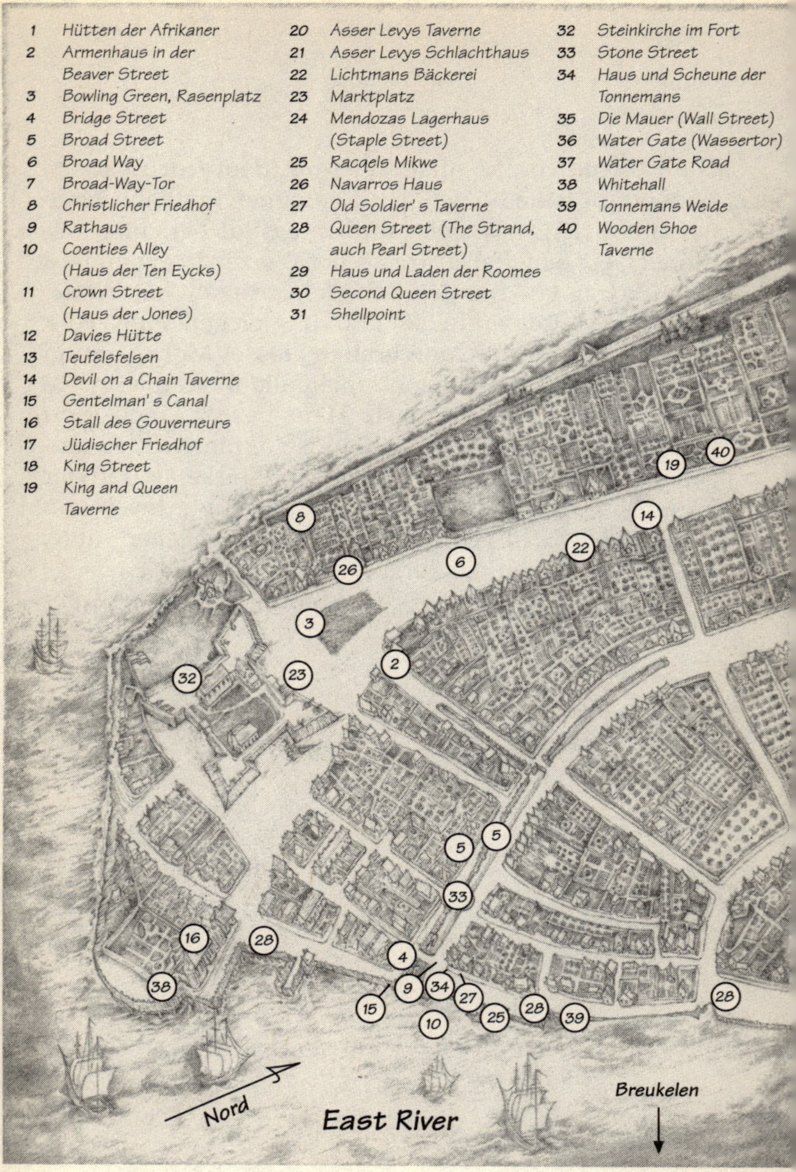
1 Hütten der Afrikaner
2 Armenhaus in der Beaver Street
3 Bowling Green, Rasenplatz
4 Bridge Street
5 Broad Street
6 Broad Way
7 Broad-Way-Tor
8 Christlicher Friedhof
9 Rathaus
10 Coenties Alley (Haus der Ten Eycks)
11 Crown Street (Haus der Jones)
12 Davies Hütte
13 Teufelsfelsen
14 Devil on a Chain Taverne
15 Gentelman' s Canal
16 Stall des Gouverneurs
17 Jüdischer Friedhof
18 King Street
19 King and Queen Taverne
20 Asser Levys Taverne
21 Asser Levys Schlachthaus
22 Lichtmans Bäckerei
23 Marktplatz
24 Mendozas Lagerhaus (Staple Street)
25 Racqels Mikwe
26 Navarros Haus
27 Old Soldier' s Taverne
28 Queen Street (The Strand, auch Pearl Street)
29 Haus und Laden der Roomes
30 Second Queen Street
31 Shellpoint
32 Steinkirche im Fort
33 Stone Street
34 Haus und Scheune der Tonnemans
35 Die Mauer (Wall Street)
36 Water Gate (Wassertor)
37 Water Gate Road
38 Whitehall
39 Tonnemans Weide
40 Wooden Shoe Taverne
Nord
East River
Breukelen

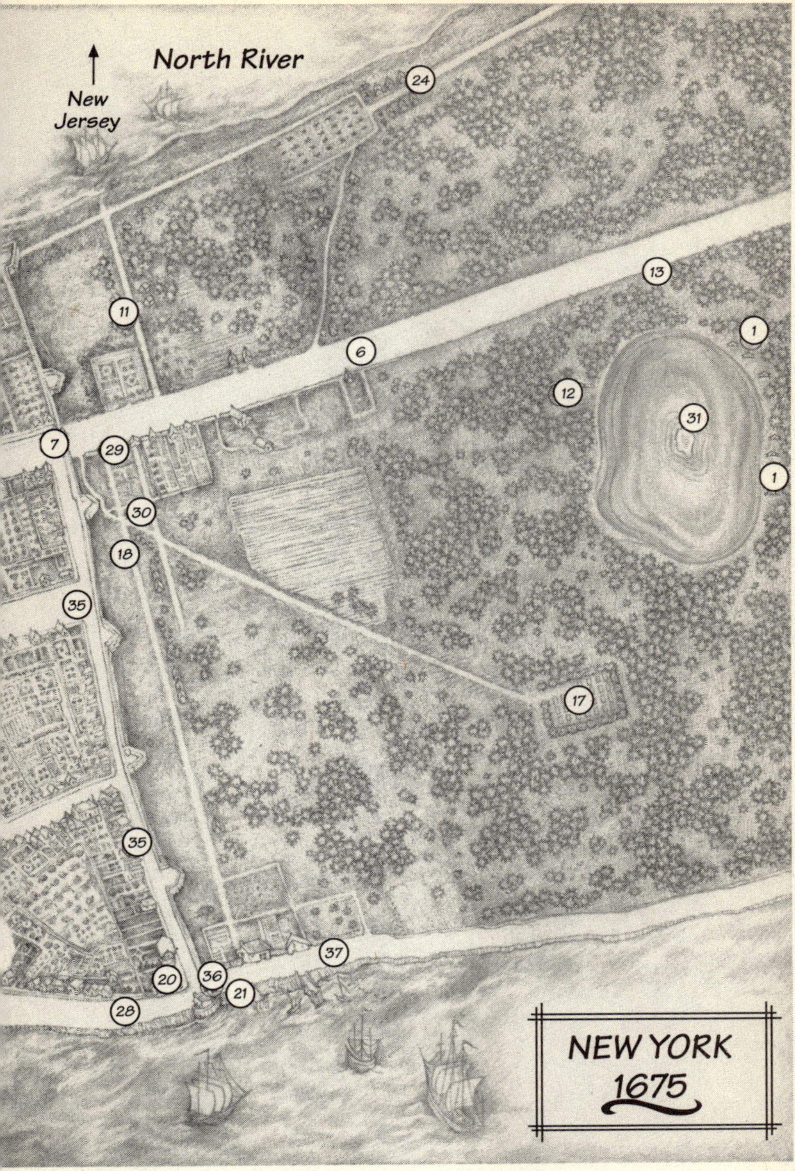
North River
New Jersey
24
13
11
6
1
12
31
7
29
1
30
18
35
17
35
37
20
36
21
28
NEW YORK
1675

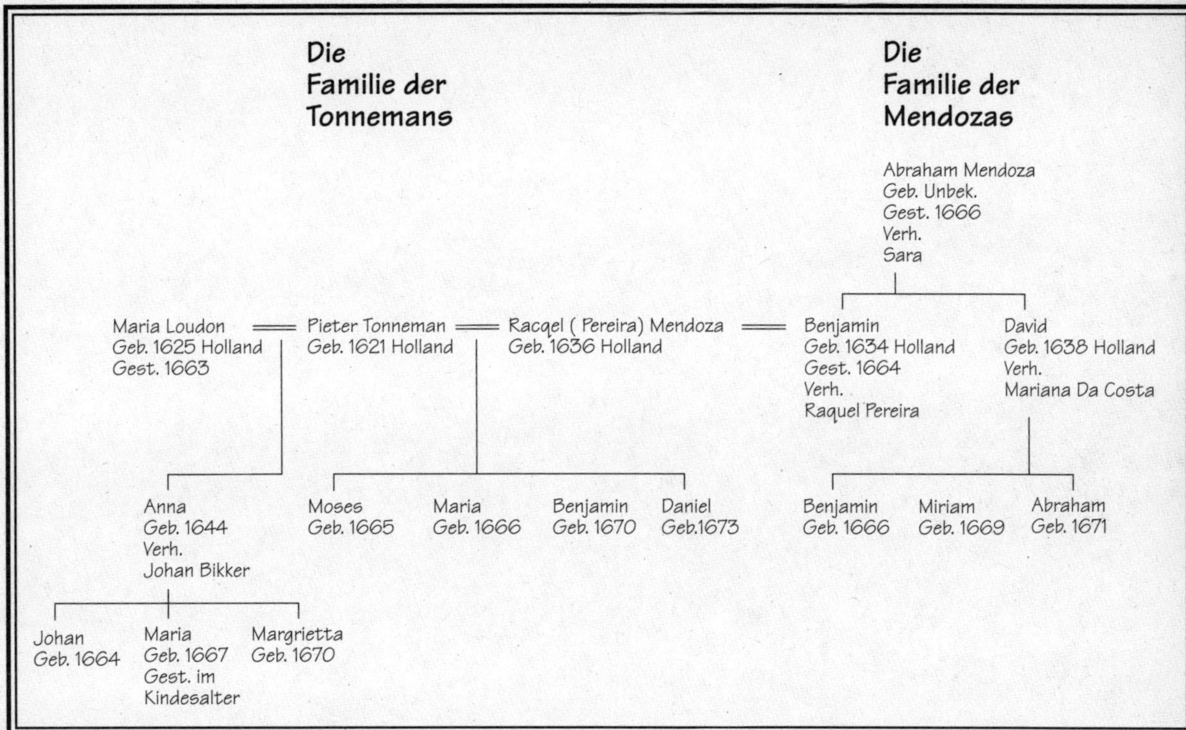
Die Familie der Tonnemans
Die Familie der Mendozas
Abraham Mendoza Geb. Unbek. Gest. 1666 Verh. Sara
Maria Loudon Geb. 1625 Holland Gest. 1663
Pieter Tonneman Geb. 1621 Holland
Racqel (Pereira) Mendoza Geb. 1636 Holland
Benjamin Geb. 1634 Holland Gest. 1664 Verh. Raquel Pereira
David Geb. 1638 Holland Verh. Mariana Da Costa
Anna Geb. 1644 Verh. Johan Bikker
Moses Geb. 1665
Maria Geb. 1666
Benjamin Geb. 1670
Daniel Geb.1673
Benjamin Geb. 1666
Miriam Geb. 1669
Abraham Geb. 1671
Johan Geb. 1664
Maria Geb. 1667 Gest. im Kindesalter
Margrietta Geb. 1670

Prolog

Sonntag, 17. März
Die dunklen Stunden vor der Dämmerung

Das bleiche Licht des Mondes fiel auf die Klinge. Der Sucher hielt das Messer so fest in seiner Faust, daß die Knöchel weiß hervortraten; er fühlte den peinigenden Schein und verdeckte seine Augen vor dem verwitterten Gesicht im Mond, das höhnisch auf ihn herabzugrinsen schien. Als der Mond sich hinter dunklen Wolken versteckte, ließ der Schmerz nach.

Doch der Sucher würde zuletzt lachen, bevor der Morgen dämmerte. Auch ohne Mond war der Weg klar. Die Dunkelheit war ein geliebter Freund.

Wütende Windböen zerrten am Umhang des Suchers, blähten ihn hinter ihm auf wie ein kleines Segel und ließen seinen feinen roten Rock darunter hervorblitzen.

Der Wind trug die Fetzen einer Stimme an sein Ohr. Sie war zu fern, um die Worte zu verstehen, doch der Sucher wußte, es war der Ruf der Schnarrenwache, der ›die fünfte Stunde und alles ruhig‹ verkündete. Die Schnarrenmänner waren die Nachtwachen von New York, das einmal New Orange und davor Neu-Amsterdam und schon immer ein Sodom gewesen war.

Der Ruf der Nachtwache hallte über das schlafende Dorf, gefolgt von anderen Rufen, die antworteten, verzerrt und entstellt, nicht mehr als Geräuschfetzen im böigen Märzwind.

»Sünder!« murmelte der Sucher. Bald schon würden sie die Verdammnis des Höllenfeuers kennenlernen.

Die Nacht war erfüllt von dem beißenden Geruch von Tieren und Dung. Das Messer in der Hand des Suchers hatte einen Augenblick lang gezittert, doch dann zuckte die tödliche Klinge durch die Luft, als sei sie zu eigenem Leben erwacht. Ein prächtiger Hirsch blieb auf einem kleinen Hügel stehen; sein Geweih ragte empor wie der Baum des Lebens. Er hob witternd den Kopf in die Luft, machte alarmiert kehrt und verschwand im Gebüsch.

Die Windmühlen waren nur schwarze Schatten vor dem dunklen Himmel und boten wenig Orientierungshilfe, doch der Sucher brauchte keine. Der Mond kehrte rechtzeitig zurück, um seinen Weg zu erhellen.

Durch die geschlossenen Fensterläden von Arian Cornelisens Breadloaf-Taverne sickerte ein matter Lichtschimmer. Seit Mitternacht war Sonntag. Cornelisen zapfte Bier am Tag des Herrn. Der Sucher schwor, der Tavernenbesitzer würde teuer für dieses Vergehen bezahlen.

Der Weg war klar. Kein Zögern jetzt. Gottes Werk war zu tun.

Oder das des Teufels, wenn es sein mußte.

Die Bäume neigten sich unter dem Zorn des heftigen Windstoßes, der aus dem Nichts kam und die Bowery Road hinabfegte. Gott und der Teufel waren in der Tat zornig. Der Sucher fühlte in sich die warme Glut von Befriedigung. Seine Mission in dieser Nacht war gesegnet. Oder verdammt.

Vor ihm die Stadt und das Water Gate. Beide Tore – das Tor hier am Fluß und das am Broad Way – waren zur Zeit von Sonnenuntergang bis Sonnenaufgang, von sechs Uhr abends bis sechs Uhr früh, geschlossen.

Der Sucher huschte von der Straße in den Wald und kauerte sich auf die kalte Erde. Vorsichtig und geräuschlos bog er einige Zweige zur Seite. Der Wächter am Water Gate hockte auf seinen Absätzen, den Rücken gegen das massive, mit Eisenverstrebungen verstärkte Tor gelehnt, das in den Ostteil der Stadt führte. Sein

Kopf war auf die Brust gesunken, und sein röchelndes Schnarchen sägte durch die aufgewühlte Luft. Die Partisane und das Radschloßgewehr des Wächters lehnten ebenfalls neben ihm an dem breiten Tor.

Der Sucher küßte seine Klinge und streckte sie dann dem Mond entgegen.

Otto Wersten hielt die Laterne ruhig. Es half nicht viel; die Flamme flackerte im Wind und erlosch. Er hätte dankbar sein sollen, daß der Mond schien, doch Otto haßte die hellen Nächte des Vollmonds, die seine Ma die Nächte des Teufels nannte, wenn die Geister der Toten und die Hexen umhergingen. Er war nur dankbar, daß diese Nacht bald vorüber war. Abgesehen davon, daß er ein wenig Licht brauchte, um seinen Weg zu finden, war ihm die tröstliche Dunkelheit lieber. Er sah sehr gut in der Dunkelheit – besser als seine Kameraden. Sie nannten ihn deshalb Katzenauge.

Wie immer hatte Otto um zehn Uhr, ausgerüstet mit seinem Abzeichen, seiner Laterne, seiner Holzschnarre und seinem Stock, den Dienst angetreten, und jetzt freute er sich auf sein Bett. Er stellte die Laterne ab und fischte in dem Beutel, der unter seinem Arm hing, nach der Feldflasche. Dabei stieß er die Rätsche aus seinem breiten Ledergurt. Brummelnd kniete er sich nieder und tastete mit der Hand über den Boden. Die Kälte schnitt beißend durch seine wollenen Handschuhe. Da war sie. Vorsichtig, um keinen Lärm zu machen, schob er die Rätsche an ihren Platz hinter seinem Gürtel zurück. Das fehlte ihm noch, die übrigen Wachen zu alarmieren, wenn er gerade dabei war, sich einen Schluck zu genehmigen. Er nahm einen tiefen Zug von dem Brandy, wobei er, den Kopf weit in den Nacken zurückgelegt, mit einer Hand seine Mütze aus Kaninchenfell festhielt. Das tat gut. Er wischte sich mit dem Ärmel seines abgetragenen grauen Uniformmantels über den

Mund. Der Brandy verströmte eine wohlige Wärme in seinem Bauch. Da es bis zur Dämmerung kaum mehr eine Stunde war und er seine Handschuhe nicht ausziehen wollte, machte sich Otto nicht die Mühe, die Laterne wieder anzuzünden.

Das Messer des Suchers stieß in das Erdreich und brach es auf. Er richtete sich auf und warf links neben dem Kopf der schlafenden Wache Erdbrocken gegen das Tor.

Der Mann stieß einen undeutlichen Fluch aus und sprang auf die Beine, wobei er seine Waffen umstieß. Er tastete in der Dunkelheit nach ihnen und bekam zuerst seinen Spieß zu fassen. »Wer da?« rief er.

Der Sucher miaute wie eine Katze.

Der Wachtposten trat, die Spitze seiner Partisane nach vorn gestreckt, in den Wald. »Ja, Miezekatze. Komm Mieze, komm.«

Der Sucher miaute erneut und lockte den Wachtposten damit tiefer in den Wald. Dann schlich er mit einem Kopfschütteln ob der Dummheit des Mannes in einem Bogen um den Posten herum und schlüpfte in die schlafende Stadt. Niemand, außer einem, bemerkte sein Kommen.

Vor Kälte zitternd, sprach Otto ›Katzenauge‹ Wersten ein rasches Gebet, denn er war ein guter Christ. Er genehmigte sich noch einen Schluck aus der Flasche und verstaute sie dann wieder in seinem Beutel. Es war eine lange Nacht gewesen. Länger als die meisten, wie ihm schien. Er wickelte seinen dicken schottischen Wollschal einmal um seinen Hals und zog die Schutzklappen seiner Mütze über die Ohren.

Ottos Runde führte ihn den Broad Way hinab. Er hielt sein Halbstundenglas in das vermaledeite Mondlicht empor. In der oberen Hälfte war fast kein Sand mehr. Otto räusperte sich. Dann rief er:

»Halb fünf am Morgen und alles ist ruhig!«

Unmittelbar nach seinem Ruf trug der Wind Jan Koppers Ruf von irgendwo drüben am East River zu ihm herüber. Doch Koppers Ruf war langgezogen und mit voll tönender Stimme hinausgeschmettert. Der gute Jan – versuchte immer, ihn auszustechen.

Als er sich dem alten Zuhause von Stuyvesant, dem Great House, näherte, das jetzt von den Beefeaters Whitehall genannt wurde, blieb Otto wie erstarrt stehen.

Ein entsetzlicher Schrei, ein Schrei, wie ihn nur einer von Satans Verdammten ausstoßen konnte, fuhr ihm durch Mark und Bein. Der gellende Schrei ließ seine Knie weich werden, und in seinem Kopf breitete sich eine schwindelerregende Leere aus. Er neigte den Kopf zur Seite und hielt seinen Stock bereit. Von wo war dieses grauenvolle Kreischen gekommen?

Das Große Haus war die Residenz von Nicasius De Sille, dem Obersten Ratsherrn des Governors Edmund Andros. Der Governor selbst kam selten nach Manhattan; er weilte lieber in seinem prachtvollen Haus auf Governor's Island draußen in der Bucht.

Ein Stück abseits des Großen Hauses, am Ende eines Seitenwegs und durch eine Reihe Hartriegelbäume und ein hohes Tor vom Haupthaus getrennt, stand ein neues Gebäude: die Remise des Obersten Ratsherrn.

Otto rannte, seinen Stock in der Faust, den gepflasterten Weg hinab. Das Tor stand weit offen. Vorsichtig näherte sich Otto der Remise. Das entsetzliche Kreischen im Innern des Gebäudes hatte ebenso abrupt aufgehört, wie es begonnen hatte; er hörte das angstvolle Stampfen und Wiehern in Panik geratener Pferde. Jemand oder etwas hämmerte gegen das Tor der Remise. Ein kalter Schauder lief über Ottos Rücken. Gott gebe, daß es kein böser Geist ist! Oder vielleicht sogar der Teufel selbst!

Trotz seiner Angst hielt Otto seinen Stock fest umklammert und stemmte seine Füße breitbeinig in den Boden. Als er die Hand ausstreckte, um vorsichtig einen Flügel des großen Tors aufzuziehen, flogen beide Torflügel auf. Etwas Nasses und Warmes spritzte in Ottos Gesicht. Er wurde zu Boden geworfen, als ein großes Tier an ihm vorbeigaloppierte.

Das Fort von New York, das James-Fort, war weniger als eine Viertelmeile von der Whitehall Street entfernt. Innerhalb des alten Kastells stand die Kapelle. Sie war 1642 erbaut worden und hieß im Volksmund nur die Steinkirche. Sie war das erste Gotteshaus in Neu-Amsterdam gewesen, und seinerzeit hatte die Gemeinde der Niederländischen Reformierten Kirche ihre Gottesdienste in ihr abgehalten. Jetzt wurden in ihr die Gebete der Kirche von England gesprochen.

Schatten huschten über die Steinwände der Kapelle. Reverend Charles Gordon hielt seine Lampe in die Höhe, als er vom Pfarrhaus zur Kirche und dann direkt zur Kanzel strebte. Dies war seine Zeit – die Stunde vor der Morgendämmerung am Sonntag, wenn er als Vorbereitung für den Gottesdienst das persönliche Gespräch mit Gott suchte und sich daran erfreute.

Doch dieser Tag des Herrn begann gar nicht gut. Die Lampe in der ausgestreckten Hand, trat der Pater näher. In dem aufgeschlagenen Gebetbuch auf dem Chorpult lag wie ein Lesezeichen ein blutiges Sakrileg. »Herr im Himmel, bewahre uns!« ächzte Reverend Gordon entsetzt.

Ein Hahn krähte. Ottos Katzenaugen waren mit etwas verklebt, das die aufgehende Sonne auslöschte. Schlamm? Er wischte mit der Hand darüber. Noch bevor er es auf seinem Handschuh sah, wußte er, was es war; der Geruch von warmem Blut würgte ihn, noch während er halb ohnmächtig auf dem kalten Pflaster lag. Er war über und über damit besudelt. Panisches Wiehern gellte durch die Nacht. Otto rappelte sich taumelnd auf die Füße. War das sein Blut? Er tastete mit den Händen über seinen Körper; keine Wunde, kein Schmerz. Das Pferd, das ihn über den Haufen gerannt hatte, hatte ihn mit Blut bespritzt. Er rannte erneut auf die Remise zu, deren Tor jetzt offenstand, und stieß beinahe mit Richard Smythe, dem Stallknecht, zusammen. Drinnen wieherten Pferde.

»Was ist los?« schrie Smythe.

Otto schüttelte heftig den Kopf und bespritzte dadurch auch Smythe mit Blut. Stumm vor Entsetzen deutete er mit seinem Stock in die Richtung, aus der der Blutgestank und das Wiehern der Pferde kam. Er riß seine Rätsche aus dem Gürtel und drehte sie so schnell er konnte in der Luft, um Hilfe angesichts der Scheußlichkeit herbeizurufen, die sie hinter dem offenen Tor erwartete.

Drinnen wieherten schrill zwei in Panik geratene Pferde und schlugen mit ihren Hufen Löcher in die Wände ihrer Boxen. Sie versuchten verzweifelt, dem Geruch des Todes zu entrinnen. Otto und Smythe hatten Mühe, sich auf den Beinen zu halten, denn ihre Stiefel rutschten auf den glitschigen Lachen aus, die den gepflasterten Boden bedeckten. Das Licht des frühen Morgens sickerte durch das offenstehende Tor und enthüllte die entsetzlichen Greuel dort drinnen. »Herr im Himmel!« schrie Smythe auf.

»Amen«, ächzte Otto.

Smythes Hände begannen so heftig zu zittern, daß Otto ihn zurückschob. Mit vorsichtigen Schritten betrat der Wachmann die Remise. Der prachtvolle schwarze Hengst des Governors, ein Geschenk von König Charles, lag mit aufgeschlitztem Bauch in seinem Blut, und seine Eingeweide ergossen sich über das Stroh.

Kapitel 1

Sonntag, 17. März
Früher Morgen

In Gedanken versunken machte Tonneman mit seiner Tasse Kreise auf der zernarbten Tischplatte aus Walnuß. Dieser Schankraum mit seiner horizontal geteilten Schwingtür, der niedrigen Holzbalkendecke und den langen Tischen barg Erinnerungen für ihn. Als die Queen Street noch Pearl Street geheißen hatte, war der Name der Old Soldiers Taverne Hendick's und Joost's Pear Tree gewesen.

Tonneman nahm einen Schluck von seinem Tee, dann einen Zug aus seiner Pfeife. Er trank keinen Schnaps mehr – schon seit elf Jahren nicht mehr. Und selbst wenn ihm der Sinn nach einem Brandy gestanden hätte, hätte er ihn hier nicht bekommen. In New York war an Sonntagen das Trinken von Alkohol verboten und ebenso nach zehn Uhr nachts an jedem anderen Tag. Der einzige offizielle Grund, weshalb die Taverne geöffnet hatte, war der, daß der Bürgerrat sie zur Poststation erklärt hatte, wo der Postreiter nach seinem langen Ritt die Post ablieferte.

Jeder Mann konnte, wenn er Durst hatte, zu Hause auch sonntags ein Bier trinken. Es war das zweite oder dritte, das ihn vom Gebet oder notwendigen Arbeiten abhielt und das gegen Gott und das Schankgesetz verstieß.

Die Erinnerung an damals grub tiefe Falten in die lederne Haut um Tonnemans Augenwinkel: Er war der Schout von Neu-Amsterdam gewesen, und Maria und Hendrick hatten noch gelebt. Jetzt war Maria tot, und Hendrick war tot und Joost ebenfalls. Es kam ihm vor, als sei dies alles vor einer Ewigkeit gewesen. Noch vor den Engländern.

Die Engländer hatten Tonneman als Sheriff behalten. Ein Grinsen huschte über sein Gesicht. Sheriff der New Yorker Kolonie Seiner Majestät. Eine ziemliche Ehre für einen Holländer. Und das war gut so gewesen. Weil er wieder heiraten wollte, hatte er ein regelmäßiges Einkommen dringend gebraucht. Es war inzwischen schon mehr als zehn Jahre her, daß er und Racqel geheiratet hatten, und noch bevor die Trauerzeit für Racqels Mann umgewesen war. Benjamins Bruder, David Mendoza, hatte diesen Verstoß gegen die Konventionen als einen weiteren Grund unter vielen anderen benutzt, Racqel als Ausgestoßene zu brandmarken und gegenüber den anderen Juden zu denunzieren. Ein grimmiges Lächeln spielte um Tonnemans Lippen. Allein daß Racqel einen Christen geheiratet hatte, der sich zudem noch weigerte, zu konvertieren, war sicherlich schon Grund genug gewesen.

Tonneman wäre zufrieden gewesen, wenn Racqel die geblieben wäre, die er kennengelernt hatte: eine unfruchtbare Frau und kinderlose Witwe eines anderen Mannes. Doch dann hatte sie sehr schnell einen Jungen, ein Mädchen und noch einmal zwei Buben bekommen, und Tonneman war plötzlich wieder Vater gewesen – mehrmaliger Vater –, und in sein Leben war mehr Freude und Glück eingekehrt, als er für möglich gehalten hatte.

Mit der Geburt der Jungen war der barbarische jüdische Brauch der Beschneidung zu einem zentralen Thema ihrer Ehe geworden. Trotz seiner Bedenken hatte er sich einverstanden erklärt, daß seine Jungen als Juden erzogen würden. Erst jetzt – nachdem sie durch eine Fehlgeburt vor vier Monaten, während der Aufregungen der zweiten holländischen Herrschaft, als die Stadt vorübergehend New Orange hieß, ihren vierten Sohn verloren hatte – hatte seine Frau sich in den Kopf gesetzt, daß er, Tonneman, ebenfalls Jude werden müsse, damit auch der Tod sie nicht trennen könne.

Er zündete an der Kerze auf dem Tisch von neuem seine Pfeife an. Frauen. Dies war für ihn nichts Neues. In all den Jahren ihrer Ehe war es immer auf dasselbe hinausgelaufen: *Werde Jude. Tu es für mich. Für die Kinder.*

Und Racqels eigene Leute mieden sie, weil sie einen Christen geheiratet hatte; die meisten von ihnen zumindest. In New York lebten mehr Leute als in Neu-Amsterdam: vielleicht dreitausend mittlerweile. Und die kleine jüdische Gemeinde von etwa 35 bis 40 Seelen blühte. Doch selbst jetzt noch verging keine Woche, in der nicht der eine oder andere Racqel mit einer grausamen Bemerkung oder ebensolchem Verhalten vor den Kopf stieß.

Sie hatten christlich geheiratet, in der Niederländischen Reformierten Kirche in der Duke Street, der Steinkirche im Fort, die jetzt englisch war. Racqel hatte die ganze Zeremonie hindurch geweint. Nach der Geburt von Moses im Herbst '65 hatte Tonneman seiner Frau gegenüber den irrsinnigen Schwur geleistet, der ihm über die Jahre hinweg so viel Kummer bereitet hatte, daß er ihren Glauben annehmen würde. Und er hätte es auch getan, wenn er nur ja hätte sagen brauchen. Doch er brachte es einfach nicht fertig, was Racqel von ihm zu tun verlangte. Er war schlichtweg zu dickschädelig, all diese fremdartigen Worte zu lernen oder merkwürdigen Dinge zu tun. Er war einfach außerstande, sich der jüdischen Taufe zu unterziehen. Und am allerwenigsten war er bereit, sich unter das jüdische Messer zu legen.

Trotz all dem hatte Racqel die Kinder im Bewußtsein erzogen, daß sie Juden waren. Doch die meisten Juden der Stadt hatten ihr und ihren Kindern den Rücken gekehrt.

Tonneman seufzte. Davon abgesehen, führten sie zusammen ein gutes Leben. Ihre Liebe füreinander war mit der Zeit noch tiefer geworden, und sein Verlangen nach ihr war ebenso groß wie das ihre nach ihm. Das wußte er.

Nach Moses hatte seine kleine Maria das Licht der Welt erblickt, und dann kamen Benjamin und Daniel. Die Fehlgeburt war traurig gewesen, doch das gehörte zum Leben dazu; seine erste Frau, Maria, hatte viele zu erleiden gehabt. Das Gute war vom Schlechten nicht zu trennen, und alles in allem waren die Tonnemans eine Familie.

Aber Racqel hatte ihre andere Familie verloren, die Gemeinschaft ihrer Glaubensbrüder und -schwestern, und er wußte, welch unendlichen Kummer ihr das bereitete. Manchmal, wenn er den Schmerz in ihren Augen sah, brach es ihm fast das Herz.

Ihre jüdisch-christliche Ehe belastete Tonneman selbst nicht im geringsten. Nach Marias Tod im Jahr '63 – lange bevor er Racqel kennenlernte – war er so gut wie nie in die Kirche gegangen, und jetzt ging er überhaupt nicht mehr. Gott vergebe ihm.

Er und Racqel hatten zunächst darüber gesprochen, in die Niederlande zurückzukehren und ganz von vorne zu beginnen. Die Familie ihres Vaters lebte noch immer dort; viele von ihnen waren Ärzte, wie es auch ihr Vater gewesen war. Vielleicht würde man ihr unter deren Supervision sogar erlauben, das medizinische Wissen, das sie von ihrem Vater erworben hatte, in der Praxis auszuüben. Tonneman war sogar von seinem Posten als Sheriff zurückgetreten, doch dann hatte ihm sein guter Freund Conraet Ten Eyck ein Angebot gemacht.

Also waren er und Racqel geblieben, und sie waren

mittlerweile froh darum. Tonneman, der einstige Seemann und ehemalige Gesetzeshüter, war nun Geschäftsmann und Partner seines Freundes Ten Eyck. Sie hatten so gut wie bei allem die Hände im Spiel, was in dieser Stadt geschah – ob man sie nun Neu-Amsterdam, New Orange oder New York nannte. Wenn eine Straße gepflastert werden mußte, wenn die Brunnen der Stadt gesäubert oder die Stadtmauer ausgebessert werden mußte, was ständig der Fall war, waren sie es, die die Sache in die Hand nahmen.

Ten Eyck und Tonneman waren außerdem auch noch Landaufseher in Diensten der Stadt. Sie inspizierten Zäune und kümmerten sich darum, daß die Straßen in gutem Zustand waren. Es war ihre Aufgabe, dafür zu sorgen, daß die Bürger sich dieser Probleme annahmen. Wenn sie etwas nicht selbst erledigen konnten, übernahmen dies Ten Eyck und Tonneman – gegen eine geringe Vergütung natürlich – oder sie stellten Arbeiter zur Verfügung, die sich um die Probleme kümmerten.

Die Firma nahm auch Wiegegeld ein, und er und Ten Eyck fungierten als Wiegemeister von New York für Äpfel, Zwiebeln und Rüben. Außerdem entschieden sie, welche Häuser abgerissen und abtransportiert werden mußten. Und natürlich übernahmen sie – gegen eine moderate Vergütung selbstverständlich – auch den Abbruch und den Abtransport.

Und als die Zeit kam, Post zuzustellen, waren natürlich Ten Eyck und Tonneman die richtigen Männer für diese Aufgabe. All diese Arbeiten wurden nach einem einfachen Plan bewerkstelligt: Sobald sie einen Job an Land gezogen hatten, stellten die beiden jemanden ein, der die Arbeit machte.

Sie hatten nicht nur überall die Hände im Spiel, sie waren auch Meister in den Dingen, die sie anpackten. Und wenn Tonneman auch nicht zur Kirche ging, so tat Conraet Ten Eyck dies um so eifriger. Dies beschwichtigte den Bürgerrat. Es ließ sich nicht bestreiten – die Firma von Ten Eyck und Tonneman florierte.

Jetzt saß Tonneman in seiner Eigenschaft als Postmeister von New York so früh am Sonntag morgen in der Old Soldiers Tavern und knabberte, hin und wieder von seinem Tee schlürfend, ohne Appetit an einem alten, trockenen Teekuchen herum, anstatt mit seiner Frau und seinen Kindern zu frühstücken. Die Post, die gewöhnlich spätestens am Samstag abend in New York eintraf, hatte Verspätung, und Tonneman wartete auf Jacob de Kees, den Postreiter aus Neuengland, der durch das Tor am Broad Way in die Stadt kommen mußte.

Auch zwei Rotröcke, junge Burschen, die erst vor ein paar Minuten gekommen waren, saßen in der Taverne. Sie hatten sich an dem Tisch gegenüber der geschlossenen Schwingtür niedergelassen und ihre Musketen gegen die Tischplatte gelehnt. Die beiden erweckten den Anschein, als würden sie sich, während sie sich unterhielten, den dünnen Tee in ihren Tassen schmecken lassen, doch sie nippten ständig an ihren nur halbherzig versteckten Feldflaschen. Ihr Lachen wurde zusehends lauter.

Tonneman grinste. Er hatte nicht vergessen, daß Trinken, große Reden führen und lautes Lachen auch einmal ein Teil seiner Natur gewesen war.

»Erzähl das noch mal«, prustete einer der Burschen, der bei irgendeinem Händel oder Scharmützel sein rechtes Ohr verloren hatte und nun dem anderen sein linkes entgegenstreckte, um kein Wort von der Geschichte zu versäumen.

Sein Kumpan, ein Bursche mit gebrochener Nase, holte tief Luft, um das Lachen zu unterdrücken, das ihn schüttelte. »Ich hab's doch schon gesagt. Der Pfaffe ging die Stufen zum Altar hinauf.«

»Und weiter? Was ist dann passiert?« fragte Abgerissenes Ohr begierig. »Erzähl's noch mal. Was hat er dort auf dem Altar gefunden?«

Gebrochene Nase krächzte und schniefte vor Vergnügen. »O weh und ach! Er hat einen Pferdeschwengel in seinem Gebetbuch gefunden!«

Kapitel 2

Sonntag, 17. März
Früher Morgen

»Mister Tonneman, Sir.«

Tonneman fuhr sich mit den Fingern durch sein kurzgeschnittenes sandfarbenes Haar und wandte den Blick von den wiehernden, grobschlächtigen Soldaten ab. Samuel Hopkins, der Waisenjunge, stand neben ihm. Der Junge war nicht viel älter als der junge Moses Tonneman und verdiente seinen Lebensunterhalt mit dem Überbringen von Nachrichten.

Der Junge sah nicht wie ein Gassenjunge aus. Meistenteils waren seine gut gepflegten Kleider Geschenke von Müttern, deren Söhne aus ihnen herausgewachsen waren. Heute trug er eine braune Kniehose, Rock und Mütze, die allesamt überaus präsentabel waren. Das ehemals weiße Hemd paßte allerdings nicht dazu, es mußte dringend gewaschen werden. Der junge Sam wanderte durch die Straßen und bot dabei lauthals seine Dienste an. Für die meisten Aufträge bekam er einen halben Penny oder – wenn er Glück hatte – einen Penny. Der Höhepunkt seiner bisherigen beruflichen Existenz war der Tag gewesen, an dem ihm der Oberste Ratsherr Nicasius De Sille einen Shilling für das Überbringen einer Tasche gegeben hatte.

»Ja, Samuel?« Tonneman fischte einen halben Penny aus seiner Börse und reichte ihn dem Jungen.

Samuel schob eine Locke beiseite, die ihm in die Stirn fiel, und zeigte seine braunen Zähne. Die Worte sprudelten über seine Lippen. »Ihr Mann bei der Post, Jacob de Kees, steht am Broad-Way-Tor, Sir. Sie halten ihn mit der Beschuldigung fest, daß er am Sonntag arbeitet.«

Tonneman sah sich nach der Sandkiste um. Als er sie nirgendwo entdeckte, spuckte er auf den Boden und stemmte sich dann von seinem Stuhl hoch. Der Junge wich ein paar Schritte zurück. Tonneman, der aufrecht in Stiefeln achtzehn Handbreit maß und fünfzehn Stone auf die Waage brachte – das waren 30 Pfund mehr, als er als Schout von Neu-Amsterdam gewogen hatte – war eine furchteinflößende Gestalt. Er warf einen Penny für seinen Tee auf den Tisch, nickte dem jungen Samuel zu und stapfte nach draußen.

Sein Pferd Venus, das dritte mit diesem Namen, hob, als er sich ihm näherte, den Kopf von den vergilbten Stengeln, an denen es graste. Tonneman saß auf und lenkte die braune Stute und ihren Karren den Strand hinab Richtung Wallstreet.

Kurz vor dem Water Gate war auf der anderen Seite der Straße Asser Levys Taverne. Das Schild über dem Eingang zeigte einen Löwen. Der Leiter der jüdischen Gemeinde von Neu-Amsterdam und New York verschloß soeben seine Eingangstür. Als er Tonneman erblickte, erschien ein Lächeln auf Asser Levys Gesicht.

Obwohl der Metzger, der ebenso groß gewachsen war wie Tonneman, gewöhnlich einen sehr kräftigen Eindruck machte, wirkte Levy heute beinahe hager. In der Tat schien der Metzger, dessen Gesicht eingefallen und von Schmerzen gezeichnet war und dessen Kleider wie leere Säcke an seinem Leib herabhingen, gut und gern ein Stone an Gewicht verloren zu haben, seit Tonneman ihn das letztemal gesehen hatte.

Levys kohlschwarze Augen lagen tief in den Höhlen und glänzten wie von irgendeiner Krankheit gezeichnet.

»Guten Morgen, Mister Levy. Habt Ihr ein Bier für mich an einem so schönen Morgen?«

»Ha. Ihr macht Euch lustig über mich, Mister Tonneman. Wir beide wissen, daß Ihr seit Jahren keinen

Schluck mehr davon getrunken habt. Ein Christ mag vielleicht noch mal davonkommen, wenn er an einem Sonntag Bier ausschenkt, aber ein Jude wäre verrückt, sich auf so etwas einzulassen.«

»Ihr seid vieles, Mister Levy, aber verrückt seid Ihr gewiß nicht.«

Der bärtige Mann verneigte sich vor Tonneman.

Tonneman rieb sich die Nase. Jedesmal wenn er Asser Levy begegnete, drängte es ihn, den Mann anzubrüllen, warum sie seine Frau so gemein und abschätzig behandelten, und Levy im nächsten Atemzug anzuflehen, Racqel wieder in ihre Gemeinde aufzunehmen. Doch natürlich tat Tonneman dies nicht.

»Seid Ihr und Eure Familie wohlauf?« fragte Levy.

»Mehr als das. Danke.«

Die beiden Männer betrachteten einander eine Weile wortlos. Dann zog Tonneman die Zügel der Stute herum und ritt nach Westen, weil er den jungen de Kees nicht länger als nötig warten lassen wollte. Erst nach fünf oder sechs Schritten seines Gauls registrierte Tonneman, daß etwas in Levys Verhalten anders gewesen war. Wie die anderen Juden der Stadt auch hatte Levy Tonneman gegenüber noch nie ein Wort darüber verloren, daß er eine Familie hatte. Was ging im Kopf dieses gerissenen Burschen vor? Tonneman drehte sich im Sattel um, doch Levy war nirgendwo mehr zu sehen.

Die Wall Street war nur eine kurze Durchgangsstraße. Bald hatte er den Broad Way erreicht, der sich vom Fort James nach Norden bis weit in die Wälder erstreckte.

Als Tonneman am Broad-Way-Tor anlangte, war er erleichtert zu sehen, daß der Sergeant der Wache sein alter Freund Frank Nesbitt war. Der Cockney war das Abbild eines Soldaten des Königs, obgleich er in Diensten des Herzogs von York stand: Fesch und schneidig wie immer in der Uniform der Musketiere mit dem scharlachroten Rock, der scharlachroten Kniehose und ebensolchen Strümpfen. Die Knöpfe an der Seite seiner Kniehose waren schwarz wie seine Schuhe, zu denen das weiße Hemd mit breitem, einfachem Kragen auf das trefflichste kontrastierte.

Jeder gemeine Soldat der Musketiere, und es gab einhundert von ihnen im Fort James, war mit einer Muskete und einem kurzen Schwert bewaffnet, und alle trugen Helm und Harnisch, einen ärmellosen Wams aus leichtem Metall, der bis zu den Schenkeln hinabreichte. Über beide Schultern und Hüften waren Lederriemen geschlungen, an denen je ein halbes Dutzend Metallfläschchen mit Pulver zum Nachladen ihrer Musketen hing. Am unteren Ende des einen Riemens hing ein lederner Ranzen, am Ende des anderen das Schwert.

Frank Nesbitt hatte zur Vorhut der englischen Soldaten unter dem Kommando von Brick-Hill gehört, als die Engländer '64 Neu-Amsterdam einnahmen. Obwohl Tonneman und Nesbitt einander zum erstenmal begegneten, als beide Männer im jeweils ›anderen Lager‹ gestanden hatten, lernten sie während der gemeinsamen Arbeit in den ersten Jahren der britischen Herrschaft, als aus Neu-Amsterdam New York und Tonneman zum Sheriff ernannt wurde, einander mit Respekt und Achtung zu begegnen.

Und so fiel es Tonneman nicht schwer, mit einem Augenzwinkern und einem Nicken und dem generösen Versprechen von Tabak den jungen Jacob de Kees aus den Fängen der englischen Armee freizukaufen.

Tonneman lud die drei Pakete und den Postsack auf seinen Karren. »Reite nach Hause, Junge«, sagte er zu de Kees, »und leg dich aufs Ohr.«

»Ich muß noch in die Kirche.«

Tonneman klopfte Jacob auf die Schulter. Der Junge sah mitgenommen aus. Es war sein erster Einsatz als Postreiter gewesen, und prompt war Jacob in Connecticut in einen Schneesturm geraten, vor dem er in einer Scheune Zuflucht suchen mußte, wo er fast erfroren wäre.

Dies und die Engländer am Tor wären für jeden Mann genug an Schwierigkeiten gewesen, geschweige denn für einen Jungen.

Nachdem sich Jacob auf den Weg zur Kirche oder ins Bett gemacht hatte, konnte auch Tonneman mit der Post den Heimweg antreten. Pieter Stuyvesant war ein mächtig bigotter Schweinehund gewesen, wenn es um Religion gegangen war, aber den Beefeatern und ihren verdammten Sonntagsgesetzen hätte der Generaldirektor der Holländisch-Westindischen Gesellschaft und Governor von Neu-Amsterdam in dieser Beziehung nicht das Wasser reichen können. In den alten Zeiten, als sie fünfzehnhundert Seelen waren, die auf fünfzehnhundert Fuß zwischen der Pearl Street und der Mauer lebten, war es ganz allein Tonnemans Aufgabe gewesen, zusammen mit seinem Gehilfen Pos den Gesetzen Geltung zu verschaffen und die Ordnung aufrechtzuerhalten. Und die der Nachtwachen.

Jetzt gab es hier Soldaten, einen Sheriff und seine Konstabler und die Nachtwachen, die alle nur darauf warteten, sich auf jeden zu stürzen, der es wagen sollte, am Tag des Herrn zu trinken oder zu arbeiten. Diese Gedanken spukten durch Tonnemans Kopf, während er Venus behutsam, doch schnellen Schrittes am Zügel den Broad Way hinabführte, um in einem weiten Bogen und auf Kosten eines Umwegs wieder dorthin zurückzugelangen, von wo er in der Pearl Street – Entschuldigung – in der Queen Street aufgebrochen war, und zu seinem Haus, das über den East River blickte.

Die Sonne war bereits vor gut zwei Stunden aufgegangen; der Himmel war wolkenlos. Die Stadt bereitete sich auf den Gottesdienst in ihren verschiedenen Gotteshäusern vor. Als er sich dem Fort näherte, fiel ihm wieder ein, was er vorhin in der Taverne gehört hatte, und er spielte mit dem Gedanken, in die Steinkirche zu gehen und sich den Klatsch der Leute anzuhören. Nein – er würde sich da besser raushalten. Er würde noch früh genug alles über den Pastor und seine Sonntagsüberraschung erfahren. Denn New York, wo auf acht Holländer zwei Engländer oder andere Ausländer kamen, war trotz seines neuen Namens und des im Jahr '74 unterzeichneten Vertrags von Westminster in vielen Dingen noch immer so, wie es gewesen war. Und deshalb würde der Tratsch ganz von selbst zu ihm kommen; er brauchte ihn nicht zu suchen. Tonneman grinste. Der Schwengel von einem Pferd im anglikanischen Gebetbuch? Das klang nach einem wenn auch derben Streich von Schuljungen.

Ohne das übliche, alles übertönende Werktagsgelärme war die Luft erfüllt von typisch sonntäglichen Geräuschen. Tonneman waren diese ländlichen Töne weit lieber: Das jubilierende Gezwitscher der Vögel, das Glucken und Krähen von Hühnern und Hähnen in den Höfen und dazwischen hin und wieder das Muhen einer Kuh. Was er weniger mochte, war das zufriedene Grunzen der unglaublich vielen Schweine, die den Bürgern der Stadt allmählich den Platz auf den Straßen streitig machten.

Tonneman bog vom Broad Way in die Stone Street, wo er an der Brauerei von Olaff Stevensen van Cortlandt vorbeikam, die heute natürlich geschlossen war, vor der jedoch an sechs Tagen in der Woche ein heilloses Gedränge von Wagen und Männern herrschte.

Wegen des Staubs, den van Cortlandts Wagen und Pferde aufwirbelten, hatten die Bürger von Neu-Amsterdam gefordert, daß die Straße gepflastert würde. So geschah es auch, und die Straße erhielt ihren neuen Namen. Sie war die erste gepflasterte Straße der Stadt.

Jetzt wirbelten die Wagen zwar weniger Staub in der Stone Street auf, doch dafür machten sie viel mehr Lärm.

Tonneman überquerte eine kleine Brücke und bog dann nach rechts auf den Broad Canal, den zu beiden Seiten die prachtvollen Häuser der reichen Kaufleute der Stadt säumten.

Ein Hauch von Frühling lag in der Luft. Tonnemans Herz schlug schneller – wie immer, wenn er sich seinem Zuhause näherte. Doch er brauchte gar nicht mit den Zügeln zu schnalzen, denn auch Venus hatte es eilig, in ihren Stall zu kommen.

Er hatte das weiße Schindelhaus über einem tiefen Steinkeller errichtet, als er damals mit Maria in die Neue Welt gekommen war. Inzwischen hatte es nur noch wenig Ähnlichkeit mit seinem ursprünglichen Aussehen. Damals war ihm ein Stück Land am Broad Way angeboten worden, doch er hatte sich für das Grundstück am East River entschieden, der mehr Schutz vor den ständig wehenden scharfen Südwestwinden bot als der North River. Natürlich waren Haus und Grundbesitz am Broad Way inzwischen erheblich an Wert gestiegen. Aber damals hatte er keine guten Entscheidungen in Geldangelegenheiten getroffen.

Als Tonnemans neue Familie größer wurde, hatte er zwei Kammern an das Haus angebaut und die große Stube erweitert. Als nächstes hatte er eine richtige Küche in einem eigenen Raum eingerichtet. Vor acht Jahren hatte er das Dach mit rotem Schiefer neu gedeckt, das jetzt in der gleißenden Sonne kupferrot glänzte.

Eine dünne Rauchfahne kräuselte aus dem Kamin des Küchenherds.

Tonneman lenkte den Karren durch die Höfe der anderen Häuser, vorüber an winterlichen Gärten, in denen noch nichts gepflanzt war. Ein fettes Kaninchen blieb mit mümmelndem Maul erschreckt sitzen, drehte seine langen Löffel in Tonnemans Richtung und hoppelte dann durch eines der Seitengäßchen davon.

Er strebte bereits auf die hintere Küchentür zu, als er von der anderen Seite des Hauses ein glückliches Kreischen hörte. Das war unmißverständlich Benjamin, sein zweitältester Junge. Tonneman lächelte. Das fröhliche Geschrei seiner Kinder war für ihn wie ein lockender Sirenengesang. Er ging um das Haus herum und blieb abrupt stehen. Er hatte Besuch: Captain Lodowyk Pos, Beauftragter des Obersten Ratsherrn der Stadt New York.

Kapitel 3

Sonntag, 17. März
Morgen

Die Gestalt auf der Veranda war zum großen Teil von Tonnemans Kindern verdeckt, die auf ihrem adoptierten Onkel ehrenhalber herumkrochen. Dennoch schaffte er es irgendwie, eine Hand zum Gruß zu heben, als Tonneman auftauchte. Die Jahre hatten es gut gemeint mit Pos. Keine Falte hatte sich in die klassischen Züge seines gewinnenden Gesicht gegraben. Nicht der geringste Schimmer von Grau oder Weiß war in seinem schwarzen Haar oder seinem gepflegten Bart auszumachen. Und seine breite Brust wirkte aufgrund seiner kleinen Statur nur um so mächtiger.

»Fort mich euch, Kinder, laßt Onkel Pos in Ruhe«, befahl Tonneman. »Er ist gekommen, um euren Vater zu besuchen.«

»Papi!«

»Es ist Papi!«

Die Kinder ließen von Pos ab und kamen zu ihm gelaufen. Tonneman verstrubbelte zärtlich die drei Wuschelköpfe und drückte jedem von ihnen einen Kuß auf die Stirn. »Sehr schön, sehr schön. Und jetzt holt euch euer Honigbrot und laßt euren Vater und Onkel Pos über Geschäfte reden.« Mit einem Arm hielt Tonneman den Kindern die untere Tür auf und scheuchte sie nach drinnen.

Die beiden Freunde traten einen Schritt zurück, mit einer Hand noch immer den Unterarm des anderen umfassend und vielleicht auch der Zeiten gedenkend, als sie Seite an Seite gearbeitet und getrunken hatten. Als Tonneman Schout von Neu-Amsterdam und später

Sheriff von New York war, war Pos sein Gehilfe gewesen.

»Sprich«, sagte Tonneman. Sie setzten sich auf die Veranda. »Welchem Umstand verdanke ich diesen unerwarteten Besuch?« Pos fand selten Zeit für einen Besuch. Und sicherlich nicht zu dieser frühen Stunde an einem Sonntag. Tonneman wußte, dies war kein Freundschaftsbesuch eines alten Weggefährten.

Pos rieb sich die Nase und sah den Möwen zu, die über dem Hafen ihre Kapriolen schlugen, als suche er nach einer Entschuldigung, nicht sogleich antworten zu müssen. Dann sagte er: »Der Oberste Ratsherr wünscht dich zu sehen.« Er sah seinen alten Freund dabei nicht an.

Tonneman zog eine Augenbraue in die Höhe. »Hier bin ich. Wenn mich der Oberste Ratsherr sehen will, kann er kommen und mich anschauen, solange er will.«

»Es ist wichtig. Er will, daß du sofort in die Whitehall kommst.«

»Es ist der Tag des Herrn.«

»Er war schon in der Kirche, und er weiß, daß du nicht unbedingt ein eifriger Kirchgänger bist.« Pos grinste.

»Und wenn ich nicht hingehen will?«

Pos seufzte und sah Tonneman an. »Tu es für mich, mein Freund. Wir brauchen deine Mitarbeit. Ich sehne mich nach ein wenig Harmonie in meinem Leben.«

Tonneman ließ seinen Freund noch eine Weile warten, bevor er antwortete, was ihm ein diebisches Vergnügen bereitete. »Worum geht es eigentlich?«

»Das will er dir selbst sagen.«

Tonneman lachte auf. »Kann ich mir gut vorstellen, daß er das will. Einmal ein Arschloch, immer ein Arschloch.«

Pos sah das im Grunde seines Herzens ebenso, doch da er jetzt für den Obersten Ratsherrn arbeitete, war es für ihn nicht gerade ratsam, solche Dinge selbst auszusprechen. Doch die Zeiten hatten sich geändert. Ihr kleines Dorf war jetzt die Stadt New York, und ein Mann mußte flexibel und fähig sein, sich den Veränderungen anzupassen, die die Zeiten mit sich brachten.

Ein plötzlicher Schrei gellte durch die beschauliche Stille des Morgens. Pos kniff die Augen zusammen, und sein Körper spannte sich.

Tonneman legte beruhigend die Hand auf den Arm seines Freundes. »Entspann dich, du altes Schlachtroß. Nach dem Klang der Stimme zu urteilen ist das Daniel, mein Jüngster. Er ist erst zwei und kann ganz schön sauer werden auf die Welt.«

Pos lachte auf und entspannte sich. »Also – was sagst du?«

»Ich sage, komm erst mal rein. Ich muß meinem hungrigen Magen was zu arbeiten geben. Ich bin seit dem Morgengrauen auf den Beinen und hab' auf meinen neuen Postreiter gewartet. Ich bin mir sicher, du sagst nicht nein zu einem Bier.«

»An einem Sonntag?« fragte Pos mit einem Augenzwinkern.

»Meine Lippen sind versiegelt.«

»Was soll ich tun?« lamentierte Pos. »Du kennst mich. Ich bring's einfach nicht übers Herz, deine Gastfreundschaft zurückzuweisen. Aber dann müssen wir gehen.«

»Selbstverständlich.«

Als Tonneman sich erhob, um ins Haus zu gehen, glaubte er die raschen, leichten Schritte seiner Frau zu hören. Es war durchaus möglich, daß Racqel ihr Gespräch belauscht hatte. Nichts entging ihrer scharfen Beobachtung.

In der Küche goß Racqel Milch in einen Becher, als sei sie die ganze Zeit dort gewesen. Benjamin und Daniel rollten ein Knäuel blaues Garn vor der Nase von

Ashes, der grauen Katze, hin und her und versuchten, sie zu wecken, damit sie mit ihnen spielte. Doch Ashes, die ein kluges Tier war, hielt ihre Augen fest geschlossen und ließ sich nicht in ihrem Schlummer vor dem warmen Herd stören. Hin und wieder zuckte ihr Schwanz.

»Einen guten Morgen, mein Gemahl.« Racqel reichte Tonneman einen Becher mit Milch und musterte ihn dabei mit einem ihm wohlvertrauten Blick.

Tonneman küßte sie sanft auf die Lippen. »Auch dir einen guten Morgen, mein wißbegieriges Weib. Schau, wen ich hier mitbringe.« Er liebte die Art, wie sie ihr Kinn zur Seite neigte, auch wenn sie damit eine leise Mißbilligung seines Verhaltens zum Ausdruck brachte. Was hatte er jetzt schon wieder getan?

»Papi! Papi!« krähten seine beiden Kleinsten vergnügt. Daniel klatschte in die Hände, gurgelte und verzog angestrengt das Gesicht. Die beiden älteren seiner Sprößlinge, Moses und Maria, hielten sich schon für zu erwachsen für solch kindliches Benehmen.

»Moses«, sagte Tonneman, »kümmerst du dich bitte um Venus.«

»Ja, Papi.«

Racqel, die es vorzog, die anzügliche Bemerkung ihres Mannes zu ignorieren, begrüßte Pos mit einem warmen Lächeln und stieg über die Katze und die beiden Jungs hinweg. »Seid willkommen, Pos. Ihr habt Euch rar gemacht in letzter Zeit. Setzt Euch. Etwas Brot und Käse? Ein Becher frische Milch?«

»Danke, Mistreß Tonneman. Etwas Brot und Käse, bitte.«

Auf einem Kiefernholztischchen neben der Hintertür der Küche standen eine Schüssel und ein irdener Krug, und an einem Halter an der Wand hing ein Streifen sauberes, selbstgesponnenes Tuch. Tonneman goß Wasser in die Schüssel und wusch sich mit drei schnellen Bewegungen die Hände. Pos machte sich nicht die Mühe, sich zu waschen.

»Bring dem Mann ein Bier, Weib«, rief Tonneman über die Schulter, während er seine Hände trocknete und dann das Tuch über den Knauf der Hintertür hängte. »Bevor er verdurstet.«

»Ich hol es, Papi«, rief die neunjährige Maria und lief zur Tür, die zur hinteren Veranda und zu Racqels Garten führte. Von einem Kasten auf der Veranda gleich neben der Tür zog Maria einen abgedeckten irdenen Krug, den sie, vorsichtig in den Händen haltend, hereinbrachte. Sie stellte den Krug auf den Tisch.

Tonneman strahlte vor Stolz und nahm den Deckel ab. »Sieh dir meine kleine Lady an, Pos. Nicht einen Tropfen verschüttet.«

»Ein Charakterzug, den ich an jedem schätze«, grunzte Pos.

Maria knickste geschmeichelt. »Er war ja zugedeckt, Papi. Ich konnte gar nichts verschütten.«

Tonneman goß Pos' Bier in einen der leeren Krüge auf dem Tisch aus Kirschholz, den er im ersten Jahr nach seiner Heirat mit Racqel selbst gezimmert hatte. »Das macht mir noch immer Spaß«, lachte er und beobachtete, wie der Schaum stieg. Er schob den Krug seinem Freund zu. »Auf deine Gesundheit.«

»Auf deine.« Pos leerte den Krug in einem Zug.

»Wie ich sehe, hast du nichts von deiner Form eingebüßte«, lachte Tonneman.

Pos erhob sich. »Zeit zu gehen.«

»Unsinn. Zeit für mein Frühstück.« Er füllte Pos' Krug von neuem.

Racqel trat an die Schüssel und wusch sich die Hände. »Gepriesen seist du, o Herr unser Gott, Herrscher des Himmels und der Erden, der uns mit seinen Geboten vor Sünden bewahrt und uns befahl, die Hände zu waschen.« Sie hatte bereits gegessen und sich die Hände gewaschen und ein Gebet gesprochen. Dieses Gebet war für ihren Mann. Er wußte es nicht; sie hatte es ihm nie gesagt. Racqel sprach immer Tonnemans Gebete für ihn. Bis der Tag kam, an dem er es von sich aus tun würde.

Sie trocknete ihre Hände an einem Tuch, das über der Tür ihres Bienenkorbofens zum Trocknen hing, und sagte: »Und Ihr müßt ebenfalls was essen, Pos.« Sie brachte den ersten Teller mit geschnittenem Brot und Käse zum Tisch. Dann kam Tonnemans ganz spezielles Leibgericht: kleine, dreieckige Plätzchen aus Mohn und Honig. Obwohl das Purimfest schon fast eine Woche vorbei war, buken Racqel und ihre jamaikanische Hausmagd Alice diese Köstlichkeiten noch immer.

Daniel, der sogleich mitbekam, daß das wachsame Auge seiner Mutter auf etwas anderes gerichtet war, watschelte wie magisch angezogen zum Herd, der nach holländischer Art, ohne einen schützenden Mantel um die Feuerstelle, gebaut war.

Der breite, offene Herd war gefährliches Terrain für kleine Kinder, denn das Feuer brannte unter einem Abzug, der den Großteil des Rauches in den Kamin lenkte, offen vor der Wand. Ein großer schmiedeeiserner Feuerschirm diente als Schutz für die Herdwand und dazu, die Hitze zu speichern und zugleich in den Raum hinauszustrahlen.

Daniel versuchte einen besseren Blick auf das Feuer zu erhaschen und ließ sich auf die Knie fallen. Er stieß ein glückliches Glucksen hervor und kroch näher und näher an die Flammen, wobei er mit seinem kleinen, ausgestreckten Finger darauf zeigte. »Schön.«

»Nein, nicht!« Maria stürzte sich auf ihren Bruder und zerrte ihn vom Feuer weg, worauf der Kleine sogleich in ein markerschütterndes Geschrei ausbrach.

Tonneman schnappte sich Daniel aus Marias fürsorglichen Armen und warf ihn in die Luft.

»Jetzt ich«, verlangte Benjamin. Er war schon über fünf.

Maria, Benjamin, Daniel und Moses. Die Namen seiner Kinder klangen wie Musik in Tonnemans Herzen. Ihm gefiel dieser Brauch der Juden. Sie nannten ihre Kinder zu Ehren ihrer Toten. Tonnemans erste Frau hatte Maria geheißen, und Racqels erster Ehemann Benjamin. Moses war der Name von Racqels Vater gewesen, und nach ihm war Tonnemans mittlerweile zehnjähriger Sohn genannt worden. Und Daniel? Er war nach jenem Mann benannt worden, der für seinen Glauben in die Löwengrube geworfen wurde und überlebt hatte und der Tonnemans Lieblingsgestalt in der gesamten Heiligen Schrift war.

Moses kam aus dem Stall zurück, wo er Venus versorgt hatte, und drückte sich bei der hinteren Küchentür herum. Er wollte ebenfalls in die Luft geworfen werden, war jedoch schon zu alt, es zu sagen.

Maria ignorierte sie alle. Sie hatte keine Zeit für solch kindliche Dinge. Sie nutzte die Gelegenheit, daß Alice zur Kirche gegangen war, und half ihrer Mutter beim Kochen.

Racqel stellte einen Teller mit Kartoffeln auf den Tisch. Bevor sie zum Herd zurückkehrte, ließ sie ihre Finger sanft über den Nacken ihres Mannes gleiten.

Er lächelte sie an, stellte Daniel auf die Füße und hob dann Benjamin in die Luft. »Hoch, hoch, hoch.«

»Höher, Papi. Höher.«

»Jetzt wieder ich, Papi!« kreischte Daniel.

Tonneman stellte Benjamin wieder ab und setzte sich an den Tisch, um zu essen. »Moses, mein Sohn. Wie geht es dir heute morgen?«

»Mir geht's gut, Papi.«

»Hast du schon gefrühstückt?«

»Ja, Papi.«

»Und hast du deine Lektionen und Aufgaben schon gemacht?«

»Ja, Papi. Die Sonne steht schon hoch. Der halbe Morgen ist bereits vorbei.«

»Er könnte morgen schon konfirmiert werden«, erklärte Racqel.

Der Junge verzog fast unmerklich das Gesicht. Er war nicht unbedingt glücklich mit einigen der Lektionen, die er bei seiner Mutter lernen mußte, aber er würde seinen Eltern gegenüber niemals Respektlosigkeit zeigen. »Ich hab' fünf Holzklötze gehackt«, prahlte er.

»Das ist schön«, sagte Tonneman und nahm eine heiße Kartoffel vom Teller. Er warf sie zwischen seinen schwieligen Händen hin und her, brach sie auf, um die Hitze ausdampfen zu lassen, und nahm dann einen herzhaften Biß von ihrem weißlich-gelben Fleisch. Er nickte Racqel zu. Seine ganze Familie sah ihm zu, wie er kaute und schluckte, und wartete auf eine Erklärung. »Junge, Captain Pos holt mich zu einem Gespräch mit dem Obersten Ratsherr in der Whitehall ab. Willst du mitkommen?«

Moses' Gesicht hellte sich auf und begann zu strahlen. »O ja, Papi. Gerne.«

Racqel lächelte. Ihr Junge wurde allmählich ein Mann.

»Also abgemacht«, sagte Tonneman. Er benutzte das Messer an seinem Gürtel, um ein Stück Käse abzuschneiden.

»Wir sollten jetzt wirklich gehen«, protestierte Pos. Er nahm sich noch eine Scheibe Brot und träufelte eine Schicht Honig darüber.

Tonneman zwinkerte Racqel zu und aß mit großem Appetit.

Doch als Tonneman sich eine zweite Tasse Tee eingoß, war Pos' Geduld erschöpft. »Wir sollten den Obersten Ratsherrn nicht zu lange warten lassen«, brummte er besorgt.

Tonneman rülpste leise. Er war satt. Er schob seinen

Stuhl vom Tisch fort. Es war Zeit, damit aufzuhören, Pos dafür zahlen zu lassen, daß er dieser falschen Schlange den Arsch küßte.

Das Haus des Obersten Ratsherrn war nur einen Steinwurf entfernt. Pos ging mit großen Schritten voran, und Tonneman und sein Sohn schlenderten hinter ihm drein.

Das imposante weiße Gebäude der Whitehall stand am unteren Ende der Queen Street – dort, wo sie noch immer Pearl Street genannt wurde. Das Gebäude leuchtete hell im Licht der Morgensonne. Dieses Haus würde für Tonneman – egal, wie es inzwischen genannt wurde und wer darin residierte – immer das Große Haus von Pieter Stuyvesant sein.

Pos hob den Türklopfer, der die Form eines Löwen hatte, und ließ ihn fallen. Sogleich wurde die Tür von einem hünenhaften Afrikaner geöffnet, einem Sklaven mit hohen Backenknochen und traurigen Augen. »Der Oberste Ratsherr erwartet Euch, Captain Pos.«

Das Haus atmete eine Atmosphäre steifer Förmlichkeit, als residiere James, Herzog von York, höchstselbst hier und nicht in seinem Palast in London. Die Möbel waren dunkel und eindrucksvoll. In kleinen Spiegeln mit breiten geschnitzten und mit Blattgold belegten Holzrahmen spiegelten sich türkische Teppiche und blau-weiße Vasen und Teller aus China.

Der in elegante Satin-Kniehosen und einen ärmellosen Brokatrock mit Rockschößen gewandete Afrikaner führte sie durch die Halle zu einer bereits offenstehenden Tür. Wie das gesamte Haus war dieser Raum mit seinen zahlreichen silbernen Kandelabern und gepolsterten Möbeln weit prunkvoller eingerichtet als zu Pieter Stuyvesants Zeiten vor elf Jahren.

»Ihr habt Euch reichlich Zeit gelassen.« Der Oberste Ratsherr bewegte sich vom Fenster weg, wo er gestanden und auf die am Tag des Herrn untätig vor Anker liegenden Schiffe hinausgesehen hatte, die sich im Hafen von New York drängten.

Das entsprach der Wahrheit. Pieter Tonneman, freier Bürger seines Zeichens, hatte es nicht sonderlich eilig, wenn es darum ging, dem Ruf des Obersten Ratsherrn Folge zu leisten. Vor allem nicht, weil der Oberste Ratsherr niemand anderer als Nick De Sille war, mit dem er noch eine alte Rechnung zu begleichen hatte.

Kapitel 4

Sonntag, 17. März
Morgen

Wie die Stadt, die er regierte, hatte sich auch Nicasius De Sille im Laufe der Jahre sehr verändert. Er benutzte nicht mehr die ölige Lavendel-Haarpomade, wenngleich er nach wie vor nicht auf sein Lavendelparfüm verzichtete und eine modische Perücke mit derselben Leichtigkeit aufsetzte, mit der er seine Loyalität zur Holländisch-Westindischen Gesellschaft und seinem Vaterland aufgekündigt und englische Manieren angenommen hatte.

In Wahrheit jedoch, dachte Tonneman, war Nick noch viel glatter, als seine Fassade dies vermuten ließ. Auch darunter war der Mann so glatt und ölig, daß es ihm keinerlei Schwierigkeiten bereitete, nachdem er der Oberste Ratsherr des früheren englischen Governors Francis Lovelace gewesen war, dasselbe Amt während der kurzzeitigen neuerlichen Herrschaft der Holländer auch unter dem holländischen Governor Captain Anthony Colve zu bekleiden. Und nun, nachdem die Holländer die Stadt endgültig an die Engländer abgetreten hatten, saß der gerissene Nick auch unter dem neuen englischen Governor Edmund Andros noch immer in derselben Position.

Dabei gelang es Nick De Sille, der sich inzwischen einen Schnauzbart nach dem Vorbild des englischen Königs Charles stehen ließ, scheinbar mühelos, noch englischer als die Engländer zu sein.

Er war um einiges breiter geworden, und obwohl er nicht ganz so groß wie Tonneman war, umgab ihn das Fluidum eines mächtigen Mannes, denn schließlich war er Governor Andros' rechte Hand. Doch der eigentliche Nährboden von De Silles Macht war James, Herzog von York, dessen Vertrauter er seit Jahren war, und er nutzte sein Amt und den damit einhergehenden Einfluß in vollen Zügen.

Nach der Übergabe von Fort Amsterdam im Jahr '64 hatte De Sille drei Schiffe gekauft. Heute transportierten De Silles Schiffe europäische Waren nach Jamaika, wo sie Negersklaven, Rum, Gewürze, Zucker, Kaffee und Kakao an Bord nahmen und nach Europa zurücksegelten. De Sille verschiffte auch Holz von beiden Seiten des Hudson und Baumwolle aus dem Süden nach Europa.

Und während De Sille immer mehr von Staatsgeschäften in Anspruch genommen wurde, entdeckte seine Frau Geertruyd ihre Leidenschaft für die Seefahrt und die Flotte und dies in mehr als nur der einen Hinsicht, die Nickie sich einzugestehen bereit war. Geertruyd De Sille war häufig auf See, ›um ein Auge auf die Profite zu haben‹, wie sie gern sagte. Um die Matrosen besser kennenzulernen, behaupteten böswillige Zungen.

»Und wer ist dieser junge Mann in deiner Begleitung?« De Sille füllte seine Pfeife mit Tabak aus einer Elfenbeindose, zündete sie an einer Kerze in einem silbernen Leuchter an und paffte dicke Rauchwolken vor sein Gesicht. Durch die Rauchschwaden, die aus seinem Mund quollen, lächelte er auf Moses hinab und beantwortete seine Frage selbst: »Dein Deputy?«

Tonneman rümpfte die Nase. Es war derselbe widerliche Lavendelmist, den Nick immer schon geraucht hatte. So lange er lebte, würde Tonneman diesen verdammten Lavendelgeruch damit in Verbindung bringen, daß er vor elf Jahren um ein Haar gestorben wäre. Der Geruch nahm ihm den Atem.

De Sille bot Tonneman keine Pfeife an, wofür dieser

ihm dankbar war. Er legte die Hand auf die Schulter des Jungen neben ihm. »Mein Sohn Moses.«

»Aah – ja. Willst du uns ins Gelobte Land führen, mein Junge?«

Moses sah zu seinem Vater auf. Tonneman nickte.

»Ich dachte, das hier ist das Gelobte Land, Sir.«

»Touché, mein Junge. Verdammt gut pariert.«

Der ganze Raum stank nach Lavendel.

»Wie es scheint, schlägt der kleine Moses ganz nach der Familie seiner Mutter«, bemerkte De Sille durch einen Schleier dichter Rauchschwaden hindurch.

Mit seinem dunklen Haar und der olivfarbenen Haut hatte der Junge in der Tat große Ähnlichkeit mit Racqel und den anderen Westjuden New Yorks. Nur seine auffallend blauen Augen und sein kräftiger Wuchs wiesen ihn als Sohn seines Vaters aus.

»Moses, das ist unser Oberster Ratsherr, Nicasius De Sille«, sagte Tonneman. »Bevor er so bedeutend und mächtig wurde, waren wir beide Schiffskameraden auf der *Princess of India.*« Tonnemans Blick saugte sich an dem des Obersten Ratsherrn fest, ehe er mit einer Stimme, die der unterdrückte Zorn der vergangenen elf Jahre wie Stahl klingen ließ, hinzufügte: »Nick und Joost und ich – wir waren die besten Freunde.«

Nick lächelte milde. »Pos, warum zeigt Ihr dem jungen Tonneman nicht unsere Karten, während sein Vater und ich über alte Zeiten plaudern?«

Erneut beantwortete Tonneman den fragenden Blick seines Sohns mit einem Nicken.

Pos legte den Arm um die Schultern des Jungen und führte ihn aus dem Zimmer. »Und ich erzähl dir auch alles über die Zeiten, als dein Vater und ich die ganze Mannschaft der spanischen Karavelle *Santa Rosa* unter den Tisch getrunken haben.« Selbst als er die Tür hinter sich zugezogen hatte, war sein schallendes Lachen noch zu hören.

Tonneman musterte De Sille aus zusammengekniffenen Augen und wartete.

»Es ist verdammt lang her, Tonneman.«

»Das ist es.«

»Ich brauche deine vertraulichen Dienste«, murmelte De Sille über den Stiel seiner Pfeife hinweg und ließ sich in den Sessel hinter seinem hübschen Schreibtisch sinken. Mit einer Handbewegung forderte er Tonneman auf, sich ebenfalls zu setzen. Doch Tonneman zog es vor, sich neben dem Fenster, das auf den East River hinaussah, mit der Schulter gegen die Wand zu lehnen, so daß De Sille gezwungen war, zu ihm aufzusehen.

»Welche Art vertraulicher Dienste?« Tonneman zog die Stirn in Falten, während sein Blick auf der Weide auf der anderen Straßenseite ruhte. In den alten Zeiten, als das Leben einfach und er nur Sheriff gewesen war, hatte er oft unter einem Baum wie diesem gesessen und nichts getan, als nachzudenken. Doch das Leben war so kompliziert geworden. Er sollte sich wieder öfters unter seine Weide setzen und nachdenken. Worauf wollte De Sille hinaus?

»Ein schändliches Verbrechen ist verübt worden.«

»Ja – ich hab' davon gehört«, sagte Tonneman und klopfte auf den Busch: »Die Geschlechtsteile eines Pferdes in einem Gebetbuch?«

Der Kopf des Obersten Ratsherrn zuckte entsetzt hoch. »Beim Blut Christi! Du weißt es also schon. Die ganze Stadt weiß es sicherlich schon.«

»Das nehme ich an. Du weißt, wie schnell sich hier Gerüchte verbreiten. Ist ja auch eine amüsante Geschichte.«

De Silles Gesicht lief rot an. »Es ist, verdammt noch mal, überhaupt nicht lustig!«

»Ich für meinen Teil finde es recht amüsant.« Tonneman wedelte mit der Hand den Rauch zur Seite und mit derselben Geste, wie es schien, auch De Silles Bemerkung. »Was hat ein kindischer Streich mit mir zu tun?«

»Das war kein Streich! Es waren nicht die Geschlechtsteile von irgendeinem x-beliebigen Hengst. Der Hengst war ein Geschenk Seiner Majestät an Governor Andros. Das ist mehr als nur ein Schabernack. Es ist ein verdammtes Verbrechen gegen den König.«

Tonneman dachte eine Weile darüber nach. Nick hatte nicht so ganz unrecht. »Dann muß ich mich wohl entschuldigen, Oberster Ratsherr. Was hält der Governor von der Angelegenheit?«

Ein höhnisches Grinsen huschte über De Silles Gesicht, doch dann besann er sich eines Besseren und rang sich ein verbindliches Lächeln ab. »Der Governor ist tief betroffen. Er sitzt draußen in der Bucht auf seinem winzigen Governor's Island und leidet unter diesem Affront.«

»Und? Was glaubt er – oder was glaubst du –, steckt hinter dieser Pferdegeschichte? Rache vielleicht? Ein politisches Motiv?«

»Ich weiß es nicht. Der Schurke hat mit dem Blut des Pferdes ›Brennt in der Hölle, Engländer‹ an die Stallwand geschrieben.«

»In Englisch oder in Holländisch?«

De Sille nickte gewichtig, um anzudeuten, daß auch er dieser Frage Bedeutung zumaß. »In Englisch.«

»Und was willst du von mir?«

»Ich ernenne dich hiermit zum geheimen Sonderermittler der Krone.«

»Nicht so schnell, Nickie. Wozu würde mich diese Ernennung verpflichten?«

»Du wirst diesen Vorfall untersuchen, und zwar gründlich. Es ist wichtig, daß wir diesen verräterischen Schurken zur Strecke bringen und bestrafen.«

»Und warum ich? Du hast doch Sheriff Gibb, der sich um solche Dinge zu kümmern hat. Das ist schließlich sein Job. Laß ihn seinen Job tun. Er tut eh nicht viel.«

»Ich will dich, Tonneman. Ich kenne dich. Du wirst nur mir Bericht erstatten und sonst niemandem. Der Governor und ich wollen nicht, daß dieser Vorfall dem König zu Ohren kommt …«

Tonneman ließ ein spöttisches Räuspern hören. »Hast du es noch nicht gehört? Charles hat seine Augen und Ohren überall.«

»… bevor ich diesen verdammten Schurken nicht an den Galgen gebracht habe. Meine größte Befürchtung ist, daß einem von uns dafür die Schuld in die Schuhe geschoben wird. Tu es für mich, Tonneman – als Gefallen für einen Landsmann.«

»Von welchem Land sprichst du, Nick?«

»Von Holland natürlich.«

»Oh, du bist ein Holländer? Das hab' ich glatt vergessen. Und ich wette, du ebenfalls.«

Nick maß Tonneman mit einem forschenden Blick und sagte dann: »Du wirst dafür gut entlohnt werden. Und du wirst dir die Dankbarkeit des Governors und des Obersten Ratsherrn erwerben.«

»O nein. Deine bestimmt nicht, Nickie. Du versucht nur, mich in eine deiner Intrigen hineinzuziehen.«

Tonneman sah wieder aus dem Fenster. Moses warf Steine an den Stamm der Weide. Pos blickte zu Tonneman herauf und tat, als würde er sich selbst erwürgen. Tonneman klopfte mit dem Fingernagel gegen eine der bleigefaßten Glasscheiben des Fensters. Moses sah zu ihm empor, sah Pos' Grimassen ziehen und grinste. Tonneman hielt einen Finger in die Höhe, um zu bedeuten, daß er bald draußen sein würde. Moses' Grinsen wurde breiter. »Tut mir leid«, sagte Tonneman zu De Sille. »Aber ich bin nicht der Narr, für den du mich hältst.«

»Was für ein Narr bist du dann, Tonneman?«

Tonnemans Mund wurde schmal. Er hatte sich selbst die Falle gestellt und war hineingetappt. »Touché, Nick.«

»Setz dich, Tonneman. Hör mir zu. Ich bitte dich um einen Gefallen.« Doch De Silles Stimme klang scharf und herrisch und traf ganz und gar nicht den Ton, den man von einem erwartet, der um Hilfe bittet. Aber De Sille war noch nie jemand gewesen, der um etwas gebeten hätte.

»Warum sollte ich dir einen Gefallen tun?«

»Zur Hölle mit dir, Tonneman! Du schuldest mir was.«

»Ich schulde dir gar nichts. Ich brauche dich nicht. Und dein Geld brauche ich auch nicht. Ich komme allein ganz gut zurecht.« Tonneman strebte zur Tür und sah sich für ein letztes Wort noch einmal zu Nick um. »Und was viel wichtiger ist – falls du's noch nicht bemerkt hast: Ich mag dich nicht.«

Nick lächelte träge. »Ich dich auch nicht. Verdammt noch mal, du brauchst mich nicht zu mögen; du brauchst nur den Job zu übernehmen. Auch wenn du's nicht glaubst, du bist nur mit meiner Duldung reich geworden.«

»Was?« Tonneman kochte. »Ten Eyck und ich haben wie Sklaven geschuftet, um das Geschäft aufzubauen. Jede Lizenz und jede Genehmigung, die wir bekommen haben, war hart erkämpft.«

»Von wegen hart erkämpft.« Nick schüttelte den Kopf. »Eher teuer bezahlt. Dein Partner Ten Eyck und ich haben seit Jahren eine Abmachung. Es ist an der Zeit, daß du das ebenfalls begreifst. Du schuldest mir was, Tonneman. Ich verlange nur den Gefallen, den du mir schuldest.«

»Den Teufel tu' ich«, schrie Tonneman. Er riß die Tür auf.

»Sei bis Mittag wieder zurück!« rief Nicasius De Sille hinter ihm her. Dann griff der Oberste Ratsherr nach dem silbernen Kerzenständer und zündete wieder seinen Lavendeltabak an.

Kapitel 5

Sonntag, 17. März
Morgen

»Was denkst du darüber?« fragte Pos vorsichtig. Das Gesicht seines Freundes hatte eine beunruhigend rote Färbung angenommen.

»Ich denke, daß du für einen Holländer ein feiner Freund bist.« Tonnemans Worte klangen merkwürdig aus seinem Mund, und seine Miene und sein Benehmen waren noch seltsamer. Er fixierte Pos mit einem feindseligen Blick und winkte Moses herbei. »Zeit zu gehen, Sohn.«

»Guten Tag, Onkel Pos«, sagte Moses. Was konnte der Oberste Ratsherr getan haben, das seinen Vater dazu brachte, sich so sonderbar zu benehmen?

Tonneman war wirklich wütend. Ergeben trottete der Junge hinter seinem vor Zorn schäumenden Vater drein, als Tonneman die Queen Street hinabstapfte, wütend auf Pos, De Sille und am allermeisten auf seinen unaufrichtigen Partner Ten Eyck.

Der Hafen war ruhig; alle Anlegestellen an den Docks waren besetzt, und weitere Schiffe lagen im East River und warteten auf einen Anlegeplatz, um ihre Fracht löschen zu können. Doch am Tag des Herrn warteten alle.

Nur die Möwen arbeiteten; sie tauchten im East River nach Fischen, und ihr zänkisches Kreischen zerriß die Sonntagsstille.

Ein Silberreiher, dessen langes, elegantes Gefieder in der Sonne schimmerte, stand am Ufer. Er beobachtete die jagenden Möwen.

Auf einem Abfallhaufen neben dem Ditch, wie die

Holländer den Gentlemen's Canal nannten, der entlang der Broad Street floß, ließ sich ein Schwarm fetter Tauben nieder und beäugten Tonneman und seinen Sohn interessiert. Mit einem Fußtritt beförderte Tonneman ein herumliegendes Stück einer Austernmuschel in den Kanal.

Es ging das Gerücht, daß der Gentlemen's Canal, der vom East River bis zur dritten Brücke reichte, zugeschüttet werden sollte, weil die Bauern und Indianer, die in der Broad Street entlang des Kanals Stände errichteten, die Straße mit Abfall verschmutzten und in den angrenzenden Häusern Feuerkübel stahlen. Die Besitzer der großen Häuser, die auf den Kanal blickten, beklagten sich ständig über den Zustand der Gegend. Der Bürgerrat debattierte gegenwärtig über dieses Problem.

Tonneman wußte, wer gewinnen würde. New York wurde von den Leuten mit Geld regiert; so war es immer gewesen, und so würde es immer sein. Daß er das Glück hatte, einer von ihnen zu sein, änderte nichts an seiner Abneigung für das System. Er überquerte den Kanal auf der Bridge Street, gefolgt von seinem Sohn, der ein paar Schritte hinter ihm dreintrottete.

Als sie sich ihrem Zuhause näherten, knurrte Tonneman mit mürrischer Stimme: »Sag deiner Mutter, daß ich noch zu Ten Eyck gegangen bin.«

Der Junge nickte und zögerte dann. »Papi?«

»Ist schon in Ordnung, Sohn. De Sille hat mich angelogen. Ich muß herausfinden, warum.«

»Worüber hat er gelogen, Papi?«

»Nicht so wichtig. Geh nach Hause.«

Tonneman beobachtete, wie sein Sohn auf ihr Haus zustrebte. Der Junge war sanft wie seine Mutter, aber er war dennoch ein Mann, und Tonneman war Gott – dem der Christen und dem der Juden – dankbar für seine zweite Familie. Er setzte seinen Weg auf der Queen Street fort, rechts und links New Yorkern in ihrem Sonntagsstaat zunickend, die aus der Kirche kamen.

Jetzt, wo New York englisch war, und – wie es schien – diesmal für immer, gab es eine ganze Reihe verschiedener Kirchen in der Stadt, sogar eine katholische. Was nicht weiter verwunderlich war, denn schließlich war James, der Herzog von York, Katholik.

Auf Höhe der Coenties Alley überquerte Tonneman den Strand und bog in die schmale Gasse. Die Ten Eycks hatten bereits in diesem Haus gewohnt, als Tonneman und Maria damals nach Neu-Amsterdam gekommen waren. Im Lauf der Jahre hatten auch sie einen Raum angebaut. Pieter, Tonnemans Patenkind und nach ihm benannt, war beinahe schon zwölf, und der junge Conraet würde bald zwanzig werden.

Conraet, der das Talent und die Geschicklichkeit seines Vaters geerbt hatte, war ein meisterlicher Silberschmied. Der junge Mann war überaus begabt und ständig mit Auftragsarbeiten für die New Yorker Damenwelt beschäftigt, so daß sich sein Vater allein um die Belange der Firma von Ten Eyck und Tonneman kümmern mußte.

Wie ein wütender Sturmwind stapfte Tonneman die Gasse hinab. Der Anblick von Antje Ten Eyck, die mit geschlossenen Augen auf einer Bank vor ihrem Haus in der wärmenden Sonne saß, ließ ihn abrupt stehenbleiben. Auf ihrem Schoß war ein Korb mit Nähsachen. Tonneman war Antje sehr zugetan und liebte sie wie eine Schwester. Sie war eine gute Freundin von Maria gewesen, und sie hatte ihm zur Seite gestanden wie auch Conraet, als er sich in Racqel verliebt hatte.

Antje öffnete die Augen. »Ich hab' gefühlt, daß du es bist. Wie ein Feuer. Was hat dich an diesem friedlichen Sonntag morgen so in Rage gebracht?«

»Wo ist dein Mann?«

»Unten am Pier mit seiner stinkenden Pfeife. Was bekümmert dich?«

»Wer sagt, daß mich etwas bekümmert?«

Antje stellte ihren Nähkorb beiseite und stand auf. Sie war eine einfache Frau mit strohblondem Haar, scharfen Augen und einem noch schärferen Verstand.

»Das ist was zwischen ihm und mir«, brummte Tonneman. Er ging um das Haus herum und fand seinen Partner am Pier. Er lag mit überkreuzten Beinen auf dem Rücken und qualmte wie ein Schlot. Ten Eyck schien nicht zu bemerken, daß zwei Möwen um seinen Hut stritten, der hinter ihm lag.

»Ten Eyck! Ich hab' mit dir ein Hühnchen zu rupfen.« Tonneman trat genau in dem Augenblick an den Pier, als eine der gefiederten Kreaturen versuchte, mit Ten Eycks Hut davonzufliegen. Erschreckt flog auch die andere Möwe auf, und die beiden Vögel kamen sich mit ihren Schwingen ins Gehege und stießen zusammen, ehe sie beide mit zänkischem Kreischen davonflogen. Und Ten Eycks schwarzer Sonntagshut segelte in den East River, wo er, getragen vom Sog der Ebbe und vorwärts getrieben vom Wind, der sein blaues Feder-Segel blähte, davontrieb.

Ten Eyck setzte sich auf. »Sieh dir an, was du getan hast. Mein guter Hut ist jetzt Futter für die Fische.«

»Was ich getan habe? Steh auf, Ten Eyck. Nein, steh besser nicht auf, sonst schlage ich dich bloß nieder. Verdammt, steh auf, habe ich gesagt! Sag mir, daß De Sille lügt und daß du uns in all den Jahren nicht in seine Schuld gebracht hast!«

Conraet Ten Eyck rappelte sich auf die Beine. Sein Blick glitt an Tonneman vorbei zu seiner Frau, die mit verschränkten Armen dort stand und alles sah und hörte. Auf Antjes Gesicht lag dieser Ich-hab's-dir-doch-gleich-gesagt-Ausdruck.

Ten Eyck klopfte seine Pfeife am Absatz seines Stiefels aus und stieß die Asche mit dem Fuß in den Fluß. »Willst du einen Mann verurteilen, weil er ein eingerostetes Rad geschmiert hat?«

»Verschone mich damit, Partner.«

»Ich mußte es tun, oder wir wären nie ins Geschäft gekommen.«

»Verdammt, Ten Eyck! Ich hätte das niemals zugelassen. Das weißt du genau. Deshalb hast du es mir auch verschwiegen. Wie konntest du es nur so weit kommen lassen, daß wir dieser niederträchtigen Schlange in irgendeiner Weise verpflichtet sind?« Tonneman ballte die Fäuste. »Jetzt hat er mich dort, wo er mich haben will: Eine Figur in seiner Hand, über die er nach Gutdünken verfügen kann.«

»Ich hab' nur getan, was ich tun mußte.«

»Dasselbe hat Judas auch gesagt!«

Ten Eyck wurde bleich. »Das ist ein übler Tiefschlag, alter Freund«, ächzte er.

»Nicht übler als der deine, alter Freund.«

Ten Eyck hob die Hand, um sie auf Tonnemans Schulter zu legen.

Wortlos wandte sich Tonneman ab. Er stapfte zum Ende des Piers.

Ten Eyck stöhnte gequält auf. Er sah, daß auch Racqel Tonneman herbeigeeilt war. Sie hatte ein hellgrünes Tuch um die Schultern geworfen. Antje erklärte ihr, was geschehen war.

Racqel kehrte Antje den Rücken und eilte, den Blick auf den breiten Rücken ihres Mannes gerichtet, an Ten Eyck vorbei. Als sie ihm die Hände auf die Schultern legte, fühlte sie, wie sich seine Muskeln spannten. Sie schmiegte ihre Wange gegen seinen Rücken und umfing ihn mit ihren Armen. »Was immer es ist, Liebster, wir werden es gemeinsam durchstehen. Das sind unsere Freunde. Sie wollen uns nichts Böses.«

Tonneman wandte sich um und küßte seine Frau vor aller Welt mitten auf ihren süßen Mund.

Antje nahm ihren Mann bei der Hand. »Komm, Conraet. Ich werde uns einen Tee aufgießen, und wir sprechen über das alles. Tonneman? Racqel? Habt ihr gehört?«

»Ich hab's gehört, Frau«, knurrte Tonneman. Sein Zorn war noch immer nicht verraucht. Er würde keine Verpflichtung irgend jemandem gegenüber akzeptieren, die ihm seinen freien Willen nahm. Der Herr mochte ihn davor bewahren! Egal, ob dieser Jemand De Sille oder Ten Eyck hieß. »Ich werde mich wohl damit abfinden müssen, weil ich keine andere Wahl habe. Aber dein Mann wird eine Menge zu erklären haben.«

Kapitel 6

Sonntag, 17. März
Nachmittag

Bedächtigen Schrittes und nach allen Seiten die ihm entbotenen Grüße erwidernd wie einer, dem kein Problem der Welt auf der Seele liegt, ging Tonneman zu dem Haus in Whitehall zurück. Als er zu der weißen Veranda hinaufstieg, die sich zur Rechten des Eingangs erstreckte, erinnerte er sich an einen früheren Besuch im Great House.

August '64. Morgendämmerung. Das dunkle Grau des Himmels war bereits von gelben Streifen durchsetzt. Ein kalter, trockener Wind blies. Er und Racqel hatten kurz zuvor in Breukelen den englischen Offizier Brick-Hill kennengelernt. Bei dieser Gelegenheit hatte er in Erfahrung gebracht, daß die Engländer planten, Neu-Amsterdam anzugreifen und zu besetzen. Und er war sich zum erstenmal darüber bewußt geworden, daß er Racqel, eine Jüdin, liebte. Doch David Mendoza, Racqels damaliger Schwager und ein echtes Arschloch, hatte sie fortgeschafft, und Tonneman hatte für längere Zeit nicht mehr mit ihr sprechen können. Tonneman schüttelte angesichts dieser Erinnerung heftig den Kopf. Doch daß er nicht mit Racqel hatte sprechen können, war im Grunde genommen eher seine denn Mendozas Schuld gewesen.

Auch an diesem Morgen war er hierhergekommen, um mit einem anderen Arschloch zu sprechen. Doch jenes Arschloch – das mußte man ihm lassen – war ein Mann gewesen. Ja, Pieter Stuyvesant war ein Mann gewesen.

Nicht so De Sille. De Sille war eine Schlange, ein Überläufer, der Neu-Amsterdam an die Engländer verkauft hatte und einer von ihnen geworden war. Allein der Gedanke, daß er für diesen Mann arbeiten mußte, erbitterte Tonneman zutiefst. Doch ihm blieb nichts anderes übrig. Er mußte es tun. Die Schuld war nicht zu leugnen.

Der schmiedeeiserne Türklopfer in Form eines Herzens und einer Krone mit dem *P.S.*-Monogramm auf der Metallplatte unterhalb des Herzens war nicht mehr an der Tür. Statt dessen hatte man den britischen Löwen als Türklopfer angebracht. Darunter waren die Initialen *N.D.S.* eingraviert. Ein grimmiges Lächeln erschien auf Tonnemans Gesicht. Hatte Governor Andros De Silles eitle Selbstgefälligkeit nicht bemerkt?

Wieder wurde die Tür von demselben ernst dreinblickenden Sklaven geöffnet. Tonneman würde auch nicht lächeln, wenn er für De Sille arbeiten müßte. Doch ach – er mußte es. Und sicherlich würde auch ihm für eine Weile das Lächeln vergehen.

Tonneman schob sich an dem schwarzen Sklaven vorbei in De Silles Büro.

»Du kommst spät, Tonneman.« Der Oberste Ratsherr war damit beschäftigt, mehr von diesem stinkenden Lavendelkraut in seine Pfeife zu stopfen.

»Ich übernehme diesen blödsinnigen Job«, sagte Tonneman.

»Natürlich wirst du das. Und solltest du Erfolg haben, zahle ich dir fünfzig Pfund.«

»Einhundert. Und damit ist die Angelegenheit erledigt. Was immer du und Ten Eyck vereinbart habt, ist damit ein für allemal aus der Welt, und ich schulde dir nichts mehr.«

De Sille führte ein seidenes Schnupftuch, das er aus dem Ärmel seines mit silbernen Fäden durchwirkten Rocks zauberte, an seine Nase und bearbeitete sie, als habe er sich soeben eine Prise Schnupftabak genehmigt. »Einverstanden.«

Tonneman starrte De Sille unverwandt in die Augen und verzog die Lippen, als wollte er ausspucken, dann machte auf dem Absatz kehrt und ging auf demselben Weg, den er gekommen war.

Kapitel 7

Montag, 18. März
Morgen

Als Jacob Roome im Jahr '63 mit seiner Frau Judith nach Neu-Amsterdam gekommen war, hatte er mit dem bescheidenen Erbe, das ihm sein Onkel Willem hinterlassen hatte, von der Holländisch-Westindischen Gesellschaft das solide Fachwerkhaus an der Broad Way Road direkt außerhalb des Tors gekauft. Ein Jahr später, kurz bevor die Engländer Neu-Amsterdam das erstemal besetzten, eröffnete er im Erdgeschoß seines Hauses einen Laden. Dort betrieb er mit Trappern, die Pelze gegen Waren von den Schiffen tauschten, einen regen Handel und verkaufte die Pelze an die Leute in der Stadt.

Ungeachtet der Launen der Politik, die aus Neu-Amsterdam New York, dann Neu-Orange und schließlich wieder New York machten, änderte sich das Leben Jacob Roomes nicht. Sechs Tage in der Woche stand er in seinem Laden, redete mit Leuten, tauschte oder verkaufte Waren. Am Tag des Herrn ging er zur Kirche.

Dank der Gnade Gottes und der verschiedenen Majestäten der Niederlande und Englands gedieh sein Geschäft, und er wurde mit drei Söhnen gesegnet – alle drei gleich auf einmal im Sommer '66 – und zugleich gestraft, denn die Ankunft der drei Knaben in dieser Welt kostete seiner lieben Frau das Leben.

Roome mußte gegen Bezahlung die Dienste einer Amme in Anspruch nehmen, die Eliza Davies hieß und aus England stammte. Sie und ihr damals zehnjähriger Sohn wurden im Sommer '66, zehn Tage nach der Geburt seiner Söhne, zu Roome gebracht. Auf wundersame Weise überlebten die drei Säuglinge. Dem Herrn sei Dank.

Eliza Davies, eine große, fleischige Frau mit sonnigem Gemüt, gelang es, seinen chaotischen Haushalt in geordnete Bahnen zu lenken.

Zuerst half ihr Sohn Edward im Laden. Edward Davies konnte Englisch lesen und schreiben, lernte sehr schnell auch Holländisch und hatte rasch begriffen, was einen guten Pelz ausmachte. Roome war so angetan von den Fortschritten des Jungen, daß er jede Woche einen Penny von Elizas Schulden abzog.

Neun Jahre vergingen, und Roomes Söhne – Jan, Dirk und Willem – waren rund und gesund. Sie waren gute Jungen, die, ohne zu murren, ihre Pflichten im Haus übernahmen und im Laden halfen. Und die Geschäfte gingen gut.

Als Elizas Dienste als Amme nicht mehr gebraucht wurden, entschied sie sich zu bleiben. Für Roome war diese Entscheidung wie ein Geschenk des Himmels. Sie heirateten, und Eliza gebar ihm zwei wunderhübsche Töchter, Inga und Ann. Die Familie wuchs und gedieh.

Mit Ausnahme von Edward Davies, Elizas Sohn. Der Junge war eine andere Geschichte. Edward war weder zufrieden noch glücklich. Irgendwann nach seinem vierzehnten Geburtstag begann er, sich seltsam zu benehmen.

Zuerst äußerte sich dies in unmäßigem Trinken und im Umgang mit schlechten Frauen. Doch mit diesem lasterhaften Leben war mit einem Schlag Schluß, als die Holländer die Stadt wieder unter ihre Herrschaft brachten. Von diesem Tag an wandte sich Edward der Religion zu, und dies mit solchem Eifer, daß die Roomes ihn frohen Herzens und erleichtert nach Hartford schickten, um dort beim Pfarrer zu studieren.

Als die Engländer wiederkamen – diesmal wohl für

immer –, kehrte auch Edward heim. Er verkündete, daß er niemals in einem holländischen Haus leben werde, und baute sich auf Roomes Land eine Hütte. Mit dem Geld, das er sich mit Fallenstellen verdiente, begann er beim neuen Schullehrer Lester Crabtree zu studieren. Edward hatte einen Traum. Eines Tages würde er ein Prediger Gottes sein.

An diesem Morgen, an dem die ersten Vorboten des Frühlings die Luft erfüllten, ging Jacob Roome, beseelt von einem Gefühl dankbarer Zufriedenheit, durch sein hübsches Haus in seinen Laden hinab. Doch dieses Gefühl sollte nicht von Dauer sein, denn seltsame Geräusche drangen an sein Ohr.

»Ja, du, ja, du.« Hatte er etwa einen Vogel im Laden eingesperrt? Jacob eilte die letzten Stufen hinab, um nachzusehen.

Edward, groß wie ein Baum und so nackt wie an dem Tag, an dem er das Licht der Welt erblickte, wälzte sich auf dem Kiefernfußboden hin und her und blutete aus mehreren Schnittwunden an seinen Händen und Füßen.

Roome schauderte bei dem Anblick. »Was, in Gottes Namen ...?« ächzte er.

Edwards eingefallenes Gesicht ruckte zu ihm herum. In seinen wahnsinnigen Augen loderte ein glühendes Feuer. Er zeigte mit dem Finger auf seinen Stiefvater und kreischte: »Brenne, Verräter!« Dann sprang der wahnsinnige junge Mann auf, warf den Riegel an der Vordertür zurück und taumelte nach draußen, wo er fast Mistreß Celia Van Ruyven und ihre Tochter Grace umrannte und ihnen einen solch heiligen Schrecken einjagte, daß es ihnen beiden die Sprache verschlug. Fauchend und knurrend wie ein Tier verschwand der nackte Wahnsinnige im Wald.

Roome sandte ein Stoßgebet zum Himmel, daß niemand wegen Edward den Sheriff benachrichtigen und der Junge sicher und unversehrt seine Hütte am Rand des Shellpoint erreichen würde. Mit einem bekümmerten Kopfschütteln entschuldigte er sich bei den beiden Van Ruyven-Frauen, die sich verschreckt unter Roomes Ahornbaum geflüchtet hatten.

»Tretet ein, bitte.« Dies war nicht das erstemal, daß sich Edward unnatürlich benommen hatte. Letzte Woche waren es Visionen gewesen. Edward hatte am Bowling Green gestanden und mit schaurig gellender Stimme verkündet, daß New York voller Sünder sei, die Buße tun müßten, sonst würde die Stadt in einem Höllenfeuer bis auf die Grundmauern niederbrennen. Man hatte nach Roome geschickt. Irgendwie war es ihm gelungen, seinen Stiefsohn zu beruhigen und in seine Hütte zu bringen.

»Dieser Junge ist eine Gefahr«, erklärte Mistreß Van Ruyven, als sie in den Laden trat. »Ich habe gehört, daß er gedroht hat, die ganze Stadt niederzubrennen.«

»Gott stehe uns bei.« Jane Winder erschien in der Tür; sie war in Begleitung ihrer Schwägerin Carol Elkins und eines Negersklaven, der einen großen Weidekorb trug.

»Er ist kein Junge mehr«, sagte Roome. »Aber ich glaube nicht, daß Edward solch böse Dinge tun würde. Er glaubt, daß er der Prophet Elia ist, und manchmal, so wie heute, glaubt er, er ist Christus.«

»Gebt acht, Mister Roome.« Celia Van Ruyven hob mahnend ihren Finger. »Drüben in der alten Heimat würde er für solche lästerliche Äußerungen auf dem Scheiterhaufen brennen.«

Ihre Tochter Grace nickte heftig. »Das ist Blasphemie. Schwere Blasphemie. Ich hab' gehört, er ist ein Anhänger von Beado.«

»Beado?« Jane Winder, eine spindeldürre Katholikin, bekreuzigte sich hastig.

Katholiken bereiteten Mistreß Van Ruyven Unbehagen. Steckten sie denn nicht selber voller heidnischer Gebräuche?

»Wer ist dieser Beado?« erkundigte sich Carol Elkins, die erst vor kurzem aus Britannien gekommen war. Ihre Augen waren groß vor Neugier und Entsetzen.

»Ein böser Mensch.« Celia Van Ruyven schauderte. »Vor zwei Jahren hat er behauptet, er habe die heilige Mission, uns alle zu verbrennen, zu töten und zu vernichten. Der holländische Rat hat ihn gebrandmarkt und aus der Stadt verwiesen. Jetzt heult er den Vollmond an, und die Engländer unternehmen nichts gegen ihn.«

Jane Winder fächelte sich mit einem Taschentuch Luft zu. »Gott sei's geklagt, ja.«

»Unsinn!« brummte Roome. »Nichts als Weibergeschwätz.«

Mistreß Van Ruyven legte die rechte Hand an ihre Lippen und winkte alle im Laden Anwesenden näher. »Sicherlich wißt Ihr von der Blasphemie im Gebetbuch, Mister Roome.«

»Sagt nicht mehr!« ächzte Mistreß Winder, von Grauen geschüttelt. »Wir alle haben von dieser schändlichen Sache gehört, und ehrbare Frauen sollten darüber nicht reden.«

Mistreß Van Ruyven bedachte Mistreß Winder mit einem funkelnden Blick und schüttelte heftig den Kopf. »Francis Beado. Er ist der Schurke, dessen bin ich mir sicher. Sie sollten ihn aufhängen.«

»Alles war voller Blut«, flüsterte Mistreß Winder, ihre eigene Ermahnung mißachtend. »Mein Gemahl kennt den Vetter der Mutter der Stadtwache, die in dem Stall gewesen ist. Alles war voller Blut.«

Mistreß Van Ruyven schenkte Mistreß Winder ein diabolisches Lächeln. »Ich dachte, ehrbare Frauen sollten nicht darüber reden.« Sie wandte Mistreß Winder die Schulter zu, gab ihrer Tochter einen Schubs und entschwebte in die hinteren Regionen von Roomes Laden, um zu sehen, was sie für den Tag brauchte.

Obgleich Edward Davies' abscheuliches Benehmen nun nicht mehr Gegenstand der allgemeinen Schwatzhaftigkeit war und das Gespräch im Laden sich anderen, der Führung eines Haushalts angemesseneren Themen zuwandte, fiel es Jacob Roome schwer, mit seinen Gedanken bei der Sache zu bleiben. Das einzige, woran er denken konnte, war der Sonntagmorgen, an dem die schreckliche Tat im Stall des Obersten Ratsherrn geschehen war.

An diesem Tag war Edward, als die Roomes von der Kirche nach Hause gekommen waren, in einem grauenvollen Zustand aufgetaucht: Seine Kleider waren über und über durchtränkt von Blut gewesen.

Kapitel 8

Montag, 18. März
Morgen

Sheriff Thomas Gibb war auf dem Stuhl in seinem Büro im Rathaus eingenickt. Er war soeben erst von zu Hause gekommen und brauchte dringend Ruhe – etwas, das er daheim bei seiner Frau und seinen sechs unverheirateten Töchtern nie bekam.

Er war ein breitschultriger, schlanker Mann mit hagerem Gesicht, der in seinen Stiefeln nahezu zwei Meter maß. Nicht ein Tag verging, an dem Sheriff Gibb nicht der Rücken und die Füße schmerzten. Er hatte soeben seine großen Füße aus seinen zu engen Stiefeln befreit, als sein Deputy Eric Nessel-Vogel, ohne anzuklopfen, hereingestürmt kam.

Gibb warf einen gehetzten Blick auf seinen Gehilfen und schloß dann wieder die Augen. »Wenn es irgendein Problem gibt, Nessel-Vogel, will ich es nicht hören.«

»Es gibt ein Problem. Ein großes Problem.«

»Mit wem?«

»Was wollt Ihr zuerst hören – das kleinere oder das größere?«

Gibb seufzte tief. Wieder kein Tag, an dem er seine Ruhe haben würde. »Das größere.«

»Edward Davies läuft nackt durch die Gegend und behauptet, Christus zu sein.«

Gibb, dessen Augen noch immer geschlossen waren, hob eine Hand und gab durch ein Winken zu verstehen, daß er mehr hören wollte.

»Das dürfte ein Verstoß gegen die Verordnungen wider aufrührerische Reden und aufrührerisches Benehmen sein«, fuhr Nessel-Vogel fort. »Ganz zu schweigen davon, daß es ein Sakrileg ist.«

Gibbs Finger forderten mehr.

»Auf dem Weg hierher haben mich mindestens fünf Leute angesprochen und mir erklärt, daß es sich bei der Tötung des Pferdes um eine blasphemische rituelle Schlachtung der Juden handelt. Drei von ihnen behaupten, daß die Juden das Blut für ihr Passahfest brauchen.«

Gibb nickte. »Das traue ich ihnen ohne weiteres zu; abgesehen davon, daß sie für das Passahfest Christenblut und kein Pferdeblut brauchen.«

»Fünf andere meinten, sie sind sich sicher, daß Francis Beado das Pferd getötet und das Ding in die Kirche gelegt hat.«

Gibbs Finger winkten abermals.

»Jan Keyser und Henry Backer.«

»Kaum daß ich ihnen den Rücken kehre«, stöhnte der Sheriff, »machen wieder irgendwelche verdammten Holländer Schwierigkeiten.« Gibbs gehörte zu jenen britischen Zeitgenossen, die davon überzeugt waren, alle Holländer benötigten eine regelmäßige Tracht Prügel, damit sie ihren untergeordneten Rang in diesem Leben nicht vergaßen.

Nessel-Vogel, ein geborener Hesse, reagierte nicht darauf, obwohl er sehr wohl wußte, daß für Gibb Holländer und Deutsche ein und dasselbe waren, was soviel bedeutete, daß beide weit unter jedem Engländer standen. Im Gegensatz zu Sheriff Gibb war sein Deputy untersetzt und breit; er war so mit Muskeln bepackt, daß er keinen Hals zu haben schien. Seine Muskeln reichten von den Schultern bis zum Kopf. Nichts und niemand vermochte Nessel-Vogel zu erschüttern. »Ihr kennt doch das Stück Land draußen am Teufelsfelsen, diesseits der neuen Gerberei von Keyser, das die Bakkers verloren haben, als die Holländer wieder das Sagen hatten, und das sie jetzt wieder zurückbekommen haben?«

Gibbs Augen waren noch immer geschlossen. »Und?«

»Dort liegt eine tote Kuh.«

»Und?«

»Backer behauptet, sie war auf *seinem* Land, und er hat Keyser und seine Söhne erwischt, wie sie sie aus einem Bach gezogen haben.«

»Und?«

»Keyser behauptet, sie war auf *seinem* Land und daß er die Kuh nicht geschlachtet hat. Er sagt, er hat sie tot gefunden, und das Fleisch und ihre Haut stünden ihm zu.«

Gibb wackelte mit den Zehen. Er machte die Augen auf und blinzelte zu Nessel-Vogel empor. »Verdonner sie zu je einem Biberpelz wegen Streitens am Tag des Herrn und vergiß es. Herrgott! Mein Rücken bringt mich noch um.«

Nessel-Vogel schüttelte verächtlich den Kopf, weil der Sheriff nie zuhörte. »Es ist heute passiert, nicht gestern.«

»Sag ihnen, sie sollen's vergessen und mich in Ruhe lassen.«

»Sie wollen es aber nicht vergessen. Und sie weigern sich, mit mir zu verhandeln. Beide bestehen darauf, daß Ihr anwesend sein müßt.«

Gibb hatte schütteres, weißblondes Haar, das bis in seinen Nacken hinabfiel. Als er sich nach vorn beugte, um seine Stiefel anzuziehen, fiel es ihm vor die Augen. Er streifte es nach hinten. Es war weit hinab bis zu seinen Stiefeln, was ihm erneut schmerzhaft seinen schlimmen Rücken in Erinnerung brachte. »Is' wohl nicht zu ändern. Ich werd' mal da raussehen. Ihr geht zur Hütte von Davies. Wenn Ihr Davies und Beado zusammen antrefft und ich Keyser und Backer überzeugen kann, die Kuh zu schlachten, werden wir beide heute abend ein feines Steak auf dem Teller haben.«

»Natürlich«, knurrte Nessel-Vogel. »Und Schweine können fliegen.«

Kapitel 9

Montag, 18. März
Später Morgen

Da das Sitzen im Sattel seinem Rücken nicht bekam, entschloß sich Gibb, zu Fuß zum Teufelsfelsen hinauszugehen, der seinen Namen seiner immensen Größe und der ungeheuren Tiefe verdankte, aus der er emporragte. Die Wurzeln des Felsens reichten so tief in den Bauch der Erde, daß man sich erzählte, sie würden direkt aus der Hölle emporwachsen.

Der untere Teil des Broad Way war inzwischen mit Steinen gepflastert, und die ganze Stadt sah allmählich wie ein englisches Dorf aus. Die Holländer hatten die seltsame Angewohnheit, ihre Häuser mit dem Giebel zur Straße zu bauen, damit sie durch ein großes Fenster im dritten Stock der Giebelseite Waren verladen konnten. Ein gutes englisches Haus stand mit der Vorderseite zur Straße, wie es sich gehörte.

Gibb war noch nicht lange unterwegs, als ein von einer betagten braunen Stute gezogener Wagen vorbeiratterte. »Halt!« rief Gibb dem Lenker des Wagens zu. Er rannte ein Stück hinter dem Wagen her, wogegen sein Rücken mit jedem Schritt aufs heftigste protestierte.

Der Lenker des Wagens brachte das Pferd zum Stehen. Staub von der schmutzigen Straße wirbelte in Gibbs Gesicht. »Was ist denn, Gibb?«

»Genau das, was ich brauche!« knurrte Gibb. »Noch ein Holländer, der mir den Tag verschönt.«

»Und ich wünsche Euch ebenfalls einen guten Morgen, Sheriff Gibb«, erwiderte Tonneman amüsiert. Er mußte an die Zeit denken, als er Sheriff gewesen war und ständig hinter Karren und Wagen herhecheln mußte, die fuhren, wo sie nicht fahren durften.

»Tonneman! Ihr solltet es nun wirklich besser wissen.« Gibb zitierte die Bestimmung: »In der Stadt müssen Pferde am Zügel geführt …«

»Außer auf dem Broad Way«, unterbrach ihn Tonneman. »Dort dürfen sie in langsamer Gangart geritten und gelenkt werden … Ich kenne die Vorschriften. Ich habe sie mit formuliert.«

»Wenn Ihr die verdammten Vorschriften so gut kennt, Holländer, warum befolgt Ihr sie dann nicht?« Als Tonneman nichts darauf sagte, knurrte Gibb: »Ich sollte Euch dafür einsperren.«

»Das ist kein Delikt, das mit einer Gefängnisstrafe geahndet werden kann.«

»Dann verdonner ich dich eben zu einer saftigen Geldstrafe, du holländischer Bastard.«

»Hütet Eure Zunge, Engländer. Ich könnte Euch das Genick brechen. *Das* wäre etwas, auf das Gefängnis steht.«

Gibb wußte, daß er sich hatte hinreißen lassen und zuviel und das Falsche gesagt hatte. »Vergeßt, was ich gesagt habe. Ich hab's nicht so gemeint.«

»Ist schon vergessen«, erwiderte Tonneman, ohne auch nur ein einziges Wort davon zu vergessen.

»Aber eine Geldbuße kann ich Euch nicht ersparen, Tonneman. So lautet das Gesetz.«

»So ist es – ja.«

Ein stechender Schmerz durchfuhr Gibbs Rücken. Er lehnte sich gegen Tonnemans Wagen. »Und ich brauche diesen Wagen, um dort hinzukommen, wo ich hin muß.«

»Seid Ihr von Sinnen, Gibb?«

»Seid ein guter Bürger, Tonneman. Es geht das Gerücht, daß Francis Beado derjenige ist, der Sonntag nacht das Pferd des Königs getötet hat.«

»Oh?« Das war nun in der Tat ein Kandidat für ein Dinner mit dem Teufel. Francis Beado. Beado, der aus London stammte, war im Dezember '73 vom Holländischen Provinzrat in Fort Willem Hendrick, wie die Holländer Fort James seinerzeit nannten, verurteilt worden, weil er ohne Erlaubnis nach Neu-Niederland gekommen war, mit der Absicht, die guten Leute daselbst in Angst und Schrecken zu versetzen. Beado behauptete, er sei mit der heiligen Mission betraut, mit Feuer und Schwert – dies waren seine Worte – über die Bewohner Neu-Niederlands zu kommen, sie zu berauben, zu töten und mitsamt ihren Häusern zu verbrennen. Die Holländer legten ihn in Eisen, stellten ihn an den Pfahl, brannten ihm mit einem glühendheißen Eisen ein Mal auf den Rücken und verwiesen ihn dann des Landes.

»Er wurde draußen am Teufelsfelsen gesehen«, log Gibb. Wenn er nicht bald seinen Rücken strecken konnte, würde er zu schreien anfangen. »Ich würde Euch nicht behelligen, aber Euer Wagen hat eine gebrochene Achse«, log er erneut. »Und Ihr fahrt ohnehin in diese Richtung.«

»Wenn das so ist, steigt auf.« Tonneman war ein praktisch veranlagter Mann. Falls der verrückte Beado tatsächlich sein Mann war, dann würde Tonneman De Sille und diesen schmutzigen Job schneller wieder vom Hals haben, als er gehofft hatte. Und er fuhr ohnehin in diese Richtung.

»Ihr meint, was Ihr sagt?« fragte Gibb. Mit schmerzvoll verzogenem Gesicht kletterte er auf den Wagen, freudig überrascht und zufrieden ob der Erleichterung für seinen Rücken. Er schob die Säcke mit Salz zur Seite und versuchte, sich flach auf den Rücken zu legen, doch seine Beine baumelten hinten aus dem Wagen heraus.

»Bequem, Gibb?« rief Tonneman über die Schulter. Er schnalzte mit den Zügeln, und die gute alte Venus fiel in einen munteren Trab.

»Halt und zeigt eure Gesichter!« rief einer der beiden rot uniformierten Musketiere, die das Broad-Way-Tor bewachten.

Unter schmerzvollem Stöhnen setzte sich der Sheriff auf. »Ist schon in Ordnung«, rief er. »Ich bin's.«

Die Torwachen spuckten aus und schüttelten die Köpfe angesichts der albernen Possen des Sheriffs von New York.

Als sie den Teufelsfelsen erreichten, standen Henry Backer, Jan Keyser und dessen drei Söhne um den Kadaver einer Kuh herum und schrien so laut aufeinander ein, daß es den Himmel zum Weinen bringen konnte. Ein Stück abseits stand ein hochwandiger, hinten offener Karren, vor den ein Esel gespannt war.

»Hat einer von Euch den verrückten Francis Beado gesehen?« fragte Gibb, noch ehe der Wagen zum Stehen gekommen war, um die Lüge zu kaschieren, die er Tonneman aufgetischt hatte.

Der alte Keyser und Backer schüttelten die Köpfe. Die drei Jungen standen schweigend daneben und starrten zu Boden.

»Das ist meine Kuh«, schrie Keyser mit schneidender Stimme. »Einen angenehmen Morgen, Tonneman.«

»Mister Tonneman«, grüßte der junge Backer respektvoll. Tonneman hob die Hand zum Gruß. Der Junge und Tonneman hatten schon einmal näher miteinander zu tun gehabt. Als er Schout von Neu-Amsterdam gewesen war, hatte Tonneman den Jungen vor dem Ertrinken im East River gerettet.

Backer nickte Gibb zu. »Sheriff.«

Gibb kletterte vom Wagen und ging zu der toten Kuh hinüber. Obwohl dies neuerliche scheußliche Schmerzen mit sich brachte, beugte er sich über sie. Er strich mit den Fingern über das Fell des Tieres und schnupperte in die Luft. »Heute am frühen Morgen geschlachtet, würde ich sagen.«

»Das dürfte stimmen«, sagte Keyser. »Aber wenn ich sie nicht schnellstens häuten und zerlegen kann, fängt sie an zu verderben.«

Backer schüttelte heftig den Kopf. »Sie gehört nicht dir, und du hast kein Recht, sie zu häuten. Zuerst nimmt mir die eine Regierung mein Land weg, dann gibt die andere es mir wieder zurück. Regierungen können das. Aber es kann nur ein schlimmes Ende nehmen, wenn ich zulasse, daß du und deinesgleichen, Jan Keyser, mein Kreuz noch erschweren.«

Gibb mühte sich, aus der unbequemen Hocke wieder hochzukommen, und mußte sich schließlich auf die Hand des jungen Backer stützen. Der Sheriff hinkte die wenigen Schritte zum Teufelsfelsen am Straßenrand und sah von dort zur toten Kuh zurück. »Es ist Backers Land; also ist es auch Backers Kuh.«

»Was?« Der entrüstete Aufschrei Keysers klang, als hätte man ihn mit einem glühenden Eisen gebrandmarkt.

Tonneman grinste. Genau so hätte auch er entschieden. Und er war verdammt froh, daß Gibb es war und nicht er, der den heiligen Zorn Keysers abbekam.

»Backers Land reicht im Norden bis an den Teufelsfelsen«, erklärte Gibb. »Ich war selbst dabei, ebenso wie Backer auch, als Conraet Ten Eyck das Land vermessen und Ephraim Herman, der Schreiber des Stadtgerichts, die Urkunde unterzeichnet hat.«

»Scheiße und Verdammnis«, brüllte Keyser und versetzte der Kuh einen Fußtritt.

»Gib acht, was du tust, Keyser. Das ist meine Kuh.« Der junge Backer versuchte gar nicht, den Triumph in seiner Stimme zu dämpfen.

Keyser machte eine rüde Geste mit der Hand in Richtung seines Geschlechts und stapfte wutentbrannt davon. Seine drei Jungen hoben die Blicke vom Boden, sahen einander an, kratzten sich verlegen, stiegen auf den Karren und fuhren hinter ihrem Vater her.

Tonneman, der die ganze Zeit auf seinem Wagen gesessen hatte, kletterte nun herab und kniete sich neben der Kuh nieder. Ihr Hals war von der einen Seite bis zur anderen durchgeschnitten, und ihr Kopf war unnatürlich weit auf eine Seite gedreht. Er hob den Kopf an und ließ ihn wieder sinken. Er hob das Euter und wog es in der Hand. »Das ist noch ein Kalb und kaum ein Jahr alt.« Wie Gibb strich er mit den Fingern über das Fell des Tieres. Dann tastete er im Umkreis von einigen Metern den mit Steinen übersäten Boden ab. »Ihr Fell ist naß, aber der Boden ist trocken.«

Henry Backer sah zu dem Bach hinüber, der etwa zehn Fuß westlich von ihnen im Wald verschwand. »Dort haben sie sie gefunden. Im Wasser.«

Tonneman nickte. »Man hat ihr die Kehle durchgeschnitten und den Hals gebrochen.« Was Tonneman nicht sagte, war, daß der Schnitt durch die Kehle von einem sehr scharfen Messer stammte. Man brauchte kein Hellseher zu sein, um das festzustellen. Er wußte sehr wohl, daß viele Metzger nicht sonderlich auf ihre Messer achteten.

Andererseits wußte er aber auch, daß jüdische Metzger zum Schlachten nur Messer benutzen durften, die doppelt so lang sein mußten, wie der Hals des zu schlachtenden Tieres breit war, und nicht die geringste Scharte haben durften.

Dieser Schnitt war so scharf und exakt geführt, daß Tonneman nicht daran zweifelte, daß er, wenn er nicht das Werk eines Chirurgen war, nur von einem jüdischen Metzger ausgeführt worden sein konnte.

Kapitel 10

Montag, 18. März
Vormittag

Im Augenblick dachte Tonneman gar nicht daran, seine Überlegungen mit dem Sheriff zu teilen. Ihm spukte der Gedanke durch den Kopf, daß es eine Verbindung zwischen den beiden Messerattentaten geben könnte, doch er wollte verflucht sein, wenn er wußte, welcher Art diese Verbindung war. Aber sie war durchaus möglich.

Gibb kletterte wieder auf den Wagen, diesmal jedoch neben Tonneman auf den Kutschbock. Auf wundersame Weise schienen seine Schmerzen wie weggeblasen; der Sheriff wirkte zufrieden und selbstgefällig.

»Und was jetzt, Boß?« erkundigte sich Tonneman.

Gibb streifte Tonneman mit einem argwöhnischen Blick; ihm war klar, daß ihn der Holländer auf den Arm nahm. »Nessel-Vogel ist zur Hütte von Edward Davies südlich von Shellpoint gegangen; möglicherweise steckt dieser Beado bei Davies. Wißt Ihr, wo das ist?«

Tonneman nickte und ließ Venus mit einem Schnalzen antraben. Er hatte in diese Geschichte bereits Zeit investiert. Nun würde er bis zum Ende dabeibleiben. Carl Luria würde noch eine Weile auf sein Salz warten müssen.

Die Straße zum Shellpoint schlängelte sich in sanftem Auf und Ab und einige jäh aufragende Felsformationen umgehend durch dichten Wald und Salzsümpfe. Der Weg war früher einmal ein Kriegspfad der Indianer gewesen; und immer schon war er – so wie auch heute noch – Teil eines älteren indianischen Handelspfades, auf dem sie Pelze aus dem Norden zur Handelsstation brachten. Ein schmaler, aus unterirdischen Flüssen gespeister Bach begleitete murmelnd den Weg. Die Bäche und der Shellpoint selbst waren reiche Gründe für Blaukrabben, Schildkröten und Barsche. Doch die Bäche wurden mit jedem Jahr schmaler und die Wagenspuren breiter. Nicht mehr lange, und die Kaninchen, Eichkätzchen, Rehe, Biber, Bären und Füchse würden sich andere Orte suchen, an denen sie sich tummelten.

Doch noch standen die Ahornbäume, Walnußbäume und Roteichen in dichten Gehölzen und boten den Tieren des Waldes, den Rebhühnern und Wachteln Schutz. Und in den Salzsümpfen wimmelte es von Wasservögeln, Enten, Reihern und Eisvögeln.

Auf der anderen Seite des großen Teiches, am Rand der Salzsümpfe, konnte man ein kleines Dorf ausmachen. Hier wohnten die freien Afrikaner. Rauch stieg aus den Kaminen, und über das Wasser hallten die Stimmen von Kindern.

Davies' Hütte stand am diesseitigen Ufer. Als Tonneman und Gibb in Sichtweite der Hütte kamen, stürmte Nessel-Vogel aus einem dichten Pappelgehölz am Rand des Weges. Tonneman brachte Venus zum Stehen.

»Eric«, rief Gibb. »Habt Ihr ihn gefunden?«

»Ja und nein. Als er mich gesehen hat, ist er davongelaufen, splitternackt wie eine gerupftes Huhn. Er ist drüben in den Salzsümpfen verschwunden.«

»Habt Ihr die Hütte durchsucht?«

Tonneman hörte zwar zu, doch seine Aufmerksamkeit galt vor allem dem Weg vor ihnen, der ziemlich unpassierbar aussah.

»Nein, Sir. Ich hab' ihn verfolgt.«

Gibb bedeutete Tonneman mit einer Handbewegung, weiterzufahren. Nessel-Vogel ging voran.

»Er hat so was wie 'n Indianertanz aufgeführt«, erzählte Nessel-Vogel. »Vor seiner Hütte. Und als er mich sah, ist er in den Wald gerannt. Und ich hinter ihm her.«

Der Wald war hier so dicht, daß er den Weg an manchen Stellen fast überwucherte. Doch wenn sie sich unter herabhängenden Ästen hindurch duckten und Nessel-Vogel die größten Steine und herabgefallenen Äste auf dem Pfad beiseite räumte, konnten sie immer wieder die Fahrt fortsetzen, und Tonneman konnte nun zwar nicht mehr die Hütte, aber den dichten, schwarzen Rauch sehen, der aus dem Holzschornstein quoll.

Nach einigen Minuten vorsichtiger Fahrt langten sie schließlich vor der halbverfallenen Hütte an. Seltsame Geräusche waren von drinnen zu hören.

»Da ist jemand drinnen«, sagte Tonneman.

»Der Wahnsinnige muß in die Hütte zurückgeschlichen sein, ohne daß du es bemerkt hast, Nessel-Vogel.« Gibb stieg vom Wagen und rieb sich mit der Rechten das Kreuz.

Tonneman sprang vom Kutschbock und band Venus an einem Walnußbaum fest. Sie stieß mit dem Kopf nach ihm und wendete sich dann einem Büschel Gras zu, an dem sie zufrieden herumknabberte.

Tonneman rieb die Nase der Stute und suchte mit der anderen Hand im Wagen nach einem alten Freund. Die Keule aus Eichenholz in der Hand wiegend, lief er hinter den beiden Gesetzeshütern her und holte sie ein, als sie die Tür der Hütte aufrissen. Rauch quoll heraus.

Gibb machte einen Schritt zurück. »Verdammt! Nessel-Vogel, steig aufs Dach und sieh nach, was den Kamin verstopft.«

»In Ordnung, Sir.«

Tonneman war etwas verwundert über den lächerlichen Befehl des Sheriffs und die Willfährigkeit seines Gehilfen. Und sie nannten *Davies* einen Wahnsinnigen. »Vielleicht sollten wir warten, bis wir wissen ...«, begann er.

Doch lautes Husten und Würgen ließen ihn verstummen. Tonneman und Gibb tauschten einen schnellen Blick. In stillschweigendem Einverständnis stürmten sie in die von Rauch erfüllte Hütte. Der Zufall kam ihnen zu Hilfe: Schon nach wenigen Schritten lag eine Gestalt vor ihnen auf dem Lehmboden.

Der Sucher war zutiefst enttäuscht. Er hatte gehofft, sich mit einem grimmigen Streich beider Dämonen entledigen zu können. Doch, ach, die Mühlen Gottes mahlten langsam, und sie mahlten überaus fein. Er wußte, was seine Mission von ihm verlangte; bald schon würde er jene vernichten, die sich gegen Gott stellten.

Und ein weiteres Augenpaar beobachtete mit großem Vergnügen, wie weiße Männer einander Schaden zufügten.

Inzwischen hatte Nessel-Vogel eine nahe stehende Eiche hoch genug erklommen, um sich von einem Ast auf das flache Dach der halbverfallenen Hütte herabzulassen.

Neben der Hütte stand ein Eimer mit Wasser. Nachdem Gibb und Tonneman den um Luft ringenden Mann ins Freie gezerrt hatten, schnappte Gibb sich den Eimer und lief wieder nach drinnen. Die rote Glut schwelender Holzscheite führte ihn zur Ursache des Übels. Er goß das Wasser über die Glut und rannte hustend wieder nach draußen. Der beißende Rauch trieb ihm die Tränen aus den Augen.

Der verrückte Francis Beado lag würgend am Boden und erbrach sich. Seine Kleider waren steif von großen, getrockneten dunkelbraunen Flecken. Tonneman beugte sich näher. Die Flecken mußten Blut sein. Tonneman kräuselte schnuppernd die Nase. Beado stank nach Urin.

Gibb packte Beado am Kragen und schüttelte ihn. »Ich hätte dich sterben lassen sollen, du stinkender Haufen Scheiße.«

Tonneman verschränkte die Arme vor der Brust. Soviel zu De Silles Auftrag. Beado mußte der Pferdekiller sein.

Nessel-Vogel rief etwas vom Dach herab. Tonneman und Gibb sahen zu ihm hinauf. Der Rauch aus dem Schornstein stieg wieder ungehindert zum Himmel empor.

Gibb ließ Beado los, der schlaff zu Boden fiel. Beide Hände wie einen Schirm über die Augen haltend, rief Gibb: »Was war es? Ein Vogel?«

Nessel-Vogel rannte bis zum Ende des Dachs und erreichte mit einem Satz den überhängenden Ast, über den er auf das Dach gekommen war. Er hangelte sich bis zum Stamm und ließ sich dann, halb rutschend, halb stürzend, zu Boden fallen. Das Gesicht des Deputy war schwarz vom Ruß. Wie ein Dämon grinsend, humpelte er auf sie zu.

Beado hörte auf zu würgen und versuchte, sich aufzurichten. Doch Gibb setzte ihm einen großen Fuß auf die Brust und drückte den Wahnsinnigen wieder zu Boden. »Bleib liegen, du Mörder!« zischte der Sheriff, als würde er einem Hund befehlen. »Du wirst hängen.«

Erneut von einem Hustenanfall geschüttelt, krümmte sich Beados Körper unter Gibbs Fuß.

Nessel-Vogel zog ein Knäuel verkohlter, rußiger roter Stoffetzen aus seiner Rocktasche. »Damit war der Schornstein zugestopft.«

»Ein Vogelnest«, brummte Gibb.

Tonneman schüttelte den Kopf. Kein Vogel konnte einen Stoff in so lange Streifen zerreißen. »Das sieht eher nach Menschenwerk aus.«

Gibb rollte mit den Schultern, um seinen Rücken zu entspannen. Sein Stiefel stand noch immer auf Beados Brust. Beado stöhnte. »Schnauze!« knurrte der Sheriff. »Glaubt Ihr, jemand hat versucht, dieses nichtsnutzige Geschmeiß umzubringen?«

Tonneman wischte sich die Hände an seinen Hosen ab. »Oder Davies. Das ist Davies' Hütte.«

»Wieso Mörder?« ächzte Beado und versuchte erneut, sich aufzusetzen. »Ich bin nicht in der Stadt gewesen. Ich darf sie gar nicht betreten.«

Gibb drückte mit seinem Fuß, und Beado sank aufheulend wieder zurück. »Das Pferd des Königs«, knurrte Gibb. »Du hast das Pferd des Königs getötet und seinen Schwengel in das Gebetbuch in der Kirche gelegt.«

»Niemals!« kreischte Beado entsetzt auf. »Ich würde niemals die Hand gegen meinen rechtmäßigen König erheben oder mich wider meinen Herrgott versündigen.« Beados Stimme klang so sicher und fest, daß Gibb überrascht den Fuß wegnahm und dem Verrückten erlaubte, sich aufzusetzen.

Tonneman musterte Beado forschend. Sein schwarzes Haar hing in verklebten Strähnen bis auf seine Schultern. Er war schmutzig, unrasiert und seine Augen blutunterlaufen; er sah eher wie eine Kreatur der Unterwelt aus denn wie ein Geschöpf der grünen Erde Gottes. Tonnemans Instinkte sagten ihm, daß der Mann die Wahrheit sprach. Aber er brauchte Beweise.

»Beweise es, Beado«, schnarrte Gibb wie ein Echo von Tonnemans Gedanken.

Beado sprang auf die Beine und stieß ein gellendes, an ein wahnsinniges Tier erinnerndes Lachen hervor, das die Möwen erschreckt aufkreischen ließ. Er warf beide Arme in die Luft und schrie: »Komm, tanz mit mir!« Und mit diesen Worten packte er Tonneman bei den Schultern und zerrte ihn, irrwitzige Bocksprünge vollführend, im Kreis herum.

Tonneman war erstaunt über die Kraft des schmächtigen Kerls. Er streifte Beados Hände von seinen Schultern. »Nenne uns deinen Beweis, Beado.«

Der verrückte Beado stieß einen knorrigen Finger in Tonnemans Richtung. »Fragt den Christusmörder«, schrie er. »Fragt den Juden – Mendoza.«

Kapitel 11

Montag, 18. März
Vormittag

Sie war mit der Wäsche fertig, und die nassen Sachen hingen an der Leine draußen im Hof. Racqel konnte sich nun eine Verschnaufpause erlauben und ihren Gedanken nachhängen. Moses war mit seinen Büchern draußen. Racqel mußte nicht mehr bei dem Jungen sitzen, wenn er lernte. Ihr Sohn hatte einen scharfen Verstand, und sein Wissen überstieg ihre Fähigkeiten, ihn zu unterrichten, bereits bei weitem. Er brauchte einen gelehrten Mann – einen richtigen Lehrer. Der Schulmeister Lester Crabtree war gut für weltliche Dinge. Doch der Lehrer, der ihren Sohn darin unterweisen konnte, ein Mann zu werden, konnte nur in der jüdischen Gemeinde gefunden werden. Zu der sie nicht mehr gehörte.

Daniel schlief, und Maria saß mucksmäuschenstill daneben und wachte über ihn. Alice, ihre freie jamaikanische Magd, die jeden Tag, außer sonntags, für sie arbeitete, schnitt Karotten in den Eintopf.

Racqel sehnte sich nach einem neuen Haus. Dieses hier stand zwischen der Old Soldiers Tavern auf der einen und dem Rathaus und dem Gefängnis auf der anderen Seite. Doch Tonneman war hier zufrieden. Um die Wahrheit zu sagen, war es nicht nur das Haus, das ihr Kummer bereitete. Es war vor allem ihr Platz im Leben. Das Geld, das Tonneman jetzt verdiente, war ihr kein Trost. Sie wollte von ihren Leuten wieder aufgenommen und akzeptiert werden.

Racqel seufzte. »Ich muß mal nach draußen gehen, Maria. Paßt du auf, daß der Eintopf nicht anbrennt, und gibst du auf deinen kleinen Bruder acht?« Sie sprach zu dem Kind, doch ihre Worte waren an Alice gerichtet.

»Ja, Mutti.« Das Mädchen war überglücklich über ihre Rolle als kleine Mutter.

Die zierliche, kaffeebraune Frau nickte stumm und fuhr fort, Pfeffer in den brodelnden Eintopf zu mahlen.

»Gib kein Wasser mehr in den Eintopf und mach dir nicht so große Sorgen um Daniel.«

»Ja, Mutti.«

Racqel Pereira Mendoza Tonneman war eine stattliche Frau, die die meisten ihrer Geschlechtsgenossinnen um einiges überragte. Die Jahre und die Schwangerschaften hatten ihre Brüste und Hüften gerundet, doch sie war noch immer eine schöne Frau. Ihr blaues Kleid war nach der neuesten Mode geschneidert mit einem enganliegenden, vorn tief ausgeschnittenen und mit Fischbein verstärkten Oberteil, das ihre ohnehin schmale Taille noch mehr betonte. Ihr schwarzes Haar, das sich von Natur zu kräftigen Ringellöckchen kräuselte, bedeckte eine kleine spitzenbesetzte Haube aus weißem Leinen. Über ihre Schultern fiel ein dazu passender, breiter linnener Spitzenkragen. Der weite, lange Rock war in der Mitte geschlitzt und ließ ein ebenfalls mit Spitzen besetztes Unterkleid hervorlugen.

Racqel schlang sich ihren grünen Wollschal um Kopf und Schultern, griff nach dem Leinenbeutel, in dem ihre Unterwäsche war, und verließ das Haus durch die Hintertür. Sie ging an der aufgehängten Wäsche vorbei durch den Garten, wo Moses über ein Buch gebeugt auf der Bank saß. Im Vorbeigehen tätschelte sie ihrem Ältesten die Wange. Er sah mit einem Lächeln zu ihr auf und beugte sich dann wieder über seine Lektion.

Racqel schlüpfte hinter den Pferdestall. Sie eilte einen schmalen Pfad hinab, den sie im Lauf der Jahre bei ihren heimlichen Ausflügen ganz allein ausgetreten hatte. Der Pfad führte sie wieder zur Queen Street zurück. Sie sah um sich, überquerte die Straße und ging dann mit schnellen Schritten bis zur Coenties Alley.

Am Ende der schmalen Gasse verschwand sie, anstatt das Haus der Ten Eycks zu betreten, in den Wald, der fast bis zum East River hinabreichte. Dort hatte Ten Eyck ihr eine Hütte gebaut. Sie war durch Bäume und wucherndes Gestrüpp vor Blicken geschützt. Dies war das Geheimnis, das die Ten Eycks mit Racqel teilten. Niemand sonst wußte davon. Nicht einmal Tonneman.

Neben der Hütte stand ein Faß mit Regenwasser, über das ein Seihtuch gespannt war. Das leichte Tuch hielt das Laub und den Schmutz zurück und ließ das Regenwasser passieren. Racqel wischte einige Blätter von dem Tuch und trat in die Hütte.

Es war vielleicht die einzige Hütte von ganz New York, die statt eines Lehmbodens einen Holzfußboden hatte. Auf dem Fußboden lag immer trockenes Feuerholz für sie bereit, daneben warteten einige große Tonkrüge, eine Zinkwanne und eine Holzbank auf sie. Auf Brettern an der Wand waren Töpfe mit Seife, Kerzen, eine Zunderbüchse, eine Schere, Kamm und Bürste sowie saubere Handtücher. Racqels ganz private *Mikwe* war keine großartige Sache, und sie war auch nicht unter der Aufsicht eines Rabbi gebaut worden, doch da ihr der Besuch in der Gemeinde verwehrt wurde, mußte ihr dieses provisorische Badehaus genügen.

Das jüdische Gesetz schrieb vor, daß das Wasser für das Bad lebendig, also natürlichen Ursprungs sein mußte, weshalb nur Regen-, Schnee- oder Eiswasser verwendet werden durfte. Die *Mikwe* war eine Säule des jüdischen Lebens. Eine funktionierende jüdische Gemeinde mußte eine *Mikwe*, einen Rabbi und einen

Arzt haben. In New York gab es all dies, doch die *Mikwe* und der Trost von Rabbi Alonzo Gomez wurden Racqel verwehrt. Und sie hatte noch nie Anlaß gehabt, die Dienste des Arztes Solomon Navarro in Anspruch nehmen zu müssen.

Die neue *Mikwe* der jüdischen Gemeinde von New York war nach Racqels Verbannung aus der Gemeinschaft ihrer Glaubensgenossen gebaut worden. Sie wußte jedoch, daß sie ganz in der Nähe von Asser Levys schönem Haus in der Wall Street stand.

Die Fassade der neuen *Mikwe* war aus gelben spanischen Ziegelsteinen. Von ihrer Freundin Rebecca Da Costa, die einzige Jüdin, die noch mit ihr redete, wußte sie, daß sie innen ganz mit blauen Kacheln gefliest war, die gleichfalls aus Spanien stammten. Die neue *Mikwe* war ein bescheidener Ort mit nur drei Räumen: einem Männerbad und einem Frauenbad, in denen jüdische Bedienstete den Badenden behilflich waren. Die Afrikaner, die sich um das Wasser und das Feuer kümmerten, durften nur den dritten, hinteren Raum betreten. Von dort kam das heiße und kalte Wasser für die Baderäume. Silberleuchter erhellten die beiden kleinen Kammern, von denen aus man in die Bäder gelangte.

Das Ritualbad der Frauen war für die Jüdinnen von New York nicht nur der Ort, den sie aufsuchten, um sich zu waschen und rituell zu reinigen, sondern auch um sich zu treffen und miteinander zu plauschen – etwas, das die Frauen aus dem Volk der Israeliten seit jeher mit großem Vergnügen taten. Die *Mikwe* und all diese Freuden waren Racqel verwehrt seit dem Tag, an dem sie den Holländer geheiratet hatte.

Racqel seufzte ob der Dinge, die ihr versagt blieben, und griff nach der Zunderbüchse. Heute war der zwölfte Tag. Ihre Blutung war seit sieben Tagen vorbei. Heute würde sie sich reinigen, und heute nacht konnten sie und Tonneman beieinanderliegen. Die Jahre hatten ihr

Verlangen nach ihm und das seine nach ihr nicht gemindert.

Sie zündete das Feuer an, ging dann nach draußen und erleichterte sich. Als nächstes füllte sie die Tonkrüge mit frischem Regenwasser aus dem Faß. Die Hütte war zwar noch immer nicht warm, doch sie wollte nicht so lange von Zuhause fort sein. Sie nahm ihren Ehering und ihre Ohrringe ab, putzte sich die Zähne und schnitt ihre Nägel.

Dann stieg sie in die Badewanne. Irgendwie schaffte sie es, sich ganz – auch die letzte Locke ihres Haarschopfs – unter Wasser zu tauchen. Der Fluß wäre für ein vollständiges Eintauchen besser gewesen, doch er war zu kalt und zu öffentlich. Nach dem ersten Eintauchen sprach Racqel das Gebet und ließ sich von neuem unter Wasser sinken.

Nachdem sie sich gewaschen, abgetrocknet und ihren Körper gründlich nach Spuren von Schmutz oder ausgegangenen Haaren abgesucht hatte, zog sich Racqel an.

Sie saß auf der Bank und kämmte ihr Haar, als sie das Geräusch von schnellen Schritten hörte. Jemand kam zum Fluß herabgerannt. Vorsichtig spähte sie aus der Hütte. Keine zehn Fuß von ihr entfernt blieb der Mann stehen. Durch die jungen Birken am Ufer konnte sie ihn sehen; er stand tief geduckt. Er ließ den Sack fallen, den er trug, und verschwand zwischen den Büschen. Sekunden später hörte sie das Knacken von Zweigen, dann sah sie, wie er ein kleines Boot zum Ufer hinabzog. Er warf seinen Sack in das Boot und spähte um sich. Sie wagte nicht zu atmen.

Als er sich aufrichtete, sah Racqel, daß der Mann groß war, viel größer als sie selbst und größer sogar als Tonneman. Er sah aus, als sei er nur Haut und Knochen unter der roten Decke, die er um sich gewickelt hatte.

Sein Gesicht war hager und angespannt; er hatte volle Lippen und kleine schwarze Augen. Plötzlich stolperte er. Mit den Armen rudernd, um nicht das Gleichgewicht zu verlieren, ließ er die Decke fallen. Darunter war er splitternackt. »Verdammt«, knurrte er im Tonfall eines Engländers, schlang sich die Decke wieder um die Schultern, schob das Boot ins Wasser und ruderte in Richtung Breukelen davon.

Kapitel 12

Montag, 18. März
Mittag

Das seltsame Benehmen des Mannes im Boot, so fesselnd und verwunderlich es auch war, beunruhigte Racqel weit weniger als die Sorge um ihre Kinder. Sie war schon viel zu lange von zu Hause fort. Sie murmelte für ihre Familie ein Dankgebet an Gott, zog ein letztes Mal den Kamm durch ihr Haar und eilte nach Hause.

Maria wartete schon auf sie, unruhig vor dem Haus auf und ab marschierend, ganz so, wie Racqel es schon so oft Tonneman hatte tun sehen. Beim Anblick ihrer Tochter bohrte sich die Angst wie ein Pfeil in Racqels Herz. »Ist mit Daniel alles in Ordnung?« rief sie.

»Ja, Mutti. Ein Junge hat das für dich abgegeben.« Maria reichte ihrer Mutter ein Rechteck aus dickem Papier.

»Essen! Ich will was zu essen«, grölte Tonneman, der, aus dem Garten kommend, um das Haus bog und schnurstracks durch die Tür marschierte.

Moses, der soeben von seinem Unterricht bei Master Crabtree nach Hause kam, fiel in das fordernde Gezeter seines Vaters mit ein: »Essen. Essen. Essen«, krakeelten die Tonneman-Männer.

Racqel warf einen flüchtigen Blick auf das Schreiben, schob es in den Ärmel ihres Kleides, legte den Arm um Maria und folgte ihren Männern ins Haus.

Tonneman, der seine hastigen Waschungen bereits beendet hatte, schüttelte die Hände trocken. Seine Tochter lief zu ihm und reichte ihm das Tuch, das am Haken hing. Tonneman trocknete sich die Hände und hängte das Tuch an die Klinke der hinteren Küchentür.

Dann gab er seiner Tochter einen schmatzenden Kuß. »Du bist mein braves Mädchen.«

Das Licht der Sonne strömte durch das Fenster und warf goldene Bahnen über den Boden, wo Daniel bäuchlings auf seiner Decke lag und fest schlief.

»Essen. Essen. Essen«, kreischte Benjamin glücklich.

»Ein guter Sänger weiß, wann er aufhören muß«, ermahnte ihn sein Vater.

»Ja, Papi.«

»Ich rieche Brot«, sagte Tonneman, »und ich rieche Klippfisch.« Er sah zu Alice hinüber, die am Herd stand und in einem Topf rührte. Die Jamaikanerin kicherte.

»Der ist für heute abend«, erklärte Racqel. »Klippfisch, Käse und Äpfel oder Birnen aus dem Keller. Jetzt kriegst du nur Eintopf. Alice, du kannst den Eintopf vom Feuer nehmen und den Kindern zu essen geben.«

Tonneman seufzte tief. »Schade. Ich bin Klippfisch sehr zugetan.«

»Man ist Klippfisch nicht zugetan, Tonneman.«

»Ich schon. Ich liebe meine Frau, und meinem Klippfisch bin ich zugetan.« Er zog sie auf seinen Schoß und küßte sie.

»Tonneman!« protestierte sie sanft. »Die Kinder.«

Er liebkoste ihren Nacken und genoß das erregende Kitzeln ihrer Haare auf seinem Gesicht. »So haben wir sie gemacht.«

Sie gab ihm einen Klaps auf den Arm und entzog sich seiner Umarmung.

Tonneman grinste. »Na schön. Wenn ich dich oder meinen Klippfisch nicht kriegen kann, dann will ich sofort meinen Eintopf.«

»So gefällst du mir«, sagte sie mit gespielter Strenge in der Stimme.

»Und du mir ebenfalls«, griente er.

»Hast du bis jetzt einen guten Tag gehabt?«

»Wenn man einen Tag mit Sheriff Gibb gut nennen

kann, dann ja. Aber zuerst möchte ich mit dir über gestern reden.«

Racqel war erfreut. Sie hatte darauf gewartet, daß er seine Gedanken mit ihr teilte.

Nach dem Wirbel bei den Ten Eycks am Tag zuvor hatte ihr Mann keine zehn Worte mit ihr gewechselt. Tonneman hatte eine Pfeife nach der anderen gepafft und düster ins Feuer gestarrt; selbst seine Kinder schien er vergessen zu haben. Und heute morgen war er ohne ein Wort und ohne Frühstück aus dem Haus gegangen.

»Die ganzen Jahre über haben wir jeden Auftrag von der Stadt bekommen, der zu bekommen war.«

»Ja.«

»Ich dachte immer, wir sind eben einen Tick besser als die anderen und hätten es nicht nötig, unser Auskommen zu erschwindeln oder zu erkaufen. Ich dachte, wir haben Erfolg, weil wir die Dinge mit Entschlußkraft und Fleiß anpacken und gute Arbeit abliefern. Aber wie es aussieht, hat Ten Eyck die ganze Zeit bei De Sille mit ein bißchen Bakschisch nachgeholfen.«

Racqel zog erschrocken die Luft ein. Sie wußte von solchen Dingen seit ihren Jahren bei den Mendozas. Sie hatte geglaubt, nur die Juden müßten dafür zahlen, wenn sie in New York Geschäfte machen wollten. Für die Nichtjuden freilich waren auch die Tonnemans eine jüdische Familie. »Und deshalb hast du dich mit Conraet gestritten?«

»Ja.« Tonnemans Gesicht wurde grimmig. »Nick benutzt das als Druckmittel, um mich zu zwingen, einen Job für ihn zu erledigen.«

»Ist er gefährlich?« fragte sie leise.

Tonneman machte eine wegwerfende Handbewegung. »Nein. Nur lästig. Jemand hat am Sonntag den Renommiergaul des Governors abgeschlachtet.«

»Ich weiß. Ich hab' es von ein paar Frauen gehört, die

vorübergingen, als Alice und ich die Wäsche gemacht haben. Ist es wahr, was in der Kirche geschehen ist?«

Tonneman nickte.

»Wie grauenvoll.«

Tonneman legte die Stirn in Falten. »De Sille will, daß ich den Übeltäter ausfindig mache. Heute, als ich Carl Luria Salz geliefert habe, hat mich Gibb angehalten und ist mir mit der Verordnung gekommen, daß Pferde in der Stadt am Zügel geführt werden müssen. Sogar Gefängnis und eine Geldstrafe hat er mir angedroht. Dann hat er mich in eine nichtige Angelegenheit verwickelt, bei der es um eine tote Kuh ging. Jan Keyser und Henry Backer stritten sich darum, auf wessen Land die tote Kuh lag. Sie war naß, als sei sie im Wasser gewesen, und jemand hat ihr das Genick gebrochen und die Kehle durchgeschnitten.«

»Vielleicht ist sie gestürzt und hat sich das Genick gebrochen und sich dann an einem Felsen die Kehle aufgeschlitzt. »

Tonneman faßte seine Frau schärfer ins Auge. Sie hatte recht. Weshalb war er überrascht? Sie dachte wie ein Mann. Aber es war unwahrscheinlich; er verwarf diese Möglichkeit. »Zuerst dachte ich auch, daß sich die Kuh den Hals gebrochen hat und das Blut von einem Knochensplitter oder« – er nickte seiner Frau zu – »einer scharfen Felskante stammt, doch dann habe ich gesehen, daß es ein glatter Schnitt mit einem scharfen Messer war. Ich habe mich gefragt, ob vielleicht jemand das Tier schlachten wollte und dabei gestört wurde. Aber dann ist es mir wie Schuppen von den Augen gefallen, daß das Auffallende daran der Schnitt war. Das Messer, mit dem der Kuh die Kehle durchgeschnitten wurde, war scharf – sehr scharf. Ich wette, es hatte nicht die kleinste Scharte.«

Racqels Augen wurden schmal.

»Was ist?« fragte Tonneman.

Racqel schüttelte den Kopf. »Irgendwas, das mir selbst noch nicht klar ist. Laß mich darüber nachdenken.«

Er erhob sich und begann, im Zimmer auf und ab zu marschieren. »Ich brauche darüber erst gar nicht lange nachzudenken. Einen solchen Schnitt durch die Kehle machen nur Chirurgen. Oder jüdische Metzger.«

Racqel seufzte ärgerlich. »Haben die Juden in New York nicht schon genug Probleme, auch ohne daß du ihnen vorwirfst, sie hätten eine Kuh geschlachtet?«

»Wieso ergreifst du Partei für sie? Sie zeigen dir seit Jahren die kalte Schulter.«

»Trotzdem bin ich eine Jüdin. Das ist so, und daran wird sich auch nichts ändern.«

»Wie immer du meinst, Weib.« Tonneman hörte das seit Jahren.

Racqel zog die Nase kraus. »Auf wessen Land war die Kuh?«

»Auf Backers Land.«

»Ich kann mir vorstellen, daß Keyser darüber nicht sehr glücklich war.« Sie machte die Ofentür auf, schob die breite hölzerne Schaufel unter die drei Brotlaibe, zog sie heraus und ließ die Brote zum Abkühlen auf die Anrichte neben dem Ausguß rutschen.

Tonneman machte die Ofentür zu und beugte sich schnuppernd über das Brot. »Ich frage mich, wann dieser Einfallspinsel jemals zufrieden ist. Aber das war noch nicht das Ende der Narrheiten dieses Tages. Als nächstes spannte mich Gibb dafür ein, ihm dabei zu helfen, den verrückten Beado in Davies' Hütte am Südufer des Shellpoint dingfest zu machen.«

»Welcher Davies?«

»Edward Davies, der verrückte Junge von Elisa Roome. Jacob Roomes Stiefsohn.«

»Ach der.« Herrje, dachte Racqel. Er war es, den ich unten am Fluß nackt gesehen habe. Edward Davies. Sie schürzte die Lippen. »Es gab sicher noch einen anderen Grund als Gibb, dich darauf einzulassen. Niemand zwingt dich, etwas zu tun, das du nicht tun willst.«

Tonneman grinste breit. »Ich dachte, die Sache sei möglicherweise erledigt, wenn wir Beado kriegen. Ich dachte, vielleicht könnten wir dem verrückten Engländer nachweisen, daß er das Pferd getötet hat, und die Geschichte mit De Sille und die ganze verrückte Angelegenheit wäre ein für allemal vom Tisch. Aber Beado behauptet, er habe einen Alibizeugen.« Tonneman sah sich suchend nach seiner Pfeife um.

»Ja? Und wen? Wohin gehst du?«

Tonneman ging ins große Zimmer hinüber. Auf dem achteckigen bemalten Tisch fand er neben der prachtvoll ziselierten silbernen Schatulle, die sie von den Ten Eycks als Hochzeitsgeschenk bekommen hatten, seine Pfeife und seinen Tabak. Sein Blick blieb an der Schatulle haften, und ein Weile kreisten seine Gedanken um die Ten Eycks, dann schlenderte er wieder in die Küche zurück.

»Und wer ist Beados Alibizeuge?« fragte Racqel.

»David Mendoza.«

Racqel verzog das Gesicht, als sie den Namen ihres ehemaligen Schwagers, des Bruders ihres ersten Mannes, hörte.

»Du glaubst, es gibt einen Zusammenhang zwischen den beiden getöteten Tieren, nicht wahr?«

Tonneman zog seine Frau an sich. Sie war schön und klug. Klüger als die meisten Männer. »Ja, das tue ich«, flüsterte er in ihr duftendes Haar. »Aber das habe ich Gibb nicht auf die Nase gebunden.« Mit einem Lachen schüttelte er den Kopf. »Unser ehrenwerter Sheriff hat Zeter und Mordio geschrien, als ich ihn mitsamt seinem Deputy und dem Gefangenen auf meinem Wagen erst einmal zu Carl Luria kutschiert habe, um das Salz zu liefern, bevor ich die drei am Gefängnis abgesetzt habe.« Tonneman stopfte bedächtig seine Pfeife und zündete sie mit einem Span an, den er im Ofen in Brand setzte.

»Das klingt, als hätte dein heutiger Tag ein bißchen erfreulicher angefangen als der gestrige.«

»Leidlich, ja. Gibb, dieser unerfreuliche Zeitgenosse, verlangt noch immer eine Geldstrafe von mir. Zehn Schillinge.«

»Hast du sie bezahlt?«

Tonneman lachte auf. »Ich denke nicht dran. Ich hab' ihm gesagt, er soll sie sich vom Obersten Ratsherrn De Sille holen. »

Kapitel 13

Montag, 18. März
Nachmittag

Während ihr Gemahl sich in der Schlafkammer umkleidete, war Racqel in einen stummen Disput mit sich selbst verstrickt. Sie tastete nach dem Papier in ihrem linken Ärmel, zog es jedoch nicht hervor, um es zu lesen. Für sie war es ein besonderes Ereignis, einen Brief zu erhalten, der ausschließlich an sie gerichtet war. Der letzte dieser Art war von ihrer Base Sophia aus Amsterdam gewesen. Aber dieses Schreiben hier stammte nicht von ihrer Base Sophia. Sie strich mit den Fingerspitzen über das Papier, und um ein Haar hätte sie es hervorgezogen. Nein. Sie würde den erregenden Kitzel des Unbekannten noch eine Weile länger genießen.

Der nackte Mann im Boot konnte möglicherweise wichtig sein, doch Racqel hatte Tonneman nie von ihrer *Mikwe* erzählt, und jetzt war nicht der geeignete Zeitpunkt dafür.

Ein wehmütiges Lächeln huschte um ihren Mund. Seit wann war sie eine Frau, die Geheimnisse hatte? Seltsamerweise empfand sie dabei Stolz, so sündig dies auch sein mochte.

Als Tonneman in die große Stube trat, saß seine Frau in dem grünen Samtstuhl, der aus London gekommen war, und schnitt mit seinem Messer die Seiten eines dünnen Buches auf, das den Titel *Die Geschichten von König Artus und den Rittern seiner Tafelrunde* trug.

Racqel hatte von Sir Thomas Malorys Erzählungen über den englischen König Artus gehört, aber noch nie eine davon gelesen. Vor mehr als sechs Monaten hatte ihre Base Sophia ihr das Buch zusammen mit den von

Racqel gewünschten Salben und Tinkturen aus Europa geschickt, und sie hatte gerade erst mal seinen Umschlag auf- und wieder zugeklappt.

»Was?« sagte Tonneman. »Du liest am hellichten Tag?«

»Es gibt etwas, das ich dir sagen muß.« Sie legte das Buch zur Seite und wischte die Papierfusseln von ihrem Schoß.

»Ich wünschte, du würdest dafür nicht mein Messer benutzen.«

»Ich hab' es weder stumpf gemacht noch abgebrochen.« Racqel wischte das Messer an ihrem Rock ab und schob es in die Lederscheide an seiner Hüfte zurück.

»Hilf mir mit meinem Halstuch.«

»Du siehst gut aus.«

Tonneman grunzte.

»Ich kann es nur wiederholen. Du bist ein hübscher Bursche, Pieter Tonneman.« Sie ging um Tonneman herum und legte den Kopf zur einen und dann wieder zur anderen Seite.

Tonneman seufzte. Er konnte sich für elegante Garderobe überhaupt nicht begeistern; sich herauszuputzen widerstrebte ihm. Gewöhnlich kleidete er sich wie der einfache Matrose, der er tief drinnen – ob reich oder nicht – nach wie vor war. Heute hatte er sich herausgeputzt wie ein Schiffseigner. Denn das war er ebenfalls.

Er hatte eine Theorie. Draußen auf dem Land beurteilten die Bauern einen Mann nicht nach seinen Kleidern, sondern nach seinem Land oder nach der Arbeit, die er mit seinen Händen verrichtete. In Städten, vor allem in dieser Stadt, waren Kleider das Maß, nach dem ein Mann beurteilt wurde.

Und wenn Kleider das Maß für einen Mann waren und ihm, wenn auch nicht unbedingt Respekt, so doch Beachtung einbrachten, dann würden sie ihm vielleicht auch zu Antworten verhelfen. Mit dieser Theorie im Sinn legte er seine besten Kleider an.

Sein Rock aus weinrotem Samt, der seine breiten Schultern wie angegossen umschloß, fiel weit und offen bis unterhalb der Knie und war hinten und seitlich bis zur Hüfte herauf geschlitzt. Etwa drei Fingerbreit über dem unteren Saum waren große waagrechte Taschen aufgesetzt. Die Ärmel reichten bis zu den Ellbogen und hatten breite, zurückgeschlagene lederbraune Stulpen. Seine Kniehose hatte dieselbe braune Farbe; dazu trug er weiße seidene Strümpfe und schwarz glänzende Halbstiefel.

Seine gleichfalls lederbraune Weste war vom Hals bis zur Taille geknöpft und leger und weit geschnitten. Er mochte es so. Sie war zwar ein wenig aus der Mode, erlaubte ihm jedoch Bewegungsfreiheit. Seine gelbe Seidenkrawatte, die allein zu binden er einfach nicht schaffte, hing lose um seinen Hals.

Tonneman legte einen Arm um ihre Taille und zog Racqel an sich. Er fühlte ihre Brüste an seiner Brust.

Sie liebte seinen Geruch und die Kraft seines Körpers und die Vollkommenheit, mit der ihre Körper noch immer zueinander paßten. Die Nacht war noch so viele Stunden entfernt.

»Was ist? Hast du meine Krawatte vergessen, Frau?«

»Geduld, Gemahl.« Sie schlang das gelbe Halstuch zu einem breiten, komplizierten Knoten und zupfte dann die Schleifen der Krawatte zurecht. »So, fertig, mein fescher und hübscher Gemahl.«

»Pah.« Er fühlte sich eingeengt und schwerfällig in dem Rock.

»Ich wünschte, du würdest dich öfters so kleiden.«

»Und du könntest eines dieser feinen Kleider aus England anziehen, die du noch nie getragen hast, und wir könnten in unserer goldenen Kutsche mit einem Neger auf dem Bock den Strand hinabfahren und beim

Governor Tee trinken. Und anschließend könnten wir die Wall Street und den Broad Way auf und ab flanieren und gönnerhaft den Armen zunicken.«

»Narr«, flüsterte sie und ließ ihre Finger unterhalb seines Kinns über seinen Hals gleiten. Sie berührte die stachelige Stelle, die sein Rasiermesser übersehen hatte. Sein Herzen hämmerte ebenso schnell wie das ihre. »Meinst du, du verspätest dich?«

»Ich weiß nicht. Was wolltest du mir sagen?«

Ihre Hand glitt an seinem Arm hinauf. »Ich habe oben beim Haus der Ten Eycks einen Mann gesehen, der ein Boot in den Fluß geschoben hat.«

»Und?« Er küßte ihre Stirn, ihren Mund und ihren Hals.

Ihr Atem ging schnell und heftig. »Ich glaube, es war dieser Davies-Bursche.«

»Wieso?« Seine Lippen fanden die Mulde unterhalb ihrer Kehle.

Sie stöhnte leise und entzog sich ihm. Sie hielt das nicht aus. »Entweder du nimmst mich hier und jetzt, oder du gehst, aber laß ab, mich zu foltern – ich bitte dich.«

Dies war, beim Allmächtigen, auch sein sehnlichster Wunsch, aber es gab zuviel zu tun. Tonneman ließ die Hände sinken und trat einen Schritt zurück. Er lächelte. Er liebte es, wenn sie ihm sagte, was sie wollte. »Glaube mir, es schmerzt mich mehr als dich, meine Liebe, aber ich kann deine Einladung nicht annehmen.«

Ihre Augen blitzten herausfordernd.

»Sag mir, was du zu sagen hast, Verführerin, damit ich deinen Fängen entkommen kann.«

Racqel lächelte und verschränkte die Arme. »Der Mann hatte sich in eine schmutzige rote Decke gewikkelt. Sie rutschte zu Boden. Darunter war er nackt.«

Tonneman nickte. »Merkwürdig. Ich will nicht zu spät kommen.«

»Ist das alles, was du zu sagen hast? Deine Frau sieht einen nackten Mann in ein Boot steigen, mit dem er nach Breukelen rudert, und alles, was du dazu zu sagen hast, ist *merkwürdig?*«

Als Tonneman grinste, mußte Racqel an sich halten, ihn nicht mit Küssen zu bedecken, weil er so hübsch aussah. Er jedoch tat genau das: Er grinste und küßte sie.

Sie schob ihn weg. »Das ist nicht ehrbar. Ich sagte, du sollst gehen.«

»Ich gehe ja schon. Aber wenn ein Mann, der mitten im März nackt draußen rumläuft, nicht merkwürdig ist, dann weiß ich nicht, was merkwürdig ist.« Er stülpte seinen großen schwarzen Hut auf den Kopf und verließ das Haus durch die Hintertür.

Racqel hob den leuchtendgelben Vorhang am Küchenfenster und sah ihm nach. Wo ging er hin? Sie hatte vergessen, ihn zu fragen. Und er hatte es fertiggebracht, das Thema zu umgehen.

Jetzt aber zu *ihrem* Geheimnis. Sie zog den Brief hervor, den sie in ihrem Ärmel versteckt hatte, und empfand einen Anflug von Schuld. Dies war nicht gut. Es war weder gut noch ehrbar für eine verheiratete Frau, vor ihrem Gemahl Geheimnisse zu haben.

Der Brief war ohne Anrede. Er lautete:

Ich sende Euch meine respektvollen Grüße und bitte Euch, mir zum frühesten Euch genehmen Termin die Freundlichkeit Eures Besuchs zu erweisen.

Euer ergebener Diener
Asser Levy

Kapitel 14

Montag, 18. März
Nachmittag

Tonneman legte seinen zwei Fuß langen Eichenstock neben sich auf den Boden und ließ sich mit dem Gesäß auf seinen vom vielen Sitzen geformten Platz sinken. Diese Weide war seit seinen ersten Tagen in Neu-Amsterdam sein ganz privater Platz zum Nachdenken.

Seine Tonpfeife, die er mit dem gewöhnlichen Grobschnitt-Tabak, der ihm am liebsten war, gestopft hatte, brannte. Er lehnte sich zurück gegen den Stamm seines Baumes, sog den besänftigenden Rauch ein und paffte ihn dann bedächtig wieder aus.

Tonneman nahm seinen Hut ab und legte ihn auf seinen Schoß. Er wandte den Blick nach oben. Die Zweige waren spärlich und dünn um diese Jahreszeit. Ein paar wenige grüne Knospen sprossen hier und dort, doch noch keines der schmalen lanzenförmigen Blätter oder der in dichten Trauben herabhängenden Kätzchen waren zu sehen, die in wärmeren Jahreszeiten wie ein dichter Vorhang zwischen ihm und der Welt herabhingen.

Wie lange, fragte er sich, würde er diesen Platz noch für sich beanspruchen können? Überall um ihn herum wurden entlang des East River neue Gebäude hochgezogen. Häuser im englischen Stil, aus rotem Backstein, mit Fenster- und Türstöcken aus Marmor, die zwei Stockwerke hoch aufragten und die Front der Straße zukehrten.

Nur noch ein paar wenige einstöckige Holzhäuser waren übriggeblieben. Seines war eines davon. Im Erdgeschoß der meisten neuen Häuser waren Geschäfte oder Kanzleien untergebracht.

Lautes Schreien und das Dröhnen von Hammerschlägen störte seine Tagträumereien. Im Hafen lagen Schiffe aus aller Herren Länder dicht bei dicht. Und das Stimmengewirr um ihn herum war wie das ständige Lärmen eines Vogelschwarms, der auf seiner Insel der Ruhe eingefallen war.

Gegenüber vom Rathaus war über dem Wasser eine Markthalle auf Pfählen gebaut worden, und daneben – ebenfalls auf Pfählen – stand das Lagerhaus und das Zollhaus des Königs, das an das Lagerhaus der Holländisch-Westindischen Gesellschaft grenzte. Daneben stand das Wiegehaus.

Racqel hatte recht. Die reicheren Bürger bauten bereits Häuser jenseits der Mauer – entlang des Broad Way im Norden und Westen und am East River im Osten. Die Mauer zerfiel. Bald schon würde sie für immer verschwunden sein, und die Stadt über sie hinwegschwappen. Vielleicht würde er mit De Silles Honorar ebenfalls im Norden Land kaufen und darauf bauen. Aber am East River. Er würde es vermissen, am Morgen ohne die Gerüche des Flusses in der Nase aufzuwachen, ohne den Lärm des Hafens und den Anblick der prächtigen Segelschiffe. Tief drinnen war er noch immer ein Seemann, und in der Nähe des Wassers empfand er ein Gefühl des Friedens.

In Gedanken versunken, paffte er an seiner Pfeife. Die Stadt wuchs stetig. Seine Kinder brauchten mehr Platz, um sich austoben zu können.

Seine Kinder. Ein Lächeln erschien um Tonnemans Mund. Seine Lider wurden schwer. Dann schreckte er aus seinem Schlummer auf, weil seine Gedanken nicht mehr um seine Kinder, sondern um De Sille kreisten. Dieser verdammte Bastard und sein Auftrag! So sehr Tonneman sich auch dagegen sträubte, es wurde Zeit, daß er darüber nachdachte.

Warum tötete und kastrierte jemand ein Pferd? Was

für ein Mensch war das? Darüber würde er gründlich nachdenken müssen. Lebte dieser Mensch in der Stadt? Oder außerhalb? Und wenn er außerhalb wohnte, wie war er an den Torwachen vorbeigekommen? Das war leicht – einer oder beide Torwachen hatten geschlafen.

Tonneman wußte, hatte es die ganze Zeit gewußt, was er tun mußte. Er mußte so handeln, als sei er noch immer der Sheriff. Er mußte Fragen stellen. Als erstes würde er mit der Schnarrenwache reden, die das tote Pferd entdeckt hatte. Und dann mit dem Stallknecht. Außerdem würde er sich den Tatort ansehen, obgleich er bezweifelte, daß das viel bringen würde. Und er würde die Musketiere an den Stadttoren befragen – das war sicher.

Falls der Pferdeschlächter in der Stadt lebte, würde es leicht sein. In dieser Stadt war es unmöglich, ein Geheimnis zu verbergen. Jeder kannte jeden. Und jeder wußte, welchen Geschäften die anderen nachgingen. Natürlich – die Juden hielten sich abseits und blieben für sich. Sie waren ein ganz besonders heimlichtuerischer Menschenschlag. Die meisten zumindest.

Wenn er nur einen Blick auf die Verletzungen des Pferdes hätte werfen können. Waren sie ebenso sauber und exakt ausgeführt wie der Schnitt durch die Kehle der Kuh? Ja, er würde einige Fragen zu stellen haben.

Und was diesen Kerl betraf, den Racqel splitternackt nach Breukelen hatte rudern sehen, daran brauchte er keinen zweiten Gedanken zu verschwenden. Er würde die Sache Gibb übergeben. Er dachte nicht daran, bis nach Breukelen zu rudern. Obgleich er mit einem der Buttermilchboote fahren und etwas Buttermilch holen könnte. Nein. Sollten Gibb oder Nessel-Vogel nach Breukelen rudern.

Seine Gedanken kehrten wieder zum zentralen Problem zurück. Das Abschlachten des Pferdes war nicht die Tat eines Mannes, der alle seine Sinne beisammen hatte. Oder er war von einem großen Haß erfüllt. Gegen Andros? Gegen De Sille? Gegen die Engländer? Gegen den König? Dies alles würde für einen Holländer sprechen. Doch die Wahrscheinlichkeit, daß es ein Landsmann war, war ohnehin groß. Acht von zehn Bewohnern der Insel waren Holländer.

Seine Lider sanken wieder herab. Seine Pfeife entglitt seinen Zähnen und fiel ihm aus dem Mund. Verdammt! Hoffentlich hatte er nicht wieder ein Hemd versengt. Ah – gut ... Er schlief in der warmen Nachmittagssonne ein.

Er war mitten in einer Herde von Pferden. Sie galoppierten auf ihn zu, und alle bluteten sie am Hals. Sie donnerten auf ihn zu und drohten ihn in die Erde zu stampfen. Jemand schrie.

Tonneman öffnete die Augen und erblickte zwei junge Arbeiter, die über ihn gebeugt standen. Einer hielt eine Säge in der Hand, der andere eine Schaufel. Tonneman wedelte unduldsam mit der Hand. »Verschwindet.«

»Du verschwindest. Wir haben zu arbeiten.«

»Dann arbeitet und laßt mich in Ruhe.«

»Du bist uns im Weg.«

»Warum?«

»Befehl des Governors. Wir bauen einen neuen Pier. Genau hier, wo du sitzt.«

Tonneman griff nach seinem Eichenknüppel. Die beiden jungen Burschen wichen zurück, die Hände kampfbereit erhoben. Tonneman grinste. Es schmeichelte ihm, daß ihn die beiden jungen Burschen für gefährlich hielten. Ärgerlich griff er nach seinem Hut, stülpte ihn sich auf den Kopf, hob seine kalte Pfeife vom Boden auf und stemmte sich auf die Beine. »Wollt ihr diesen Baum fällen?«

»Ja.« Der Arbeiter hielt seine Säge in die Höhe.

Tonneman nickte und legte ein paar Augenblicke lang die Hände an den kräftigen Stamm seiner Trauerweide, dann drängte er sich mit einem Knurren an den beiden Störenfrieden vorbei und strebte mit ausgreifenden Schritten der Whitehall zu.

Kapitel 15

Montag, 18. März
Nachmittag

Racqel verließ das Haus und ging an der verhaßten Old Soldiers Tavern vorüber, die voll war mit Matrosen und Schauerleuten, die die Fracht der Schiffe löschten und auf Lastkähne und Wagen verluden, die Queen Street hinab. Der Lärm war ohrenbetäubend. Der Strand wimmelte wie immer vor Geschäftigkeit, und auch auf dem Kanal in der Broad Street herrschte emsiges Treiben.

Hatte jemand ihren Namen gerufen? Racqel blieb stehen und drehte sich um. Ein Lastkahn schob sich vom East River langsam den Kanal hinauf. Männer auf dem Kahn und beiderseits des Kanals riefen einander kurze Kommandos zu. Einige Indianer redeten auf Schaulustige ein, die in der Broad Street stehengeblieben waren, entweder weil sie ihnen etwas verkaufen oder Geld erbetteln wollten; was von beiden, konnte Racqel aus der Entfernung nicht ausmachen.

Aber sie sah niemanden, der ihren Namen gerufen haben könnte. Sie ging weiter. Es war nicht mehr weit. Nichts war in Manhattan weit voneinander entfernt. Von der Mauer – oder dem, was von ihr noch übrig war – war es nicht mal eine halbe Meile bis zur Südspitze der Insel, auf der das Fort James stand.

Der Handel war ein lautes, lärmendes Gewerbe. Racqel hörte und sah dies täglich von ihrem Haus aus. Dockarbeiter und Matrosen, Händler, Käufer und Verkäufer liefen auf und ab und hierhin und dorthin und taten, was Geschäftsleute tun. Sie lächelte grimmig. Was sie taten, war die ganze Zeit schreien und fluchen und streiten. Zumindest schien es so.

Sie beschleunigte ihre Schritte. Asser Levys Nachricht hatte sie überrascht und ihre Seele mit Freude erfüllt. Ihr Herz hämmerte aufgeregt bei dem Gedanken, daß er sie sehen wollte. Asser Levy war ein wichtiger Mann in der jüdischen Gemeinde. War es möglich, daß sie ihre Meinung über sie geändert hatten und ihr sagen wollten, daß sie wieder eine Jüdin sein durfte?

Am oberen Ende der Queen Street, wo die Wall Street einmündete und das Water-Gate-Tor stand, wandte sie sich nach links. Direkt gegenüber des Stadttors, auf der der Mauer gegenüberliegenden Straßenseite, war Asser Levys Taverne. Sie hatte keinen Namen; nur ein geschnitztes Holzschild mit einem aufrecht stehenden Löwen hing über der Tür. Sie war genauso überfüllt mit lärmenden, trinkenden Männern wie die Old Soldiers Tavern. Direkt daneben befand sich Asser Levys Metzgerei, in der sie – auch wenn die jüdische Gemeinde sie verstoßen hatte – nach wie vor ihr Fleisch kaufte.

Levys Wohnhaus stand ungefähr in der Mitte der Wall Street. Bereits seine Größe und der Stil, in dem es gebaut war, taten kund, daß es das Haus eines sehr reichen Mannes war. Levy war einer der größten Haus- und Grundbesitzer von ganz New York. Östlich seiner Taverne und seiner Metzgerei, auf einem Pier im East River, befand sich Asser Levys Schlachthaus, das wie sein imposantes Wohnhaus im Stil der holländischen Bürgerhäuser gebaut war. Es war nicht abzustreiten, Levy war einer der reichsten Männer von New York.

Für einen Juden jedenfalls.

Wenn man allerdings Frederick Philipse, den christlichen Zimmermann, als Vergleich heranzog, der oft als der reichste Mann der Stadt bezeichnet wurde und der angeblich dreißigmal soviel besaß, dann war Levy lediglich einer von vielen wohlhabenden Bürgern.

Racqel erklomm die drei Stufen, hob den Torklopfer

aus Messing und ließ ihn fallen. Nach einer geraumen Weile wurde die Tür geöffnet. »Mistreß Tonneman«, sagte Maria Levy, Assers Frau, förmlich. »Danke, daß Ihr so schnell gekommen seid.«

Mistreß Levy, eine großgewachsene und unbestreitbar gewichtige Frau, führte Racqel durch ein geschmackvoll eingerichtetes Wohnzimmer und eine riesige Küche in eine kleine Kammer gleich linker Hand vom Ofen. Dieser Raum war in jedem Haus stets der wärmste und wurde in der Regel als Kinderzimmer verwendet. Doch die Kinder der Levys waren alle schon erwachsen und gut verheiratet.

Nachdem sie mit dem Knöchel ein paarmal kurz an die Tür geklopft hatte, stieß Mistreß Levy sie auf. Dort, in seinem Bett, einen Schal über den Schultern und eine violette Kappe auf dem Kopf und auf den Knien ein Kassenbuch balancierend, saß Asser Levy.

»Gemahl«, sagte Mistreß Levy.

Levy machte das Buch zu. Er nahm seine Sehgläser ab. »Ah, Mistreß Tonneman. Wie freundlich von Euch. Maria – Tee.«

Erst nachdem sie die gesteppte Bettdecke geglättet hatte, obwohl sie keiner Glättung bedurfte, verließ Mistreß Levy die Kammer. Sie ließ die Tür offen.

Levy kratzte sich am Kopf – ein komplizierter Bewegungsablauf, der daraus bestand, daß seine Finger durch die Haare fuhren, auf die violette Kappe stießen, die Kappe hochhoben, kratzten und die Kappe wieder aufsetzten.

Das Haar des Schlachters war noch immer fast so schwarz wie seinerzeit, als er ein junger Soldat gewesen war. Es hatte '64 begonnen, grau zu werden, als er zweiundvierzig gewesen war. Doch das Grau war in den elf Jahren, die seither vergangen waren, nicht mehr geworden. Sein Bart, den er in der Manier eines spanischen Edelmannes stutzte, betonte sein soldatisches Aussehen noch mehr. Asser Levy war zwar kein Religionsgelehrter, doch ein gläubiger Mensch und regelmäßiger Besucher der Synagoge in der Mill Street, für die er das Bauland gestiftet hatte. Racqel hatte die Worte ihres Vaters über ihn nie vergessen. »Vergiß nicht, sein Name ist Levy«, hatte er seiner Tochter eingeschärft. »Und die *Levis* sind ein priesterlicher Stamm.«

»Geht es Euch gut, Mistreß Tonneman?« Er sprach, als bereite es ihm Mühe, genug Luft zu bekommen. Auf seiner linken Wange, direkt über dem Bartansatz, blühte ein häßlich aussehender, rotunterlaufener Striemen.

Die Kammer roch nach menschlichen Ausscheidungen und saurem Atem, und Levy sah gar nicht mehr aus wie der robuste, kräftige Mann, als den Racqel ihn kannte. Sie beugte sich über ihn, um seine blutunterlaufenen Augen zu untersuchen. »Es wäre wohl eher angebracht zu fragen, Mister Levy, wie es Euch geht? Ihr seht gar nicht gut aus.«

Der Schlachter lies ein erschöpftes, glucksendes Lachen hören. »Ich wußte, Ihr seid ein besserer Arzt als diese Quacksalber hier in der Stadt.«

»Ich bin die Tochter meines Vaters. Hätte ich gewußt, daß Ihr krank seid, hätte ich meine Tasche mitgebracht.«

»Könnt Ihr mein Leiden heilen?«

»Das ist keine einfache Frage; deshalb habe ich auch keine einfache Antwort darauf.«

Er lachte erneut glucksend auf, doch sein Lachen erstickte in einem peinigenden Hustenanfall. »Gesprochen wie ein kluger rabbinischer Student.«

Sie legte ihre Hand auf seine Wange. »Ihr habt Fieber.«

»Und ich habe abgenommen. Keinen Appetit.«

Sie legte ihre Hand auf seinen Nacken. »Tut es hier weh?«

»Manchmal.«

Als sie ihre Hand wegnahm, war sie naß. »Ihr schwitzt sehr stark.« Sie zog ein Schnupftuch aus ihrem Ärmel und wischte die Hand trocken.

Er nickte und unterdrückte einen weiteren Hustenanfall.

Racqel goß aus dem Krug auf dem Nachttisch Wasser in die Waschschüssel. An dem Untergestell hingen zusammengelegt saubere Tücher. Sie tauchte eines in das Wasser, wrang es aus und legte es dem Kranken auf die Stirn. »Haltet es fest.« Er tat es. »Sonst irgendwelche Schmerzen? Kopfschmerzen?«

»Meine Knie und meine Gelenke tun weh. Schmerzen überall.« Das feuchte Tuch entglitt seiner Hand und fiel auf das Kissen.

»Habt Ihr Durchfall?«

»Hmm.«

»Wie lange geht das schon so? Daß Ihr Euch schlecht fühlt?«

Der Schweiß rann Levy über das Gesicht. Er zitterte am ganzen Leib. »Drei, vier Wochen.«

Sie legte das feuchte Tuch wieder auf seine Stirn. »Ist es das erstemal, daß Ihr Euch so fühlt?«

»Ja.« Das Tuch fiel wieder herab.

Racqel begann, auf und ab zu gehen – vom Bett zur Tür und wieder zurück, dann die wenigen Schritte von der einen Wand zur anderen.

»Hört auf damit. Ihr macht mich ganz schwindlig.«

»Wenn ich mich nicht irre, seid Ihr das bereits. Ich nehme an, Ihr habt diese Schramme von einem Sturz.«

Die Hand des Schlachters fuhr an seine Wange, doch eine Antwort auf ihre Frage blieb er ihr schuldig. Ein langes Schweigen senkte sich über den Raum, das nur vom rasselnd gehenden Atem Levys unterbrochen wurde. Schließlich brach Levy das Schweigen. »Mistreß Tonneman – Racqel. Könnt Ihr mir helfen?«

»Das kann ich, Mister Levy«, erwiderte Racqel. »Aber weshalb sollte ich?«

Levy starrte sie aus fiebrig glühenden Augen an. »Weil es die Thora von Euch verlangt. Und ich werde Euch großzügig dafür bezahlen.«

»In welcher Münze?«

Die Augen des Kranken weiteten sich entsetzt. »Racqel! Ich kann nicht glauben, daß Ihr das seid. Was immer Ihr verlangt, ich werde es zahlen.«

Wäre Racqel nicht die Dame gewesen, die sie war, hätte sie gelacht. Statt dessen sagte sie: »Ich brauche Euer Geld nicht. Und ich will Euer Geld nicht. Mein Gemahl ist zwar nicht so reich wie Ihr, aber uns fehlt es an nichts.«

»Ich bitte Euch im Namen Eures Vaters und seines Vaters vor ihm bis zurück zu Abraham. Ihr seid noch immer eine Jüdin.«

Die Zornesröte kroch in Racqels Wangen. »Warum habt ihr mich dann nicht wie eine behandelt? Warum habt ihr mich aus der Gemeinde verstoßen?« Sie verstummte abrupt. Asser Levy hatte recht: Sie war die Tochter ihres Vaters. »Wie auch immer«, sagte sie. »Selbstverständlich helfe ich Euch, denn alles, was ich weiß, sagt mir, daß ich es muß. Aber ich vergelte Gehässigkeit mit Freundlichkeit.«

Levy hustete und seufzte dann: »Was soll ich sagen? Vielleicht kann dieses Unrecht ja aus der Welt geschaffen werden.«

Racqel hatte im Zorn gesprochen und nicht aus Berechnung. Es war ihr nie in den Sinn gekommen, daß irgend etwas, das sie zu sagen hatte, eine Änderung bringen oder daß sie ihre ärztlichen Fähigkeiten in die Waagschale werfen könnte. Doch jetzt, obgleich sie wußte, daß sie Levy in jedem Fall helfen würde, kam ihr der Gedanke, daß sie seine Dankbarkeit wenigstens zum Vorteil ihrer Kinder ausnutzen könnte. »Moses braucht jemanden, der ihm beim Studieren hilft«, sagte sie. »Er muß lernen, was es für einen Mann bedeutet, Jude zu sein. Er ist alt genug dafür.«

»Das kann geregelt werden«, erwiderte Levy leise.

»Und ...«

»Kein ›und‹ mehr, Mistreß Tonneman. Alles kann geregelt werden. Wir können über Eure Probleme reden. Nur heilt mich von diesem Leiden.«

»Ihr habt Fieber und müßt im Bett bleiben.«

»Ich muß mich um meine Geschäfte kümmern.«

»Ihr bleibt im Bett.«

Seine fiebrig glänzenden Augen wurden schmal. »Das habe ich auch schon getan, bevor Ihr gekommen seid.«

»Alice, meine Magd, wird Euch Weidenrinde gegen das Kopfweh und Laudanum gegen die Schmerzen bringen. Und ich werde Euch ein Mittel zur Regulierung des Stuhlgangs geben. Mit dem Laudanum und dem Mittel werdet Ihr gut schlafen. Und während Ihr schlaft, denkt an eine jüdische Mutter und ihre vier jüdischen Kinder, die gezwungen sind, ohne die Liebe und die Kraft der jüdischen Gemeinde zu leben. Die wie Ausgestoßene behandelt werden.«

Levy schloß die Augen. Seine Lippen bewegten sich. Er zitterte am ganzen Leib. Racqel zog die Bettdecke bis zur Spitze seines spanischen Bartes hoch. Sie rieb seine Arme, um ihn warm zu halten, und zog dann den vom Fieber geschüttelten Mann an sich.

Und so geschah es, daß Mistreß Maria Levy, die mit dem Tee ins Zimmer trat, ihren Gemahl in den Armen dieser Pariafrau Racqel Tonneman fand.

Kapitel 16

Montag, 18. März
Nachmittag

Tonneman schritt durch das Tor und folgte dem gepflasterten Weg, der zum neuen Stall des Governors führte. Die Erde zu beiden Seiten des Wegs und der Weg selbst waren dunkelrot von Blut.

Selbst die Bäume waren blutbefleckt und zeugten von der Untat, ebenso wie die Außenwand des Stalls. Die weißgetünchte Backsteinwand war mit rostroten Flecken getrockneten Bluts bespritzt.

Ein alter, knorriger Hartriegelbaum neigte sich kurz vor dem Stalltor über den Weg. Tonneman duckte sich unter dem tief hängenden Ast hindurch, doch nicht tief genug. Der Ast streifte die Krone seines hohen schwarzen Huts und wischte ihn ihm vom Kopf. Tonneman wirbelte auf dem Absatz herum und bekam den Hut zu fassen, noch bevor er zu Boden fiel. Er bedachte den vermaledeiten Ast mit einem vorwurfsvollen Blick, doch dann blieb sein Auge daran hängen, und er nahm ihn genauer in Augenschein. Ein Zweig des Asts war vor kurzem abgebrochen worden.

»Seid Ihr es, Tonneman?«

Er drehte sich um und sah zum Tor zurück. Der Mann, den zu sprechen er gekommen war, Richard Smythe, der Stallknecht des Governors, lenkte einen Pferdekarren den Weg herauf. Er brachte den Karren zum Stehen, und das Pferd rieb die Nüstern an Tonnemans lederbraunen Weste.

Tonneman kannte Smythe, wie er viele Bürger der Stadt kannte. Manche kannte er gut, andere nur vom Sehen. Smythe kannte er nur vom Sehen. Die Kleider, die Smythe trug, waren gut geschnitten und von feiner Qualität, wenngleich sie ihm zu weit und längst aus der Mode waren. Der blaue Samtrock war ihm viel zu lang, ebenso die Ärmel, und die braunen Kniehosen beulten sich an den spillerigen Knien des Stallknechts. Sein prachtvoll verzierter roter Hut mit gelben Federn saß schief auf einem Ohr. Nur an den Füßen war er seiner Tätigkeit angemessen gekleidet: in Lederstiefel und abgeschabte Segeltuchgamaschen. Tonneman unterdrückte mühsam ein Grinsen. Es war nicht zu übersehen, was Nick De Sille mit seinen abgelegten Kleidern machte.

Auf dem Karren hockten drei junge und magere schwarze Sklaven. Alle drei trugen nicht mehr als ein paar fadenscheinige Fetzen auf dem Leib – dünne Leinenhosen und Hemden, die besser für eine tropische Insel geeignet gewesen wären als für New York im März.

»Fangt gleich hier an«, befahl Smythe ihnen. »Ich will, daß alles bis zum Abend sauber und frisch getüncht ist.«

Die Afrikaner wuchteten ein Faß mit Kalktünche vom Karren. Tonneman registrierte die Leiter, die neben dem Tor des Stalls lehnte. Auf einem niedrigen Tisch lagen mehrere Kalkpinsel.

»Wartet«, sagte Tonneman und hob gestikulierend seinen Knüppel.

»Sir?« Smythes geheuchelter Respekt grenzte fast schon an Herausforderung. Der Mann schielte auf dem linken Auge so sehr, daß in dem Auge fast nur das Weiß zu sehen war und der Eindruck entstand, als sehe der kleine Mann an Tonneman vorbei, was die Unverschämtheit seines Tons nur noch mehr zu bekräftigen schien.

Tonneman ging um den Karren herum. Die jungen Schwarzen schienen starr vor Angst angesichts der Erwartung, die verriegelte Stalltür öffnen zu müssen.

Oder war es Tonnemans Eichenknüppel, mit dem dieser wild in der Luft herumfuchtelte, der ihnen angst machte? »Ich muß mich zuerst umsehen, bevor ihr beginnen könnt«, sagte Tonneman zu Smythe gewandt. Gut, daß er heute gekommen war, sonst hätte er keine Spuren der Tat mehr vorgefunden. Nur noch frisch getünchte Wände.

»Mein Herr will, daß der Stall wie neu wird«, protestierte Smythe.

»Und das wird er auch«, beruhigte ihn Tonneman. »Aber vielleicht eine halbe Stunde später. Um mit den Worten des Obersten Ratsherrn zu sprechen: ›Dieser Hengst war ein Geschenk Seiner Majestät an Governor Andros, und sein Tod ist mehr als nur ein Schabernack. Dies ist ein verdammtes Verbrechen gegen den König.‹« Tonneman wartete eine Weile, bis Nick De Silles Worte in Smythes winziges Gehirn gesickert waren, dann fuhr er fort: »Der Oberste Ratsherr wird Euch keinen Vorwurf machen, wenn Ihr ihm sagt, daß ich Euch aufgehalten habe.« Damit strebte Tonneman auf die Stalltür zu und warf den Riegel zurück. Die beiden Flügel der Tür schwangen von selbst auf. Ein kleines schwarzes Tier mit weißem Rücken huschte heraus und versprühte seinen beißenden Gestank in der Luft.

Die Sklaven schrien entsetzt auf. Smythes Hand fuhr zu seinem kurzen Schwert, doch das Stinktier verschwand in den Büschen.

Tonneman hielt sich die Nase zu und machte einige Schritte rückwärts. »Mein Gott, wie ekelhaft. Bevor ich's vergesse – wer hat den Kadaver fortgeschafft?«

»Jan Keyser.«

Tonneman nickte. Er fischte sein Schnupftuch unter seiner Weste hervor und preßte es auf Nase und Mund. Der Gestank war bestialisch. Er schluckte die Galle, die ihm hochkam, und fragte mit erstickter Stimme: »Nur ein Pferd, richtig? Nur ein Pferd wurde getötet?«

Smythe nickte.

»Und wie viele Pferde waren im Stall?«

»Vier. Er ließ zwei in völliger Panik und eines tot zurück.«

»Was ist mit dem vierten geschehen?«

»Der Nachtwächter hat mir erzählt, daß es ihn um ein Haar über den Haufen gerannt hätte.«

»Wie heißt der Mann?«

»Otto Wersten. Alles, was Otto gesehen hat, war rot, sagt er. Er sagt, der Teufel hat das Pferd geritten. Er hat nur eine rote Gestalt gesehen, die auf Cleopatra, der Stute von Mistreß De Sille, an ihm vorbeigaloppiert ist. Sie haben das Tier am nächsten Morgen am Teufelsfelsen gefunden. Wo sonst wohl? Sie war noch immer so in Panik von dem Blutgeruch, daß sie an zwei Bäume gebunden werden und ich sie erschießen mußte.«

Warum am Teufelsfelsen? überlegte Tonneman. Zufall? Oder schiere Gewohnheit? Vielleicht gar Absicht? Er wappnete sich innerlich, den Stall zu betreten. Das Stinktier hatte seine Anwesenheit dort drinnen ebenso drastisch markiert wie der Pferdeschlächter die seine. Trotz allem – der Job mußte getan werden. »Gebt mir Licht.« Als Smythe sich nicht bewegte, knurrte er im Befehlston: »Jetzt.«

»Drinnen sind Laternen, Castor.«

Der jüngste und kleinste der Sklaven rannte, beide Hände auf Mund und Nase gepreßt, in den Stall.

»Pollux, du und Gemini holt in den Eimern dort Meerwasser. Ich will, daß der Stall blitzsauber geschrubbt wird, sobald Heer Tonneman fertig ist.«

Tonneman entging das *Heer* nicht. War das anzüglich gemeint? Diese verdammten Engländer!

Pollux und Gemini stolperten übereinander, so eilig hatten sie es, von hier fortzukommen. Als Castor drei Laternen ansteckte, stob eine Schar von Mäusen und Ratten auseinander und wirbelte Staub auf. Der Stall des Governors war ein Palast im Vergleich zu dem Schuppen mit zwei Boxen, in dem Tonneman seine beiden Pferde stehen hatte. Heute allerdings war der Pferdepalast in einem alles andere als ansehnlichen Zustand. Der Lehmboden war mit blutverklebtem, aufgewühltem Stroh bedeckt. Das Abschiedsgeschenk des Stinktiers hing noch immer in der Luft und überdeckte den Geruch des Bluts, mit dem der Stall besudelt war.

Tonneman floh nach draußen. Die Luft war hier auch nicht besser. Er spuckte aus und ging langsam um den Stall herum. Als er wieder zum Tor kam, war Castor damit beschäftigt, das blutige Stroh zusammenzurechen. »Noch nicht, Junge.«

Der junge Sklave hielt sogleich inne und blieb mit niedergeschlagenen Augen stehen.

Tonneman bedachte Smythe mit einem finsteren Blick. »Halte ein Licht über meine rechte Schulter«, knurrte er den Stallknecht an. Dann suchte er den Boden entlang der Innenwände des Stalls ab, Smythe immer einen Schritt hinter ihm. Nur das Rascheln des Strohs unter ihren Füßen war zu hören. Castor stand mucksmäuschenstill vor Angst, irgend etwas zu tun, das einen der beiden Männer ärgerlich machen könnte.

Es gab vier große Boxen mit halbhohen Türen, die alle aufstanden. Wassereimer hingen neben dem Tor an Nägeln an der Wand; darunter lehnte eine Gabel, und auf einem Brett lagen eine Reihe von Bürsten und Striegeln. Ein aufgerissener Sack mit Hafer lag auf dem Boden, der Hafer verstreut zwischen dem Stroh und dem Unrat, und nach dem vielen Nagerkot um den Sack herum zu urteilen, fanden hier auch die Ratten und Mäuse ein gutes Auskommen.

Einige fette Fliegen umsummten Tonnemans Kopf, setzten sich auf seine Augen. Er wedelte sie fort, doch sie kamen immer wieder zurück. Richard Smythe hinter ihm gab ungeduldig grunzende Geräusche von sich. »Halte das Licht tiefer«, befahl Tonneman.

Sie waren an der Box angelangt, in der das Pferd des Königs sein Leben gelassen hatte. Hier wimmelte und schwärmte es von emsiger Betriebsamkeit der Natur. Die einst weißen Wände hatten die Farbe von abgestandenem Portwein und schienen sich zu bewegen, doch es waren Myriaden von wimmelnden Maden, die über die Wände krochen.

Smythe hob die Laterne höher. »Ein schöner Anblick.«

Tonneman dachte zunächst daran, mit seinem Stock die ekelhaft wimmelnde Masse von der Stallwand zu streifen, doch dann überlegte er es sich anders. »Gib mir den Rechen«, sagte er über die Schulter zu Castor.

Der Junge gehorchte flink. Tonneman gab ihm seinen Stock und kratzte mit dem umgedrehten Rechen die Maden zunächst von der einen und dann von den anderen Wänden. Da war die Botschaft, von der De Sille gesprochen hatte: *Brennt in der Hölle, Engländer* – geschrieben in Englisch. Tonneman tauschte den Rechen gegen seinen Knüppel und strebte auf das Stalltor zu. Er hatte hier nichts gefunden. Dafür hatten Gott und die Natur gesorgt. Als er im Freien war, nahm er sein Schnupftuch von Mund und Nase und wedelte damit die Fliegen fort, die an ihm herumkrochen.

Wegen des bestialischen Gestanks und der ekelhaften Fliegen wünschte er sich nichts sehnlicher, als ins Meer zu springen. Er schüttelte bedauernd den Kopf. Obwohl der Frühling vor der Tür stand, war das Wasser noch viel zu kalt. Ah, verdammt – sein guter Ausgehstaat, in den er sich heute partout hatte werfen müssen. Es blieb wohl nichts anderes übrig, als ihn zu verbrennen oder irgendwo tief zu vergraben.

Richard Smythe ließ sich gegen einen Baum sinken und sog Luft in seine Lungen. Er griff in seine Tasche und zog eine Taschenflasche heraus. Er maß Tonneman mit einem taxierenden Blick. Dann schraubte er provozierend genüßlich die Flasche auf und nahm einen gierigen Schluck.

Tonneman wischte sich über die Augen. Er hätte jetzt ebenfalls einen kräftigen Schluck Branntwein vertragen können.

Pollux und Gemini kamen den Weg herauf; jeder von ihnen trug zwei Eimer an einem Tragejoch. Am Stalltor gingen die beiden Sklaven in die Knie, bis die Eimer den Boden berührten, und schlüpften dann unter dem Joch hervor. Sie warteten, die Blicke auf Tonneman gerichtet.

»Weiter, weiter«, rief Smythe und wedelte mit der Hand. »Geht rein und macht sauber.«

Pollux nahm den Blick nicht von Tonneman und deutete auf etwas über Tonnemans Kopf. Tonneman sah nach oben; er sah nichts außer dem blaßblauen Himmel. Als sein Blick wieder zu den Sklaven zurückkehrte, gingen die beiden bereits mit widerstrebenden Schritten auf das Stalltor zu. »Was habt ihr gesehen?« rief er hinter ihnen her.

»Euer Hut, Sir«, antwortete Pollux.

Tonneman nahm den Hut ab. In seinem schwarzen Band hatte sich ein Stück roten Seidenstoffs verfangen.

Kapitel 17

Montag, 18. März
Nachmittag

»Verlaß mein Haus, Jezabel!« kreischte Maria Levy und stieß einen arthritischen Finger in Racqels Richtung.

»Meine Liebe.« Eine fleckige Röte kroch Asser Levys Hals empor. Der Schweiß brach ihm aus allen Poren.

»Hinaus!«

»Ihr versteht das falsch«, rief Racqel entsetzt. »Der arme Mann hat vor Kälte gezittert.«

Asser Levys rasselnder Atem erstickte in einem gurgelnden Lachen. »Ich danke für das Kompliment, Weib, aber so, wie ich mich fühle, könnte ich nicht einmal mein Kissen bespringen.«

Ein betretenes Schweigen senkte sich über den Raum, das eine Ewigkeit zu währen schien. Verletzt raffte Racqel ihr Tuch um die Schultern und beeilte sich, das Haus der Levys zu verlassen.

Schließlich brachte Mistreß Levy ein frostiges Lächeln zustande. »Aber natürlich. Wie schrecklich, etwas so Unschuldiges so falsch zu verstehen. Bitte vergebt mir ...«

Racqel nickte. Mistreß Levys Worte waren nichts anderes als das. Worte.

Hinter Mistreß Levy stand unter der Tür ein Dienstmädchen mit einem Tablett in den Händen. Die Augen des Mädchens sagten Racqel, daß sie jedes Wort gehört hatte. Die Neuigkeit würde sich in Windeseile – so schnell wie ein wütender Märzwind – in der jüdischen Gemeinde verbreiten.

»Ihr bleibt zum Tee.« Mistreß Levys eisige Worte waren alles andere als eine Einladung.

»Natürlich bleibt sie«, erwiderte Asser Levy an Racqels Stelle. In seinem Blick, mit dem er Racqel betrachtete, war ein Anflug von Mitgefühl. »Setzt Euch doch, Mistreß Tonneman.«

Racqel nahm auf dem Stuhl am Fuß des Bettes Platz. Mistreß Levy umflatterte hektisch ihren Gemahl, schüttelte sein Kissen auf, zog die Bettdecke glatt und wischte den Schweiß von seiner Stirn. Schließlich ließ sie sich neben Asser Levy auf das Bett sinken und lehnte sich gegen das Kopfende des Betts, das Haupt demonstrativ auf das Kissen ihres Manns gebettet. Racqel schwieg. Die Levys ebenfalls. Der Kranke hielt seine Tasse mit zitternden Händen, stellte sie von Zeit zu Zeit, wenn ihm der Schweiß von der Stirn in die Augen lief, auf dem silbernen Tablett vor ihm ab. Der Tee schmeckte nach warmem Wasser und hinterließ in Racqels Mund einen bitteren Geschmack.

»Mistreß Tonneman«, sagte Levy schließlich. »Könnt Ihr mir sagen, was mir fehlt?«

»Sie ist kein Arzt.« Mistreß Levys spitze Worte trafen Racqel ins Herz.

»Pah. Solomon Navarro will mir nur einen Aderlaß machen.« Levy sah Racqel an und wartete.

»Eure Frau hat recht. Ich bin kein Arzt.«

»Bitte sagt mir, was Ihr denkt«, flehte Levy. »Ich bitte Euch.«

»Ihr habt ein Fieber. Und das muß seinen Lauf nehmen. Die Medizin, die ich Euch verschrieben habe, wird helfen, denke ich.«

Jäh wurde Levy von einem erneuten Fieberschauer geschüttelt. Das Tablett auf seinem Schoß klirrte. Mistreß Levy nahm das Tablett fort und warf Racqel einen vorwurfsvollen Blick zu, als sei alles ihre Schuld.

Racqel erhob sich. »Kühlt das Fieber mit feuchten Tüchern. Und wenn er wie jetzt einen Schüttelfrost hat, dann haltet ihn warm.« Wie um ihre Worte zu demonstrieren, nahm Racqel die Decke vom Fußende des Bettes und begann, Levy damit zuzudecken.

»Ich mache das.« Maria Levy riß Racqel die Decke aus den Händen.

»Gebt ihm viel Hühnersuppe. Mit Knoblauch. Mit viel Knoblauch.«

Mistreß Levy bedachte Racqel mit einem hoffärtigen Lächeln. »Das weiß ich alles selber.«

Racqel war der Anfeindungen müde. Sie verließ das Haus der Levys, als eine chaotische Betriebsamkeit anhob und Mistreß Levy die Dienerschaft nach Decken und heißen Ziegelsteinen hin und her hetzen ließ.

Mit schnellen Schritten und gesenktem Blick ging sie die Queen Street hinab. Die lächerliche Beschuldigung erfüllte sie mit Scham. *Jezabel!* Noch immer meinte sie, Mistreß Levys verächtlichen und sie in die tiefste Hölle verdammenden Blick auf sich zu fühlen. Allein der Gedanke, daß etwas Unschickliches geschehen sei, als Racqel nur versucht hatte, dem Kranken zu helfen, beschämte sie. Beinahe so sehr, als wäre die Unschicklichkeit tatsächlich geschehen. Racqel bemerkte das zarte Blau des Himmels nicht und auch nicht den frischen, sauberen Duft des Frühlings, der in der Luft hing.

Im Hafen entlang des East River herrschte noch immer emsiges Treiben wie in einem Bienenstock. Nichts war wichtiger als Geschäfte und Geld zu machen. Fetzen vieler Sprachen drangen an Racqels Ohr, während die Schauerleute unter den Lasten ächzten, die sie von den Schiffen auf den Kai oder vom Kai auf die Schiffe schleppten.

Als sie zu Hause anlangte, brannten ihre Wangen noch immer, doch nicht vor Zorn. Es fing schon wieder an! Vor beinahe zwölf Jahren, als ihr damaliger Ehemann, Benjamin Mendoza, vermißt wurde, verhielten sich einige der Frauen, als hätte sie Benjamin fortgetrieben und warte jetzt nur darauf, ihre Männer zu verführen. Sie war eine *Agunah* – vom Leben ausgeschlossen. Als Benjamins Gebeine dann gefunden wurden, hatte sie geglaubt, dies hinter sich zu haben.

Tränen der Frustration brannten in ihren Augen; sie wischte sie fort. Pieter Tonneman, dieser große, sanfte Holländer und Sheriff von Neu-Amsterdam, war damals in ihr Leben getreten und hatte alles verändert. Sie seufzte. Er hatte ihr ein großes Glück beschert – zuerst mit seiner Liebe und dann mit ihrer Familie.

Racqel hatte geglaubt, und die Mendozas hatten sie darin bestärkt, daß sie unfruchtbar sei, daß etwas in ihr sei, das sie daran hinderte, Kinder zu bekommen. Wie glücklich war sie gewesen, als sie bemerkt hatte, daß sie mit Moses schwanger war. All diese Jahre … Doch es war nicht ihre Schuld gewesen.

Sie unterrichtete ihre Kinder in den Regeln des jüdischen Glaubens, und sie wurden als Juden betrachtet, weil ihre Mutter Jüdin war; doch sie wurden auch als *Mamserim* angesehen, weil sie einer illegitimen Ehe entsprossen waren. Und nun war sie noch mehr vom Leben in der jüdischen Gemeinde ausgeschlossen als zuvor. Sie war wieder eine *Agunah.* Und ihre Kinder ebenfalls.

Als Racqel ins Wohnzimmer trat, fand sie dort den schlafenden Daniel. Ein verzücktes Lächeln lag auf seinem Gesicht. Seine Wiege stand in einem Streifen Sonnenlicht, das durchs Fenster fiel. Sie küßte seine Stirn und hängte ihren Schal an den hölzernen Kleiderpflock neben der Tür.

Sie ging in ihre Schlafkammer hinauf und goß Wasser in die Schüssel. Sie krempelte ihre Ärmel hoch und wusch sich Hände und Gesicht. Sogleich fühlte sie sich besser, als habe sie all die häßlichen Verdächtigungen und Beschuldigungen weggewaschen.

Alice lag in der Küche auf Händen und Knien und schrubbte den Boden, während auf dem Herd das Essen kochte. Maria saß auf einem Stuhl am Tisch und stickte einen Blumengarten auf ein Leinentuch. Das Haus atmete eine Atmosphäre von Sauberkeit, Fleiß und Frieden. Das Kind hielt seine Arbeit hoch, damit die Mutter sie bewundern konnte. Wunderhübsche feine und saubere Stiche. Racqel gab Maria einen Kuß auf ihr Haar. »Du hast eine gute Hand.« Ihre Tochter wurde rot vor Stolz und nahm ihre Stickerei wieder auf.

Racqel ging in die Vorratskammer und holte aus dem obersten Fach eines Schranks die Arzneikiste ihres Vaters sowie ihren Mörser und Stößel und das Opium. Von den Deckenbalken in der Küche hingen Bündel getrockneter Kräuter, verschiedener Rinden und Wurzeln. Sie brach einige Stücke von der Weidenrinde ab, die, wie sie hoffte, Asser Levys Kopfschmerzen lindern würde. Sie zerstieß sie in ihrem Mörser zu feinem Pulver und portionierte das Ganze dann in zwanzig kleine Leinensäckchen.

Sie gab eine vorsichtig bemessene Dosis Opium in einen Becher und rührte eine Tasse Brandwein hinein. Als sich das Opium ganz aufgelöst hatte, goß sie die Tinktur durch einen Trichter in ein kleines Fläschchen. Die Tinktur, die sie hergestellt hatte, war Laudanum zur Linderung der Schmerzen ihres Patienten.

Auch für die Zubereitung des Mittels zur Regelung des Stuhlgangs, das zugleich auch schmerzlindernd wirkte, benötigte sie Opium sowie Öl aus Anissamen und weißes kristallines Harz vom Benzoebusch.

»Hmm – das riecht aber gut, Mutti.« Maria sog den der Vanille ähnlichen Duft des weißen Pulvers in ihre Nase. »Kann ich etwas von dem haben, was du machst?«

»Nein. Das ist eine starke Medizin für Mister Levy. Eines Tages – bald – zeige ich dir, wie man das hier und andere Pulver und Arzneien mischt.«

»Oh, das wäre schön, Mutti.« Das Mädchen beobachtete eine Weile gebannt das Tun ihrer Mutter, dann wandte sie sich wieder ihrer Stickerei zu.

Das Mittel gegen den Durchfall füllte sie in ein weiteres Fläschchen. Dann legte Racqel die beiden Fläschchen und die Leinensäckchen in einen kleinen Weidenkorb.

Alice war mit dem Fußboden fertig und stieg gerade mit einem Krug Wasser und der sauberen Waschschüssel unterm Arm die Treppe ins obere Stockwerk hinauf.

»Alice, wenn du wieder runterkommst, möchte ich, daß du diesen Korb hier zu Asser Levys Haus bringst.«

Die farbige Frau wiegte den Kopf, ohne auf der Treppe stehenzubleiben.

»Maria kann aufs Essen aufpassen«, rief Racqel hinter ihr her.

Von draußen hörte sie das ausgelassene Geschrei von Benjamin und dem Anderson-Jungen. Moses war, wie sie wußte, im Haus von Master Crabtree und studierte mit dem Schulmeister Lettern und Zahlen. Ihr Mann war zweifellos in seiner abscheulichen Mission unterwegs.

Nachdem Alice gegangen war, goß Racqel Teewasser auf. Tee, der wie Tee schmeckte. Während sie an dem starken, duftenden Gebräu nippte, kam ihr wieder die unerfreuliche Episode mit Mistreß Levy in den Sinn, und als sie wieder in die Schlafkammer zurückkehrte, wälzte sie dieses Thema noch immer in ihren Gedanken.

Sie zündete die Bettlampe an und stellte sie auf die Kommode. Dann zog sie an der Kordel, die von der Decke hing, und öffnete die Luke zum Dachboden. Nachdem sie die Leiter in Position gebracht hatte, griff sie nach der Lampe, raffte ihre Röcke hoch und stieg die Leiter empor.

Das Licht der Lampe ließ Gespenster über die schrägen Wände des Dachbodens tanzen. Doch Racqel konnte keine Geister gebrauchen. Mit Ausnahme dem ihres seligen Vaters, den sie immer in ihrem Herzen trug.

Die alte Truhe ihres Vaters stand, von einer indianischen Decke bedeckt, in einer Ecke. Racqel zog die Dekke fort und öffnete die Truhe. Die Scharniere bewegten sich schwer vom seltenen Gebrauch. Seine gepunzte Lederschatulle lag obenauf. Darin waren seinen Papiere, säuberlich mit einem schwarzen Band zusammengebündelt und vom Alter vergilbt. Die Tinte auf ihnen war braun und ausgebleicht. Sie ließ sich auf den Boden sinken und las, bis die Sonne, die durch das kleine runde Dachfenster fiel, ihr sagte, daß die Dämmerung nicht mehr fern war. Leider hatte sie keine Lösung für das Rätsel von Asser Levys Krankheit gefunden.

Doch ihre Studien waren keine völlige Zeitverschwendung gewesen. Unter den vielen Aufzeichnungen und Kommentaren ihres Vaters hatten einige Zeilen ihre Aufmerksamkeit erregt. Sie waren ihr ins Auge gestochen, als seien sie mit Blut umrandet.

Im Falle eines Mordes, wenn die Leiche auf offenem Feld gefunden wird, sollen die Ältesten ein Kalb nehmen, ihm den Hals brechen, die Kehle aufschlitzen und es in einen nahen Fluß werfen.

Kapitel 18

Montag, 18. März
Nachmittag

Rote Seide. Tonneman befühlte das Stück Stoff mit den Fingern. Er zupfte es aus dem Band seines Huts, wo es sich wie ein kleines blutrotes Banner verfangen hatte, und steckte es in die Tasche seiner Weste. Wie kam das Stück Stoff an seinen Hut?

Im Stall?

Nein. Die Balken und die Decke waren zu hoch.

Nichts dämmerte in seiner Erinnerung. Sein Hut war nirgendwo ... Ah – natürlich! Der Baum.

Richard Smythe, eine wahrhaft häßliche Ratte von einem Mann, schüttelte seine Flasche und beobachtete Tonneman mit seinem guten rechten Auge. Tonneman wollte es nicht glauben, doch durch den Gestank, den das Stinktier versprüht hatte, konnte er jetzt den scharfen, ranzigen Geruch ausmachen, den Smythe verströmte. Dem Schweiß des Stallknechts haftete der stechende Geruch der Angst an.

Wovor hatte Smythe Angst? Tonneman ging die paar Schritte zu dem Hartriegelbaum, der ihm den Hut vom Kopf gestreift hatte, und zog den abgebrochenen Ast auf Augenhöhe herab.

An der gesplitterten Bruchstelle des Asts hing noch immer ein roter Faden. Er zog den Faden aus den weißen Holzsplittern und wickelte ihn um seinen kleinen Finger.

Ein Reiter, der hier nachts und im Galopp entlanggeritten war und möglicherweise das Gelände nicht kannte, würde diesen Ast nicht gesehen haben, bevor er sich an ihm verfing und einen Fetzen aus seiner Kleidung riß. Doch wovon stammte der Fetzen? Von einer im Wind flatternden Krawatte vielleicht? Und wer konnte schon sagen, ob der Stoff tatsächlich von dem Mann stammte, den er suchte?

Tonneman – der Geschäftsmann und Händler – hatte selbst schon mit Seide gehandelt. Der Fetzen Seide in seiner Westentasche war von feinster Qualität, die Farbe kräftig und leuchtend. Kein gewöhnlicher Arbeiter trug Seide von solcher Güte.

Er rieb sich die Nase und gelangte zu der Erkenntnis, daß der Mann gar nicht so groß gewesen sein mußte. Beim Galopp eines Pferdes konnte ein Reiter, auch ein guter, ein ziemliches Stück in die Luft katapultiert werden. Wie hoch? Vermutlich weniger als einen Fuß. Und was, wenn der abgebrochene Zweig an dem Ast nach unten gewachsen war? Der Reiter konnte dann ein gutes Stück kleiner als Tonneman gewesen sein und den Ast trotzdem gestreift haben. Tonneman sah sich suchend nach dem abgebrochenen Ast um. Doch er war nirgendwo zu sehen.

In diesem Augenblick fiel ihm das Knäuel verrußten roten Stoffs ein, das Nessel-Vogel im Schornstein von Davies' Hütte gefunden hatte. Gab es einen Zusammenhang? Tonneman legte die Stirn in Falten. Wohl kaum. Doch dann schalt er sich einen kurzsichtigen Narren ob seines vorschnellen Urteils.

»Hüte dich vor Vermutungen; nur Tatsachen zählen«, mahnte er sich.

Die Brise von der Bucht her rüttelte in den Ästen der Bäume entlang des Wegs und erinnerte Tonneman daran, wie sehr er stank. Er mußte nach Hause und diese Kleider loswerden und sich womöglich mit Essig abschrubben. Danach würde er seinen nächsten Schritt planen.

Es konnte sicherlich nichts schaden, mit seinem Fund einen Besuch in der Staple Street zu machen und ein paar Fragen zu stellen. Die Händler dort konnten ihm vielleicht helfen, die Herkunft der roten Seide herauszubekommen. Und ihm war klar, daß er mit David Mendoza über den verrückten Beado sprechen mußte.

Mendoza, der jüngere Bruder von Racqels erstem Mann, hatte nach dem Tod seines Bruders Benjamin um Racqels Hand angehalten, doch sie hatte Tonneman, den Christen, gewählt. Und Mendoza hatte schließlich das Mädchen der Da Costas, Mariana, geheiratet.

Für Tonneman war seine Verbindung mit Racqel eine Kette glücklicher Umstände. Eine Serie wundervoller Ereignisse, die sie zusammenschweißte. Er hatte seine erste Frau Maria geliebt, doch Racqel war seine große Leidenschaft. Und sie hatte ihm eine neue Familie gegeben, eine gescheite, lärmende Sippe von Halbjuden. Für Racqel hatte ihre Ehe die Freude von Kindern mit sich gebracht, nach denen sie sich so sehr gesehnt hatte, und, wie er wußte, eine Leidenschaft, die ebenso verzehrend war wie die seine.

Doch Tonneman wußte nur zu gut, was diese Wahl für seine Frau bedeutet hatte: die grausame Entfremdung von ihren Leuten. Sie hatten sie wie eine Ausgestoßene behandelt, was Tonneman von Anfang an mit Zorn erfüllt hatte. Ein gerüttelt Maß dieser Entfremdung wurde von David Mendoza geschürt, der, obwohl er eine junge Frau und ein Haus voller Kinder hatte, noch immer über Racqels Wahl erbittert war.

Tonneman fühlte, wie Smythes Auge ihm ein Loch in den Rücken bohrte. Er drehte sich um. »Ihr scheint Euch in einem Dilemma zu befinden, Smythe.« Tonneman zog den roten Fetzen aus seiner Westentasche. »Könnte es sein, daß Ihr wißt, woher dieser rote Stoff stammt?«

Er streckte Smythe den roten Stoffetzen entgegen, der seine Flasche hastig in die Rocktasche schob und beide Hände vor das Gesicht schlug. Der Mann hatte eindeutig Angst.

»Gotteslästerer«, ächzte Smythe. Seine Hände zitterten, als würde ihn jeden Augenblick der Schlagfluß treffen. Er wich vor Tonneman und dem Stück Seidenstoff zurück, als sei dieser der Leibhaftige selbst und der rote Stoffetzen der Umhang des Teufels. »Jetzt sind wir alle verflucht ...«

»Herr!« rief jemand im Stall, und Castor erschien unter dem Tor.

Tonneman machte ein paar Schritte auf Smythe zu, wobei er ihm fast auf die Stiefel trat. »Ich frage dich noch mal: Weißt du etwas über diesen Seidenstoff?«

Smythes schmale Lippen verzogen sich zu einem niederträchtigen Grinsen. »Einer von euch.«

»Ein Holländer?«

Smythe fing zu kichern an. »Ganz sicher einer von euch.«

»Wenn du was darüber weißt, Mann, dann raus mit der Sprache«, knurrte Tonneman. Er packte den Stallknecht mit einer Hand beim Kragen, zog ihn sich an die Brust, bis Smythes Füße in der Luft zappelten, und schüttelte ihn, wie ein Terrier eine Ratte schüttelt. »Habt Ihr mich verstanden, Smythe?« Er schüttelte den Mann noch einmal kräftig und stellte ihn dann unsanft wieder auf die Erde.

Smythe floh zum Stall. Dann wirbelte er herum, eine Hand gegen das Stalltor gestützt, und rief: »Sie sind es, die Hexerei betreiben!«

Tonneman verdrehte die Augen. »Wer?«

»Dieser Ort ist voll von Gotteslästerern.« Smythe wischte sich die Hände an seiner ausgebeulten Hose trocken.

»Welcher Ort?«

Ein hämisches Grinsen erschien auf Smythes Gesicht. »New York. Alles Gotteslästerer. Ihr müßt ausgetilgt werden.«

»Pah!« Noch ein Verrückter. Tonneman wandte sich

ab und ging. Der Gestank des Stinktiers hing noch immer in der Luft; er wünschte sich, seine Haut wie eine Schlange einfach abstreifen zu können.

»He!«

Tonneman blieb stehen und drehte sich um. Smythe machte auf dem Weg ein paar Schritte auf ihn zu. »Sie tragen alle feine Kleider, als wären sie Lords. Aber ihr tut nichts gegen sie.«

»Von wem redest du?«

»Ihr Anführer – der trägt solche Seidenstoffe. Die Krawatte eines Hurenbocks. Ich hab' ihn vor ein paar Tagen zusammen mit meinem Herrn gesehen.«

Tonneman warf ärgerlich die Arme in die Luft. Smythe machte ein, zwei taumelnde Schritte rückwärts, weil er offenbar glaubte, Tonneman wolle ihn schlagen. »Spuck's schon aus, Mann!« schrie Tonneman wütend. »Welcher Anführer? Ich will den Namen hören!«

Smythe sah gehetzt um sich, bevor er den Mund aufmachte. Sein Flüstern klang niederträchtig. »Der Jude. Asser Levy.«

Kapitel 19

Montag, 18. März
Nachmittag

»Aaau! Frau – du schrubbst mir die Haut vom Leib.«

Racqel schenkte Tonnemans Klagen wenig Beachtung. Ein leises Lachen entkam ihren Lippen, gerade laut genug, daß er es hörte. Als wollten sie sich ebenfalls über ihn lustig machen, ließen auch die beiden Stuten, Venus und Deborah, ein deutlich mißfälliges Schnauben und Wiehern hören. Sie waren alles andere als erfreut über diese übelriechende Störung ihrer Mittagsruhe.

Tonneman saß, die Knie bis an die Brust gezogen, in einer Zinkwanne mit lauwarmem Wasser, während Racqel ihn mit Essig und Seife abschrubbte, um den Gestank des Stinktiers von ihm abzuwaschen.

Während seine Kinder draußen vor der Scheune herumlungerten, kam Alice mit einem weiteren Kessel voll dampfendem Wasser herbeigeeilt. Sie und Racqel gossen das heiße Wasser in die Wanne. Tonneman stöhnte gepeinigt, und Racqel gluckste und prustete, um nicht an dem Lachen zu ersticken, das sie unterdrückte. Die Kinder waren da weniger rücksichtsvoll. Sie kicherten und gackerten vor Vergnügen angesichts des erbarmenswürdigen Anblicks, den ihr Vater bot.

»Abscheulich«, sagte Maria immerzu und preßte ein mit Rosenwasser getränktes Tuch auf ihr Gesicht und dann auf das des kleinen Daniel.

»Stinkig«, war das Wort, das Benjamin bevorzugte. Daniel gefiel es ebenfalls, denn er lachte fröhlich und klatschte seine kleinen Hände zusammen.

Alice schnappte sich eilig den leeren Kessel und

stapfte zur Küche zurück. Moses, wie immer der ernsteste von allen, stützte sich auf eine Schaufel und sagte nichts, doch sein Mund verzog sich zu einem Grinsen, wenn er glaubte, sein Vater würde es nicht sehen.

Racqel richtete sich auf und wischte sich an ihrer fast bis zum Boden reichenden gelben Schürze die Hände ab. »Bist du fertig?« fragte sie ihren ältesten Sohn.

Wie er es sich in letzter Zeit angewöhnt hatte, antwortete der Junge – auch wenn beide Eltern anwesend waren – seinem Vater, egal wer von beiden ihn etwas gefragt hatte. »Es ist vollbracht, Papi.«

»Wo?« fragte Tonneman.

»Im Wald.«

»Hast du ein tiefes Loch gegraben?«

»Ja. Drei Fuß tief.«

»Braver Junge.« Tonneman nickte zufrieden. »So viel zu meinem Sonntagsstaat.«

»Das hier ist rausgefallen«, sagte Moses und zeigte seinem Vater einen roten Stoffetzen. »Ist der wichtig?«

Das Stück rote Seide. »Ja. Steck es für mich ein, Racqel.«

Moses reichte das Stück Stoff seiner Mutter. Sie roch vorsichtig daran und hielt es dann am ausgestreckten Arm von sich.

»Sehr witzig, Weib.«

Alice kam zurück. Sogar sie, die nie irgendwelche Gefühle zeigte, schien sich köstlich zu amüsieren. Sie schleppte einen weiteren Kessel mit heißem Wasser herbei.

»Ich habe allmählich den Verdacht, ihr amüsiert euch alle ganz prächtig auf meine Kosten. Ab mit euch und tut was Nützliches, anstatt euch über euren armen Vater lustig zu machen«, knurrte Tonneman mit gespieltem Ärger.

Widerstrebend trollten sich die Kinder davon.

Racqel kramte ein kleines Säckchen mit Kräutern aus

einem Leinenbeutel in ihrer Schürzentasche und streute den Inhalt ins Badewasser. Dann gossen sie und Alice frisches, heißes Wasser in die Wanne. Sogleich verbreitete sich mit dem aufwabernden Dampf der schwere Duft von Lavendel.

»Guter Gott«, stöhnte Tonneman. »Muß es denn ausgerechnet Lavendel sein?«

»Ist dir der Geruch nach Stinktier lieber?« erwiderte sie spitz.

»Wenn du mit mir fertig bist, dufte ich wie De Sille.«

»Lieber wie De Sille als wie ein Stinktier.«

»Da bin ich mir gar nicht so sicher.«

»Ich schon. Und deine Kinder finden den Gestank, den du verbreitest, ›abscheulich und stinkig‹.« Racqel goß den Rest des Wassers über seinen Kopf und rubbelte kräftig seine Haare. »Du könntest deinen neuen Lohnherrn um Ersatz für deine Kleider bitten«, sagte sie mit milder Stimme. Sie schnupperte am Nacken ihres Mannes. »Allmählich riechst du wieder süß.«

»Wie ein Franzmann.« Er streckte eine tropfnasse Hand nach ihr aus; anmutig wich sie ihr aus, nahm das große, saubere Tuch, das sie um ihren Hals gehängt hatte, und trocknete sanft Tonnemans Haar. Nicht eine graue Strähne war darin; es hatte noch immer die Farbe von hellem Sand.

»Ah. Kannst du so weitermachen, bis das Reich Gottes kommt, meine Liebe?«

»Das würde ich, wenn wir keine vier neugierigen Kinder hätten, um die wir uns kümmern müssen.« Sie reichte ihm das feuchte Tuch. »Du bist so gut wie neu.«

»Ich hoffe, daß ich dir das beweisen kann«, brummte Tonneman.

Racqel warf Alice einen raschen Blick zu und errötete.

Alice tat, als hätte sie nichts gehört. »Brauchen Sie noch mehr heißes Wasser oder Tücher, Ma'am?«

Racqel raffte einen Armvoll nasser Tücher zusammen und ging mit Alice nach draußen. »Nein danke, Alice.« Sie reichte der Jamaikanerin die nassen Tücher. »Gib den Kindern ihren Tee, Alice. Wir kommen gleich nach.«

»Ma'am«, sagte die Frau mit einem Kopfnicken. »Das Faß mit dem Regenwasser ist fast leer.«

»Nach dem Tee schicken wir Moses zum Wasserverkäufer.«

Als Racqel zu ihrem Gemahl zurückkehrte, hatte dieser sich bereits abgetrocknet und war damit beschäftigt, in seine alten braunen Kniehosen zu steigen. Racqel setzte sich auf den Rand des Zubers und sah ihm beim Ankleiden zu. »Ich war heute auf dem Dachboden und habe eine Weile in den Aufzeichnungen meines Vaters gelesen. Ich glaube, ich würde sie gerne binden lassen. Seine Experimente mit Kräutern sind sehr bemerkenswert.«

Tonneman nickte. Er war mit seinen eigenen Gedanken beschäftigt. Er schlüpfte in seinen noch immer recht repräsentablen alten blauen Rock. »Eine gute Idee«, sagte er schließlich. »Moses wird sie vermutlich mit Begeisterung lesen.«

»Das denke ich auch. Ich bin in den Aufzeichnungen auf etwas gestoßen, das dich interessieren dürfte. Ein Blatt, das nicht dazugehört. Deshalb möchte ich sie binden lassen. Wenn ich das nicht tue, gehen sie noch alle verloren. Auf dem Blatt hatte er eine Beobachtung über religiöse Bräuche in der alten Heimat notiert. Ich habe keine Ahnung, ob dieser Brauch auch hier noch befolgt wird oder woher er stammt.«

Tonnemans Gedanken kreisten darum, daß er die Wanne ausleeren mußte und was es zum Abendessen geben würde. »Was für ein religiöser Brauch?«

»Sein Wortlaut war ungefähr folgender: ›Im Falle eines Mordes, wenn die Leiche auf offenem Feld gefunden wird und der Mörder nicht bekannt ist, sollen die Ältesten der Gemeinde ein Kalb nehmen, ihm den Hals brechen, die Kehle aufschlitzen und es in einen nahen Fluß werfen.‹«

»Ah!« machte Tonneman. »Du bist mir wirklich eine große Hilfe, Weib.«

Racqel lächelte. »Kommt dir das nicht bekannt vor?«

Er lächelte ebenfalls. »Ja«, nickte er. »Ziemlich interessant.«

»War es ein Kalb?«

Tonneman nickte. »Soweit ich sehen konnte, hatte das Tier noch nie gekalbt. Wie war der Wortlaut von dem Ritual noch mal?«

Racqel wiederholte ihn, und Tonneman brummte: »Das hilft mir bei meinem Pferde-Fall auch nicht weiter. Aber im Kuh-Fall bringt es mich der Lösung vielleicht einen Schritt näher.«

»Aber es könnte bedeuten, daß du einen Fall hast mit einem Menschen als Mordopfer.«

»Ja. Daran hab' ich nie gezweifelt.«

»Hast du eigentlich bei deinem Auftrag im Dienst des Obersten Ratsherrn irgendwelche Fortschritte gemacht?«

»Nichts außer dem Stück Seide. Judas' Schlinge! Du hast es doch nicht irgendwo vergraben?«

»Nein. Nicht, nachdem du uns gesagt hast, wir sollen es aufheben. Moses hat es an den Riegel des Scheunentors geknüpft.«

Ein frischer Lufthauch wehte von draußen in die Scheune; ein Vorbote des kühlen Abendwinds. Nach einem Tag wie diesem war Tonneman dankbar für jede Brise frischer, klarer Luft. Er strich sich die Haare zurück, die ihm über die Augen gefallen waren. »Es könnte von einer Krawatte stammen. Oder«, fügte er sinnierend hinzu, »es hat möglicherweise etwas mit Lumpen in einem Schornstein zu tun.«

Racqel zog verwirrt die Stirn in Falten.

Tonneman schüttelte den Kopf. »Nur so ein Gedanke.« Er strich sich über das Kinn, um seinen Bart zu prüfen. »Unser Bösewicht hat ein Pferd gestohlen. Er ist auf dem Pferd aus dem Stall des Governors geritten, nachdem er den Hengst des Königs getötet und verstümmelt hatte. Ich habe den Stoffetzen gefunden ... Nein, eigentlich war es andersherum: Das Stück Seide hat mich gefunden. Ich habe es mit meinem Hut vom Ast eines Hartlaubbaums gestreift, und es ist daran hängengeblieben.«

»Das ist nicht viel, um damit eine Untersuchung zu beginnen.«

»Wie wahr. Aber es ist alles, was ich habe.« Tonneman rieb sich die Nase und zwängte seine Füße in seine Alltagsstiefel, die um vieles unbequemer waren als seine neuen, blitzblank glänzenden Stiefel, die jetzt in einem drei Fuß tiefen Loch irgendwo im Wald vergraben lagen und verrotten würden. »Es sei denn, dieser Kerl hat eine Schramme im Gesicht, dort, wo ihn der Ast des Hartlaubbaums getroffen hat.«

»Oh.«

Tonneman faßte seine Frau genauer ins Auge. »Hast du jemanden mit einer solchen Verletzung gesehen?«

»Ja. Asser Levy. Er hat eine Schramme an der Wange. Aber er ist krank. Er muß sich die Verletzung bei einem Sturz zugezogen haben. Er hat mich gebeten, ihm einen Besuch abzustatten.«

Tonneman schüttelte ärgerlich den Kopf. »Du bist hingegangen, obwohl sie dich so behandelt haben?«

»Ärger dich nicht. Er ist wirklich sehr krank. Und nach seinem Aussehen zu urteilen, war er am vergangenen Sonntag weder in der Lage, ein Pferd zu reiten, noch ein Messer zu führen. Und für einen Ritt in der Nacht war er ganz sicher zu schwach.«

Tonneman, der sich erinnerte, daß Levy gar nicht gut

ausgesehen hatte, als er ihm am Sonntag begegnet war, nickte. Aber er war nicht bereit, den Schlachter so schnell von der Liste seiner Verdächtigen zu streichen; vor allem nicht nach dem, was diese schieläugige Ratte von Smythe ihm erzählt hatte.

Andererseits war es eine unbestreitbare Tatsache, die ihm nie aufgefallen war, bis er Racqel heiratete: Christen waren schon immer sehr schnell damit bei der Hand, Juden für irgendwelche Probleme verantwortlich zu machen. Tonneman gemahnte sich, keine voreiligen Schlüsse zu ziehen. Vielleicht war diesmal ein Jude ja wirklich der Schuldige.

Er dachte gar nicht daran, Asser Levys Namen von der Liste seiner Verdächtigen zu streichen.

Kapitel 20

Montag, 18. März
Nachmittag

»Verstehst du denn nicht?« hakte Racqel noch einmal nach, als sie nebeneinander über den Hof auf das Wohnhaus zustrebten. Ihr Gemahl sah sie mit verständnisloser Miene an. »Es hat einen Mord gegeben. Irgendwo dort draußen liegt ein Toter.«

Tonneman war ein guter Ehemann, der seine Frau nie belächelte oder sich sonst irgendwelche Überheblichkeiten ihr gegenüber leistete. Nun ja – fast nie. Jetzt tat er es. »Weib meines Herzens«, sagte er und nahm ihre Hand, als sie die Treppen hinaufstiegen. »Ich werde dich immer lieben, aber manchmal hörst du mir einfach nicht zu.«

»Was meinst du damit?«

»Natürlich verstehe ich. Hab' ich nicht gesagt, daß es mich in dem Kuh-Fall der Lösung ein Stück näher bringt?«

Auf Racqels Stirn erschienen steile Falten. Sie nickte. »Ja, das hast du.«

»Und du hast gesagt: ›Aber es könnte bedeuten, daß ich einen Fall mit einem Menschen als Mordopfer habe.‹ Und ich hab' gesagt, daß ich nie daran gezweifelt habe.«

Sie seufzte und stieß die Tür zu ihrer Schlafkammer auf. »Ja, das hast du. Ich war nur so aufgeregt wegen meiner Entdeckung, daß ich mit meinen Gedanken gar nicht richtig bei der Sache war. Ich bin so dumm.«

»Meine liebste Racqel. Wenn du etwas nicht bist, dann dumm.«

Sie schüttelte den Kopf. »Genau das, was ich hören wollte. Manchmal setzt Ihr mich wirklich in Erstaunen,

Tonneman. Vor allem wenn Ihr wie ein perfekter jüdischer Ehemann handelt. Und denkt wie ein jüdischer Gelehrter.«

Sie traten in ihr Schlafgemach. Er sah sich nach seiner Pfeife um und dachte über ihre Worte nach. »Und was bedeutet das?«

Sie wedelte mit den Händen, wie um einen neuerlichen Streit zu zerstreuen, bevor er beginnen konnte. »Daß du bereit bist, etwas so Althergebrachtes und so Jüdisches wie das Kuh-Ritual zu akzeptieren.«

Er sah sie aus schmalen Augen an. »Ist das wieder ein Versuch, mich zum Konvertieren zu überreden?«

»Nein. Ich rede über das tote Kalb. Aber wenn du schon fragst – was würde es schaden? Ich würde von dir nicht erwarten, daß du ein besserer Jude bist als ein Christ. Du gehst nicht zur Kirche, und ich würde nicht verlangen, daß du in die Synagoge gehst. Du hast es versprochen.«

»Ich war einverstanden, daß die Kinder als Juden erzogen werden. Ich habe nicht versprochen, Hunderte von Regeln auswendig zu lernen, für die es keinen Grund gibt, und irgendeinen bärtigen Barbaren mit einem stumpfen Messer an meinem besten Stück rumschneiden zu lassen.«

»Du verstehst mich nicht. Für die Juden in dieser Stadt bin ich unrein. Ich kann nicht damit leben. Ich fühle mich innerlich leer. Ich liebe dich, und ich liebe unsere Kinder. Aber ich brauche mehr. Ich brauche meinen Gott.«

»Gott ist immer bei uns. Sogar ich weiß das.«

»Ich muß die Nähe Gottes spüren können.« Racqel reckte ihr Kinn vor, wie immer, wenn sie wütend war.

»Ja, sicherlich. Aber wie auch immer«, sagte Tonneman rasch und versuchte, zum ursprünglichen Gedanken zurückzukehren, »wenn wir uns nicht irren, liegt irgendwo dort draußen ein Toter. Und zwar ein toter *Jude.*«

Seine Frau nickte. Doch sie hatte nicht vergessen. Racqel wollte – nein, sie mußte wieder das sein, was sie einmal gewesen war. Sie würde ihr Seelenbedürfnis vorläufig zur Seite schieben, doch wieder hervorholen, wenn sie glaubte, daß die Zeit dafür richtig war.

»Und andere Juden wissen davon. Vielleicht sogar zehn an der Zahl.«

Racqel nickte erneut. »Ein *Minyan*. Oder mehr. Er liegt nicht einfach irgendwo und verwest. Er ist begraben worden. Er ist wahrscheinlich so schnell wie möglich begraben worden. Noch vor Sonnenuntergang des Tages, an dem er gefunden wurde.«

»Wie viele Juden gibt es in New York?«

»Mit mir oder ohne mich?«

»Racqel.«

Sie zuckte mit den Achseln. »Fünfunddreißig.«

»Bei so wenigen müßte es leicht sein festzustellen, wer fehlt.«

»Es sei denn«, sagte Racqel, »der Tote ist ein Fremder.«

»Gut.« Tonneman rieb sich das Kinn. »Wir reden also davon, daß ein Großteil der jüdischen Gemeinde möglicherweise einen Mord verschweigt.«

»Oder nur ein paar wenige. Außerdem wirst du Schwierigkeiten haben, die Leute zu bewegen, darüber zu reden. Juden haben eine Aversion, über den Tod zu sprechen.«

»Ja. Ich habe gesehen, wie sie durch ihre Finger spukken.« Er wartete, daß sich ihr Kinn vorreckte.

Da war es. »Und Christen sind nicht abergläubisch?«

»Selbstverständlich nicht. Wir sind eine brave, gottesfürchtige Schar dank der Gnade Jesu Christi, unseres Herrn.«

Racqel enthielt sich einer Antwort. Statt dessen fragte sie: »Was wirst du tun?«

Er grinste. »Ich bin nicht mehr Sheriff. Tote sind

Gibbs Problem. Und er ist beschränkt genug, so daß wir ihm mit deiner Theorie über die tote Kuh den Kopf noch wirrer machen würden. Wir sollten das für uns behalten. Und während ich den Pferdemörder suche, wird es mir nicht viel Umstände bereiten, meine Nase in den Wind zu halten und auch dem Mörder des Kalbs nachzuspüren. Oder dem eines Juden.«

»Sei besonnen bei dem, was du tust. Falls das alles tatsächlich auf uns zurückfällt und sich herausstellt, daß es ein prominentes Mitglied der jüdischen Gemeinde ist …«

»Wie Asser Levy zum Beispiel?«

»Hüte deine Zunge. Wenn du die Sache zu eifrig verfolgst, werde ich – werden wir – nie akzeptiert.«

»Nicht wir«, sagte er sanft und sah zu, wie sich ihr herrliches Kinn neuerlich nach vorn schob.

»Ihr seid ein halsstarriger Mann, Pieter Tonneman. Wollt Ihr nicht neben mir liegen, wenn der Messias kommt?«

»Ich dachte, er ist schon gekommen.«

Ihre dunklen Augen funkelten gefährlich; das Kinn schob sich noch energischer vor.

»Vielleicht kann ich das Thema mit deinem geliebten Schwager besprechen, denn ich sollte unbedingt herausfinden, ob die Geschichte des verrückten Francis Beado wahr ist, daß er am Sonntag bei David Mendoza war.«

Racqel blickte gequält drein. »Sag ihm nicht, daß ich die Aufzeichnung meines Vaters über das Ritual gefunden habe.« Zufällige Begegnungen mit ihrem früheren Schwager bereiteten Racqel Sorge. Mendoza war ein gewalttätiger Mann, der seinen Groll nicht vergessen konnte. »Pieter, ich befürchte nach wie vor, daß es einen Zusammenhang zwischen der Kuh und dem Pferd gibt.«

»Da muß ich dir recht geben.«

»Und mein Volk wird dessen beschuldigt werden.«

Tonneman betrachtete prüfend das Gesicht seiner Frau. Sie sah traurig aus. Was verschwieg sie ihm? Vielleicht lag es nur daran, daß sie in den Aufzeichnungen ihres Vaters gelesen hatte. Es hatte traurige Erinnerungen heraufbeschworen. Er nahm ihre Hand. »Denkst du an deinen Vater?«

»Ich denke immer an meinen Vater.« Sie sah Tonneman an, und Tränen stiegen in ihre Augen.

»Was ist denn?« Er setzte sich auf das Bett und klopfte mit der Hand darauf, damit sie sich neben ihn setzte.

Sie setzte sich neben ihn, die Lippen fest aufeinandergepreßt, und knetete mit nervösen Fingern die daunengefüllte Bettdecke. Von unten klangen die Stimmen ihrer Kinder herauf, vor allen anderen das hungrige Geschrei Daniels.

Er strich eine schwarze Strähne aus ihrem Gesicht. »Sag.« Sie roch nach Sonnenschein, Schweiß und Gewürzen.

»Ich hab' dir erzählt, daß Asser Levy heute nach mir geschickt hat.«

Tonneman wartete. Racqel würde ihm alles auf ihre Weise erzählen.

»Er war zuerst glühend heiß vor Fieber, und dann zitterte er vor Kälte. Während ich auf Decken wartete, hab' ich versucht, ihn in meinen Armen warm zu halten.«

Tonnemans Gehirn verstand. Dennoch ließen ihre Worte ihm das Blut in den Kopf steigen, und er fühlte sich schwindlig wie in den alten Tagen nach einer halben Flasche Branntwein.

»Seine Frau hat uns gesehen. Sie hat mich Jezabel genannt. Oh, sie hat sich entschuldigt. Aber das Dienstmädchen hat alles gehört. Es wird in der ganzen Stadt herumgetratscht werden und Schande über uns bringen.«

»Über dich und Asser Levy? Unsinn.«

»Meine Leute werden es für bare Münze nehmen. Und deine ebenso. Sie akzeptieren mich beide nicht als eine der ihren. Sie wollen das Schlechteste von mir glauben.«

»Mistreß Tonneman!« rief Alice von unten herauf. »Ein Gentleman, der Euch und den Mister sprechen will.«

Tonneman erhob sich vom Bett und bot Racqel seine Hand. »Wir werden diesen Arschlöchern die Stirn bieten, wie wir es bisher getan haben. Komm, laß uns sehen, wer der Besucher ist.« Er stieg, ihr voran, die Treppe hinab.

Im Wohnzimmer stand ein breiter, untersetzter Mann mit tiefliegenden Eulenaugen. Ein schmaler Schnauzbart und ein pedantisch gestutzter schwarzer Kinnbart verbargen die unteren Partien seines Gesichts. Abgesehen von der grellfarbenen Krawatte an seinem Hals und den roten Absätzen seiner modischen schwarzen Schuhe, war er ganz in schwarzen Samt gekleidet. Der Hut mit niedriger Krone in seiner Rechten war ebenfalls schwarz. Auch seine Krawatte war rot. Rote Seide.

Racqel erkannte ihn sofort. Es war Solomon Navarro, der Arzt. Er war erst seit '73 in New York und seinerzeit, gleich nach der Wiedereinnahme durch die Holländer, in die Stadt gekommen. Die neuerliche Herrschaft der Holländer hatte kaum sechs Monate gedauert, doch in dieser kurzen Zeit war Navarro, der früher ein armer Wundarzt irgendwo in Johnny-Land gewesen war, ein reicher Mann geworden. Die jüdische Gemeinde von Manhattan hatte ihm ein gutes Einkommen versprochen, und dies hatte sich bestätigt. Doch um die Wahrheit zu sagen, erweckte der Arzt den Eindruck, weit wohlhabender zu sein, als dies durch Ausübung seiner ärztlichen Kunst möglich war.

Vielleicht, dachte Racqel, hatte ihre Medizin Asser Levy geholfen. Oder sie hatte ihn umgebracht. »Mister Navarro«, sagte sie und trat auf den letzten Stufen der Treppe hinter dem Rücken ihres Mannes hervor.

»Sir!« Die schwarzen Augen Navarros verengten sich zu zornig funkelnden Schlitzen. Er ignorierte Racqel und sprach zu Tonneman. »Eure Gattin ist keine Ärztin. Sie ist eine Frau. Allein diese beiden Tatsachen machen sie untauglich, Kranke zu behandeln. Vor allem nicht *meine* Patienten. Sie ist nichts als eine Hexe.«

Tonnemans Brüllen ließ alle anderen Geräusche im Haus verstummen. Mit ein paar Schritten durchmaß er die Distanz, die ihn von Navarro trennte. Mit geballten Fäusten und den Arzt um fast zwei Köpfe überragend, funkelte er auf Navarro hinab und mußte alle seine Selbstbeherrschung aufbringen, den Mann nicht mit einem Faustschlag in den Boden zu rammen. »Was habt Ihr gesagt?«

Doch Solomon Navarro wich nicht einen Schritt zurück. Er maß Tonneman mit einem sengenden Blick und bellte: »Eure Frau hat einen meiner Patienten behandelt. Das wird aufhören!« Der kleine Mann machte auf seinen eleganten roten Absätzen kehrt und ging um Tonneman herum.

Und als er bereits auf die Haustür zustrebte, zischte er: »Oder sie wird es bitter bereuen.«

Kapitel 21

Dienstag, 19. März
Kurz vor Morgengrauen

Er wankte aus dem Wald und stürzte direkt in den Teich. Die beißende Kälte des Wassers weckte ihn aus einer tiefen Betäubung. Sein Umhang verfing sich an einem Busch am Grund des Teichs, als sei er von bösen Geistern besessen, und versuchte, ihn zu strangulieren. Mit einer kurzen Bewegung riß er sich los und ließ den Umhang zurück, der wie zu einem Segel aufgebläht auf der Oberfläche des Wassers schwamm.

Wann hatte er das Haus verlassen? Was hatte ihn dieses Mal hinausgetrieben? Er hatte keinerlei Erinnerung, an die er sich halten konnte. Das letzte, woran er sich erinnerte, waren glimmende Glutbrocken im Kamin, die in der Dunkelheit wie Augen glühten. Dann war er, mit seinem Buch auf dem Schoß, in den Schlaf hinübergedämmert.

Und nun dies.

Es geschah also wieder. Ein heftiger Schauder schüttelte seinen Körper, und ihm wurde schlagartig bewußt, daß er bis zur Brust im kalten Wasser des Teichs stand. Er watete ans Ufer und fiel auf die Knie.

Er wußte nicht, ob er es ertragen konnte. Er vermochte sich nicht zu erklären, was er auf seinen nächtlichen Irrwegen tat. Daß er verhext war, daran zweifelte er keinen Augenblick. Aber diesmal würde er sich von ihnen nicht hinausjagen lassen. Das Böse war überall um ihn herum. Seine gefallenen Engel, die beiden, die er so glühend liebte, waren zu Dämonen geworden – Dämonen, die er vernichten mußte. Und die Hexe, die im verborgenen ihr Unwesen trieb, mußte ebenfalls hervorgezerrt und verbrannt werden.

Das nächtliche Lärmen der Tiere und Vögel umfing ihn, umhüllte ihn wie ein samtenes Tuch. Zitternd lag er auf dem toten, kalten Wintergras und wartete, bis das Hämmern in seinem Herzen nachließ. Langsam setzte er sich auf, zog seine Schuhe von den Füßen und goß das Wasser aus ihnen. Seine schlammverschmierten Zehen lugten durch die weißen Strümpfe. Sie waren grau oder noch dunkler und sahen aus wie kleine Kaulquappen.

Wo war er gewesen? Was hatte er getan? Er tastete nach seiner linken Hüfte. Kein Gehenk und deshalb auch kein Schwert. Außer an Sonntagen ging er nie ohne Waffe aus dem Haus. Auch kein Messer. Dafür sandte er ein Dankgebet zum Himmel.

Er schlüpfte wieder in seine Schuhe und stand auf. Die Schuhe drückten an seinen Füßen. Hoch droben rollte der Vollmond über den sternenübersäten Himmel und sang ihm mit leiser, lockender Stimme zu: »Komm näher, mein Sohn. Näher, näher.«

Er streckte die Arme empor, die Hände fast wie zum Gebet gefaltet. »Ja, Vater, ich komme.« Nein! Was tat er hier draußen in tiefster Nacht, umgeben von den Tieren und Vögeln und den Geistern und möglicherweise auch den Rothäuten, die in der Nacht ebenso gut sahen wie am Tag?

Eine Eule schrie; er hörte das Rauschen ihres Gefieders. Als er um sich blickte, spiegelte sich der Mond in den Pfützen auf dem Pfad. In diesem Augenblick begriff er, wo er war. Shellpoint.

Er schüttelte das Wasser aus seinen Kleidern wie ein Hund und folgte dem Pfad.

Unversehens packte etwas seinen Fuß, und er stürzte vornüber. Krach. Sein Kopf schlug gegen einen Baumstamm; sein Gesicht schrammt über die Borke. Er begriff, während er fühlte, wie ihm das Blut über das Gesicht lief, daß er über eine Wurzel gestolpert war. Er lehnte sich an den glatten Stamm seines Peinigers, fühlte, wie das Blut über seine Lippen rann, und schmeckte seinen süßlichen Geschmack. Er war dankbar, daß der Baum eine Birke und keine Eiche war.

Doch jetzt fühlte er die Kälte. Nicht den Frühlingswind. Etwas anderes. Etwas Böses. Es kroch durch seine Adern wie der Tod. Seine Glieder zitterten. Er war ein Blatt im Wind, harrend der Mächte der Nacht, die ihn ins Jenseits schleudern würden.

Er mußte sich in Sicherheit bringen. Nach Hause. Er mußte sein Zimmer erreichen, sein Bett. Daß er verdammt war, daran zweifelte er nicht einen Augenblick, doch nicht bevor er seine Mission erfüllt hatte. Er mußte den Gotteslästerer finden. Er stemmte sich auf die Beine und schaffte es bis nach Hause, entkleidete sich bis auf seine bleiche, fleckige Haut und fiel ins Bett. Doch nicht, um zu schlafen – noch nicht. Nun kam das Fieber, wusch seine blutigen Kratzer mit heißem, salzigem Schweiß. Und die qualvollen Schmerzen in seinen Fingern, seinen Armen und Beinen. Strafen für seine Sünden. Die Geißeln des Satans. Oder die Gottes?

Er wußte, wenn er bei Anbruch der Dämmerung erwachte, würde er sich nicht mehr an seinen nächtlichen Ausflug erinnern. Er würde nur diese blutigen, nassen und schmutzigen Kleider vorfinden, die er verbrennen würde. Alles, bis auf seinen roten Rock. Er mußte seinen roten Rock behalten, damit die Gotteslästerer, die ihn darin sahen, ihn als Gottes Vergeltung erkannten.

Er würde sich an nichts erinnern. Doch er würde wissen. Es war nur eine Frage der Zeit, bevor seine böse Krankheit schlimmer wurde. Er mußte den Dämon finden, der ihm das alles antat. Er mußte die Hexe finden, die ihn verflucht hatte.

Jetzt erst schlief er ein, doch nur, um von Höllenfeuern zu träumen.

Am Shellpoint löschte die Nacht alle Spuren des Eindringlings. Die Musik des Waldes war wieder zu hören.

Sanft schwappte das Wasser gegen das Ufer. Nahebei umfing die Natur eines ihrer eigenen Geschöpfe. Sich von dem Felsen erhebend, auf dem er vollkommen reglos gekauert hatte, seit sein scharfes Gehör den Eindringling vernommen hatte, strich der Beobachter mit seiner linken Hand über den fast haarlosen Schädel, bis sie das Büschel Haar am Scheitel berührte.

Er spuckte ins Wasser. Der Teich gehörte wieder ihm wie auch all die Geschöpfe in und an ihm. Er war so sehr ein Teil seiner Umgebung, daß niemand seine Anwesenheit bemerkt hätte, außer einer wie er.

Geräuschlos ging er zu der Stelle, wo der Eindringling aus dem Wald ins Wasser gestürzt war. Er ging weiter, bis ihm das Wasser fast bis zur Hüfte reichte. Dort vor ihm trieb der Umhang im Wasser. Er blieb stehen, seine Hände über dem Wasser. Als sei er selbst zu Wasser geworden, sank er unter die Oberfläche, fast ohne sie zu kräuseln.

Nach fünf Herzschlägen tauchte er wieder auf, die Trophäe, die er gesucht hatte, in seiner Hand. Er watete zum Ufer zurück und legte sie auf das winterliche Gras. Vielleicht hörten die Insekten sein leises Grunzen. Vielleicht sahen die Vögel die schmalen Schlitze seiner Augen oder das Blitzen seiner entblößten Zähne im Mondlicht.

Der Fremde hatte seine Meditationen gestört. Doch ›Der wie ein Fuchs geht‹ hatte eine Entschädigung erhalten. Dieser blaue Kriegergürtel, den die Europäer Gehenk nannten, war reich verziert mit verschiedenfarbigen Glassteinen, nicht den Juwelen, die die Weißen so sehr schätzten. Das Schwert, das daran hing, war nicht so farbenprächtig, doch es war ein drei Fuß langer, doppelschneidiger Stahl mit einer scharfen, spitzen Klinge, die einen Feind schnell töten konnte. Er würde die Klinge behalten und sie vielleicht verkaufen. Oder – noch besser – er würde damit töten.

Kapitel 22

Dienstag, 19. März
Morgen

Tonneman hatte den Nachmittag des vorherigen Tages mit der Erledigung städtischer Angelegenheiten verbracht. Die Arbeit hatte wieder frisches Geld in die Kassen von Ten Eyck und Tonneman gebracht.

In seiner Funktion als Landaufseher hatte er neue Zäune und die Straßenausbesserungen inspiziert, die der Rat der Stadt von den Farmern verlangte, deren Land an die Bowery Road und die Broad Way Road grenzte. Obwohl einige der Farmer die Arbeiten selbst erledigten, hatten andere Ten Eyck und Tonneman mit der Durchführung dieser Arbeiten beauftragt. Es war alles in allem ein einigermaßen unkomplizierter und recht profitabler Nachmittag gewesen.

Heute war er mit der Angelegenheit des Governors beschäftigt. Das bedeutete, daß er für De Sille arbeitete, was seiner Laune nicht unbedingt zuträglich war. Oder vielleicht war es ja in Wirklichkeit die Angelegenheit des Herzogs von York, da diese Kolonie zu seinen Besitzungen gehörte, obgleich er noch nie einen Fuß darauf gesetzt hatte. Im Grunde genommen war dies alles jedoch eine Angelegenheit des Königs. Tonneman war sich sicher, Seine Königliche Hoheit war nicht darüber informiert worden, wie schimpflich sein prachtvolles Geschenk an Governor Andros mißhandelt worden war. Ah – diese Engländer. Das Leben war viel einfacher gewesen, bevor sie gekommen waren.

Solomon Navarro, der Arzt, war ihm nicht aus dem Kopf gegangen. Tonneman fürchtete keinen Mann.

Doch die Drohungen gegen seine Frau bereiteten ihm ernsthafte Sorgen. Vor allem wenn es nicht in seiner Macht stand, etwas gegen das zu tun, womit man ihr drohte.

Und noch etwas anderes an Navarro war ihm ins Auge gefallen, das in Erwägung gezogen werden mußte: Seine rote Seidenkrawatte. Der Stoff, aus dem sie gemacht war, konnte durchaus vom selben Ballen stammen wie der Seidenfetzen, der sich an Tonnemans Hut verfangen hatte.

Tonneman war bei Morgengrauen aufgestanden, was für ihn die übliche Zeit war, den Tag zu beginnen. Er hatte unruhig geschlafen und war mit einem schmerzenden Kopf und dem alten Verlangen nach Branntwein erwacht. Er stieg in seine Kniehose und schob, während er die Knöpfe schloß, entschlossen, wenn auch mit einiger Mühe, sein Verlangen nach Alkohol beiseite. Er richtete seine Gedanken auf das, was getan werden mußte.

Um De Sille loszuwerden und wieder in sein friedliches und wohlgeordnetes Leben zurückkehren zu können, mußte Tonneman den Pferdemörder finden. Und dennoch wußte er nur zu gut, daß sein friedliches, wohlgeordnetes Leben nie mehr so sein würde wie zuvor. Sein Freund und Partner Ten Eyck hatte De Sille all die Jahre Schmiergelder gezahlt.

Verdammt! Wieviel seines Geldes war in De Silles Truhen verschwunden und hatte die Ränke und die Machtgier dieses verschlagenen Bastards unterstützt? Waren mit seinem Geld die Schiffe gekauft worden, die den Obersten Ratsherrn noch reicher machten? Tonneman hatte gehört, daß De Sille Mühlen kaufte. Was wußte er? Tonneman hat De Sille noch nie gemocht. Doch der Gedanke, daß dieser Mann sein Geld ausgab, ließ Tonnemans Abneigung gegen den Mann noch größer werden.

Er aß seinen Maisbrei, dann etwas Brot und Käse und Salzheringe mit Erbsen. In düsterer Stimmung, und ohne die Anwesenheit seine Kinder zu beachten, trank er seinen Tee, murmelte dann und wann das eine oder andere Wort vor sich hin, doch nur als Antwort auf irgendwelche Fragen.

Abrupt schob er seinen Stuhl vom Tisch zurück, noch bevor er zu Ende gegessen hatte, und war aus dem Haus.

»Wo gehst du hin mit deiner prächtigen Laune?« rief Racqel ihm nach.

»Ich hab' einen harten Tag vor mir. Ich werd' das eine oder andere Schwätzchen halten.«

Sie drehte für einen Augenblick ihren Kopf, als wollte sie ihm antworten, doch dann wandte sie sich wieder dem Teig zu, den sie ausrollte, während Alice den Fisch vorbereitete. Alice war noch vor Sonnenaufgang mit ihrer Angel zum Ende der Queen Street gegangen und hatte ein paar Blaufische gefangen. Zu Mittag würde es Fischpasteten geben.

Tonneman hielt nichts von Vernehmungen. Er zog den Klatsch vor. In den Jahren, die er Schout und dann Sheriff gewesen war, hatte er gelernt, daß er mehr von den Leuten erfuhr, wenn sie nicht wußten, daß sie vernommen wurden. Die Menschen – vor allem die Neu-Amsterdamer oder New Yorker, wie sie sich jetzt nannten – mochten direkte Fragen nicht, doch einen guten, ausgiebigen Tratsch liebten sie über alles.

Seine erste Station war die Old Soldiers Tavern. Das Gasthaus war leer, bis auf zwei triefäugige Musketiere und einen dritten, der mit dem Gesicht auf der Tischplatte und herabbaumelnden Armen schlief oder zu betrunken war, den Kopf zu heben. Tonneman machte den Versuch, die beiden, die Mühe hatten, die Augen offenzuhalten, in ein Gespräch zu verwickeln, doch sie wollten nichts von ihm wissen. Der Schankkellner, Russell Mitchum, hob nicht ein einziges Mal den Blick von dem Stock, an dem er schnitzte.

Tonneman war im Begriff, wieder zu gehen, als Jan Keyser durch die Tür trat. Der Gerber schien ebenso schnell zu altern wie seine Häute; seine Haut hatte die Farbe von braunem Wachs und wurde im Laufe der Jahre dem Leder, das er gerbte, immer ähnlicher.

»Guten Morgen, Keyser.« Tonnemans Stimme war nicht anzumerken, in welch mieser Laune er war. Keyser war eine Ratte, ein Lügner und Betrüger.

Der kleine, schmächtige Mann wurde von einem Schauder geschüttelt. »Gebt Ihr mir einen Drink aus, Tonneman? Ich hab' mir eine Erkältung geholt.«

Tonneman grunzte. »Warum nicht?« Die Dreistigkeit des Mannes erstaunte ihn immer wieder aufs neue. »Mitchum?« Er hob die Stimme. »Mitchum.«

Der Schankkellner sah erschreckt auf. Offenbar hatte er ebenfalls geschlafen. Er rappelte sich auf die Beine.

»Ein Bier«, sagte Tonneman.

Ein Glitzern stahl sich in die Augen des Gerbers. »Ich habe einen furchtbaren Durst auf einen anständigen Rachenputzer.«

Mitchum stand geduldig vor seinem Zapfhahn, schnitzte an seinem Stock herum und wartete, bis Tonneman und Keyser entschieden haben würden, was es nun sein sollte.

»Und weshalb sollte ich dir einen Rum ausgeben?«

»Du schuldest mir was, Tonneman. Du hättest Gibb so weit bringen können, zu meinen Gunsten zu entscheiden. Und weil ich krank bin und eine Freundlichkeit verdient habe.«

Tonneman war verblüfft, solche Worte von einem Mann zu hören, der noch nie für irgend jemanden eine Freundlichkeit übriggehabt hatte. Aber von Keyser logisches Denken zu erwarten, war dasselbe, als würde man erwarten, daß ein Bulle Milch gibt. Er zog das

Stück rote Seide aus seiner Rocktasche. »Habt Ihr das hier schon einmal gesehen?«

Keyser runzelte die Stirn, sagte jedoch nichts.

»Nun?«

Keyser wischte sich den Schweiß von der Stirn und strich dann seine Hand an seiner speckigen Wildlederhose trocken. »Nein.« Der kleine Mann räusperte sich. »Ich höre, Ihr arbeitet für diesen königlichen Arschkriecher De Sille. Daß er Euch dazu gebracht hat, nach dem Mörder des Pferdes vom König zu suchen.« Der Gerber ließ ein scharfes Bellen hören, das als Lachen gedacht war.

»Habt Ihr den Kadaver bekommen?«

»Ihr wißt, daß ich ihn bekommen habe. Schlimm zugerichtet. Aber es gibt etwas, das die meisten nicht wissen.« Er beobachtete Tonneman mit schlauem Blick.

»Und was ist das?« Tonneman winkte Mitchum. »Einen Rum und einen Apfelmost.«

»Rum?« fragte Mitchum noch einmal nach, legte sein Messer und den Stock, an dem er geschnitzt hatte, beiseite und schlurfte zum Regal mit den Flaschen.

Tonneman beobachtete ihn mit gehobenen Brauen. Der Schankkellner schob Tonneman sein Glas mit nicht gegorenem, süßem Apfelmost zu und Keyser seinen Rum.

In Keysers Mundwinkeln sammelte sich Spucke. Seine Hand zuckte so schnell wie die Zunge einer Schlange nach dem hölzernen Becher. Tonneman packte Keysers Handgelenk. »Sag mir, warum ich dir diesen Rum spendiert habe.«

»Weil wir seit vielen Jahren Freunde sind. Hab' ich dir anno '64 nicht geholfen, den Mord an Hendrik Smitt aufzuklären?«

»Nein. Erzähle weiter.«

»Die vielen Schnitte am Bauch des Tiers haben es ganz unmöglich gemacht, ein sauberes Fell zu kriegen – das kann ich dir sagen.«

»Endlich kommen wir zum Thema: Der Hengst.« Tonneman verlor allmählich die Geduld. Er schloß die Faust einen Moment lang fest um Keysers Handgelenk und ließ es dann fallen.

»Abgesehen von all dem…« Keysers Stimme senkte sich zu einem heiseren Flüstern. Er rieb sich sein schmerzendes Handgelenk. »In die Stirn des Pferdes war ein umgekehrtes Dreieck geritzt. Das Zeichen Satans. Einige sagen, es ist ein indianisches Zeichen, andere sagen, die Afrikaner stecken dahinter. Ich? Ich sage, daß es die Juden waren.«

»Weißt du das sicher?«

Der Gerber nickte und kippte den Rum mit einem einzigen Schluck. »Nichts für ungut, aber dahinter stekken allein die Juden.«

»Tatsächlich?«

»So ist es. Die Juden haben vor, den Engländern und Holländern Manhattan zu stehlen. Du brauchst dir nur anzusehen, wie sie sich in die Geschäfte anständiger Christen drängen. Dieser verdammte Asser Levy! Weißt du, daß er jetzt auch mit dem Gerben anfängt?«

»Das klingt nur vernünftig. Schließlich ist er Schlachter. Was soll er sonst mit all den vielen Kuhhäuten anfangen?«

»Ich finde das überhaupt nicht vernünftig. O nein.«

»Worüber beklagst du dich? Sämtliche Felle von Jagdwild, die in die Stadt kommen, gehören nach wie vor dir. Levy darf sie nicht anfassen.«

»Er wird eine Möglichkeit finden. Denkt an meine Worte. Sie sind eine gerissene Bande, die Juden. Sie haben das Pferd getötet, soviel steht mal fest. Teufelsanbeter, allesamt. Oh, sie lieben Blut. Benutzen es in allen ihren Ritualen. Hat Eure Frau Euch nie über das grauenvolle Osterfest erzählt, das sie feiern? Daß sie die erstgeborenen Christenkinder schlachten, die sie alleine antreffen, und ihr Blut ablassen und daraus ihr ungesäuertes Passahbrot backen? Und das Blut an ihre Türpfosten schmieren, um den Engel des Todes fernzuhalten?«

»Warum sollten sie dann Pferde töten?«

»Wer kann schon verstehen, was im Kopf von so einem Heiden vor sich geht?« Keyser wischte sich über die Stirn. »Gott, ist es heiß. Das war nur der Anfang, Tonneman. Als nächstes werden sie Christenkinder umbringen. Denkt an meine Worte.«

Tonneman hätte diesen niederträchtigen kleinen Mistkerl am liebsten gepackt und durch die Tür geworfen, ohne sie aufzumachen. Statt dessen preßte er die Zähne aufeinander, bis sie schmerzten, warf ein Sixpence-Stück auf die Theke und verließ die Taverne. Tonneman war so angewidert von Keyser und dessen dummen Geschwätz, daß er den ganzen Weg bis zur Mauer und den Broad Way wieder zurück bis zum christlichen Friedhof lief, bevor ihm wieder einfiel, was er vorgehabt hatte.

Der Tag war strahlend schön, als hätte Gott selbst ihn mit einem Tuch blitzblank poliert. In allen Baumwipfeln zwitscherten die Vögel. Tonnemans Stimmung hellte sich allmählich auf. Ungeachtet seines Entschlusses, Gibb die Angelegenheit erledigen zu lassen, entschied er, daß er auf Harry Prices Buttermilchboot direkt nach Breukelen fahren und sich dort umhören sollte, ob jemand Davies gesehen habe. Und dann würde er mit Harrys Boot wieder zurückfahren und sich – sowie ein Dutzend Kannen Milch – von dem Milchmann zum Coenties Pier bringen lassen. Auf diese Weise konnten Ten Eyck und er zwei Kannen für sich behalten und den Rest verkaufen, und er hätte die Fahrt nach Breukelen nicht umsonst gemacht. Er konnte dabei sogar noch ein Geschäft machen.

Ach ... Was spintisierte er sich da nur zusammen? Morgen war Markttag. Harry Price, der Buttermilchmann, würde selber da sein und verkaufen. So viel zu einem schnellen Profit im Buttermilchgeschäft. Aber es würden Leute aus Breukelen auf dem Marktplatz sein. Er konnte seine Fragen wegen Davies stellen, ohne diese vermaledeite Fahrt über den East River machen zu müssen.

Er sah in Lichtmans Bäckerei vorbei und kaufte sich ein Stück Teekuchen, den er zu schätzen gelernt hatte, seit die Engländer hier waren. Ein paar Schritte nördlich der Bäckerei war die Devil on a Chain Tavern. Tonneman trat in die kühle Dunkelheit des Schankraums. Auf einem der Stühle konnte er im Halbdunkel Pos ausmachen, seine riesige Hand um einen hölzernen Becher geschlossen.

»Guten Morgen, Tonneman«, rief Pos.

»Du mußt Augen wie ein Luchs haben.«

»Bier und Branntwein. Gut fürs Augenlicht. Wie kommst du mit deiner Suche voran?«

»Es ist nicht der Heilige Gral, den ich suche, das ist mal sicher.« Tonneman nickte Reed Winship, dem Schankkellner, zu und ließ sich auf einen Stuhl neben Pos sinken. »Irgendwelche Gerüchte, daß die Juden an diesem Pferdehumbug schuld sind?«

Pos machte viel Aufhebens daraus, seinen Becher an die Lippen zu setzen und zu trinken, doch Tonneman konnte hören, daß sein Becher leer war.

»Ich verstehe.«

»Tut mir leid, Tonneman.«

»Das braucht es nicht. Du kannst nichts dafür.« Tonneman verließ den Devil on a Chain in noch mieserer Stimmung als zuvor.

Im Süden stieg Staub vom Broad Way auf. Das mußten die Arbeiter sein, die die Straße aufrissen, die gepflastert werden sollte. Da er wußte, daß dies seine und Ten Eycks Arbeiter waren, daß Ten Eyck die Arbeiten beaufsichtigte und daß dies Geld in seine Taschen bringen würde, empfand Tonneman angesichts des Staubs in der Luft Freude und Genugtuung. Doch der Gedanke an seinen Partner bereitete ihm Kummer. Sie beide würden dieses Problem aus der Welt schaffen müssen.

Aber nicht heute. Auf seinem mit einem Streifzug durch die Tavernen der Stadt verbundenen Weg den breiten Fahrdamm des Broad Way hinab und dann durch die engen Gassen östlich davon nutzte Tonneman jede sich bietende Gelegenheit, mit den Leuten zu reden.

Ilsa Laughton, eine Philippistin, die einen englischen Händler geheiratet hatte, fand es ganz schrecklich, was in der Steinkirche geschehen war. Für sie waren die Afrikaner die Schuldigen.

Jane Winter war da anderer Ansicht. Mistreß Winter war überzeugt, daß zuviel geredet wurde in der Stadt und in der Welt überhaupt über den richtigen Weg, Gott zu lieben.

Wenn es eines gab, das Tonneman nicht hören wollte, dann war dies eine Predigt. Er tippte an seinen Hut und wollte weitergehen.

Doch Mistreß Winter war nicht gewillt, ihn so leicht entkommen zu lassen. »Ich bin eine Katholikin. Und ich sage das voller Stolz. Waren wir nicht die ersten, die Jesus geliebt haben? Hat jemand das Recht, mir zu sagen, daß ich eine schlechte Christin bin?«

»Nein, wahrlich nicht«, murmelte Tonneman und machte erneut Anstalten, weiterzugehen.

»Wir müssen einander lieben. Findet Ihr nicht auch?«

»Selbstverständlich.«

Taub von ihrem Geschnatter, tippte Tonneman erneut an seinen Hut, und diesmal gelang es ihm, sich loszureißen, doch nur, um Charles Lanchester in die Arme zu laufen. Lanchester, ein kleiner, gebeugt gehender Mann, der Segelmacher gewesen war, bis er sich die

Finger gebrochen und auf diese Weise die Geschicklichkeit seiner Hände verloren hatte, ging ihn um eine Arbeit an – Zäune flicken oder ähnliches. »Oder«, hakte Lanchester nach, als Tonneman weitergehen wollte, »ich könnte für Euch reiten. Ich könnte die Post nach und von Boston bringen.« Nachdem er Lanchester das Stück Seidenstoff gezeigt und eine negative Antwort erhalten hatte, schickte Tonneman ihn wegen eines Jobs zu Ten Eyck.

Charlotte Seixes war nur wegen des Geredes besorgt, daß die Juden schuld an allem seien. »Mir ist bewußt, daß Ihr ein Christ seid, Mister Tonneman, und daß Eure Gemahlin keine Jüdin mehr ist, aber etwas muß getan werden, damit dieses schändliche Gerede aufhört.« Tonneman bekam gar nicht die Möglichkeit, sie wegen des roten Stoffetzens zu fragen, weil sie so schnell redete und schon wieder fort war, als ihm in den Sinn kam, danach zu fragen.

Der Tuchmacher Harold Furth erzählte Tonneman, daß die Seide möglicherweise aus Indien stammte, wegen des schwachen Dufts von Sandelholz, der ihr anhing. Furth hatte außerdem sagen hören, daß einer der Torwachen vor ein Militärgericht gestellt werden sollte, weil am frühen Sonntag morgen jemand durch das Wassertor in die Stadt gelangt war und das Militär annahm, daß dies der Pferdemörder gewesen sei.

Fred Zinn, der Schuster, zeigte Tonneman ein Paar Männerschuhe aus Seide, die er für Nick De Sille angefertigt hatte und die aus dem gleichen oder einem sehr ähnlichen Material waren wie der rote Seidenfetzen, den Tonneman in der Hand hielt. Während Tonneman noch über diese äußerst interessante Information nachdachte, quatschte Zinn ihm die Ohren darüber voll, wie sehr diese ganze Geschichte Otto, den jungen Burschen von der Schnarrenwache, mitgenommen habe und wie froh er – Fred – sei, daß er ein Geschäft habe und nicht des Nachts, wenn die Hexen ihr Unwesen trieben, durch die dunklen Straßen laufen müsse.

Hexen! dachte Tonneman. Was würde als nächstes kommen? Er nahm sich vor, mit Otto und der Wache von Sonntag nacht am Wassertor zu sprechen. Und er würde herausfinden müssen, ob Nick irgendwelche Kleider besaß, die zu seinen feschen roten Schuhen paßten. Ausgeschlossen. Weshalb sollte Nick sein eigenes Pferd töten und dann Tonneman anheuern, um den Täter zu finden?

Er blieb stehen. Er versuchte sich einzureden, daß er Lust auf eine Pfeife hatte. Aber das war eine Lüge. Was er wirklich wollte, war ein Drink. All diese Jahre, und er war noch immer durstig.

Das Gefühl, das seinen Nacken emporkroch, war kalt wie Eis. Die kurzen Haare, die dort sprossen, stellten sich auf.

Es war nicht zu leugnen, was dies bedeutete.

Tonneman sah in die Gesichter der New Yorker, die in Verrichtung ihrer morgendlichen Pflichten an ihm vorüberhasteten. Dann drehte er sich um. Alles, was er sah, war der Staub, den die Straßenarbeiter aufwirbelten.

Dennoch wußte er, daß er verfolgt wurde.

Kapitel 23

Dienstag, 19. März
Morgen

Tonneman ging in Richtung der Broad Street und ihrem gepflasterten Gehsteig, weil er hoffte, seinen Verfolger wenigstens zu hören, wenn er ihn schon nicht sehen konnte. Doch ohne Erfolg. Wieder zurück auf dem Broad Way, nahm er seinen Rundgang durch die Tavernen wieder auf; zunächst in der sehr englischen King and Queen Tavern und dann in der nur von Holländern besuchten Wooden Shoe Tavern. Beide waren bereits zu dieser morgendlichen Stunde voll mit Zechern, die sich an den Theken nach dem ersten Glas Branntwein des Tages drängten.

An der Mauer wandte er sich nach rechts in Richtung von Asser Levys Taverne. Was war los mit ihm? Hatte er etwa seine Spürnase verloren? Und ganz sicher packte er dies alles nicht gerade in sehr planvoller Weise an.

Tonneman hätte zu gerne gewußt, wo Asser Levy sich die Schramme im Gesicht geholt hatte, von der Racqel ihm erzählt hatte. Er hätte gleich Asser Levy aufsuchen sollen, anstatt durch die Tavernen zu ziehen.

Würde er seine Geschäfte so führen, säßen er und Ten Eyck längst im Armenhaus in der Beaver Street. Allerdings – wenn er es noch einmal genau bedachte – konnte es durchaus sein, daß die Gäste in Levys Taverne bereitwilliger auf Tonnemans Fragen zu den geschlachteten Tieren – ob Pferd oder Kuh – antworteten, wenn der Wirt krank zu Hause im Bett lag und nicht mit gestrengen Blicken über seinen Schankraum wachte.

In Asser Levys Taverne waren nur acht Gäste. Kein *Minyan,* dachte Tonneman und mußte über seinen jüdischen Witz schmunzeln. Ein *Minyan* nannte man die zehn Männer, die das jüdische Gesetz vorschrieb, um einen Gottesdienst abhalten zu können.

Das Thema, um das sich alle Gespräche drehten, war Ezra Cohen, der anscheinend verschwunden war. Dies war schon mehr nach Tonnemans Geschmack. Aber wer war Ezra Cohen? War es möglich, daß er tot war und deshalb das Kalb geschlachtet wurde?

Tonneman winkte den bärtigen Schankkellner herbei. Asser Levys Schwiegersohn war allen nur als Zedekiah, der Nieser bekannt.

»Erzählt mir, was mit diesem Ezra Cohen geschehen ist.«

Zedekiah nieste und schneuzte sich dann in ein gewaltiges Schnupftuch. Er zuckte mit den Schultern. »Was gibt es da zu erzählen? Seine Frau kann ihn nicht finden.«

Einer der Männer lachte gackernd wie eine Henne. »Becky Cohen würde mich auch nicht finden, wenn ich mit ihr verheiratet wäre.«

Tonneman bestellte sich einen Apfelmost und schlenderte durch den Schankraum. Zwei Männer waren in einen hitzigen und lautstarken Disput vertieft.

»Es war die *St. Charles.*«

»Nein. Die *Ste. Catherine.*«

Andere äußerten ebenfalls ihre Meinung.

Tonneman verstand sogleich, worum sich der Streit drehte.

Es ging um die ersten jüdischen Siedler, die nach Neu-Amsterdam gekommen waren. Obwohl die Ereignisse einundzwanzig Jahre zurücklagen, stritten die Leute noch immer über Einzelheiten wie den Namen des französischen Schiffs und wo es die dreiundzwanzig Juden an Bord genommen hatte.

Im Jahr 1654 hatten die Holländer in Recife vor der Übermacht portugiesischer Soldaten kapituliert und ihnen ihre brasilianische Kolonie übergeben. Die Angst vor der Inquisition hatte viele der holländischen Siedler in Brasilien – Christen wie Juden gleichermaßen – bewogen, in die Niederlande zurückzukehren.

Sechzehn Schiffe liefen aus dem Hafen von Recife aus. Eine Version der Geschichte berichtete, daß alle sechzehn Schiffe Kurs auf die Niederlande nahmen. Eine andere Version behauptete, daß zwei der Schiffe dies nicht taten und eines von ihnen, der holländische Schoner *Valck,* Kurs auf Martinique nahm.

Welches auch immer das Ziel des Kapitäns gewesen sein mochte, die *Valck* war von spanischen Freibeutern gekapert worden, doch schließlich waren die dreiundzwanzig Juden an Bord des Schiffes entweder von einem Franzosen, Kapitän Jacques De la Motthe, gerettet worden, oder sie begegneten ihm in Kuba.

De la Motthe schloß mit den Juden einen Vertrag, daß er sie an Bord seines Schiffes nach Neu-Amsterdam bringen würde. An diesem Punkt der Geschichte hatte sich der Streit entzündet, den Tonneman mit angehört hatte: War das Schiff De la Motthes die *St. Charles* oder *Ste. Catherine* gewesen?

Tonneman nahm die längste der Tonpfeifen von dem Gestell auf der Theke und brach die Spitze des Mundstücks ab. Während er die Pfeife bedächtig mit Tabak von der Theke stopfte, lauschte er mit halbem Ohr den verschiedenen Gesprächen um ihn herum. Ein Thema weckte seine Neugier mehr als der verschwundene Ezra Cohen oder der Name des französischen Schiffes.

Zedekiah, der Nieser, der offenbar glaubte, er würde flüstern, sprach mit einem steinalten weißhaarigen und weißbärtigen Mann, der soeben erst mit tippelnden Schritten in die Taverne gekommen war. »Sag nichts über die zwei Trapper aus Albany, Großvater«, mahnte er den Alten in *Gudezmo,* dem Spanisch, das die Juden mit in die Neue Welt gebracht hatten, als sie während der Inquisition im 15. Jahrhundert aus Spanien geflohen waren, und das sie untereinander noch immer sprachen.

»Was ist mit den Trappern aus Albany?« erkundigte sich Tonneman in derselben Sprache.

In der Taverne wurde es mit einemmal so still, daß man eine Nadel zu Boden hätte fallen hören. Es war, als hätte jemand ein Kommando gegeben.

Tonneman ließ sich Zeit damit, die Pfeife an einer der Kerzen auf der Theke anzuzünden. »Wann waren die Trapper aus Albany hier, Großvater?« fragte er mit sanfter Stimme.

»Wer seid Ihr, und was gibt Euch das Recht, das zu fragen?« rief jemand.

»Ihr alle kennt mich. Ich bin Pieter Tonneman.«

»Dafür plus einen Penny bekommt Ihr ein Bier«, knurrte der Zwischenrufer.

Gelächter folgte der Bemerkung. Dann senkte sich Stille über den Schankraum.

Tonneman wollte nichts sehnlicher, als sich mit dem betagten Großvater unterhalten, doch jedesmal, wenn er ihn ansah, zog der Alte den Kopf ein und schien in seinem Stuhl versinken zu wollen.

Tonneman seufzte. Er hatte zwei Möglichkeiten. Er konnte gehen. Doch dazu war er nicht bereit. Tonneman entschied sich für die zweite Möglichkeit. Er schob sich näher an den Großvater und die Männer, die einen schützenden Kreis um ihn gebildet hatten, heran. »Habt Ihr von dem toten Kalb gehört, das in der Nähe des Teufelsfelsen gefunden wurde? Sein Genick war gebrochen und seine Kehle durchgeschnitten.«

Tränen stiegen in die Augen des Großvaters und kullerten über seine Wangen. »Eine Schande. Eine ganz furchtbare Schande. Sie waren am Freitag morgen hier.«

»Sei still, alter Mann!« Wieder der Zwischenrufer. Wer war er? Tonneman drehte den Kopf, konnte ihn jedoch nirgends entdecken.

Der Alte weinte jetzt hemmungslos. Dies brachte Zedekiah, den Nieser, gehörig aus der Fassung. Er nieste. Und dann nieste er noch einmal. Durch die Erschütterung dieser gewaltigen Explosion rutschte seine schwarze Seidenkappe von seinem Kopf. Zedekiah hob sie auf und setzte sie wieder auf sein braunes Kraushaar, wo sie hingehörte. Er stammelte: »Sie waren – sie – sie …«

»Sie waren was?« fragte Tonneman.

»Sie waren Fremde. Niemand kannte sie, und Mendoza war nicht in seinem Lagerhaus.«

»Mendoza?«

Ein Aufstöhnen ging durch den Raum. Nun war der Nieser endgültig ins Fettnäpfchen getreten. Trotzig fuhr er fort: »Ja. Es waren Trapper, die zu David Mendoza wollten. Sie haben ihn gesucht. Weil er nicht in seinem Lagerhaus in der Staple Street war, haben sie ihre Felle dort gelassen und sind hierhergekommen. Sie haben gefragt, wann die Sabbat-Andacht ist.«

»Es waren also Juden?«

Zedekiahs blaßgrüne Augen wurden feucht. Er starrte Tonneman an, als sei dieser nicht ganz bei Trost. »Weshalb sonst würden sie fragen?«

»Habt Ihr die beiden jemals zuvor gesehen?«

»Nein.«

»Haben sie gegessen und getrunken?«

Zedekiah nickte und nieste dann viermal.

Tonneman wartete, bis der Schankkellner sich wieder erholt hatte. »Und sind sie in der Sabbat-Andacht gewesen?«

»Antworte nicht darauf«, rief jemand dazwischen.

»Das geht ihn nichts an. Er ist nicht mehr Sheriff.«

Der Großvater murmelte etwas in *Gudezmo.*

»Was habt Ihr gesagt?« fragte Tonneman und wandte seine Aufmerksamkeit wieder dem Alten zu.

»Fremde, seltsam gekleidet«, antwortete der alte Mann mit dünner Stimme. »Und einander so ähnlich wie Zwillinge. Ihre Haare hatten die Farbe von Karotten. Mit Bändern zusammengebunden.«

»Welche Farbe hatten die Bänder?« fragte Tonneman.

Der Alte kniff vor Anstrengung, sich zu erinnern, das Gesicht zusammen. »Blau. Und rot.«

Tonneman zeigte dem Greis den roten Seidenfetzen. »Wie das hier?«

»Könnte sein. Sie haben Weiberröcke angehabt.«

Tonneman runzelte die Stirn. »Was meint Ihr?«

Doch der Großvater hatte seine Augen geschlossen und gab vor zu schlafen.

Tonneman holte tief Luft und wandte sich wieder Zedekiah zu. »Waren sie bei der Andacht?«

»Nein.« Zedekiahs Hand zitterte heftig. Sein Schnupftuch entglitt ihm und fiel zu Boden. Er hob es wieder auf und schneuzte sich.

Wie die Posaune Gabriels, dachte Tonneman. Er war erstaunlich einfallsreich heute morgen, was Witze anbelangte. »Habt Ihr diese Männer seitdem wiedergesehen?«

»Nein.«

Tonneman wurde gewahr, daß die Gäste der Taverne mittlerweile in einem engen Kreis um ihn standen. Um ihn, Zedekiah und den Großvater. »Warum habt Ihr dann dem Großvater gesagt, er solle nicht über sie sprechen?«

»Weil sie wie Diebe aussahen. Ich wollte nicht, daß jemand glaubt, wir hätten was mit Dieben zu tun.«

»Seid Ihr ein guter Jude, Zedekiah?«

»Ihr habt nicht das Recht, so was zu fragen!« rief eine Stimme.

Der Schankkellner straffte sich und bedachte Tonneman mit einem finsteren Blick. »Ausgerechnet Ihr fragt so etwas?«

»Es tut mir leid. Ich wollte nur darauf hinweisen, daß Lügen eine Sünde ist. Insbesondere, wenn man darin nicht besonders geschickt ist.« Tonneman tippte mit einem Finger an seinen Hut und wandte sich zum Gehen. »Guten Tag, die Herren.«

Tonneman konnte die Feindseligkeit der Menge fühlen; es war, als bohrte sich ein Schwarm spitzer Nadeln in seine Brust. Er war mit Schwert und Messer bewaffnet, doch dummerweise hatte er darauf verzichtet, seinen Knüppel mitzunehmen. Ein Fehler, den er sich kein zweites Mal erlauben durfte, solange er für De Sille an diesem vermaledeiten Fall arbeitete. Es würde ihm keinerlei Gewissensbisse bereiten, dieser verdammten Meute seinen Knüppel zu schmecken zu geben, doch einen von ihnen niederzustechen, so weit reichte sein Zorn nicht. Er nahm einen letzten Zug von der Tonpfeife, legte sie auf die Theke und strebte der Tür zu. Die Menge teilte sich widerstrebend, doch, von dem ärgerlichen Scharren der Füße hinter ihm abgesehen, blieb es still. Die zerbrökkelnde Mauer auf der anderen Straßenseite warf im Schein der hochstehenden Morgensonne einen unregelmäßig gezackten Schatten auf die staubige Fahrbahn.

Als er vor der Tavernentür stehenblieb und dem drinnen wieder aufbrandenden Stimmengewirr lauschte, konnte Tonneman nur die Stimmen der beiden Männer ausmachen, die wegen des Schiffes gestritten hatten, das die ersten jüdischen Siedler nach New York gebracht hatte.

»Es war die *St. Charles.*«

»Idiot. Die *Ste. Catherine* war es. Warst du etwa dabei, Saul?«

»Nein, und du auch nicht. Zu deiner Information, mein Lieber – alle dreiundzwanzig sind wieder in die Niederlande zurückgekehrt.«

»Außer Asser Levy.«

»Dann laß mich zufrieden und frage Asser Levy.«

Ein guter Rat, dachte Tonneman.

Kapitel 24

Dienstag, 19. März
Morgen

Doch Tonneman verschob seinen Besuch bei Asser Levy. Von Asser Levys Taverne ging er nach Westen in Richtung des North River.

In einer schmalen Seitenstraße entlang des North River und diesseits der Mauer waren die Tavernen, die die Trapper bevorzugten. Hier fanden sie sich alle ein, wenn sie aus Albany und anderen Gegenden im Norden in die Stadt kamen, um ihre Pelze zu tauschen.

Er suchte jede einzelne davon auf. Dies wäre mit einem Glas Branntwein in der Hand weitaus einfacher gewesen und auch wesentlich angenehmer. Seit er die Finger vom Alkohol ließ, hatte Tonneman festgestellt, daß Tavernen für jemanden, der nicht trank, furchtbar langweilige Orte sein können.

Tonneman lauschte geduldig den Gesprächen der Zecher, doch nirgendwo hörte er irgend etwas über die beiden jüdischen Trapper.

Durch das Broad-Way-Tor verließ er die Stadt und lenkte seine Schritte in Richtung der Staple Street. Wie drüben im East River lagen auch im North River die Schiffe dicht an dicht vor Anker.

Die Straßen an Land wimmelten vor Geschäftigkeit. Der zentrale Gedanke in den Köpfen der meisten Leute war, was sie kaufen oder verkaufen sollten und wie sie einen schnellen Profit machen konnten.

Jenseits eines Gehölzes lag der Lagerhausbezirk der Staple Street. Hier ging David Mendoza seinen Geschäften nach, an demselben Ort, an dem seine Familie dies seit jeher auf der Insel getan hatte. Das Lagerhaus der Mendozas war ein ebenerdiger Komplex, in dem auch das Kontor war. In diesem Gebäude lagerte Mendoza neben den Handelsgütern aus Europa die Felle, die er von den Trappern und Indianern kaufte.

Eine elegante gelbe Equipage mit einem Gespann rotbrauner Wallache stand vor dem Lagerhaus. Der Kutscher, ebenfalls in Gelb, saß auf dem Kutschbock und bohrte in der Nase.

Tonneman trat in das Lagerhaus. In einem breiten Streifen Sonnenlicht, das durch ein hohes Fenster fiel, standen David Mendoza und ein gutgekleideter Engländer und inspizierten Bündel von Pelzen.

Mendoza unterbrach das Gespräch mit dem Engländer mitten im Satz. »Entschuldigt, Sir Henry.« An Tonneman gewandt, sagte er: »Was kann ich für Euch tun?« Er sprach, als seien er und Tonneman alte Freunde, die noch am Tag zuvor zusammen das Brot gebrochen hatten. Ohne eine Antwort Tonnemans abzuwarten, fuhr er fort: »Wenn Ihr mich entschuldigt, Tonneman, ich würde gerne mein Geschäft mit Sir Henry zu Ende führen.«

Tonneman nickte und ging wieder nach draußen. Ein lautes Klappern lenkte seine Aufmerksamkeit zur Seite des Gebäudes, wo eine Tür im Wind schwang und gegen die Wand des Lagerhauses schlug. Ein Arm langte heraus und zog die Tür zu.

Tonneman ging an der Tür vorbei zum Ufer des Flusses und blickte zu den zerklüfteten Hügeln von New Jersey hinüber. Der Duft von Frühling lag in der Luft. Die letzten Schneeflecken auf den fernen Hügeln waren fast verschwunden, und der Fluß brachte kein Eis mehr aus dem Norden. Er warf einen Blick zum Lagerhaus zurück und sah Mendozas Kunden herauskommen und in seiner gelben Equipage davonfahren. Tonneman schlenderte zu Mendozas Kontor zurück.

Die Jahre hatten David Mendoza gesetzter werden

lassen und seinen Körper kräftiger. Und nach den Geschichten zu urteilen, die über seinen Reichtum kursierten, hatten sie auch seinen Verstand und seine Geschäftstüchtigkeit geschärft.

Die Art, wie er die viereckige schwarze Seidenkappe trug, ließ kein Mißverständnis zu, daß er sie als eine Krone betrachtete. Oft hatte Tonneman Racqel über David Mendozas Arroganz sprechen hören. Es geschah selten, daß sie über ihren ehemaligen Schwager sprach, doch wenn, dann tat sie dies immer mit einer tiefen Bitterkeit.

Mendoza musterte Tonneman mit einem freundlichen Blick. »Ja? Was kann ich für Euch tun?«

»Zwei Trapper aus dem Norden sind vergangenen Freitag in die Stadt gekommen. Sie brachten Pelze für Euch.«

»Wenn Ihr die Zahl auf zwanzig Trapper erhöht, dann würde ich Euch zustimmen. Zudem tätige ich meine Pelzeinkäufe ausschließlich am Freitag morgen.« Mendoza nahm eine der vielen Lampen, die das Lagerhaus erhellten, und eilte in die hinteren Bereiche des riesigen Raums, der vom Boden bis zur Decke mit Waren vollgestellt war. Er verschwand hinter einer Wand aus Teppichen. »Ich bin sehr beschäftigt«, rief er, »und ich kann die Arbeit nicht liegenlassen und reden.«

Tonneman folgte Mendoza hinter die Wand aus Teppichen. Mendoza hatte an einem langen Schreibtisch Platz genommen, an dessen Stirnseiten zwei Stühle standen. Er notierte etwas in ein riesiges Rechnungsbuch. Ein halbwüchsiger jüdischer Junge mit Flaum am Kinn stand zu seiner Rechten. Der Junge war zu alt, um einer von Mendozas Söhnen sein zu können.

»Es tut mir leid, wenn ich Euch störe, aber es wird nicht lange dauern.«

Mendoza legte seine Feder beiseite. »Ihr seid also wieder Sheriff?«

»Nein. Ich arbeite für einen privaten Auftraggeber.« Ohne darüber nachzudenken, angelte Tonneman mit den Fingern nach dem roten Stoffetzen in seiner Westentasche. Er zog ihn heraus.

»Für wen arbeitet Ihr?«

»Dies zu sagen steht mir nicht frei.« Tonneman reichte Mendoza das Stück Seide. »Handelt Ihr mit dieser Art von Stoff?«

Mendoza griff nach dem Fetzen Seide und rieb ihn zwischen den Handflächen. »Er hat eine gewisse Ähnlichkeit mit einem Seidenstoff, den ich verkauft habe.« Er zog die Nase kraus. »Aber meiner hat nicht so gestunken.« Als er den Stoffetzen zurückgab, flackerte etwas in seinen Augen. »Ich muß mich berichtigen. Ich hatte vor etwas mehr als einem Jahr eine Lieferung aus Indien – minderwertiges Material. Wenn ich mich recht entsinne, haben Mister Jacob Roome und ich uns seinerzeit auf einen Tauschhandel geeinigt – den Stoff gegen die Arbeit seiner Frau. Sie ist eine gute Näherin. Jetzt muß ich mich aber um meine Geschäfte kümmern; wenn das alles ist, wünsche ich Euch einen guten Tag.«

Sehr interessant, dachte Tonneman, während er den Stoffetzen in seine Börse steckte, um ihn nicht wieder zu vergessen. Er würde mit Jacob Roome sprechen müssen. Er hatte noch eine Frage an Mendoza. »Und die Trapper?«

»Welche Trapper?«

»Die beiden, die ihre Felle bei Euch gelassen haben, dann in Asser Levys Taverne waren und nie wieder gesehen wurden.«

»Ich schlage vor, Ihr fragt die Leute in Asser Levys Taverne. Oder Asser Levy selbst.«

»Ich frage aber Euch.«

Mendoza bedachte Tonneman mit einem kalten Lächeln. Mit einer ungeduldigen Bewegung des Kinns schickte er den Jungen weg. »Ich kaufe von Trappern

Pelze oder erwerbe sie durch Tausch.« Mendoza hob die Hände. »Und das ist alles.«

»Die beiden Trapper waren Juden.«

»Wenn das so ist, wünsche ich ihnen viel Glück. Wenn Ihr mich jetzt entschuldigen wollt.« Mendoza nahm seinen Federkiel in die Hand und steckte die Nase tief in sein Rechnungsbuch.

»Noch eines.«

Mendoza blickte nicht einmal auf. »Ihr haltet mich von meinen Gebeten und meinem Mittagslunch ab«, brummte er ungeduldig. Er legte den Federkiel beiseite und seufzte. »Ich esse früh zu Mittag. Wenn es Euch nicht stört?«

»Es ist mir einerlei, wann Ihr eßt. Aber ich muß Euch noch fragen, ob Ihr die Geschichte von Francis Beado bestätigen könnt, daß er am Samstag bei Euch gewesen ist.«

»Das war er. Guten Tag, Tonneman.«

»Wann?«

»Vom frühen Morgen, noch bevor die Sonne aufgegangen war, bis Mittag.«

»Warum?«

»Warum was?«

»Warum hat Beado Euch aufgesucht?«

»Um mir drei wunderschöne Fuchsfelle zu verkaufen. Guten Tag.«

»Und das hat sechs Stunden gedauert?«

»Beado ist ein gewiefter Händler. Guten Tag.«

Tonneman betrachtete Mendoza eine Weile und verließ dann das Kontor. Das Kratzen der Feder auf dem Papier folgte ihm, während er den langen, schmalen Durchgang zwischen Warenstapeln und Pelzbündeln zurückging und wieder auf die Staple Street hinaustrat.

Arbeitslärm und Männerstimmen von den umliegenden Straßen und dem nahen Flußufer, wo Schiffe be- und entladen wurden, erfüllten die Luft. Aus der

Old Dutch Tavern in der schmalen Gasse ohne Namen gegenüber schallten die lauten Stimmen von Männern, die sich beim Spielen und Trinken vergnügten.

Mendozas Lagerhaus war eine Ansammlung von mehreren Gebäuden, die in den Jahren, in denen die Geschäfte floriert hatten und das Unternehmen gewachsen war, zum Teil an das Haupthaus angefügt worden waren oder alleine standen.

Es war der kleinste dieser Anbauten an das Haupthaus gewesen, aus dessen Tür Tonneman den Arm hatte greifen und die Tür schließen sehen. Sein Instinkt trieb ihn, dem genauer auf den Grund zu gehen.

Er wich einem Karren aus, der von einem Jungen geschoben wurde, der so klein war, daß er nicht über die Stapel von Kisten auf dem Karren hinwegsehen konnte, sondern um die Ladung herumschielen mußte, um seinen Weg zu sehen. Der Junge schob den Karren in einen der angebauten Schuppen, allerdings nicht in den, der Tonneman interessierte.

Ein von einem betagten Ackergaul gezogener Wagen hielt vor Mendozas Haupttor. Zwei Männer begannen Tuchballen abzuladen.

Tonneman rieb sich den Nacken. Seine Haut kribbelte. Wer immer ihm am Morgen gefolgt war, war noch immer an seinen Fersen.

Kapitel 25

Dienstag, 19. März
Morgen

Tonneman hatte in seinem Leben in genügend Berufen gearbeitet – als Seemann, Gesetzeshüter und Händler –, um zu wissen, daß er gut daran tat, eine Vorahnung nicht in den Wind zu schlagen.

Jeder auf der Straße und in den Seitenstraßen schien an seinem richtigen Platz zu sein. Wie drüben am East River waren auch hier die Straßen und Gäßchen zwischen den Häusern vor allem von Trappern, Indianern, Händlern und Geschäftsleuten belebt.

Aus den Augenwinkeln nahm Tonneman eine Bewegung wahr, dann sah er ein Gesicht, das sich um die Ecke einer der Anbauten des Mendozaschen Lagerhauses schob und zu ihm herübersah. Ein Funke sprang in seinem Gehirn auf; das Gesicht verschwand, doch das Bild davon blieb haften. Tonneman hatte das Gesicht erkannt.

Erneut tauchte das Gesicht auf, diesmal zusammen mit einer Hand. Winkte ihn die Hand zu sich?

Tonneman tastete nach dem Messer in seinem Gürtel. Er zog es nicht aus der Scheide. Wenn er noch länger dieser Art von Beschäftigung nachging, würde er wieder zu alten Gewohnheiten zurückkehren müssen. Er vermißte schmerzlich seinen Knüppel.

Der Anbau war ein langgestreckter Schuppen mit einer Tür an der Stirnseite. Vorsichtig streckte er den Kopf durch die Tür. Es war ein Vorraum, in den er blickte. Kein Mensch hier. Auf einem dreibeinigen Tisch stand eine niedrig brennende Lampe, ein Becher, ein leer gekratzter Teller. Gebratenes Huhn, dem Geruch nach zu urteilen. Aber wo waren dann die Knochen? Tonneman hob den Becher an die Nase. Ein Rest von Bier. Hier war vor kurzem noch Bier drin. Sein Magen rumorte.

Tonneman nahm die Lampe vom Tisch und drehte den Docht höher. Es war schwer zu sagen, ob man von hier direkt in das Hauptgebäude des Lagerhauses gelangte. Die Antwort auf diese Frage lag hinter der zweiten Tür.

Er nahm seinen Hut ab und preßte das Ohr gegen die Türfüllung. Nichts zu hören. Nur der ständige Arbeitslärm von der Straße.

Er setzte seinen Hut wieder auf, hielt die Lampe höher und drückte die Klinke der zweiten Tür nieder. Er sah in einen dunklen Raum, dessen Größe er noch nicht abzuschätzen vermochte. Er trat über die Schwelle.

Ein gleißender Schmerz zerbarst in seinem Kopf und ließ ihn vorwärts in die Dunkelheit hineintaumeln. Er riß beide Arme schützend über den Kopf, um einen zweiten Schlag abzuwehren, und ließ die Lampe fallen. Ob der Raum dunkler wurde oder er im Begriff war, ohnmächtig zu werden, vermochte Tonneman nicht zu sagen. Schwankend stemmte er sich dagegen, zu Boden zu gehen.

Verblüffend weiche, aber kräftige Hände packten ihn an der Kehle und zerrten ihn nieder. Verzweifelt und De Sille verfluchend, rang Tonneman nach Luft. Wäre dieser verdammte Bastard jetzt hier, Tonneman hätte ihn mit bloßen Händen ins Jenseits befördert.

Sein Zorn auf den heimtückischen Angreifer und auf De Sille verlieh Tonneman neue Kraft. Er rollte sich herum und kam auf die Knie. Doch der Kerl ließ sich nicht abschütteln; der Griff um seinen Hals lockerte sich kein bißchen.

Tonneman warf sich nach hinten, und mit einem pfeifenden Keuchen sog er Luft in seine Lungen. Eine

Tür schlug zu. Dann noch eine. Sein Widersacher war verschwunden. Es war eine Falle gewesen, und er war mitten hineingestolpert. Verdammt! Erneut verfluchte Tonneman De Sille, und dann verwünschte er Mendoza. Die Bemerkung des Händlers über seine Gebete und sein Mittagessen hatte Tonneman daran erinnert, wie hungrig er war. Er brauchte dringend etwas zu essen. Aber brauchte er auch Gebete?

Er tastete in der Dunkelheit um sich, konnte die Lampe jedoch nirgendwo finden. Nur sein eigener keuchender Atem war zu hören; der unverwechselbare Geruch von Tod hing über ihm.

Mit ausgestreckten Händen tastete er sich durch die Dunkelheit und fand schließlich die Tür, durch die er gekommen war. Er stieß sie auf. Die Tür zur Straße stand ebenfalls offen, und das Tageslicht, das hereinfiel, erhellte auch den zweiten Raum ein paar Schritte tief mit einem diffusen Licht. Es war jedoch hell genug, den Mann, der ihn zu sich gewinkt hatte, wie einen Sack Federn zusammengesunken auf dem mit Spänen und Holzresten übersäten Fußboden liegen zu sehen. In seinem Nacken steckte ein langes Messer, dessen Spitze unterhalb von Edward Davies' Kinn herausragte wie eine verirrte, blutige Zunge.

Racqel hatte sich geirrt; der Junge war doch nicht nach Breukelen gerudert.

Kapitel 26

Dienstag, 19. März
Morgen

»An seiner Tür hing ein Zettel, daß er krank ist, Mutti.«

Racqel sah, ihre Augen mit der Hand gegen das Sonnenlicht schützend, zu ihrem Sohn auf. Sie wischte sich die Erde von den Händen. Die Osterglocken und Tulpen schoben schon die ersten grünen Triebe aus dem Erdreich. Die Zweige der Apfel- und Pfirsichbäume schienen zu schwellen und weicher zu werden, vom Frühlingshauch belebt, der schon in der Luft lag. Ihr Garten würde wunderschön werden.

Racqel streckt ihrem Sohn die Hand entgegen und erhob sich. Sie schüttelte die Erdkrumen von ihrer Schürze. Obwohl sie eine Haube trug, schien die Sonne warm in ihr Gesicht. Maria, die neben ihr gearbeitet hatte, erhob sich ebenfalls und schüttelte, ihre Mutter nachahmend, ihre Schürze. Das Mädchen sah blinzelnd zur Sonne empor, dann zum kleinen Daniel hinüber, der im Dreck saß und Kieselsteine suchte. Sie hob ihren strampelnden kleinen Bruder auf den Arm und schleppte ihn zu ihrem Lieblingsapfelbaum, wo sie ihn im Schatten absetzte. Dann ließ sich Maria neben ihrem kleinen Brüderchen auf die Knie sinken und flüsterte ihm gurrende Worte zu. Aber Daniel wollte nichts davon hören. »Nein, nein, nein«, kreischte er mit Inbrunst und stemmte sich nach mehreren vergeblichen Versuchen auf die Beine, um hinter einer großen Ameise herzulaufen.

Racqel strich ihrem Ältesten das feine schwarze Haar aus der Stirn. »Du weißt nicht, was ihm fehlt, Moses? Vielleicht braucht er Hilfe.«

»Auf dem Zettel stand nur ›Ich bin krank. Bitte nicht stören.‹ Unterschrieben mit L. Crabtree. Ich habe Mistreß Jones, die Frau, die ihm das Zimmer vermietet, gefragt, aber sie hat immer nur gesagt, daß sie nichts weiß. Aber sie hört schlecht und sieht auch nicht mehr gut. Meinst du, ich hätte einfach reingehen sollen? Ich wollte es auch, aber Mistreß Jones hat immer nur gesagt: ›Geh weg, geh weg.‹«

»Hat sie sich zuvor auch schon so verhalten?«

»Nein, Mutti.«

»Mistreß Jones ist eine alte Frau. Wir werden einen Korb mit Essen zurechtmachen und Master Crabtree einen Besuch abstatten. Er ist vielleicht zu stolz, jemanden um Hilfe zu bitten, also werden wir beide uns um ihn kümmern. Warum gehst bis dahin nicht in mein Schlafzimmer hinauf und lernst ein bißchen? Und danach kannst du Benjamin helfen. Er baut ein Haus aus Stroh.« Sie lächelte. Benjamin war geschickt mit den Händen, während Moses' Talent eher sein Verstand war. »Und sag Alice, sie soll einen Korb für deinen armen Lehrer zurechtmachen.«

»Ja, Mutti.« Moses schlang seine Segeltuchtasche über die Schulter und ging nach drinnen. Erst als er außer Sicht war, spiegelte sich die Sorge, die Racqel empfand, in ihren Zügen wider. Hatte irgend etwas die alte Frau in Angst und Schrecken versetzt? Racqel hatte sie im Laufe der Jahre des öfteren auf dem Marktplatz gesehen, und obwohl das Alter sie gebeugt hatte und sie nicht mehr gut hörte, schien Mistreß Jones ein freundliches Wesen zu besitzen.

»Hallo, Racqel!«

Antje Ten Eyck kam mit ihrem jüngeren Sohn Pieter – so genannt nach Tonneman, seinem Patenonkel – im Schlepptau um die Ecke des Hauses. Pieter war mit zehn schon fast einen Kopf größer als seine Mutter. Aber es gab noch eine weitere, ganz besondere Beziehung zwischen Pieter Ten Eyck und den Tonnemans: Es war Racqel gewesen, die seine Mutter an einem heißen Augusttag, als die Engländer Neu-Amsterdam belagerten und die Übergabe forderten, von ihm entbunden hatte.

Pieter hielt ein Netz voller schnalzender Barsche in die Höhe. »Schau, was ich euch zum Essen bringe, Tante Racqel. Ich mache sie auch für euch sauber, wenn du willst.«

»Ich weiß nicht, Pieter ...«

»Laß ihn«, sagte Antje. »Das wird ihm guttun.«

Maria erwischte Daniel gerade noch rechtzeitig, bevor er die Ameise in den Mund stecken und verschlukken konnte, und schleppte ihren zappelnden und mit den Füßen stoßenden kleinen Bruder zu den Ten Eycks. Sogleich beruhigte sich Daniel. Er betrachtete die Fische mit großen Augen.

»Und vielleicht«, fuhr Antje fort, »kann Maria ihm ja helfen.« Antje zwinkerte Racqel zu.

Pieter wurde rot und Maria ebenfalls. »Oh, Mutti!« riefen beide entrüstet.

Racqel unterdrückte ein Lachen. »Selbstverständlich. Maria hilft ihm sicherlich gern – vorausgesetzt, wir können sie von Daniel loseisen.«

Als er seinen Namen hörte, sah Daniel von den zappelnden Fischen auf. Racqel nahm ihn aus Marias Armen; er begann wieder aus Leibeskräften zu plärren. »O mein Daniel«, rief Racqel, »was für kräftige Lungen du hast.« Sie blies ihm ins Ohr. Er kicherte. »Maria, geh und hilf Pieter mit den Fischen.« Als Pieter und Maria mit den Fischen ins Haus gingen, sagte Racqel mit einem Schmunzeln zu Antje: »Wir werden sie bald verheiraten, wenn es nach dir geht.«

»Wäre das so schlimm?« Antje raffte ihren Rock hoch und ließ ihr mächtiges Hinterteil auf die Veranda sinken. »Ah. Die Sonne fühlt sich gut an.«

Racqel öffnete die obersten Knöpfe ihres Kleides und gab den hungrigen Lippen ihres Jüngsten die Brust.

Antje legte die Stirn in Falten. »Du gibst nie auf. Du bringst deine Milch nicht wieder zurück; die Fehlgeburt hat das unmöglich gemacht. Und er wird allmählich zu alt für die Brust, Racqel. Laß es genug sein, um Christi willen.«

Racqel betrachtete ihre Freundin mit einem Lachen. »Inzwischen solltest du wissen, daß ich nie etwas um Christi willen tue.«

Eine geraume Weile lang sagte Antje nichts darauf. Sie studierte Racqels Gesicht und sagte dann leise: »Du bist nicht du selbst.« Racqel lächelte nur traurig. »Es ist das Kind, das du verloren hast.« Als Racqel noch immer nicht antwortete, fuhr Antje fort: »Dein Mann ist noch immer sauer auf meinen, oder?«

Racqel hob Daniel näher an ihre Brust, der im Begriff war einzuschlummern. »Er haßt es, De Sille verpflichtet zu sein – aus mehr Gründen, glaube ich, als ich weiß. Komm, laß uns Tee trinken.«

In der Küche saßen die beiden Frauen Knie an Knie beisammen und redeten leise, während der satte Daniel in Racqels Armen schlummerte. Sie sahen Alice zu, die Brot und Käse für den kranken Crabtree in einen kleinen Korb packte. Aus dem Waschhaus war das leise Murmeln der Stimmen ihrer Kinder zu hören.

»Mein Pieter und deine Maria«, sagte Antje gedankenverloren, »werden unsere Familien zusammenführen. Wir werden Schwestern sein.«

»Das sind wir schon.« Racqel ließ den schlafenden Daniel auf ihren Schoß sinken.

»Warum sagst du mir dann nicht, was dich bekümmert?«

Racqel stand auf und legte Daniel in seine Wiege. »Gehst du ein Stück mit mir spazieren, Antje?« Sie deckte den Kleinen mit einer dünnen Decke zu, küßte ihn auf die feuchte Stirn, kämmte mit den Fingern den Flaum seiner blonden Haare zur Seite und setzte ihm seine kleine blaue Mütze auf. »Wenn er schläft, sieht er aus wie ein Engel.« Zum Waschhaus gewandt, rief Racqel: »Paß auf Daniel auf, Maria.«

»Dann gehe ich besser nach Hause«, sagte Pieter, der hinter Maria in der Küche auftauchte. Er ließ Maria nicht aus den Augen.

»Wenn es das ist, was du willst«, neckte Antje ihren verliebten Sohn.

Pieter errötete verlegen.

Antje schüttelte den Kopf. »Es ist schon was Wahres dran, was man über Holländer sagt: Wir haben keinen Humor. Ich mache nur mit Racqel einen kleinen Spaziergang, Pieter. Du kannst bei Maria bleiben, und ich hole dich später ab.«

»Ach, Pieter«, sagte Racqel. »Hat Master Crabtree gestern bei deinem Unterricht krank ausgesehen?«

Pieter zog die Stirn in Falten. »Er war wie immer, Tante. Nur seine Hände haben schlimmer gezittert als sonst. Er hat an der Tafel die Kreide abgebrochen und mit sich in einer Sprache geredet, die ich nicht verstanden habe.«

Die beiden Frauen legten ihre Schals um die Schultern und rückten ihre Hauben gerade. Racqel nahm den Korb, den Alice mit einem hellgrünen, grobgewebten Tuch bedeckt hatte, und die beiden Freundinnen strebten nebeneinander auf die Queen Street hinaus. Sie gingen langsam, als hätten sie dies abgesprochen, um den Blick über den East River gebührend zu würdigen. Möwen zogen ihre kurvenreichen Bahnen über den blauen Himmel. Die Bucht war übersät mit weißen, sich im Wind blähenden Segeln. Breukelen und Long Island schienen so nah, als könnte man sie mit Händen greifen, und die Sonne tauchte alles in einen gelblich-weißen Glanz.

»Du kannst sagen, was du willst, aber es ist ein Stück des Himmels, in dem wir hier leben. Oder, Racqel?«

Racqel stimmte ihr zu.

Nun wandten sich die beiden alten Freundinnen nach Westen und schlenderten entlang des Kanals durch die Broad Street und von dort zum Broad Way, wo sie auf hölzernen Gehsteigen gingen, die die Straße zu beiden Seiten begleiteten. Die Arbeiter von Ten Eyck und Tonneman pflasterten den Broad Way. Die beiden Frauen preßten die Enden ihrer Schals auf Mund und Nase, um sich gegen den Gestank des Teers und den Staub zu schützen, der von der zur Hälfte gepflasterten Straße aufwirbelte.

»Guten Tag, Mistreß Ten Eyck, Mistreß Tonneman«, riefen die Arbeiter.

Sie nickten dem Pflasterer zu, einem kahlköpfigen Mann mit mehrfach gebrochener Nase.

»Mistreß Ten Eyck?«

»Ja. Mister Pijnenborgh«, sagte Antje.

»Mister Ten Eyck meinte, er geht für ein Bier nach Hause.«

Antje machte ein Gesicht bei dem Gedanken, daß ihr Mann nach Hause kam und keine Frau vorfand. »Ich bin in Schwierigkeiten«, murmelte sie, während sie weitergingen.

»Das bezweifle ich«, erwiderte Racqel.

»Also, erzähle ...«, sagte Antje, wieder auf das zurückkommend, was Racqel bekümmerte.

»Ach ... Wo soll ich anfangen?« murmelte Racqel.

»Am Anfang.«

»Nach all den Jahren eines vergleichsweise friedlichen Lebens jagt mein Tonneman wieder Verbrecher.«

Antje runzelte die Stirn.

»Es tut mir leid, das sagen zu müssen, Antje, aber aufgrund gewisser Gefälligkeiten, die er Tonneman und Ten Eyck erwiesen hat, besteht der Oberste Ratsherr darauf, daß unsere Männer in seiner Schuld stehen. Jetzt fordert er die Verpflichtung ein.«

»Was für eine Verpflichtung?«

»De Sille verlangt, daß Tonneman denjenigen findet, der am Sonntag das Pferd des Governors getötet hat.«

»Schiet.«

»Du sprichst mir aus der Seele«, seufzte Racqel. »Aber das ist nicht alles.«

»Wenn dir dein Mann Kummer bereitet, dann werde ich ihm persönlich die Ohren langziehen.«

Racqel lachte. Die Vorstelllung, daß Antje, die in ihrer vollen Größe Tonneman kaum bis zur Brust reichte, ihrem Mann die Ohren langzog, war zu lustig.

»Was denn noch?«

»Asser Levys Weib hat mich Jezabel genannt.« Racqel verstummte. Sie hatte das unbestimmte Gefühl, daß die Leute sie beobachteten.

»Warte«, sagte Antje. Sie näherten sich dem Devil on a Chain. Unter der Tür der Taverne war der junge Maarten van Dam mit einem irdenen Krug in der Hand aufgetaucht. »Wenn ich mir noch mehr davon anhören muß, brauche ich ein Bier. Hallo, Maarten. Was ist das, was du da hast?«

»Ein doppeltes Bier für meinen Vater«, antwortete der junge Mann.

»Was kostet das?«

»Drei Pennies ein Quart.«

»Ich geb dir vier dafür.«

»Abgemacht«, lachte der junge Maarten. Er gab Antje den Krug, nahm die Münzen, die sie ihm reichte, und flitzte zurück in den Devil on a Chain.

Racqel starrte ihre Freundin ungläubig an. »Warum hast du das gemacht?«

»Weil ich Durst habe.« Antje klappte den hölzernen Deckel auf und setzte den Krug an die Lippen.

Racqel war verdutzt und verlegen zugleich. Schlimm

genug, daß Mistreß Levy Lügen über sie verbreitete; nun stand sie auch noch mitten auf dem Broad Way, und ihre Freundin trank Bier aus einem Krug wie ein Dockarbeiter.

»Ah«, machte Antje und setzte den Krug ab. Ein verruchtes Lächeln spielte um ihren Mund. »Jetzt gehen wir langsam zu Master Crabtrees Wohnung, und du kannst mir die ganze Geschichte erzählen.«

Antje bot Racqel den Krug an; Racqel lehnte ab. Stattdessen zupfte sie das Tuch gerade, das über Master Crabtrees Brot und Käse gedeckt war. Karren und Kutschen rumpelten an ihnen vorüber. Die Sonne hatte ihren Zenit überschritten und sank bereits langsam dem Abend zu. Racqel seufzte schwer. »Laß uns schneller gehen. Ich möchte wissen, wie es Master Crabtree geht, und rechtzeitig zurück sein, um zusammen mit den Kindern und vielleicht sogar mit meinem Mann, der möglicherweise hereingeschneit kommt, zu Mittag zu essen.«

»Na schön. Erzähl mir, was bei Mistreß Levy geschehen ist.«

»Mister Levy ist krank. Er hat nach mir geschickt, wahrscheinlich gegen den Willen seiner Frau. Sie hat mich Jezabel genannt!« Racqels Lippen zitterten.

Antje nahm ihrer Freundin den Korb aus der Hand. »Du bist nicht für die Dummheit engstirniger Menschen verantwortlich.«

»Aber engstirnige Menschen können verhindern, daß mein Volk mich als eine der ihren akzeptiert.«

»Ach, Racqel.« Antje schüttelte bekümmert den Kopf.

Die beiden Frauen setzten ihren Weg in freundschaftlich verbundenem Schweigen fort. Überall um sie herum wurde gebaut: neue Häuser, städtische Bauvorhaben, neue Geschäfte mit riesigen Holztafeln, die die feilgebotenen Waren oder die Dienste eines Handwerksmeisters anpriesen. Als die Frauen durch das Broad-Way-Tor gingen, nickte ihnen ein Musketier freundlich zu.

»Guten Tag«, riefen die beiden Frauen ihm zu.

Trotz der Probleme, die sie plagten, entging Racqel nicht, daß die alte Mauer in einem so schlechten Zustand war, daß sie ebensogut abgerissen werden konnte. An manchen Stellen hatte sie Schlagseite wie ein betrunkener Seemann, und hier und dort war sie sogar völlig eingestürzt.

Jenseits der Mauer waren bereits Straßen angelegt und mit Steinen gekennzeichnet. In der King Street standen schon zahlreiche neue, im englischen Stil gebaute Häuser. Hier und dort waren dazwischen noch einige ältere holländische Farmhäuser zu sehen. Nach der King Street kam die Second Queen Street und dann die Crown Street. An der Crown Street stand der letzte ärmliche Rest, der von der einstmals großen Farm der Familie Jones übergeblieben war. Die alte Mistreß Jones hatte ihren Mann und ihre Kinder überlebt. Nach und nach hatte die Witwe Parzellen ihres Landes verkauft, bis nur noch ein kleines Stück übriggeblieben war, auf dem das Farmhaus stand.

Sie nahm auch Mieter auf – vor allem solche, die bereit waren, ihr im Haus und auf dem kleinen Feld, das ihr übriggeblieben war, zur Hand zu gehen.

Lester Crabtree, ein scheuer und begabter Lehrer, war erst im vorigen Sommer, kurz nach der Rückkehr der Engländer, nach New York gekommen und hatte sich als Schulmeister bekannt gemacht. Crabtree hatte nichts dagegen, etwas von seiner Zeit dafür zu verwenden, die Angel an Mistreß Jones' Hintertür zu reparieren oder dann und wann eine lockere Fußbodendiele festzunageln.

»Jaja – wie sich unser kleines Dorf von Tag zu Tag ändert«, rief Antje über das Gehämmer und Lärmen der emsigen Zimmerleute hinweg, die das Fachwerk für ein neues und ziemlich großes Haus errichteten. Die beiden Frauen blieben stehen und sahen eine Weile zu.

Ein Karren rollte vorbei, holperte über einen Stein, und ein Korb mit Äpfeln kippte von seiner Ladefläche. Ehe irgend jemand einen Finger rühren konnte, stürmten unmittelbar vor Racqel und Antje vier Schweine auf die von tiefen Radspuren aufgerissene Straße und machten unter aufgeregtem Grunzen und Quieken kurzen Prozeß mit den Äpfeln. Als der letzte Apfel gefressen war, machten sie sich über den zerborstenen Weidenkorb her, den sie ebenfalls in erstaunlicher Kürze vertilgten.

Auf der anderen Seite der Straße sahen Racqel und Antje Mistreß Glenda Jones vor ihrem Haus in einem Lehnstuhl sitzen, offenkundig völlig unbeeindruckt von dem Lärm um sie herum. Das alte Farmhaus war vor kurzem gelb und die Fensterläden blau gestrichen worden.

»Sie ist taub wie ein Stein«, sagte Antje. »Das arme Ding.«

»Ist vielleicht besser so. Das ruhige Landleben ist schon lange nicht mehr ruhig. Ich würde sie ungern wecken.«

»Lassen wir sie schlafen. Wir können ins Haus gehen, nach dem Schullehrer sehen und wieder fort sein, ohne daß sie es bemerkt.«

Mistreß Jones selbst trug mit ihrem durchdringend röchelnden Schnarchen nicht unerheblich zu dem Lärm in der Crown Street bei.

Die beiden Frauen grinsten einander an, öffneten die Tür der Farm und traten ein. Die Küche war groß und sehr ordentlich. In einem offenen Topf auf dem Herd köchelte leise ein Ragout.

Die Tür auf der anderen Seite der Küche öffnete sich in die gute Stube, ein Raum mit niedriger Decke, der mit großen, massiven Möbeln vollgestellt war. Eine schmale Treppe führte ins obere Stockwerk.

Racqel ging bis zum Fuß der Treppe und rief nach oben: »Master Crabtree?«

Keine Antwort.

»Sein Zimmer ist weiter vorn. Laß uns nach oben gehen.«

»Master Crabtree«, rief Racqel ein zweites Mal und nahm Antje den Korb aus der Hand.

Keine Antwort – weder eine Stimme noch das Geräusch von Schritten.

»Tja. Wir müssen wohl da hoch.« Antje stellte ihren Bierkrug auf den grün gestrichenen Fußboden und raffte ihre Röcke hoch.

Racqel folgte ihr die Stufen hinauf. Sie hob schnuppernd den Kopf. Ein seltsamer Geruch hing im oberen Stockwerk. Irritiert von dem Geruch, rannte sie in Antje hinein, die abrupt vor ihr stehengeblieben war. »Was ist los?«

»Es ist zu dunkel. Ohne Licht können wir nicht weitergehen.«

»Warte hier«, sagte Racqel. Sie lief die Treppe hinab und zurück in die Küche. Auf dem Tisch fand sie einen Kerzenständer mit dem Rest einer Kerze. Sie zündete sie mit einem Span am Herdfeuer an und lief zur Treppe zurück, wo sie Antje am Fuß der Treppe sitzend fand.

»Dort oben hängt ein Gestank, als wär' der leibhaftige Tod hier gewesen.« Antje schüttelte angewidert den Kopf.

»Komm, Master Crabtree braucht vielleicht unsere Hilfe.«

»Ich fürchte, er wird sie nicht mehr brauchen«, sagte Antje mit einem Seufzen, doch sie folgte Racqel die Treppe hinauf.

Der Gestank schien von der hintersten Tür in dem

schmalen Korridor zu kommen. Racqel bedeckte ihre Nase und ihren Mund und hob die Kerze vor die Tür. Beide Frauen schrien entsetzt auf.

Quer über die Tür war in Rot das Wort GOTTESLÄSTERER geschrieben. Kein Zettel mit einer Nachricht von einer Erkrankung Master Crabtrees. Statt dessen hing dort, mit einem glänzenden Drei-Inch-Nagel an die Tür genagelt, das bluttriefende Organ eines weiteren Hengstes.

Kapitel 27

Dienstag, 19. März
Später Vormittag

David Mendoza grinste Tonneman mit kalter Verachtung ins Gesicht. Er legte seinen Federkiel auf die Ablage. Der junge Mann, der für ihn arbeitete, stand mit offenem Mund neben ihm. »Ich habe damit nichts zu tun.«

Tonneman nahm seinen Hut ab und tastete über seinen Hinterkopf. Er fühlte eine Schwellung, aber kein Blut. In seinem Schädel jammerte eine Meute von Katzen, und sein Kehlkopf schmerzte. Vorsichtig setzte er den Hut wieder auf und wiederholte, was Mendoza zu einem kalten Grinsen veranlaßt hatte: »In dem kleinsten Eurer angebauten Schuppen liegt ein toter Mann in einer Blutlache auf dem Boden.« Er registrierte, daß weder an Mendoza noch an dem jungen Mann irgendwelche Spuren von Blut zu sehen waren. Weder ihre Haare noch ihre Kleider waren in irgendeiner Weise in Unordnung.

Mendoza nahm seinen Federkiel wieder auf.

Der Junge schob die Ablage unter die Feder.

»Das Gebäude, von dem Ihr sprecht, ist an Jacob Roome vermietet.« Mendoza tauchte seine Feder in die Tinte und schrieb etwas in sein Hauptbuch. Er hob den Kopf und blickte Tonneman in die Augen. »Würdet Ihr jetzt bitte gehen.«

Ihr Austausch von Feindseligkeiten wurde durch das keuchende Atmen des jungen Mannes unterbrochen, dessen Gesicht rot angelaufen war.

Mendoza sprang auf, und während er beruhigend in *Gudezmo* auf den Jungen einredete, rieb er dessen Rükken. Allmählich wurde der Atem des Jungen ruhiger. »Besser?« fragte er den Jungen in Holländisch.

Der junge Mann nickte.

Mendoza setzte sich wieder, streckte die Arme und gähnte. »Asthma«, sagte er in Englisch zu Tonneman. Und dann in derselben Sprache, doch sanfter: »Aaron, suche Sheriff Gibb und bringe ihn her. Und renne nicht.«

»Ihr könnt dem Jungen die Anstrengung sparen«, sagte Tonneman. »Ich übernehme das.«

»Das ist mehr als freundlich von Euch«, sagte Mendoza mit übertriebener Liebenswürdigkeit und kehrte wieder zu seinem dicken Hauptbuch zurück.

Tonneman ging. Was war zwischen ihm und Mendoza geschehen? Er wußte nur eines: daß sie ihren gegenseitigen Groll mit ins Grab nehmen würden.

Soll Gibb sich der Sache annehmen, dachte er verstimmt, als er die Water Gate Road hinabtrottete, die ihn zur Queen Street bringen würde. Es war Gibbs Problem, nicht seines. Der Tod von Edward Davies hatte nichts mit Tonneman zu tun. »Hör mir zu«, sagte er laut. Er wußte, er war genauso starrköpfig wie Mendoza. Der Gedanke erinnerte ihn an seine Beule, und er tastete unter seinem Hut danach. Sie war inzwischen so groß wie ein Taubenei. Pferdekarren überholten ihn, die Holz aus den Wäldern geladen hatten. Ihr Rumpeln ließ seinen schmerzenden Kopf pochen. Ten Eyck hatte ins Holzgeschäft einsteigen wollen, doch Tonneman war dagegen gewesen. Jetzt, wo die Stadt immer weiter und weiter nach Norden wuchs, begann er das allmählich mit anderen Augen zu sehen.

Davies war ein Verdächtiger für den Pferdemord gewesen, und jetzt war er selber umgebracht worden. War Davies aus irgendeinem völlig anderen, noch gänzlich unbekannten Grund ermordet worden? Oder hatte er sterben müssen, weil jemand Angst hatte, der unberechenbare junge Mann könnte Tonneman irgend etwas sagen? War er nach Breukelen geflohen, um sich zu verstecken, und war getötet worden, als er wieder zurückkehrte, oder war er überhaupt nie dort gewesen?

Ein mit Fässern beladener Wagen ratterte, Staubwolken aufwirbelnd, an ihm vorüber und blieb dann stehen. »Mister Tonneman? Braucht Ihr Hilfe, Sir? Ihr seht aus, als wärt Ihr von einem wilden Stier gejagt worden, der Euch gekriegt hat.«

Tonneman sah an seinen Kleidern hinab. Sie waren voller Blut. Wenn es so weiterging, würde er bald keine sauberen Klamotten mehr haben. Tonneman zog seinen ruinierten, zerrissenen und mit dem Blut des unglückseligen Jungen befleckten Rock aus, rollte ihn zusammen und klemmte ihn unter den Arm.

Der Lenker des Wagens war der junge Jacob de Kees, sein Postreiter für die Strecke nach Boston. Tonneman konnte das Bier in den Fässern riechen. Der Biergeruch vermischte sich mit dem Blutgeruch, der noch immer in seiner Nase hing, und erneut mußte er an Edward Davies denken. »Ich bin in Ordnung, Jacob. Es war ein anderer, der Pech hatte. Sag, hast du etwas über diese Pferdegeschichte am Sonntag gehört?«

»Vergebt mir, Sir – aber ich habe was gehört, ja. Es geht das Gerücht, die Juden waren es. Wegen ihres bevorstehenden Passahfests.«

»Gott stehe uns bei! Das bleibt zwischen uns, Jacob, aber ich untersuche das bereits. Wenn du also irgend etwas hörst, laß es mich wissen.«

»Das werde ich, Mister Tonneman.«

»Solltest du nicht auf dem Weg nach Boston sein?«

»Doch, Sir. Sobald ich diese Fuhre an der Soldiers Tavern abgeliefert habe.«

»Dann beeil dich.«

Jacob de Kees schnalzte mit den Zügeln und fuhr mit einem aufmunternden Streich seiner Walnußrute über die Kruppe der kräftigen grauen Stute los.

Tonneman sah zu, wie Jacob de Kees und sein Karren

davonfuhren, und er fragte sich, ob er vielleicht mit einem anderen Jacob reden sollte. Mit Jacob Roome, Davies' Stiefvater. Und auch mit der Mutter des jungen Mannes. Nein, verdammt! Er würde nicht der Überbringer der Nachricht vom Unglück eines anderen sein. Das war Gibbs Job. *Bei Gott, Tonneman! Das Leben eines Bürgers hat dich zu einem Feigling gemacht. Du warst dort. Du sagst es ihr.*

Der Schuppen am hinteren Zaun des jüdischen Friedhofs tauchte vor ihm auf. Seit er existierte, war der Friedhof der jüdischen Gemeinde nur ein kleines Areal mitten im Wald gewesen, doch inzwischen reichten die Gräber bis an den Zaun. Tonneman blieb stehen. Sein Blick suchte die Grabsteine von Benjamin Mendoza, Racqels erstem Mann, und Moses Pereira, dem Arzt und Racqels Vater. Keinen der beiden Männer hatte Tonneman gekannt.

Er stieg über den niedrigen Zaun und ging zwischen den Gräbern hindurch. Schon bald entdeckte er, was er suchte. Unter einem alten Walnußbaum war ein frisches Grab. Aber niemand in der jüdischen Gemeinde war gestorben. Zumindest niemand, von dem man vor dem heutigen Tag gehört hätte oder spätestens heute morgen bei seiner Runde durch die Kneipen der Stadt. Bei weniger als vierzig Juden in New York konnte er sich dessen relativ sicher sein.

Jemand hatte Zweige und Blätter über das Grab gestreut, damit man die frische Erde von der Straße aus nicht bemerkte. Das bestätigte nur seinen Verdacht: Jemand in der jüdischen Gemeinde mußte von dem Toten wissen – jenem Toten, für den, wie Racqel vermutete, die Kuh getötet worden war. Falls es einen Toten gab. Dies gab Tonneman einiges zu grübeln, während er seinen Weg zur Queen Street fortsetzte.

Einer von drei Männern konnte in dem frischen Grab liegen. Entweder der verschwundene Ezra Cohen oder einer der beiden rothaarigen Trapper aus Albany. Vielleicht lagen alle drei zusammen in dem Grab?

Tonneman zog die Stirn in Falten. Die Juden würden 578 Gesetzte vorbringen, weshalb er das Grab nicht öffnen durfte. Und Gibb würde erklären, daß ihn ein frisches Grab auf dem jüdischen Friedhof einen feuchten Staub scherte.

In Tonneman regte sich Unbehagen, ob seines profanen Vorhabens, doch wenn er herausfinden wollte, wer in dem Grab lag, mußte er es öffnen. Er lief zum Friedhof zurück, fand im Schuppen eine Schaufel und begann zu graben.

Die Erde war weich und bröcklig; dennoch war es eine schweißtreibende Angelegenheit. Doch die Anstrengung erwies sich der Mühe wert. Der Kiefernsarg lag nur drei Fuß tief, und als er ihn mit seinem Messer aufstemmte, fand er darin einen in ein Tuch gewickelten Leichnam. Das Öffnen eines Leichentuchs war etwas, das man besser Gott überließ und den Maden, doch der Faden, mit dem es vernäht war, löste sich leicht.

Der Tote war ein Mann mit karottenrotem Haar, einem ebensolchen Bart und Schnauzbart. Er war nackt und recht sauber für einen Trapper. Dennoch, nach seinem Haar zu urteilen, mußte er einer der beiden Trapper sein, von denen sie in Levys Taverne gesprochen hatten.

In seiner Brust war eine Messerwunde. Tonneman drehte den Leichnam um. Keine Austrittswunde am Rükken. Wahrscheinlich eher ein Messer als ein Schwert, das ihn ins Jenseits befördert hatte.

Das rote Haar des Trappers bedeckte gerade seine Ohren, doch im Nacken war es zu einem Zopf geflochten, der bis zur Hälfte des Rückens hinabreichte. Der Zopf war mit zwei Bändern gebunden – einem dunkelblauen und einem scharlachroten.

Mit dem gebotenen Respekt bettete Tonneman den Mann wieder in sein Grab. »Ruhe in Frieden«, murmelte er, als er die letzte Schaufel Erde auf den flachen Hügel warf.

Im Gefängnis, das im Rathausgebäude untergebracht war, fand er Nessel-Vogel mit gezogenem Schwert und in geduckter Haltung, Paraden und Schwerthiebe übend.

Der Gehilfe des Sheriffs richtete sich auf und starrte Tonneman mit offenem Mund an. »Was ist mit Euch passiert?«

»Ihr solltet Euch damit befassen, was mit Edward Davies passiert ist.«

Nessel-Vogel legte sein Schwert auf den einfachen Tisch aus Kiefernholz und schnallte seinen Gürtel ab. »Das verdammte Ding sitzt nicht richtig. Was ist mit Davies passiert?«

Tonneman legte seinen zusammengerollten Rock neben das Schwert auf den Tisch. »Er ist so tot wie ein Türnagel. In einem der Schuppen, die an Mendozas Lagerhaus in der Staple Street angebaut sind. Wo ist Gibb?«

»Wie ...« Ein gepeinigter Ausdruck erschien auf Nessel-Vogels Gesicht. »Schätze, ich sollte da mal rüberschauen ...«

»Nessel-Vogel!« Der Schrei konnte nur von Gibb stammen, und er kam von draußen.

Der Sheriffgehilfe hatte kaum Zeit, sein Gehenk wieder umzuschnallen und sein Schwert in die Scheide zu schieben, als Gibb bereits durch die Tür gestürmt kam, gefolgt von Antje und Racqel. »Los, los, Nessel-Vogel!« bellte der Sheriff. »Der Pferdemörder hat den Schulmeister um die Ecke gebracht.«

»Das wissen wir aber nicht sicher.« Es war Racqel, die dies sagte. Sie stürmte hinter Gibb durch die Tür, und hinter ihr Antje. »Tonneman!« Racqel lief zu ihrem Mann. »Du bist verletzt!«

»Es ist nicht mein Blut«, beruhigte er sie und küßte ihre Hand, die sie besorgt nach ihm ausgestreckt hatte.

»Dem Himmel sei Dank«, seufzte Racqel. »Was ist passiert?«

Gibb brüllte von neuem los. Diesmal war Tonneman das Ziel seines Zorns. »Was, zum Teufel, macht Ihr hier? Ich habe es langsam dick, daß Ihr mir ständig unter die Füße kommt.«

»Stellt Euch lieber darauf ein, daß es noch dicker kommt. Davies liegt tot in Mendozas Lagerhaus.«

»Mein Gott!« murmelte Racqel.

Tonneman vermied es, seine Frau anzusehen. »Und das ist noch nicht alles. In einem frischen Grab auf dem jüdischen Friedhof liegt ein Toter. Ich habe ihn ausgegraben.«

Racqel stöhnte entsetzt auf. Gibbs Augen verengten sich zu schmalen Schlitzen.

Racqel ging zum Fenster, das auf die Queen Street hinaussah, und starrte mit leerem Blick auf die Schiffe im East River hinaus. Was ihr Mann getan hatte, war ein Sakrileg. Nun würden sie sie niemals mehr in den Schoß der Gemeinde zurückkehren lassen.

Tonneman brauchte dringend eine Pfeife. Der einzige Geschmack auf seiner Zunge war der von Blut und Staub. »Der Tote ist ein Mann mit karottenrotem Haar und einer Messerwunde in der Brust.«

Gibb rollte mit den Schultern und drehte vorsichtig seinen Hals. Dies würde alles andere als gut für seinen Rücken sein, und es stand ihm bis zum Hals, daß Tonneman seine Nase ständig in die Angelegenheiten des Sheriffs steckte. »Nessel-Vogel, Ihr geht zu Mendozas Lagerhaus. Der Bursche im Grab wird noch eine Weile warten müssen. Tonneman und ich gehen zum Haus der Jones-Witwe.«

»Seit wann ist Tonneman Euer Gehilfe?« brummte Nessel-Vogel grimmig.

»Es ist der Schulmeister, Tonneman«, erklärte Antje, als sie den fragenden Ausdruck auf Tonnemans Gesicht sah. »Jemand hat mit Blut ›Gotteslästerer‹ an seine Tür geschrieben. Der Gestank war so entsetzlich, daß mir die Augen ...«

Racqel stand mit verschränkten Armen am Fenster und starrte ihren Mann mit unverwandtem Blick ins Gesicht, bis Tonneman verdrießlich mit gesenkter Stimme sagte: »Es tut mir leid, aber ich mußte das Grab öffnen. Es hatte einen Mord gegeben, der vertuscht werden sollte ...« Er streckte ihr seine Hand entgegen.

Sie sah, wie die Röte an seinem Hals emporkroch, und ergriff seine ausgestreckte Hand. Sie liebte ihn, doch sein Geständnis erfüllte sie mit Trauer und Schrekken.

Er ergriff ihre beiden Hände und hielt sie fest. »Racqel?«

Stumm schüttelte sie den Kopf und zog ihre Hände weg.

Tonneman nickte. »Ist Crabtree auch tot?«

»Das wissen wir nicht«, antwortete Racqel. »Sein Zimmer war ein einziges Grauen. Überall Blut. Der Geruch war entsetzlich.«

»Und«, fügte Antje mit dem Anflug eines Lächelns, das in ihren Mundwinkel zuckte, hinzu, »an die Tür war das blutige Ding von einem Pferd genagelt.«

»Bei allen Heiligen!« ächzte Gibb. »Aber von Crabtree keine Spur?«

Die beiden Frauen schüttelten den Kopf.

»Das Fensterbrett war voller Blut«, fuhr Racqel fort, »und das Fenster stand sperrangelweit auf.«

»Es ist im ersten Stock und schaut nach hinten«, sagte Nessel-Vogel.

»Woher wißt Ihr das?« wollte Gibb wissen.

»Ich weiß es eben«, erklärte Nessel-Vogel. Er grinste zufrieden.

»Wir sind nach unten gerannt«, sagte Racqel. »Nach dem Blut und den Spuren auf der Erde zu urteilen, ist jemand aus dem Fenster im ersten Stock gesprungen oder wurde hinausgeworfen.« Sie nickte zu Nessel-Vogel hinüber. »Das Fenster geht nach hinten. Außer dem Blut am Boden habe ich auch noch Blut an der Hauswand unterhalb des Fensters gesehen.«

Der Gehilfe des Sheriffs schüttelte den Kopf. »Sie hat es erst streichen lassen.«

»Woher wißt Ihr das?« fragte Gibb.

Nessel-Vogel zurrte sein Gehenk ein Loch enger. Er blieb dem Sheriff eine Antwort schuldig.

»Wir gehen zuerst zum Lagerhaus«, sagte Gibb, »wo wir, wie wir wissen, einen Toten haben. Dann suchen wir den Schulmeister.«

»Das ist möglicherweise nicht klug«, sagte Racqel. »Es gab eine Blutspur, die quer über die neuen Grundstücke zum Broad Way führte. Die Spur sollte verfolgt werden, und zwar schnell. Soweit wir wissen, könnte Master Crabtree noch am Leben sein und unsere Hilfe brauchen.«

Gibb legte die Stirn in Falten. Die Frau hatte recht.

In der Ferne war das Grollen eines Gewitters zu hören.

»Wir müssen uns beeilen«, drängte Racqel. »Bevor die Blutspuren vom Regen fortgewaschen werden.«

»Ja, es kommt Regen«, bestätigte Antje mit einem Nicken in Richtung des Sheriffs und nahm Racqels Arm. »Wir sollten schnell machen, bevor alles weggewaschen ist.«

Nessel-Vogel stapfte zum Fenster. Nach einer Weile sagte er: »Kein Blitz zu sehen. Es ist noch weit weg.«

»Aber es kommt schnell näher«, sagte Antje.

»Es wäre besser«, sagte Tonneman leise zu seiner Frau, »wenn du nach Hause gehen und nach den Kindern sehen würdest.«

Ernüchtert und irritiert von Tonnemans Bemerkung, war Racqels erster Impuls, sich seinem Befehl zu fügen. Statt dessen schob sie jedoch entschlossen das Kinn vor. »Alice kümmert sich um sie.«

»Mach schon, Nessel-Vogel!« Gibb war bereits draußen und rief über die Schulter zurück. »Tonneman hat recht. Wir wollen nicht, daß diese Frauen uns im Weg sind. Kommt Ihr mit, Tonneman?«

Tonneman fischte seinen blutverschmierten Rock vom Tisch. Racqels Augen klagten ihn des Sakrilegs und des Verrats an. Antjes Miene war ebenso unnachgiebig wie die seiner Frau. Sein Hinterkopf fühlte sich an, als würde er jeden Augenblick abfallen. »Geht nach Hause, ihr zwei. Ihr habt hier nichts zu schaffen. Das hier ist Männerarbeit.«

Keine der beiden Frauen rührte sich.

Tonneman ergriff Antjes Arm. »Rede bitte mit ihr, Antje. Wenn du hierbleibst, bleibt Racqel auch.«

Antjes strahlendblaue Augen blitzten ihn kampfeslustig an. »Tonneman, ich liebe dich wie einen Bruder. Du kannst vielleicht deiner Frau sagen, was sie zu tun hat. Und du magst sauer auf meinen Mann sein, aber mir gibst du keine Befehle – egal, wie honigsüß du sie verpackst. Mein Mann und meine Söhne können selber auf sich aufpassen. Ich werde der Blutspur folgen. Kommst du, Racqel?«

Antje war bereits aus der Tür und auf der Straße.

Kapitel 28

Dienstag, 19. März
Später Vormittag

Von jenseits des Waldes und des Sumpfes war aus Richtung New Haarlem das leise Grollen eines Gewitters zu hören. Die drei Männer stiegen auf den Wagen des Sheriffs. Eine kleine Gruppe von Neugierigen war zusammengelaufen – zumeist Fuhrleute, ein paar Seemänner und junge Burschen aus der Stadt, die in den Docks arbeiteten. Wood, der Müller, der mit seinem gesunden Arm Fässer auf seinen Wagen wuchtete, hielt inne und rief herüber: »Was ist los, Sheriff? Kommen die Holländer zurück?« Er schickte ein hohes, wieherndes Lachen hinterher, das für einen Mann seiner Größe seltsam klang. Einige der Umstehenden kicherten.

»Schon eher die Schweden«, warf ein Seemann dazwischen, der Wood half.

»Los, Nessel-Vogel!« rief Gibbs, einigermaßen irritiert. Jeder in dieser Stadt hielt sich für einen Spaßvogel. »Und zwar schnell!«

Nessel-Vogel schnalzte mit den Zügeln. Mit einem erschreckten Ruck zog der graue Wallach an und fiel in einen wilden Galopp. Nicht minder erschreckt blieben Racqel und Antje in der Staubwolke zurück, die von der zerfurchten Queen Street aufwirbelte, und sahen mit wachsendem Grimm hinter dem davonrumpelnden Wagen her, während der feine Staub auf sie herabrieselte.

Der Wagen kippte beinahe, als sie nach links in die Wall Street bogen. Vor Levys Taverne sah Tonneman vier oder fünf Männer stehen.

»Mein Rücken, du Hornochse!« brüllte Gibb Nessel-

Vogel an. »Willst du ihn mir brechen?« Der Sheriff war gar nicht erfreut.

Tonneman ebenfalls nicht. Und es gab nichts, das er dagegen tun konnte.

»Langsamer, Nessel-Vogel«, befahl Gibb, als sie sich dem Broad Way näherten. »Bei dem Tempo sehen wir das Blut nie.«

»Aber es ist noch kein Blut da, das wir sehen könnten. Das Haus ist in der Crown Street.« Der Deputy sprach mit beinahe herablassender Geduld.

»Langsamer!« bellte Gibb. »Was, wenn er hier entlanggekommen ist?«

»Na schön, dann eben langsamer«, knurrte Nessel-Vogel, und als sie durch das Broad-Way-Tor rollten, fügte er brummelnd hinzu: »Erst sagt er schnell, dann sagt er langsam.«

»Hallo, Gibb«, rief die Torwache. »Macht Ihr ein Wettrennen mit einer Schildkröte?«

»Halt die Klappe«, zischte Gibb. Ihm ging es gar nicht gut.

Mistreß Jones saß in ihrem Lehnstuhl. Sie war inzwischen aufgewacht, und ein zufriedenes Lächeln lag auf ihrem Puddinggesicht. Sie winkte ihnen zu und schien entzückt, sie zu sehen. Sie rückte ihre Haube gerade und strahlte wie ein erwartungsvolles Kind. Falls irgend etwas geschehen war, ihr war nichts anzusehen.

Der Sheriff stieg vorsichtig vom Wagen und streckte die Arme über dem Kopf. »Nessel-Vogel, Ihr geht in das Haus und seht Euch dort um. Tonneman und ich schauen uns hier draußen um.«

»Worum geht es, Sheriff?« Mistreß Jones stemmte sich aus ihrem Lehnstuhl und schlurfte zum Rand der Veranda. Interessiert spähte sie zu ihnen herab. »Sheriff. Mister Tonneman, einen guten Tag wünsche ich Euch.«

Gibb, der eine dunkelrote Spur entdeckt hatte, die um die Ecke des Hauses kam, ignorierte die alte Frau.

»Sheriff?« Ihr Krächzen klang wie das eines Raben.

»Ein kleines Problem mit Eurem Mieter«, rief Gibb laut genug zurück, die Toten aufzuwecken. Verstohlen machte er seinem Deputy eine Zeichen.

Nessel-Vogel trottete ins Haus.

»Was ist?« Mistreß Jones lehnte sich so weit vor, daß sie beinahe das Gleichgewicht verloren hätte.

Gibb sah, daß die Blutspur zur Broad Way Road führte. »Erzählt Ihr es ihr, Tonneman.« Er folgte der Spur.

Tonneman stieg die Stufen zur Veranda hinauf und führte die alte Frau zu ihrem Lehnstuhl zurück. Er tätschelte beruhigend ihre Schulter. »Bleibt hier«, rief er.

Sie gehorchte, wenn auch ein wenig verwirrt, und ließ sich mit einem lauten Seufzen in ihren Stuhl sinken.

Nichts gegen eine schwerhörige Frau, dachte Tonneman, stets gehorsam und ohne eigene Meinung.

Hinter dem Haus fand Gibb die Stelle, wo das meiste Blut in den Boden gesickert war; er nahm die blutverschmierte Hauswand und das Fenster im oberen Stockwerk genauer in Augenschein.

Inzwischen war Tonneman neben Gibb getreten. Nessel-Vogel streckte den Kopf aus dem Fenster. »Genau wie sie gesagt haben«, rief der Deputy herunter. »Überall Blut und ein entsetzlicher Gestank. Und das an der Tür ist ein Pferdeschwengel.« Er lachte auf. »Ich hätte zu gern ihre Gesichter gesehen.«

Gibb sah Tonneman an, der zu Nessel-Vogel aufsah. »Das ist nicht lustig, Nessel-Vogel.«

»Ja, Sir. Ich weiß, Sir. Tut mir leid.« Der Gehilfe des Sheriffs erstickte ein Lachen. Sein Gesicht verschwand aus dem Fenster. Tonneman hatte Mühe, ein Grinsen zu unterdrücken. Dies war eine ernste Sache, und es war seine Frau gewesen, die das Gemächte des Pferds an der Tür gesehen hatte.

Aber auch er hätte zu gern Racqels Gesicht gesehen,

als sie es entdeckte. Bei Gott – auch jetzt hätte er sie zu gern gesehen. Und ihr gesagt, daß er es haßte, wenn sie stritten. Und daß sie das nicht sollten. Nie. Aber das hier war Männerarbeit, und sie sollte sie auch den Männern überlassen.

Gibb legte die Hände an den Mund und schrie: »Nessel-Vogel! Wo in Gottes Namen steckt Ihr? Wo ist dieser Hornochse jetzt wieder hin?«

Das Gesicht des Deputys erschien im Fenster. »Sir?«

»Ihr bleibt hier und seht Euch um. Ich will, daß Ihr alles gründlich durchsucht. Und sprecht mit der alten Dame. Hier ist eine Blutspur, die zur Straße rausführt. Ich fahre mit Tonneman schon mal los und folge der Spur.«

Nessel-Vogels Mund klappte auf. »Aber Sir …«

Gibb grunzte in Richtung Tonneman und zeigte mit dem Daumen zur Vorderseite des Hauses.

»Welche Richtung?« fragte Tonneman.

Gibb verzog geringschätzig das Gesicht. »Nach Norden natürlich.«

Tonneman ließ sich auf ein Knie sinken. »Man kann es kaum erkennen, aber hier ist noch eine dünne Blutspur, die in die Stadt zurückführt. Ihr habt es selbst gesagt: Was, wenn er denselben Weg zurückgegangen ist, den wir gekommen sind?«

Gibb schüttelte den Kopf. Nun versuchte der ehemalige Sheriff auch noch, ihm seinen Job zu erklären! »Die deutlichere Spur ist die nach Norden. Wenn wir dort nichts finden, können wir immer noch zurückkommen.«

Tonneman warf einen Blick zu den regenschweren Wolken empor. »Das bezweifle ich. Aber Ihr seid der Sheriff. Fahren wir weiter.«

Der Sheriff lenkte den Wagen. Sehr langsam. Ob er dies tat, um die Blutspur nicht aus den Augen zu verlieren oder weil er seinen Rücken schonen wollte, vermochte Tonneman nicht zu sagen. Es war ihm auch ziemlich egal. Er dachte über Edward Davies nach. Was, wenn ein Zusammenhang bestand zwischen den Pferdemorden, diesem bizarren Geschehen bei Master Crabtree und Davies' Ermordung?

Die Blutspur, der sie folgten, war schwach, doch deutlich im Staub zu erkennen. Wer immer sie hinterlassen hatte, war überaus hilfreich gewesen, indem er auf der Straße geblieben war.

Tonneman ließ den Gesetzeshüter sich auf die Spuren konzentrieren. Kopfschüttelnd betrachtete er seinen blutverschmierten, ruinierten Rock, zog ihn an und richtete den Blick nach Nordwesten. Ein Blitz erhellte gespenstisch die sich heranwälzenden dunklen Wolken. Das leise Rumoren eines Donners folgte. Seine Gedanken schweiften wieder zu Racqel. Er stellte sie sich vor, wie sie zu Hause im Kreis der Kinder saß, und hoffte, daß sie ihren Zwist vergessen hatte. Schließlich mußte ein Mann auch einmal ein Machtwort sprechen. »Ihr wißt, wohin dieser Weg führt?«

»Zum Teufelsfelsen«, brummte Gibb.

Plötzlich klangen hinter ihnen die Hufschläge von zwei Pferden auf. Ein Brauner und ein Schimmel.

»Du heiliger Strohsack!« rief Tonneman. »Das ist Ten Eycks Hengst, Snow. Und mein Pferd, Venus.«

»Und im Sattel sitzen Mistreß Ten Eyck«, bemerkte Sheriff Gibb. Er sah Tonneman an und verdrehte die Augen. »Und Eure Frau.«

Kapitel 29

Dienstag, 19. März
Mittag

›Der wie ein Fuchs geht‹ stand auf einer niedrigen Anhöhe. Ein Kieferngehölz verbarg ihn vor dem Mann, den er beobachtete, und jedem anderen, der möglicherweise von der Straße in den Wald trat. Sein Hemd und seine Beinlinge aus Hirschleder verschmolzen mit den Stämmen der Bäume. Selbst wenn er tanzte wie ein Narr, der zuviel Feuerwasser getrunken hatte, würden die Europäer es nicht bemerken. Er wußte, er war für sie so unsichtbar, als säße er in einer tiefen Höhle. Er stand vollkommen reglos.

Das Schwert an seiner Seite, das in dem blauen Gehenk steckte, war die Trophäe, die er im Shellpoint-Teich erbeutet hatte.

Er hatte sein Lager auf moosigem Grund in der Nähe einer der vielen unterirdischen Quellen aufgeschlagen, die auf dieser Insel aus der Erde emporsprudelten und im Shellpoint zusammenflossen. Der weiße Mann – verflucht sei sein Name und der Samen seiner Lenden – drang rücksichtslos immer weiter nach Norden vor und machte sich auf dem Land breit, das Fuchsmann gehörte.

Hier weilten und jagten einst nur die Fünf Nationen. Hier gab es keine quakenden und schreienden rosafarbenen, bleichen Gesichter. Nur die Mohawks, Oneidas, Onondagas, Cayugas und Senecas. Und unter ihnen waren die Mohawks die mächtigsten.

Doch dies alles war gestern gewesen. Heute gab es immer mehr und mehr weiße Männer, die sich nicht nur hier ausbreiteten, sondern sogar schon bis in das

Land am Mohawk River vordrangen, das seit jeher die Heimat seines Stammes, der Mohawks von den Fünf Nationen der Irokesen, gewesen war.

Dennoch war ›Der wie ein Fuchs geht‹ seit mehr als zehn Sommern und Wintern immer wieder und weit häufiger als jeder andere seiner Stammesbrüder in die Stadt zurückgekommen. Um seine Felle zu verkaufen. Um den weißen Mann zu bestehlen. Um den weißen Mann zu töten.

Und um die Frau zu sehen.

Die große, schwarzhaarige und schwarzäugige Frau. Die Frau, die den Holländer und nicht Fuchsmann gewählt hatte.

Seit den frühen Morgenstunden, als die Schreie eines sterbenden Tiers ihn aufgeschreckt hatten, hatte der Mohawk die Vorgänge beobachtet.

Eine Kutsche von nicht geringer Vornehmheit rumpelte den Broad Way hinab. Nahe dem Teufelsfelsen kam sie zu einem abrupten Halt. Der Kutscher war eingedöst, als die Pferde, ein Brauner und ein Rotbrauner, scheuten und dann in Panik ausbrachen, doch nicht gleichzeitig und nicht in dieselbe Richtung. Der Kutscher schreckte mit einem Fluch hoch. Die Kutsche rüttelte und schwankte wie in einem Sturm und stürzte dann, unter Knirschen und Splittern von Holz und den Schreien des Passagiers in ihr, auf die Seite.

Der Kutscher flog in hohem Bogen vom Bock durch die Luft. Als er in einem Gebüsch von Nesseln landete, kreischte er wie ein Weib. Doch dies überraschte Fuchsmann nicht, denn der weiße Mann wußte nicht, wie man Schmerzen ertrug, so wie ihm auch andere männliche Tugenden fremd waren.

Schnaubend und wiehernd schleiften die Pferde die umgekippte Kutsche über die Straße, während der einzige Passagier versuchte, aus dem nun nach oben schauenden Seitenfenster zu klettern, aber bei jedem Anrucken der in Panik geratenen Tiere immer wieder das Gleichgewicht verlor.

Schließlich gelang es dem Kutscher, wimmernd und von Kopf bis Fuß von den Nesseln gezeichnet, die Pferde aus ihrem Geschirr zu befreien. Der Braune, eine nervöse Stute, galoppierte geradewegs in eine dicke Eiche hinein, schüttelte den Schlag ab und beruhigte sich so weit, daß sie mit gespreizten Beinen und hängendem Kopf stehenblieb. Der rotbraune Wallach warf den Kopf hoch, blies mit einem lauten Schnauben die Luft aus den geweiteten Nüstern und begann, an dem spärlichen Märzgras zu knabbern.

Indessen nahm der Kutscher keinerlei Notiz von seinen Tieren. Silvester Higgins' vorrangige Sorge war im Augenblick, die scheußlich brennenden Blätter und Haare der Nesseln von sich abzustreifen. Eine hatte ihn quer über die linke Wange erwischt, die bereits mächtig anschwoll. Er fluchte mit großer Inbrunst.

Schließlich jedoch erinnerte sich Higgins wieder an seine Pflichten. Er hörte zu fluchen auf und half seinem Brotgeber, Leland Merrivale, aus der Kutsche. Gemeinsam versuchten die beiden Männer, die Kutsche wieder aufzurichten.

»Hat keinen Zweck«, ächzte Merrivale, der sich auf dem Rückweg von einer Geschäftsreise nach Albany befand.

»Wir können es schaffen, wenn wir es mit Schwung versuchen, Sir«, insistierte der Kutscher und nutzte die Gelegenheit, an sich herumzupflücken. Die Nesseln brachten ihn noch um. Er stemmte die Arme wieder gegen die Kutsche. »In Ordnung?« Der Händler nickte. »Eins, zwei, drei. Auf!« Wieder schafften sie es nicht.

Den Tränen nahe vor Schmerz, schüttelte der Kutscher den Kopf. »Ich brauche Hilfe.«

Während der Wallach weiter gelassen graste, schnaubte die braune Stute immer wieder erregt, und über ihre Flanken lief ein Zittern, während sie mit kleinen Schritten im Kreis stampfte. Merrivale klopfte sich den Schmutz von seinen eleganten Kleidern und blickte um sich.

»Irgendwas am Teufelsfelsen hat die Pferde in Panik versetzt«, sagte der Kutscher.

»Was wohl?« fragte Merrivale. Der Händler blickte zu dem grauen Felsen zurück. Aus dem dunklen Himmel zuckten Blitze. Die tief hängenden, inzwischen fast schwarzen Wolken wälzten sich meerwärts. Peitschender Regen prasselte auf sie hernieder. »Sehen wir es uns an. Vielleicht finden wir dort jemanden, der uns mit der Kutsche helfen kann.«

Der Kutscher trottete, noch immer jammernd und die geröteten und juckenden Verbrennungen in seinem Gesicht und auf seinen Händen reibend, hinter dem Händler drein zum Teufelsfelsen zurück. Doch bereits nach wenigen Schritten waren sie gezwungen, sich mit einem Satz zwischen die Büsche zu retten und zwei aus Richtung der Stadt in gestrecktem Galopp heransprengenden Reitern – Frauen, daran war kein Zweifel, mit flatternden, sich blähenden Röcken – Platz zu machen.

Kaum waren der Händler und sein Kutscher wieder auf die Straße hinausgetreten, mußten sie erneut zurückweichen, um einem vorüberratternden Wagen aus dem Weg zu gehen. Auch der Wagen kam aus der Stadt. Der Kutscher wischte sich den Regen aus dem Gesicht und sah kopfschüttelnd hinter den Reitern und dem Wagen her. Alle hielten sie am Teufelsfelsen an.

»Das war der Sheriff«, sagte Merrivale. Er nahm seinen flachen, breitkrempigen roten Hut von seiner langlockigen Perücke, schüttelte das Wasser ab und wischte mit dem Finger über das mit einer silbernen Schnalle geschmückte schwarze Band, ehe er den Hut wieder auf sein Haupt setzte. Er nickte Higgins zu, und sie traten wieder auf die Straße, diesmal mit mehr Vorsicht.

Am Teufelsfelsen hatte sich eine stattliche Ansammlung von Menschen eingefunden: zwei Frauen, der Sheriff und Pieter Tonneman. Merrivale und Higgins folgten dem Wagen. Als sie näher kamen, sahen sie, wie die Frauen sich über den breiten Felsen beugten.

Was sie dort erblickten, erschütterte sie bis auf den Grund ihrer Seelen. Quer über dem Felsen lag ein Mann, über und über mit geronnenem Blut bedeckt, den Kopf im Nacken, die Arme ausgestreckt wie der Heiland selbst. Durch seine nackten Füße hatte jemand eine Mistgabel getrieben. Gekreuzigt wie Jesus Christus.

Kapitel 30

Dienstag, 19. März
Mittag

»Herr im Himmel, steh uns bei!« stöhnte Antje. »Es ist Master Crabtree. Schaut euch seine armen Füße an. Die Welt ist verrückt geworden.«

Racqel hielt ihre Hand unter die Nase des Schulmeisters. »Er atmet noch.« Behutsam zog sie seine Lider zurück. Augen, in denen der Wahnsinn flackerte, sahen sie an. »Er muß furchtbare Schmerzen haben«, sagte sie.

Tonneman bedachte seine Frau mit einem ärgerlichen Blick. Selbst unter all dem Blut war nicht zu übersehen, daß Crabtree splitternackt war. Als sie Tonnemans Blick sah, versteifte sich Racqels Rücken, und ihr Kinn schob sich nach vorn. Der Mann brauchte Hilfe. Sie dachte nicht daran, das Feld zu räumen.

Tonneman zwang seine Gedanken wieder zurück zu seiner Arbeit. Dies hier war genau der Platz, an dem sie das Kalb gefunden hatten. Zufall oder …?

»Herr, erbarme dich!« ächzte Higgins und schielte verstohlen und mit angstvollen Blicken zu den Frauen hinüber. »Die Hexen haben ihr böses Auge auf uns gerichtet. Herr im Himmel, steh mir bei!« Und mit diesen Worten schwanden dem Kutscher die Sinne, und er sank zu Boden.

Es goß jetzt in Strömen; der Regen prasselte in großen Tropfen wie die Gischt eines Atlantikbrechers auf sie herab und durchnäßte sie alle in kürzester Zeit bis auf die Haut. Auch Crabtrees Nacktheit wurde noch offensichtlicher, denn der Regen wusch das verkrustete Blut fort. Gibb stemmte die Füße in den steinigen Boden und legte beide Hände um den Stiel der Mistgabel.

»Haltet ihn fest, Tonneman.« An Tonneman gewandt, obgleich er Racqel meinte, rief er: »Geht weg hier, Mistreß Tonneman. Das ist kein Ort für Euch. Geht nach Hause.«

Tonneman hielt die Schultern des Opfers fest. Racqel schauderte und trat zurück. Sie hatte mehr gesehen, als ihr lieb war. Hatten die anderen es nicht bemerkt? Der arme Kerl. Er war so klein. Wie ein kleiner Junge ... Sie wischte den Gedanken fort.

»Fertig?« fragte Gibb.

»Ja«, erwiderte Tonneman mit grimmigem Gesicht.

Gibb stemmte seine Füße fester in den Boden, spuckte in die Hände und packte erneut die Mistgabel. Er zog mit einem so kräftigen Ruck, daß er beinahe das Gleichgewicht verlor, weil die Gabel sich so leicht herausziehen ließ. Unter seinen Füßen spritzten Kieselsteine auf.

Crabtree stieß einen markerschütternden Schrei aus.

»Antje«, rief Racqel. »Wir brauchen Lehm. Nachdem ich das Blut abgewaschen habe, muß ich alle seine Wunden säubern und die Blutung stillen. Die Erde hat hier zuviel Steine; ich brauche festen Lehm. Hier muß irgendwo ein Bach sein.« Racqel blickte sich um. Der Kutscher war aus seiner Ohnmacht erwacht; er saß auf dem Boden und rieb sich seine geschwollene Wange. »Er soll dir helfen, den Lehm zu tragen. In seinem Hut.«

»Sheriff.« Merrivale trat zu Gibb und sah über dessen Schulter. »Was kann ich tun, um zu helfen?«

»Bringt diese Frauen in die Stadt zurück.«

»Mit Teufelsanbetern will ich nichts zu tun haben«, kreischte Higgins, noch immer auf der Erde sitzend. Er hob die Hände vor sein Gesicht, formte mit den Fingern ein Kreuz und rutschte auf den Knien rückwärts, weg von den beiden Frauen.

Crabtree wimmerte. Blut sickerte aus seinen Wunden und wurde vom Regen fortgewaschen. Auch die Wunden in seinen Füßen hatten wieder zu bluten begonnen. »Ist ja gut«, flüsterte Racqel über ihn gebeugt. »Ihr werdet wieder gesund.« Sie hob für einen kurzen Augenblick den Kopf und sah Tonneman an, dann huschte ihr Blick zu Antje. »Beeil dich, Antje. Kutscher, so helft ihr doch!«

Tonneman, dessen Unmut allmählich verrauchte und aufrichtig empfundenem Respekt für seine Frau Platz machte, sagte: »Es gibt hier einen Bach, nur ein Stück weit dort drüben. Wir bringen ihn hin.« Er deutete in den Wald und hob dann Crabtree auf seine Arme, als sei er ein Kind. »Ich trage ihn hin.«

Der Bach war nur zehn Schritte entfernt. Auch die anderen folgten Tonneman.

Nur der Kutscher blieb zurück. Er verkroch sich unter einer großen, tropfenden Kiefer und erging sich zeternd und händeringend in düsteren Prophezeiungen des bevorstehenden Weltuntergangs.

Regennasse Kiefernnadeln schlugen ihnen ins Gesicht, als sie den Wald betraten. Es roch nach nasser Erde und Holz.

Der felsige Grund machte Gras Platz und schließlich Moos, das ihre Schritte dämpfte. Der grüne Schirm der Baumkronen gab ihnen Schutz vor dem Gewitterregen. Von dem Murmeln des Bachs und dem Rauschen des Regens in den Bäumen über ihnen abgesehen, war es still, sogar friedlich.

Der Bach schlängelte sich in engen Windungen zwischen den Bäumen hindurch zum Shellpoint hin. An manchen Stellen war er seicht, dann wieder tief, einmal schmal wie ein Rinnsal und ein Stück weiter fünf Fuß breit; er sprang über Steine und Wurzeln, und hier und dort bildete das Jadegrün der Kiefernnadeln natürliche kleine Dämme und Wasserfälle.

Tonneman legte den Schulmeister vorsichtig auf eine Felsplatte und bedeckte sein Geschlecht mit seinem blutverschmierten Rock. Crabtree stöhnte jammervoll.

Als erstes grub Racqel zwei Handvoll Lehm aus der Uferböschung und packte sie auf Crabtrees Füße, um die Blutung zum Stillstand zu bringen. Crabtrees Wunden mußten eigentlich gesäubert werden, doch das hatte der Regen bereits weitgehend getan. Sie schöpfte mit den Händen Wasser aus dem Bach, um das, was der Regen begonnen hatte, zu beenden und die hartnäckigeren Blutkrusten zu lösen. Währenddessen riß Antje Streifen von ihrem Unterrock.

»Und nun fort mit Euch, Gentlemen«, befahl sie. »Das ist jetzt Frauenarbeit.« Sie nahm Tonnemans Rock weg, und sie und Antje ließen sich auf die Knie sinken und fuhren fort, Crabtree zu waschen. Antjes leises Seufzen und ihr bedeutungsvoller Blick sagten Racqel, daß auch ihr nicht entgangen war, was Racqel gesehen hatte, doch dies war nicht der Zeitpunkt, es zu erwähnen.

»Es wäre leichter, ihn einfach in den Bach zu tauchen«, brummte Gibb zu Tonneman gewandt. »Aber ich bin es leid, mich mit den beiden anzulegen.«

»Ich auch«, murmelte Tonneman. Er konnte nicht umhin, die geschickten Hände seiner Frau bei ihrer Arbeit zu bewundern, auch wenn sie in der Tat eine Nervensäge war.

Racqel knetete einen Brei aus Lehm, Wintergras und Kiefernnadeln und strich ihn auf die Wunden an Crabtrees Füßen.

»Fertig«, murmelte Racqel und bedeckte Crabtrees Blöße wieder mit Tonnemans Rock.

»Und?« fragte Gibb. Er legte den Kopf schief und sah auf Racqel hinab.

Racqel und Antje waren damit beschäftigt, sich im Bach zu waschen. Racqel schüttelte den Kopf. »Die einzigen schweren Verletzungen sind die von der Mistgabel an seinen Füßen. Die an seinem Körper sehen aus wie Kratzer von einem Rasiermesser, wenn man sich beim Rasieren schneidet.«

»Aber all das Blut!« Gibb wiegte den Kopf von einer Seite zur anderen.

»Ich glaube nicht, daß es seines ist.«

Tonneman hob seinen Hut und kratzte sich am Kopf. Das leiser werdende Rauschen in den Baumkronen sagte ihm, daß der Regen nachließ. »Wessen Blut ist es dann?« Doch er wußte die Antwort bereits, kaum daß er die Frage ausgesprochen hatte. Der Pferdeschwengel, der an die Tür genagelt war. Natürlich. Der Pferdemörder. So mußte es gewesen sein. Der Pferdekiller hatte den Schulmeister mit Blut bespritzt und dann zum Teufelsfelsen geschleppt. Dann hatte er ihn mit der Gabel, der ureigensten Waffe des Teufels, an den Boden genagelt.

»Was seid Ihr bereit zu wetten, Gibb, daß nicht weit von hier das Pferd liegt?« Tonneman hob den schlaffen Körper des Schulmeisters auf seine Arme und stapfte zur Straße zurück. Der Sheriff blieb ihm dicht auf den Fersen.

Dann folgten Antje, Merrivale und Racqel. Racqel war in Gedanken versunken, als ihr einfiel, daß sie ein paar Streifen Stoff am Bach vergessen hatte. Sie war müde und versucht, sie dort liegenzulassen. Doch sie war die Tochter ihres Vaters. Sie lief zum Bach zurück und ließ sich auf den Stein sinken, auf dem Crabtree gelegen hatte, ohne sich um das Blut zu kümmern. Sie war einfach zu müde dazu. Sie wrang das Wasser aus den Stoffetzen.

Der Regen hatte aufgehört. Bunte Kiesel schimmerten durch das schnell dahinfließende Wasser, das auf seinem Weg über Steine und Wurzeln eine liebliche Melodie sang. Sie beugte sich vor und wischte sich mit ihrem Unterrock über das Gesicht.

Das ferne Rumoren eines Donners ließ sie den Kopf heben. Ihr Blick fiel auf braune Mokassins, mit gelben und blauen Federn geschmückt, keine drei Fuß von ihr entfernt. Sie rührte sich nicht.

»Racqel.« Tonnemans Ruf hallte zwischen den Kiefern.

Ihr Blick flatterte über die hirschlederne Hose, das offenstehende Hemd, die haarlose Brust, empor zu dem wilden Gesicht und dem bis auf einen schwarzen Haarstreifen am Scheitel kahlrasierten Schädel. Schwarze Augen hielten die ihren nur für einen kurzen Augenblick fest. Vorsichtig erhob sie sich, ohne seine Augen auch nur für einen Wimpernschlag loszulassen.

»Racqel!« Sie konnte Tonnemans eilende Schritte hören, gedämpft vom weichen Moos.

Sie faßte ihren ganzen Mut zusammen und rief zurück: »Hier.« Sie lief auf ihren Mann zu. »Tonneman, schnell!« rief sie erneut.

Erst als sie Tonneman vor sich auftauchen sah, wagte sie es, einen Blick über die Schulter zu werfen. ›Der wie ein Fuchs geht‹ war verschwunden.

Kapitel 31

Dienstag, 19. März
Mittag

Der Gestank war schlimm und wurde zunehmend schlimmer. Nessel-Vogel hielt die Lampe näher an sein Gesicht, damit der Geruch des brennenden Talgs den üblen Gestank übertönte.

Überall waren Bücher – aufgetürmt auf einer Truhe, auf dem Bett, in Stapeln auf dem Fußboden, ihre einst mit Gold und Rot bossierten Ledereinbände zerfleddert und abgegriffen, die Rücken gebrochen, übersät von braunen Wasserflecken und mit frischem Blut bespritzt. Auf einem Schreibtisch noch mehr Bücher, Papiere, drei oder vier herumliegende Federkiele, ein umgeworfenes Tintenfaß.

Unter seinen Füßen wie in einem Schlachthaus glitschiges rotes Blut.

Er hob ein Blatt Papier vom Boden auf, auf dem die ersten Zeilen eines griechischen Gedichts geschrieben waren, an das er sich zu erinnern glaubte: *Batrachomyomachia.* Der *Froschmäusekrieg.* Es war eine Art Posse, ein Spottgedicht auf das Heldentum.

Doch nicht nur die Frösche und Mäuse führten Krieg, auch hier hatte ein gewaltiger Kampf stattgefunden.

Nessel-Vogel verließ die Kammer. Als er die Tür zumachte, bewegte sich der dort festgenagelte Pferdeschwengel, als sei er noch lebendig. Der Deputy schauderte und gab seinem eigenen Zebedäus einen beruhigenden Klaps.

Dann inspizierte er den Rest des oberen Stockwerks, der aus zwei weiteren Kammern bestand, beide dunkel, mit geschlossenen Fensterläden und von einem muffigen Geruch erfüllt, der jedoch dem von Blut allemal vorzuziehen war. Nach den Spuren zu urteilen, die seine Schuhe im Staub auf den gestrichenen Bodendielen hinterließen, waren beide Zimmer offenbar unbewohnt, und dies seit längerer Zeit.

Um ganz sicher zu sein, ließ sich der Gehilfe des Sheriffs auf die Knie sinken und befühlte mit der Hand die Innenwände der beiden Kamine. Beide waren kalt und nicht frisch verrußt.

Er stieg die knarrende Treppe hinab, betrachtete die Blutflecken hier und dort auf der Treppe, doch nirgends waren sie auch nur annähernd vergleichbar mit dem, was er in Crabtrees Kammer gesehen hatte. Mistreß Jones' Schlafkammer lag gegenüber von der Wohnstube; im Kamin lagen glühende Brocken von Holzkohle. Das Zimmer war sauber und roch wohltuend frisch. Minze, dachte Nessel-Vogel. Er hatte diesen Duft schon immer gemocht, doch jetzt um so mehr.

Eine bunte türkische Decke in kräftigem Weinrot und Blau lag über Mistreß Jones' schmalem Bett. Auf dem kleinen runden Tisch stand ein aus Gras geflochtener Korb mit mehreren Knäueln eines gelben Garns. Die Fensterläden standen offen, und das trübe, graue Licht des Mittags fiel durch das Fenster. Ein Blitz erhellte den Himmel. Als er die Tür wieder hinter sich zuzog, hörte Nessel-Vogel das Krachen des Donners. Dann setzte der Regen ein; wütend prasselte er gegen die Holzschindeln.

Die Wohnstube war gemütlich und sauber; nirgends eine Spur von Blut. Silberne Kerzenständer und ein Teeservice aus Zinn schmückten das Zimmer. An den Wänden waren Kerzenhalter mit abgebrannten Kerzen und ein Gemälde von einem eleganten jungen Paar. Auf dem Kaminsims stand eine große Öllampe.

Nessel-Vogel trat mit zusammengekniffenen Augen

näher an das Porträt. Eine viel jüngere Mistreß Jones. Gar keine schlecht aussehende Frau in ihren jungen Jahren …

Für seine Nase war der Gang durch das Haus bisher eine harte Prüfung gewesen: Blut, Moder, Minze. Jetzt erschien ein Lächeln auf seinem Gesicht, als der Duft von süßem Gebäck in seine Nase stieg. Er kam aus der Küche. Nessel-Vogel folgte seiner Nase.

Die alte Dame hatte den Teller mit Gebäck in die Mitte des gedeckten Küchentischs gestellt, dazu Butter und Erdbeermarmelade. Sie strahlte ihn an, während sie die Tassen für den Tee auf das Tischtuch stellte. Sie nahm die irdene Teekanne vom Ofen und fragte, als sei ihr der Gedanke soeben erst gekommen, mit der lauten Stimme der Schwerhörigen: »Wann kommt Sheriff Gibb runter?«

Nessel-Vogel antwortete mit lauthals erhobener Stimme. »Ich fürchte, er ist schon fort.«

»Das ist lächerlich. Ich habe wichtige Informationen für ihn.« Sie war ganz aufgeregt; die Teekanne in ihrer Hand zitterte so sehr, daß Nessel-Vogel hinzusprang und sie ihr aus den Händen nahm. Dummerweise faßte er die Kanne um ihren Bauch. Er stöhnte auf vor Schmerz und ließ die Kanne auf den Tisch fallen. Der schiere Zufall wollte es, daß sie auf den Teller mit Gebäck fiel, das den Aufprall dämpfte. Nichts zerbrach, und nicht ein Tropfen Tee schwappte über. Das einzige, das Schaden nahm, war das Gepäck, das in mundgerechte Happen zerbrach.

Die alte Dame setzte sich auf einen Stuhl am Tisch, um sich zu beruhigen, während Nessel-Vogel auf seine verbrannten Hände starrte, einen versprengten Gebäckkrümel von der Tischdecke pflückte und in den Mund schob. »Oje«, seufzte sie. »Oje. Was soll ich jetzt nur tun?«

»Sagt es *mir*«, erwiderte der Deputy durch einen Mundvoll Brösel.

Mistreß Jones winkte ihn mit einem knorrigen, mehlbestäubten Finger näher.

Sie stank aus dem Mund nach faulem Fisch. Dieses Haus war ein einziges Labyrinth von üblen Gerüchen. Er riß den Kopf zurück, doch die alte Dame hatte etwas dagegen. Sie bekam sein Halstuch zu fassen und brachte ihren atemberaubenden Mund dicht an sein rechtes Ohr. Ihm tränten die Augen.

Ihr heiseres Flüstern ließ einen Schauer von Speicheltropfen über seiner rechten Gesichtshälfte niedergehen. »Jemand war letzte Nacht bei Master Crabtree in seiner Stube. Die *ganze* Nacht!«

»Ah«, schrie Nessel-Vogel. Trotz seines Unbehagens schätzte er solche Momente, wenn seine ansonsten langweilige Arbeit aufregend wurde. »Wer?« Er würde diesen Fall lösen und Gibb zeigen, zu was ein jüngerer und gebildeterer Mann fähig war.

Mistreß Jones stieß ihn von sich. Ihre Augen blitzten jetzt listig. Sie zeigte mit einem knochigen Finger auf ihn. »Du bist nicht der Sheriff.«

»Nein, aber ich bin sein Gehilfe«, schrie Nessel-Vogel, nun doch ein wenig verunsichert. Eigentlich sollte er der Sheriff sein. Aber das war im Augenblick nicht wichtig. Was wichtig war, war die Aussage der Alten. »Ihr kennt mich doch. Ich bin Eric Nessel-Vogel, der Mann, der im letzten Herbst Euer Haus für Euch gestrichen hat.«

Sie musterte ihn mit argwöhnischem Blick von Kopf bis Fuß. Herr im Himmel! Er hätte es am liebsten aus ihr herausgeschüttelt. Regen trommelte auf das Dach. Und sein Magen knurrte; er hatte Appetit auf mehr als nur ein paar Krümel von dem Gebäck.

»Sag dem Sheriff«, flüsterte sie, »daß ich weiß, wer in Master Crabtrees Zimmer war. Aber ich sage es keinem anderen, nur ihm.« Ein listiges Lächeln lag auf ihrem Gesicht, als sie die Teekanne von dem Teller mit Gebäck nahm, ihm den Teller hinschob und dampfenden Tee in seine Tasse goß.

Nessel-Vogel schnappte sich zwei Stück von dem Kuchen, verputzte eines ohne viel Federlesens auf der Stelle und war dann, das zweite Stück in sich hineinschiebend, bereits aus der Tür. Noch immer mit vollen Backen kauend, rannte er im strömenden Regen auf der Broad Way Road nach Norden.

Kapitel 32

Dienstag, 19. März
Mittag

Durch den Regen war nirgends mehr eine Blutspur auszumachen, der er hätte folgen können. Nessel-Vogel blieb nichts anderes übrig, als seiner arg strapazierten Nase zu folgen. Schließlich erspähte er, bis auf die Haut durchnäßt und von der Sehnsucht nach der behaglichen Wärme einer trockenen Pritsche in einer der leeren Gefängniszellen erfüllt, am Teufelsfelsen den Wagen des Sheriffs. Diesseits des Wagens versuchten der Sheriff, Tonneman und ein Bursche mit einer frischen Verbrennung im Gesicht, eine umgestürzte Kutsche aufzurichten. Keiner von ihnen hatte mehr einen trocken Faden am Leib.

»Was macht Ihr hier?« herrschte Gibb ihn an.

»Ich habe neue Informationen«, erwiderte Nessel-Vogel.

»Nicht jetzt.«

»Es ist aber wichtig.«

»Das hier auch.«

Linker Hand, drüben beim Felsen, kniete Mistreß Tonneman neben einem Mann, der auf der Erde lag. Nessel-Vogel ging zu ihnen hinüber. Großer Gott! Der Schulmeister Crabtree!

Mistreß Ten Eyck stieg auf ihr Pferd und galoppierte, nasse Kieselsteine aufspritzend, in Richtung der Stadt davon.

Die Kutsche stand jetzt wieder auf den Rädern. Nessel-Vogel versuchte erneut, die Aufmerksamkeit des Sheriffs zu erwecken. »Sir …«

»Nicht jetzt, Mann. Seht Ihr nicht, daß wir zu tun haben?«

Nessel-Vogel verschloß die Augen vor Gibbs aufgebrachtem Gesicht und dem Regen und stellte sich seine Hände um Gibbs Hals gelegt vor, wie sie langsam zudrückten.

Begleitet vom Grollen des Donners, stieg Racqel in die Kutsche. Tonneman und Merrivale hoben Crabtree, jetzt in den braunen Reiseumhang Merrivales gewikkelt, in die Kutsche. Tonnemans Absicht war es, den Verletzten auf den Notsitz zu plazieren, doch der Händler ließ den Schulmeister auf den Boden der Kutsche sinken. Crabtrees Kopf sank gegen Racqels Knie.

Tonneman streckte den Arm in die Kutsche und streichelte das Gesicht seiner Frau. Seine Hände und ihr Gesicht waren fleckig von Blut, und nasse Strähnen ihres gewöhnlich makellosen Haares hingen herab. Aber nichts von alldem war wichtig. Ihre Augen sagten ihm, was er wissen wollte. Sie war in Ordnung. Ihr Streit war vergessen. So beängstigend das plötzliche Auftauchen Fuchsmanns auch gewesen war, der Indianer hatte ihr nichts getan. Tonneman zog seine Hand zurück und schloß die Tür der Kutsche.

Inzwischen war Merrivale um die Kutsche herumgegangen und kletterte auf den Sitz neben Racqel. Der Kutscher hatte die Pferde wieder angeschirrt.

»Zum Rathaus, Higgins«, rief Gibb und wandte sich dann an Tonneman. »Wir haben noch immer Euren Toten in Mendozas Lagerhaus. Kommt Ihr mit?«

»Ja, aber gebt mir ein paar Augenblicke Zeit«, entgegnete Tonneman und strich beruhigend über Venus' nasse Nüstern. Das splitternde Krachen eines Donners direkt über ihnen ließ die Stute zusammenzucken. »Ruhig, Mädchen.«

»Warte, Higgins.« Gibb wandte sich nun an seinen Deputy. »Also, Nessel-Vogel?«

»Ja, Sir?«

»Sprecht schnell. Ich bin naß wie eine ersoffene Ratte.

Mein Rücken wird mir deswegen die ganze Nacht keine Ruhe lassen.«

»Mistreß Jones sagt, sie hat jemanden mit Crabtree in seinem Zimmer sprechen hören. Sie will aber nur Euch allein sagen, wer es war.«

»Mist, verdammter«, knurrte Gibb. »Wenn es nicht das eine ist, ist es was anderes. Sie wird warten müssen. Sobald Tonneman damit fertig ist, seinem Gaul Liebeslieder ins Ohr zu singen, fahren wir zur Staple Street. Ihr steigt hinten auf die Kutsche und helft Mistreß Tonneman mit Crabtree.«

Nessel-Vogel nickte und sagte dann über das Krachen des Donners hinweg: »Ich muß pinkeln.«

»Dann macht schon, Mann. Die Kutsche wartet nicht den ganzen Tag auf Euch, und wenn es weiter so regnet, brauchen wir eine Arche.«

Nessel-Vogel rannte zum Waldrand, knöpfte seine Hose auf und schloß summend seine Augen in freudiger Erwartung der erhofften Erleichterung.

»He, Pilger! Wer, zum Teufel, bist du, daß du glaubst, auf mich pissen zu können!?«

Vor Nessel-Vogel wuchs ein Fremder aus dem Boden, der mit einem kurzen Schwert herumfuchtelte. Er war ziemlich wütend, wozu er auch jedes Recht hatte.

Mit einer Hand seine Hose festhaltend, sprang Nessel-Vogel einen Schritt zur Seite und packte mit der anderen das Handgelenk des Fremden und drehte es herum. Das Schwert fiel zu Boden. Nessel-Vogel drehte stärker, und auch der Mann ging zu Boden, das Gesicht in den Schlamm gepreßt.

»Wer, zum Teufel, bist du?« fragte der Deputy.

»Wenn du mich losläßt, breche ich dir den Hals!« brüllte der Fremde mit einem schweren schottischen Akzent.

»Dann lasse ich dich besser nicht los«, erwiderte der Deputy und drückte seinen Gefangenen mit dem rechten Fuß fest in den Schlamm. In dieser Haltung gürtete er seine Hose fest, machte den Latz zu und hob dann die Waffe des Fremden auf. »Ich frag' noch mal: Wer bist du?«

»Wenn du mich losläßt, sag ich's dir.«

»Sag's dem Sheriff.« Nessel-Vogel nahm seinen Fuß fort.

Der Mann stand auf. Er trug ein dreckverschmiertes gelbes Hemd und über seiner engen Lederhose einen dunkelblau und grün gemusterten Schottenrock. Sein Bart und sein Haar unter der dunkelblauen Mütze hatten die Farbe einer reifen Karotte. Das Haar hing fast bis auf seine Schultern herab.

Nessel-Vogel starrte die Erscheinung mit offenem Mund an. Nach seinem karottenroten Haar zu urteilen, konnte der Mann direkt aus dem Grab gestiegen sein, das Tonneman geöffnet hatte. Nessel-Vogel stupste den Mann mit seinem eigenen Schwert vorwärts. Als er auf die Straße hinaustrat, rief er: »Seht mal, was ich gefunden habe.«

»Und wer bist du?« brüllte Gibb. »Und was, zum Henker, machst du hier?«

»Amos Lopez-Campbell ist mein Name«, gab der Mann mit dem karottenroten Haar in seinem singenden schottischen Tonfall zurück und wischte sich den Schlamm aus dem Gesicht.

Zwei blaue Bänder hingen aus Lopez-Campbells Mütze, ebenso ein langer Zopf, der bis zur Hälfte des Rückens hinabreichte und in den noch mehr Bänder geflochten waren. Eines der Bänder war dunkelblau, das andere rot. Wenn danach gefragt, würde der Schotte antworten, das Blau – ebenso wie der Rest seiner Aufmachung – stehe für die Campbells, und Rot sei die Farbe der Lopez'.

Tonneman blinzelte verdutzt. Hätte er es nicht besser gewußt, er hätte geglaubt, wieder mit dem Trinken angefangen zu haben. Obwohl die Natur den Leichnam des Toten bereits gezeichnet hatte, war nicht zu übersehen, daß dieser Mann hier dem Toten im Grab wie aus dem Gesicht geschnitten war. Tonneman zog den Fetzen roter Seide aus seiner Tasche und hielt ihn neben das rote Band im Haar des Fremden. Doch das eine war naß und das andere trocken, so daß es ihm unmöglich war zu sagen, ob es derselbe Stoff war. Er schob den Seidenfetzen wieder in seine Tasche zurück.

»Was macht Ihr hier?« fragte Tonneman den Schotten.

»Ich habe geschlafen.«

»Im Regen?« erkundigte sich Gibb.

»Als ich mich hingelegt habe, hat es nicht geregnet. Wenn einem ein bißchen Regen was ausmacht, sollte man kein Trapper werden.«

»Ihr seid also Trapper«, sagte Tonneman.

Der Mann nickte. Der Regen zog helle Bahnen durch den Schlamm auf seinen Wangen.

»Seid Ihr Jude?« hakte Tonneman nach.

»Was geht das dich an?« fuhr der Mann auf.

Tonneman ignorierte die Antwort des Mannes. »Und wer ist das in dem frischen Grab auf dem jüdischen Friedhof?«

Gibbs Augen weiteten sich. Er trat von einem nassen Fuß auf den anderen. »Womit wir schon wieder beim jüdischen Friedhof sind.«

Tonneman hob eine Hand. »Augenblick, Sheriff. Sag es uns, Schotte.«

»Ich denke nicht daran, mit dir darüber zu reden.«

Die Keckheit des Mannes setzte Tonneman in Erstaunen. »Du wirst aber darüber reden müssen.«

»Warum, zum Teufel, seid Ihr überhaupt dorthin gegangen, Tonneman?« wollte Gibb wissen, der nicht verbergen konnte, daß ihn sein Vorgänger zunehmend in Rage brachte.

»Meine Frau hat mir erzählt, daß eine tote Kuh auf einem Feld ein altes jüdisches Ritual ist. Wenn ein unbekannter Toter gefunden wird, töten die Juden eine Kuh.«

Gibb nahm seinen Hut vom Kopf, schüttelte den Regen ab und setzte ihn wieder auf sein nasses Haupt. »Heiden. Und wozu das alles?«

»Fragt nicht mich. Ich dachte mir, daß irgendwo ein Toter sein müßte. Deshalb habe ich auf dem jüdischen Friedhof nachgesehen.«

Gibb ächzte auf.

»Und«, fuhr Tonneman fort, »der Tote, den ich dort gefunden habe, sah dem Burschen hier zum Verwechseln ähnlich.« Er legte dem Mann die Hand auf den Arm. »Euer Bruder oder Euer Vetter?« fragte er ihn.

»Mein Vetter.«

»Habt Ihr ihn umgebracht?«

»Ihn das zu fragen, ist mein Job.« Gibb verlor allmählich die Geduld. »Ihr habt mir eine Menge Fragen zu beantworten, Tonneman. Nessel-Vogel, vergeßt, was ich vorhin gesagt habe. Ihr steigt mit dem Gefangenen hinten auf den Wagen.«

»Gefangener?« rief Lopez-Campbell mit geballten Fäusten. »Warum? Was hab' ich getan?«

»Schnauze!« bellte Gibb. »Hast du deinen Vetter umgebracht?«

Der Schotte funkelte den Sheriff wütend an und schwieg.

Gibb winkte ungehalten mit einer Hand. »Kommt Ihr endlich, Tonneman?«

Tonneman war unschlüssig, was er tun sollte. Wenn der verletzte Schulmeister bald wieder zu Bewußtsein kam, wollte Tonneman dabeisein und hören, was er zu erzählen hatte. Und falls der Schlüssel für die Aufklärung des Pferdemords tatsächlich in Crabtrees Kopf verborgen lag, könnte er den Job für De Sille abschließen und würde diesem schleimigen Bastard nichts mehr schulden. Aus diesem Grund sollte er besser mit der Kutsche fahren.

Doch andererseits war da der tote Davies und die Umstände, unter denen der junge Mann gestorben war. Und dieser rothaarige Bursche, der offenbar einer der beiden Trapper war, von denen Tonneman in Asser Levys Taverne gehört hatte. Durchaus möglich, daß er den anderen, der in dem Grab lag, umgebracht hatte. Ein Streit zwischen Vettern? Tonneman wog die Fragen in seinem Kopf ab. Er entschied sich, mit dem Sheriff zu fahren.

Es gab allerdings eine Möglichkeit, wie er sich beider Probleme annehmen konnte. Er öffnete die Tür der Kutsche und streckte den Kopf durch den schmalen Spalt, um den Regen nicht ins Innere zu lassen, was ihm jedoch nur bedingt gelang. Merrivales Kopf hing aus dem anderen Fenster, und er schrie dem Kutscher irgend etwas zu. Racqel sah von ihrem Patienten auf.

»Bleib bei ihm, Frau. Falls er zu sich kommt, während ich in der Staple Street bin, frag ihn darüber aus, was ihm zugestoßen ist.«

Sie nickte. Ein melancholisches Lächeln lag auf ihrem Gesicht. Irgend etwas zwischen ihnen hatte sich verändert. Nichts, worüber sie im Augenblick reden konnten. Aber es war neu, und es war gut – dessen war sich Tonneman sicher.

»Tonneman!« rief Gibb vom Kutschbock seines Wagens.

»Bleibe bei ihm«, schärfte Tonneman seiner Frau noch einmal ein. »Und verhindere, daß er mit irgend jemand anderen spricht, bevor wir zurückkommen.«

»Sind wir soweit?« fragte Merrivale an Racqel gewandt.

»Sir«, sagte Nessel-Vogel. »Seid Ihr sicher, daß Ihr nicht zuerst bei Mistreß Jones vorbeischauen solltet? Es ist kein Umweg.«

»Na schön, verdammt noch mal – zuerst also zu Mistreß Jones, dann in die Staple Street. Tonneman, ich hab' nicht den ganzen Tag Zeit!«

Tonneman schlug die Tür der Kutsche zu; die Karosse ruckte an und rumpelte davon. Er band Venus an Gibbs Wagen und kletterte neben den Sheriff auf den Kutschbock. Das Pferd stemmte sich in das Geschirr, und der Wagen setzte sich zu einer schlingernden Fahrt über morastige, vom Regen aufgeweichte Straßen in Bewegung.

Kapitel 33

Dienstag, 19. März
Später Nachmittag

Der Regen hatte aufgehört, doch gewaltige dunkle Wolken hingen drohend über ihnen, als Tonneman, Gibb, Nessel-Vogel und ihr protestierender Gefangener sich dem Jones-Haus näherten. Das Land hier grenzte an die Sümpfe und hatte sich nach den schweren Regenfällen wieder in Sumpfland verwandelt, ebenso wie die Straßen, die binnen kürzester Zeit zu unwegsamen Morastwüsten aufgeweicht waren. Die Räder von Gibbs Wagen ächzten schmatzend gegen den Sog des zähen Schlicks, und bei jedem Ruck, mit dem der graue Wallach seine Last weiterzog, stöhnte Gibb gequält auf. Venus, die hinten am Wagen angebunden war, wieherte ermutigend. Vielleicht war es aber auch Erleichterung darüber, daß sie den Wagen nicht ziehen mußte.

Tonneman ließ seinen Blick die Straße hinabschweifen. Die Arbeiter waren wieder herausgekommen, um zu reparieren, was an Schaden angerichtet worden war, oder um dort weiterzuarbeiten, wo der Regen sie zum Aufhören gezwungen hatte. Aufmunternde Zurufe flogen hin und her. Vogelgezwitscher erfüllte die klare, frische Luft. In der Ferne sah er einen einsamen Reiter, der tief über sein braunes Pferd geduckt auf der Broad Way Road auf sie zuritt und dann abbog.

»He, Tonneman? Diese Gabel hat sich wirklich verblüffend leicht rausziehen lassen.«

Tonneman richtete seine Aufmerksamkeit wieder auf den Sheriff. »Was?«

»Ich hab' nur laut gedacht. Sehen wir zu, daß wir das hier schnell hinter uns bringen. Das Ganze ist so überflüssig wie ein Kropf, sage ich Euch.« Gibb brachte den Wagen zum Stehen und kletterte vorsichtig vom Kutschbock. »Nessel-Vogel.«

»Sir?«

»Ihr schafft den Gefangenen ins Kittchen und sperrt ihn ein.«

»Ich protestiere«, brüllte der Schotte. »Ihr habt keinen Grund.«

»Halt dein Maul«, brüllte Gibb zurück. »Ich verhafte dich für den Mord an deinem Vetter.«

»Das könnt Ihr nicht beweisen.«

»Das werden wir. Wir haben Gesetze. Dies hier ist eine gottesfürchtige Gemeinde.«

Nessel-Vogel nickte bekräftigend. »Ich nehm den Wagen.«

»Nichts da. Ihr nehmt nicht den Wagen. Mein Bein tut mir höllisch weh. Wozu habt ihr beiden Beine? Ihr könnt gehen.«

»Jawohl, Sheriff.« Nessel-Vogel schubste den rothaarigen Mann mit dessen eigenem Schwert auf die Beine. »Los. Bewegung.«

»Hör auf, mich zu piesacken.«

»Und du, erspar mir dein Gejammere.«

Der Gefangene kletterte vom Wagen und rannte ohne Vorwarnung los. Mit einem gewaltigen Satz sprang Nessel-Vogel vom Wagen auf seinen Rücken und riß ihn zu Boden. Als er den Schotten wieder auf die Beine zerrte, waren beide Männer vom Kopf bis zu den Zehen mit Schlamm bedeckt.

»Sieh dir an, was du getan hast!« zeterte Nessel-Vogel und betrachtete entsetzt seine schmutztriefenden Kleider. »Versuch das noch einmal, und ich kastriere dich mit deinem eigenen Schwert!«

»Jeder hätte an meiner Stelle dasselbe getan«, maulte der Gefangene.

Ohne die Lautstärke ihres Gezänks zu mindern,

trotteten der Deputy und sein Gefangener auf der Crown Street nach Osten in Richtung Queen Street davon, in der das Rathaus beziehungsweise das Gefängnis war.

Tonneman und Gibb hatten das Geschehen amüsiert verfolgt.

»Was sollte das mit dem roten Band?« fragte Gibb. Er drehte vorsichtig den Hals; der Schmerz fuhr durch seinen Rücken.

»Nur so eine Idee«, erwiderte Tonneman ausweichend. Dies war etwas, das der Sheriff nicht unbedingt zu wissen brauchte.

Sein linkes Bein sowenig wie möglich belastend, hinkte Gibb zur Haustür und klopfte lautstark dagegen. Als niemand antwortete, drückte er die Klinke nieder und stieß die Tür auf.

Bevor Tonneman ihm folgte, warf er noch einmal einen Blick zurück, woher sie gekommen waren. Nur die undeutlich auszumachenden Gestalten von Nessel-Vogel und dem Gefangenen; von dem Reiter auf dem braunen Pferd, den er zuvor erblickt hatte, war weit und breit nichts zu sehen. Er schüttelte den Kopf. Gibb war bereits im Haus. Vorsichtig trat Tonneman durch die Tür. Er verspürte nicht die geringste Lust, sich noch einmal überraschen zu lassen. Hölle und Verdammnis! Er wurde allmählich zu alt für dieses Spiel. Aber Vorsicht war allemal besser als Nachsicht. Und Zögern war der erste Schritt ins Unheil.

Das Jones-Haus roch nach Tod und Verwesung. Und nach Butter und Zucker. Keine gesunde Mischung.

Er fand Gibb in der Küche. Auf dem Tisch stand ein mit einem Leinentuch bedeckter blauer Teller mit süßem Gebäck und Teekuchen. Sie gingen zurück in die Diele. Ein leises, fröhliches Summen war aus dem oberen Stockwerk zu hören.

»Mistreß Jones!« rief Gibb. Keine Antwort. Das Summen dauerte unbeirrt fort. Gibb schüttelte den Kopf. »Taub wie der Teufelsfelsen.«

Sie stiegen die knarrende Treppe hinauf und fanden die Frau neben einem Eimer mit Wasser auf ihren Händen und Knien und damit beschäftigt, mit einem Scheuerlappen den Fußboden zu schrubben. Das Ding an Crabtrees Tür war entfernt worden. Nur Gott allein wußte, was sie damit gemacht hatte. Die Tür war geschlossen.

Die alte Frau sah auf und ließ den Scheuerlappen fallen. »Du meine Güte! Habt ihr Jungs mich erschreckt! Habt ihr noch nie was von Anklopfen gehört?«

Gibbs verdrehte die Augen. Tonneman versteckte ein Grinsen hinter seinem Hut und bot Mistreß Jones seine Hand, die sie ergriff. Selbst mit seiner Hilfe fiel es ihr schwer, auf die Beine zu kommen.

»Habt ihr den armen Master Crabtree gefunden?« fragte sie.

»Ja«, erwiderte Gibb. »Er ist nicht schlimm verletzt. Er wird schon wieder.«

»Dem Himmel sei Dank.«

Den Kopf zunächst zur einen und dann zur anderen Seite drehend, um die Verspannung zu lockern, schrie Gibb: »Mein Gehilfe hat mir gesagt, Ihr wißt, wer das getan hat.«

»Nein«, erwiderte Mistreß Jones widerborstig. »Ich weiß nicht, wer das getan hat. So was hab' ich nie gesagt. Warum hat er gesagt, daß ich das weiß?«

Gibb warf Tonneman einen erbitterten Blick zu und schnaubte aufgebracht: »Dieser Nessel-Vogel hält sich für besonders schlau …«

»Aber ich habe gehört, mit wem Master Crabtree in seiner Stube gesprochen hat.« Die alte Dame legte ihr runzliges Gesicht in milde Falten. »O ja, ich habe es gehört.«

»Natürlich«, knurrte Gibb zu Tonneman gewandt

und ohne sich um ein Flüstern zu bemühen. »Taub wie ein Stein, aber durch eine Tür hört sie alles.«

Der Ausdruck auf Mistreß Jones' Gesicht veranlaßte Tonneman, sich zu fragen, wie taub die alte Dame wirklich war. »Erzählt, Mistreß Jones. Wer war es?« fragte er mit beherrschter Stimme.

»Unser Heiland«, erwiderte sie. »Jesus Christus.«

»ABSURD!«

Tonneman hatte mitgezählt. Dies war das elfte Mal, daß Gibb dieses Wort benutzte. Noch einmal, und er hätte ein Dutzend voll.

Sie bogen in die Staple Street ein und näherten sich Mendozas Lagerhäusern. »Hexerei, religiöse Fanatiker und völlig Verrückte wie Beado und Davies. Was ist bloß aus dieser Stadt geworden? Absurd!«

Zwölf. Tonneman erwiderte nichts darauf. Obwohl er dem Sheriff recht geben mußte, interessierte ihn im Augenblick der Reiter auf dem braunen Pferd weit mehr, der etwa hundert Yards hinter ihnen wieder aufgetaucht war.

Im Lagerhaus fanden sie Davies' Leiche so vor, wie Tonneman sie verlassen hatte – abgesehen von den Maden, die bereits begonnen hatten, sich ihrer anzunehmen.

Gibb beugte sich über Davies, als habe er nie ein Problem mit seinem Rücken gehabt, und zog das lange Messer aus dem Nacken des Toten. Es kam jedoch nur bis zur Hälfte frei und steckte dann erneut fest. Gibbs Versuche, es ganz herauszuziehen, bewirkten nur, daß sich der Kopf des Toten auf und ab bewegte wie der einer mechanischen Puppe, die ihnen zunickt.

»Willst du uns was sagen, Davies?« fragte Tonneman.

Gibb bewegte das Messer hin und her. »Der Schlachter hat mich getötet«, lispelte Gibb mit hoher Stimme.

Tonneman grinste. »Welcher Schlachter?«

»Das weiß ich nicht«, bekannte der Sheriff. »Aber das hier ist ein Schlachtermesser.«

»Ja«, sagte Tonneman. In der gefährlich aussehenden Klinge waren Scharten, was die Juden als Täter ausschloß, da ihre Gesetze den Gebrauch von Messern mit Scharten verbot.

Doch die Scharten konnten auch von Davies Kieferknochen herrühren. Dies brachte die Juden wieder ins Spiel. Er folgte Gibb in das große Lagerhaus von Mendoza. Dort fanden sie den Händler auf den Knien neben einem Mann, der wie ein Trapper gekleidet war. Nach dem schmutzigbraunen Filzhut mit dem zerfledderten Hutband aus Spitze und dem aufgenähten Tand aus fadenscheinigem, goldfarbenem Taft nebst einer speckigen Schleife aus einstmals goldenem Brokat zu urteilen, war der Fremde ein Franzmann. Tonneman fragte sich, was die Tiere des Waldes von einer solchen Kopfbedekkung hielten.

Das pechschwarze Haar des Mannes war im Nacken mit einem Lederriemen zusammengebunden und fiel über seine Schultern hinab. Tonneman zog die Nase kraus. Bärenfett. Und ein ziemlich altes Bärenfett dazu, nach seinem ranzigen Gestank zu urteilen.

Tonneman hielt sich zurück und ließ Gibb seine Arbeit tun. Der Franzmann hieß André La Champlaine, und er war soeben mit einer Ladung erstklassiger Pelze aus dem Norden eingetroffen.

Es überraschte Tonneman nicht, daß David Mendoza dem Sheriff gegenüber dieselbe abweisende Griesgrämigkeit an den Tag legte, mit der er ihn zuvor abgefertigt hatte. Der jüdische Händler war offensichtlich verärgert, schon wieder bei seinen Geschäften gestört zu werden.

»Ich habe nichts mit Davies zu schaffen«, blaffte er. »Ich habe ihn weder gesehen noch gesprochen. Ich habe ihn nicht einmal gekannt.«

Tonneman behielt seine Gedanken für sich; er hatte keine Fragen an Mendoza. Sie würden von ihm ohnehin nichts mehr erfahren, dessen war er sich sicher. Seine Gedanken galten dem langen Metzgermesser. Asser Levy hatte ein solches Messer oder mehrere davon, das wußte er. Und Jan Keyser, der Gerber, ebenfalls. Die zehn oder mehr anderen Schlachter auch. Und ebenso das halbe Dutzend oder mehr der anderen Gerber.

Da Tonneman nahe bei dem offenen Lagerhaustor stand, sah er den vornübergeneigten Reiter auf dem braunen Pferd in langsamem Schritt die Staple Street herabkommen. Zorn packte ihn. Er rannte auf die Straße hinaus und packte mit der einen Hand die Zügel des Braunen. Mit der anderen zerrte er den Mann aus dem Sattel. Der Reiter stieß mit den Füßen und schrie: »He! Was zum …?« Tonneman schleuderte ihn in den Matsch der Straße.

Es war Charles Lanchester, der Segelmacher, der ihn erst heute morgen nach Arbeit gefragt hatte. Tonneman packte den Mann am Kragen und schüttelte ihn. »Warum schnüffelst du hinter mir her?«

»Ich nicht, Tonneman. Ich nicht.« Lanchester wand sich im Schlamm. »Es ist ein Mißverständnis. Ich kann es erklären.« Speichel troff aus seinen Mundwinkeln über sein zu langes Kinn.

»Dann erklär's mir, oder ich werfe dich in einem Sack mit Steinen in den Fluß.« Tonneman zerrte den Segelmacher an seinen Rockschößen in Richtung des North River.

»Bitte nicht«, jammerte der kleine Mann.

Tonneman stellte ihn auf seine Beine. »Dann rede!«

»Er hat mich angeheuert, daß ich Euch folge und ihm berichte.«

»Wer?«

»Wenn ich seinen Namen verrate, bin ich ein toter Mann.«

»Verdammt, rede!« zischte Tonneman und griff erneut nach dem Segelmacher, der zurücksprang und in dem Matsch ausrutschte.

»Der Oberste Ratsherr!« schrie Lanchester.

»Ich hätte es wissen müssen«, knurrte Tonneman. »Der Oberste Ratsherr soll verflucht sein! Das oberste Arschloch persönlich, Nick De Sille!«

Kapitel 34

Dienstag, 19. März
Später Nachmittag

Der Mann war bewußtlos, doch zu Racqels Erleichterung kehrte allmählich Farbe in sein Gesicht zurück. Nachdem Nessel-Vogel einen Kessel mit Wasser über das Feuer gehängt und die Flammen neu angefacht hatte, hatte Racqel den Deputy in ihr Haus gleich nebenan geschickt, um ihre Tasche zu holen.

Obgleich Antje versprochen hatte, nach den Kindern zu sehen, machte sich Racqel allmählich Sorgen. Doch zunächst mußte sie sich um Master Crabtree kümmern. Sie war müde, und zu Mittag hatte sie auch nicht gegessen. Ihre Kleider waren naß und zerknittert, und ihr Kopf schmerzte. Bei einer genaueren Untersuchung des Schulmeisters stellte sie fest, daß er außer seinen Verletzungen und seiner Todesangst auch noch Fieber hatte; zudem klagte er nicht nur über Schmerzen in seinen Füßen, sondern im ganzen Körper und in seinem Kopf.

Nessel-Vogel hatte einen Strohsack und zwei dünne Decken aus den Zellen im Kellergeschoß heraufgeschleppt. Von dem verrückten Beado und dem Schotten abgesehen, war das Gefängnis leer. Keiner, der die Schankgesetze gebrochen, und auch keiner, der irgend jemandem den Schädel eingeschlagen hatte, war an diesem Tag Gast der Stadt, was angesichts des aus seinen Nähten platzenden Hafens ein äußerst ungewöhnlicher Umstand war.

Crabtree schrie in seinem Delirium entsetzt auf: »Nein! Nicht!« Er krümmte sich unter der dünnen Decke zusammen.

Racqel setzte sich auf den Schemel neben ihn und

wischte ihm mit dem feuchten Tuch über die Stirn. Sie warf das Tuch in die hölzerne Schüssel auf dem Boden neben ihr und nahm seine Hand. »Ihr werdet wieder gesund, Master Crabtree. Ihr seid unter Freunden.«

Er riß die Augen auf. Blankes Entsetzen. Dann Erleichterung. »Mistreß Tonneman. Dem Herrn sei Dank.«

»Was ist mit Euch geschehen, Sir? Könnt Ihr darüber sprechen?«

»Grauen über Grauen«, flüsterte Crabtree mit brüchiger Stimme. Er ergriff ihre Hand und begann zu schluchzen.

»Ist ja gut«, murmelte Racqel. Der arme Mann war völlig aufgelöst, was ob seiner grauenvollen Erlebnisse kein Wunder war. Wer konnte ihm so etwas angetan haben? Und warum?

Jäh verstummte sein Schluchzen. Der Mann war ohnmächtig geworden. Sein Hand hielt die ihre so fest, daß sie sie ihm nicht entziehen konnte. Warum brauchte Nessel-Vogel nur so lange?

»Es war ein Riese.«

Racqel zuckte erschreckt zusammen. Crabtree war wieder aufgewacht.

»Ein haariger Riese.« Der Schulmeister stöhnte in die Decke, die er sich über das Gesicht gezogen hatte.

Es war schon nicht leicht, Crabtree unter normalen Umständen zu verstehen, da er mit einem schnellzüngigen englischen Akzent sprach. Jetzt erstickte die Decke seine Worte vollends. Er ließ ihre Hand los.

Sanft zog sie ihm die Decke vom Gesicht und beugte sich näher. »Was habt Ihr gesagt?«

»Ein haariger Riese. Schwarz wie – wie Pech. Wie der Teufel.«

Es war kein Mensch, den er beschrieb. Zumindest keiner, den sie je in New York gesehen hatte. Dies war der Teufel – wenn nicht leibhaftig, so doch in Crabtrees fieberndem Geist. Dieser Mann war von Sinnen. Racqel schauderte. War er immer schon so gewesen? Hatte sie ihren Sohn zu einem Wahnsinnigen geschickt, damit er bei ihm lernte? Sie strich ihm über die schweißnasse Stirn und fragte leise: »Wißt Ihr seinen Namen? Ist er von hier?«

»Ich habe Angst, Euch mehr zu sagen. Er wird ... mich dafür bestrafen. Mit den Peitschen.«

»Ihr müßt es uns sagen«, drängte Racqel. »Wir müssen es wissen. Um Euch zu beschützen. Um uns alle zu beschützen.«

Sein Blick bohrte sich in den ihren, dann nickte er. Selbst in seinem verstörten Zustand wußte er, daß sie die Wahrheit sagte. Er saugte am Zipfel der Decke wie ein Säugling an der Brust der Mutter und begann dann zu sprechen, leise zunächst, so daß Racqel sich noch weiter vorbeugen mußte, um seine abgehackten Worte zu verstehen.

»Ich war krank gewesen ... die ganze Nacht und am nächsten Morgen. Ich hatte, um einschlafen zu können, mehr als einen Schluck Branntwein getrunken. Ich habe einen Zettel mit einer Nachricht an meine Tür gehängt. Weil ich so viel Brandy getrunken hatte, dachte ich zuerst, es ist ein schlechter Traum. Ist Moses wohlauf, verehrte Dame?« Crabtree umklammerte ihre Hand mit hysterischer Inbrunst.

»Ja. Bitte, erzählt weiter.«

Seine Stimme wurde jetzt kräftiger. »Als ich das Hämmern an der Tür hörte, bin ich aufgestanden, weil ich dachte, es sei einer meiner Schüler.« Er verstummte erschaudernd und sah mit geweiteten Augen an ihr vorbei, als sei das Ungeheuer zurückgekehrt. Kreischend schrie er: »Jesus Christus, bewahre meine Seele vor ihm!«

Schnell drehte Racqel sich um. Nessel-Vogel stand unter der Tür. Der Deputy war mit ihrer Tasche und einem großen Weidenkorb zurückgekommen. »Alice hat Euch etwas zu essen mitgeschickt.« Er zog einen niedrigen Tisch aus einer Ecke heran, rückte ihn vor Racqel zurecht und räumte den Stapel offiziell aussehender Papiere darauf auf den Boden.

»Wir sollten nichts durcheinanderbringen«, sagte Racqel.

»Das sind nur Akten vom Bürgerrat. Ich räume sie wieder zurück, wenn Ihr fertig seid.« Der Deputy grinste. »Und wenn nicht, dann vermißt sie auch keiner bis nächsten Samstag.« Er stellte den Korb auf den niedrigen Tisch.

Racqels Patient wimmerte wie ein kleines Kind. Sie drehte sich wieder ihm zu. »Es ist nur Deputy Nessel-Vogel, Master Crabtree. Habt keine Angst.«

Der Schulmeister begann heftig zu zittern.

Racqel öffnete ihre Tasche.

»Kann ich helfen, Mistreß Tonneman?« fragte der Deputy und blickte neugierig über ihre Schulter.

»Heißes Wasser.« Sie löste den getrockneten Brei auf Crabtrees Füßen, säuberte gründlich die Wunden und träufelte behutsam eine Mixtur aus heißem Wasser, Alaun und Myrrhe darüber.

Crabtree stöhnte auf.

Nachdem sie beide Füße in Leinentücher gewickelt hatte, begann sie, die anderen Arzneien zu mischen. Als sie damit fertig war, bat sie Nessel-Vogel, den Kranken in eine sitzende Position aufzurichten. Sie versuchte, Crabtree das Elixier einzuflößen, das sie zubereitet hatte, doch wie ein verängstigter Hund weigerte sich der Schulmeister, den Mund aufzumachen. Auf ihr Nicken hin und ohne ein Wort zu verlieren, zwang Nessel-Vogel mit schierer Gewalt die Kiefer des Mannes auseinander. Doch als Racqel dem Verletzten eine vorsichtig bemessene Dosis von dem Trank aus Weidenrinde und Laudanum in den Mund träufelte, wollte er die Medizin nicht schlucken. Sanft streichelte Racqel den Hals des Schulmeisters, was ihn dazu brachte, den Trank zu schlucken.

Nessel-Vogel ließ Crabtree wieder auf den Strohsack zurücksinken, und Racqel zog die Decke über seine Schultern. Die Glieder des Schulmeisters, die sich unter dem Schmerz und dem Fieber verkrampft hatten, entspannten sich allmählich. Schweiß trat wie durch Zauberei auf sein Gesicht und seinen Hals.

Schweigend sahen sie zu, wie Crabtree in einen unruhigen Schlaf sank.

Irgend etwas nagte an Racqel. Dann fiel es ihr wie Schuppen von den Augen. Zeigte Crabtree, abgesehen von seinen schrecklichen Verletzungen, nicht dieselben Symptome wie Asser Levy?

Sie legte eine Hand auf die Stirn des Schulmeisters und überlegte ihre Diagnose. Der Schleier über ihrer Erinnerung lüftete sich. Etwas, das ihr Vater ihr gesagt hatte … Doch der Schleier senkte sich wieder, und ihr müdes Gehirn erlaubte dem Gedanken, sich ihr wieder zu entziehen. Sie erhob sich, ging von Crabtree weg und blieb in Gedanken vor der Tür stehen. Nessel-Vogel, hilfsbereit wie immer, sprang herbei und öffnete die Tür.

»Danke. Die frische Luft tut gut.«

»Ja, Ma'am. Kann ich sonst noch was tun?« Das Gebaren des Deputy verriet großen Respekt.

Zu ihrem Erstaunen verspürte sie einen Wolfshunger. »Ihr könnt mir bitte etwas Wasser bringen, damit ich mir die Hände waschen kann.«

Nessel-Vogel eilte davon, um zu tun, worum sie ihn gebeten hatte.

Er brachte das Wasser in der Schüssel mit dem feuchten Tuch, mit dem sie Crabtree die fiebernde Stirn gekühlt hatte. Sie wusch ihre Hände darin und sprach ihre Gebete. Dies war nicht die Art und Weise, wie sie ihre

Gebete zu sprechen wünschte, doch Gott verstand sie sicherlich.

Sie ging zurück zu dem niedrigen Tisch, auf dem der Korb von Alice stand, zog das Leinentuch fort und sah, daß die Jamaikanerin ihr ein leckeres Mahl geschickt hatte. Racqel aß ein gebratenes Hühnerbein und eine geröstete Kartoffel. Sie war soeben mit dem Essen fertig, als draußen auf der Straße ein ohrenbetäubender Lärm losbrach. Durcheinanderschreiende Stimmen, wiehernde Pferde. Noch mehr Geschrei. »Sheriff! Sheriff!«

Nessel-Vogel stürmte auf die Straße. Racqel war vorsichtiger. Langsam ging sie auf die Tür zu. Henry Bakker, der Mann, dem die geschlachtete Kuh zugesprochen worden war, stand breitbeinig vor dem Rathaus. Der Farmer brüllte wie ein Wahnsinniger. »Wo ist der Sheriff? Ich will sofort den Sheriff sprechen! Mein Beauty ist tot!«

»Wer ist tot?« schrie Nessel-Vogel zurück. »Der Sheriff kommt bald zurück. Was ist passiert?«

»Mein Beauty ist tot. Tot! Verstümmelt.«

»Wer ist diese Beauty? Eure Frau? Redet mit mir, Mister Backer. Hat jemand Eure Frau umgebracht?«

Backer unterbrach sein Gebrüll und starrte den Deputy entgeistert an. »Bist du nicht mehr ganz richtig im Kopf? Wer hat was von meiner Frau gesagt?«

»Entschuldigt, Sir. Ihr habt gesagt, Eure Beauty ist tot, und ich dachte …«

Backer verzog verächtlich das Gesicht. »Du Idiot – nicht meine Frau. Der Herr bewahre uns davor. Mein neuer Hengst. Tot und abgeschlachtet. Und an meine Stalltür hat jemand BRENNE IN DER HÖLLE, HOLLÄNDER geschrieben.«

Kapitel 35

Dienstag, 19. März
Später Nachmittag

Blau und orange blitzende Bachforellen schnellten sich in die Luft. Dann, als sie seine Gegenwart spürten, waren die Fische verschwunden. Schwarze Steinfliegen trieben auf dem Wasser, fast nicht zu sehen unter den faulenden Wurzeln einer vom Winter gezeichneten Birke. Fuchsmann ließ die Fliegen nicht aus den Augen. Schließlich wurde er für seine Geduld belohnt: Die Fliegen verschwanden unter Wasser – Fressen für die Forellen.

Seine Hand bewegte sich ebenso schnell wie die verschwindenden schwarzen Fliegen. Als er die Faust aus dem Wasser zog, zappelte zwischen seinen Fingern eine kleine Forelle, kaum größer als seine Hand breit. Er schob sich den schmackhaften Leckerbissen in den Mund. Menschenfleisch wäre Fuchsmann lieber gewesen. Doch der Fisch würde vorerst genügen müssen.

Ein Handvoll Wasser stillte seinen Durst. Er spuckte aus, wischte seine Hände an seiner nackten Brust trokken, denn er trug nichts als ein elchledernes Lendentuch um seine Hüften, und watete ans Ufer des Shellpoint zurück. Er hatte vieles zu tun, und bald würde die Sonne untergehen.

›Der wie ein Fuchs geht‹ hatte nie aufgehört, die Frau zu begehren. Jahre waren vergangen. Sie hatte Kinder geboren und war sogar noch schöner geworden. Er hatte zu Hause seine eigenen Frauen, doch die waren nicht wie sie. Er zweifelte nicht daran, daß sie erkennen würde, wie falsch ihre Wahl damals gewesen war.

Er war ein Mann, der stolz und aufrecht in die Welt

blickte. Er konnte noch immer besser schwimmen, kämpfen und ein Weib begatten als jeder junge Mann in seinem Dorf. Sein Körper war unbehaart, und an ihm war kein Gran Fett wie an dem des weißen Mannes.

Seine feinsten Kleider lagen zusammengerollt in seinem Kanu. Sorgfältig kleidete er sich an. Eine Hose aus gebleichtem Hirschleder, ein Hemd aus gewebtem, buntem Stoff, Mokassins aus weichem Kaninchenfell, geschmückt mit roten und gelben Stacheln vom Stachelschwein. Er fettete den Streifen seines Haupthaars und wickelte sein neues Schwert und das Gehenk zusammen mit seinen funkelnden Steinen in seine Schlafdecke. Er würde das Schwert gegen ein langes Feuerrohr tauschen.

Doch zuerst würde er damit töten.

Kapitel 36

Dienstag, 19. März
Später Nachmittag

Tonneman wußte, daß er besser eine Nacht darüber schlafen sollte, doch der Zorn brodelte in ihm wie ein Kessel Eintopf. Es würde ihm keine Ruhe lassen, bis er Nick De Sille zur Rede gestellt hatte. Er stieß Lanchester zur Seite, band Venus vom Wagen los und galoppierte bereits in Richtung der Stadt, als Gibb etwas hinter ihm herrief. Der kurze Ritt bis zum Broad-Way-Tor bespritzte ihn von oben bis unten mit Dreck. Doch dies fachte seinen Zorn nur noch mehr an.

»Halt.«

Tonneman wäre am liebsten weitergeritten, doch so außer sich, daß er die Kugel eines Musketiers in Kauf genommen hätte, war er nun doch nicht. Er zügelte sein Pferd und hoffte, daß er den Wachtposten kannte. Wieder stand ihm das Glück zur Seite – in Gestalt von Sergeant Frank Nesbitt.

»Warum so aus dem Häuschen, Kamerad?« Nesbitt kam mit der Laterne aus dem Wachhaus. Obwohl die Sonne noch nicht untergegangen war, war nirgendwo an dem von dunklen, drohenden Wolken verhangenen Himmel ein Anzeichen von ihr zu sehen.

»Hab's nur eilig, nach Hause zu kommen.«

Nesbitt hob seine Laterne. »Das läßt sich nicht verleugnen. Du siehst aus wie etwas, das kein Hund fressen würde.«

»So fühle ich mich auch. Ich muß mit dir über den Pferdemord reden.«

Der Sergeant hob die Brauen.

»Aber jetzt hab' ich keine Zeit.« Tonneman trieb Venus bereits wieder vorwärts. »Ich komme später noch mal wieder.«

»Ist in Ordnung. Ich bin die ganze Nacht hier – auf Befehl des Herzogs und zu deinen Diensten.« Nesbitt winkte ihn in die Stadt durch. »Aber kein Galopp auf den Straßen der Stadt.«

Tonneman hörte das rauhe Lachen des Sergeants über das dumpfe Stampfen von Venus' Hufen hinweg, die den Broad Way aufwühlten.

Obwohl Tonnemans Gedanken von seinem Zorn und seiner Abscheu gegen De Sille beherrscht wurden, erinnerte ihn der nüchterne, auf Pflicht und Ordnung bedachte Teil seines Verstandes, daß er nicht nur die Gelegenheit ungenutzt hatte verstreichen lassen, mit Nesbitt und den Wachen darüber zu sprechen, was sie möglicherweise am Sonntag morgen gesehen hatten, als das erste Pferd getötet worden war: Und er hatte auch noch nicht mit der Nachtwache gesprochen. Wie war noch mal sein Name? Otto Wersten. Herrgott, er wurde allmählich alt. Er hätte zuallererst mit diesen Leuten reden müssen. Warum hatte er sich so von Gibbs Problemen vereinnahmen lassen?

Die meisten Menschen neigten dazu, die normalen, alltäglichen Ereignisse in ihrer Erinnerung zu begraben, weil sie glaubten, die trivialen Dinge des Lebens seien ohne Belang. Tonneman wußte dies besser. Manchmal war das scheinbar Nebensächliche das Entscheidende. Das Wegnehmen eines einzigen winzigen Kieselsteins konnte einen Felsbrocken in Bewegung setzen und eine verheerende Lawine auslösen.

Venus stapfte zielstrebig den Broad Way hinab, und nach kürzester Zeit ragte die Whitehall vor Tonneman auf, deren weißgestrichene Schindeln im grauen Nachmittagslicht glänzten. Mit energischer Entschlossenheit und beflügelt von seinem Zorn, schwang er sich aus dem Sattel und stürmte die Stufen zum Eingang empor und gab sich alle Mühe, mit seinem wütenden Hämmern den Türklopfer in Gestalt des britischen Löwen aus seiner Verankerung zu reißen.

Diesmal wurde die Tür von einem anderen Sklaven geöffnet, einem jungen, wie ein Höfling an einem europäischen Fürstenhof herausgeputzten Burschen, der sich unter der Tür wie ein Geck spreizte. Sein dunkles Gesicht glänzte im Licht der Walöllampe. »Sir?« fragte er mit ausgesuchter Artigkeit.

»Ich bin Pieter Tonneman. Ich will deinen Herrn sprechen.«

Der Sklave lächelte milde, machte jedoch keinerlei Anstalten, ihn eintreten zu lassen.

»Jetzt gleich.« Tonneman stürmte an ihm vorbei in die Halle.

»Guten Abend, Pieter.«

Das leise Rascheln ihrer grünen Seidenröcke eilte ihr voraus. Mit einer eleganten Drehung des Handgelenks klappte sie den Fächer aus grüner Spitze vor ihrem Gesicht zur Seite und flötete: »Wie lieb von dir, daß du uns nach so langer Zeit mal wieder besuchen kommst.« Geertruyd De Sille hatte eine hohe, piepsende Stimme und sprach deshalb mit einem kindlichen Kleinmädchenlispeln. Sie trug keine Haube auf ihrem goldenen Haar, das ungebändigt herabhing und ihr blasses Gesicht einrahmte.

Die schwarze *Mouche* auf ihrer rechten Wange vervollständigte das Bild, das er so gut kannte. Große Perlenohrringe baumelten an ihren Ohren, und um den Hals trug sie eine lange Kette aus ebenso großen, makellosen Perlen, die in delikater Manier bei jeder Bewegung über die Rundungen ihrer vollen Brüste rollten. Er roch den Duft ihres Parfüms und war dankbar, daß sie kein Lavendel benutzte. Rosenwasser?

Kein Zweifel, Geertruyd De Sille war noch immer eine schöne Frau. Und ein Luder erster Güte.

»Guten Tag, Geertie. Ich will mit Nick sprechen.«

»Wir nehmen gerade unseren Tee. Mit ein paar sehr distinguierten Gentlemen aus Boston und Hartford.« Von irgendwo aus den Tiefen des Hauses konnte Tonneman das leise Murmeln von Stimmen hören. »Leiste uns doch ein wenig Gesellschaft.«

»Das werde ich nicht. Sage Nick, daß ich in seinem Büro auf ihn warte.«

Als Tonneman an ihr vorbeiging, gelang es Geertruyd, sich so zu drehen, daß sein Arm über ihre Brüste streifte. Sie lächelte zu ihm auf wie eine englische Dirne. Mit einem grimmigen Kopfschütteln stapfte Tonneman den Korridor hinab.

Das Büro des Obersten Ratsherrn war ein elegant eingerichteter Raum mit einem Schrank aus Ebenholz, samtgepolsterten Stühlen und einem französischen Teppich. Von der Decke hing ein überladener Kronleuchter. Nichts von all dem bedeutete Tonneman irgend etwas. Er stapfte in dem großen Raum auf und ab und versuchte, um ruhiger zu werden, tief und regelmäßig zu atmen. Mit jedem Atemzug haßte er mehr den Lavendelduft, der seine Nase beleidigte. Eine leise Stimme in seinem Hinterkopf mahnte ihn, ruhig zu bleiben. Eine andere, weit eindringlichere Stimme stachelte ihn an, De Sille mit seinen bloßen Händen auseinanderzunehmen.

»Ah, Tonneman.« Der Oberste Ratsherr trat in den Raum, als werde er bei Hof eingeführt. Er war angetan mit einem goldenen Samtrock und einer prachtvoll gelockten Perücke. In der Hand hielt er einen Ebenholzstab. »Sagt an, Sir, welchem Umstand verdanke ich das Vergnügen Eures Besuchs?«

»Daß ich dir dein verdammtes Genick brechen werde.«

»Nein, das wirst du nicht, mein Freund.« De Sille betrachtete Tonnemans Wut mit amüsierter Miene. Aber er hütete sich, näher zu kommen.

»Ich bin nicht dein Freund, du falscher Bastard. Du zwingst mich, einen Job für dich zu erledigen, und dann setzt du einen Spitzel auf meine Fährte.«

»Herrgott, Tonneman. Gebrauche deinen Kopf. Ich bin ein wichtiger Mann, ein Repräsentant des Herzogs. Ich kann niemandem trauen. Ich habe nur versucht, meinen Arsch zu schützen.«

»Herrgott, Nick. Ich habe große Lust, deinen Arsch von hier bis zur echten Whitehall zu treten!«

De Sille lächelte. Er hüstelte verhalten in das zierliche Schnupftuch, das er aus dem bestickten Ärmel seines Rocks zog.

»Ich denke, du solltest etwas mehr Sorgfalt darauf verwenden, deinen eigenen Arsch zu schützen.« De Sille verstummte, offenbar höchst zufrieden mit dem, was er zu sagen beabsichtigte. »Wir haben in letzter Zeit Schwierigkeiten mit Hexen.«

Tonnemans erschöpftes Gehirn weigerte sich zu verstehen. »Was?«

»Während wir hier reden, wird im Rat darüber debattiert, was mit Katherine Harrison, der Hexe von Weatherfield, geschehen soll. Eine gewisse Alice Manning hat Mistreß Harrison beschuldigt, Dinge zu tun, die Hexenwerk sind.«

»Zum Beispiel was?«

»Ich will verdammt sein, wenn ich das weiß.« De Sille warf die Hände in die Luft. »Nachts bei Mondschein auf einem Besen reiten. Wunderheilungen. Ich habe gehört, so was ist kürzlich auch in unserer Stadt geschehen.«

»Sprich aus, was du meinst, du niederträchtiger Mistkerl!«

De Sille wedelte mit seinem parfümierten Schnupftuch vor seinem Gesicht herum, als wollte er den Geruch von Tonnemans Worten vertreiben. »Eine wundersame Heilung. Jaja, in der Tat. Asser Levy lag auf den Tod darnieder. Deine Frau hat ihn besucht, und jetzt ist der Mann so gesund wie ein junger Bulle.«

»Was willst du damit andeuten, du Bastard?«

De Silles Augenbrauen gingen in die Höhe. »Ich deute gar nichts an; ich sage es rundheraus. Und halte deine Zunge im Zaum, Tonneman.«

»Was sagst du rundheraus?«

»Natürlich glaube ich solche Dinge nicht, aber die Leute tuscheln, daß nur eine Hexe den jüdischen Schlachter geheilt haben kann. Du bist gut beraten, Tonneman, auf deinen eigenen Arsch aufzupassen.« Aus der rechten Tasche seines Rocks zog De Sille ein Döschen hervor und genehmigte sich eine Prise. Er nieste und fuhr dann in freundlich jovialem Tonfall fort, als sei bisher kein harsches Wort gefallen. »Hast du den Schurken gefunden, der unseren Hengst abgeschlachtet hat?«

Tonneman schüttelte den Kopf. Die Sorge um Racqels Ruf kühlte sein Blut ab. Und noch während er sich vorstellte, wie sich seine Hände um Nicks Hals legten und dem Bastard die Luft abdrehten, erschienen freundlichere Bilder vor seinem inneren Auge, Bilder von ihm selbst, friedlich in seinem Bett schlummernd, die Arme um Racqel gelegt und ihr Trost gebend, so wie auch sie ihm Trost gab. »Nein«, sagte er grimmig. »Und es sieht so aus, als hätte der Bastard wieder zugeschlagen.«

Alle Wachsamkeit fiel nun von De Sille ab, und er wechselte ins Holländische: »Wo? Wessen Pferd?«

»Das weiß ich nicht«, erwiderte Tonneman ebenfalls in ihrer Muttersprache. »Alles, was wir haben, ist der Schwengel von dem Pferd, eine Menge Blut und einen verängstigten Schulmeister.«

»Die Pocken an deinen Hals und an den von diesem Hundsfott«, bellte De Sille aufgebracht. »Verdammt, Tonneman, der Governor ist hier. In *meinem* Haus. Und er will meinen Skalp.«

Erschöpft und niedergeschlagen, wie er war, versäumte es Tonneman, der plötzlichen Anwandlung, die ihn überkam, beizeiten Einhalt zu gebieten. »Dann soll er ihn haben!« brüllte er und war mit ein paar Schritten bei De Sille, doch seine Hände fuhren nicht an die Kehle des Obersten Ratsherrn, sondern in dessen Haarpracht. Und als er sie wieder wegnahm, war auch Nicks prächtige schwarze Lockenperücke verschwunden. Die Schädelwölbung darunter war beinahe kahl, abgesehen von ein paar fadenscheinigen grauen Haarsträhnen, die dünn und kraftlos an seiner Kopfhaut klebten.

Tonnemans dröhnendes, holländisches Lachen erfüllte den Raum und hallte durch den Korridor und das Foyer. Noch immer lachend, bückte er sich, fischte mit einer Hand die voluminöse Lockenpracht vom Boden auf und drückte sie dem lächerlich aussehenden und vor Wut schäumenden De Sille in die Arme.

»Eines Tages, Tonneman«, zischte De Sille mit erstaunlich gefaßter Stimme, während er sich die Perücke wieder aufs Haupt stülpte, »wird dir jemand ein Messer zwischen die Rippen stecken oder dir eine Kugel in den Kopf jagen. Und wenn dieser Tag kommt, das kannst du mir glauben, werde ich den guten Mann nicht hängen. Höchstwahrscheinlich werde ich ihn dankbar umarmen und hundert Pfund zahlen.«

Tonnemans Stimme war leise. Er war bis auf die Haut durchnäßt und müde, und Racqel wartete auf ihn. »Außerdem hast du dich noch um einen Mord zu kümmern, De Sille. In der Staple Street. Die Mordtat ist in einem Schuppen geschehen, den David Mendoza an Jacob Roome vermietet. Gibb arbeitet schon daran, aber ...«

»Ein Mord?« De Sille zerrte und rückte gereizt an seiner Perücke, um ihr den richtigen Sitz zu geben.

»Hast du Edward Davies gekannt, der seit ein paar Tagen vermißt wurde?«

»Dieser verrückte Nichtsnutz. Er hat immer schon Schwierigkeiten gemacht. Ist nachts wie ein Wolf durch die Stadt geschlichen. Sein Tod erfüllt mich nicht unbedingt mit Bedauern. Ein Problem weniger in unserer Stadt.«

Tonneman seufzte müde. »Davies könnte möglicherweise der Pferdemörder gewesen sein.«

»Dann ist der Fall abgeschlossen.«

De Sille wirkte so zufrieden mit sich selbst, daß Tonneman, ohne zu denken, sagte: »Aber es könnte auch sein, daß er es nicht war. Davies wollte mir etwas sagen.«

»Was?«

»Ich habe keine Ahnung. Aber es könnte durchaus sein, Oberster Ratsherr, daß Euer Pferdemörder sein Betätigungsfeld auf Menschen ausgedehnt hat.«

Kapitel 37

Dienstag, 19. März
Abend

In der Abenddämmerung schlich Fuchsmann nur wenige Schritte außerhalb des Water Gate zum Ufer des East River hinab. Leichtfüßig erklomm er die Mole, an deren Ende, halb über dem Wasser, Asser Levys Schlachthaus stand. Die andere Seite der Mole lag bereits innerhalb der Stadt, jenseits des Water Gate. Sie würden ihn töten, wenn sie ihn erwischten, doch sie würden ihn nicht erwischen. Ein Lächeln huschte um seine Lippen angesichts der Verwundbarkeit des weißen Mannes und seiner Torheit, ein großes, mit Eisenbändern bewehrtes Tor zu bewachen, wenn man gleich daneben am Ufer des Wassers nur über einen wackligen Zaun zu steigen brauchte.

Da er oft hierherkam – um zu stehlen, zu lauschen oder dann und wann einen weißen Mann zu töten, wenn es ihm so gefiel –, wußte er bereits, daß sie sie fürchteten, weil sie die Wege der Indianer kannte, Krankheiten zu heilen, und eine weise Medizinfrau war.

In der Nacht davor hatte er am Fenster des Schlachters Levy gelauscht und die zornigen Worte gehört, die der Schlachter und sein Weib über sie gesprochen hatten.

Diese Nacht würde er an *ihrem* Fenster lauschen.

Kapitel 38

Dienstag, 19. März
Abend

»Er hat darauf bestanden, daß es ihm wieder gut genug geht«, sagte Racqel. »Aber das stimmt nicht. Trotzdem schien er friedlich zu schlafen. Und Mistreß Jones wird nach ihm sehen.«

Tonneman machte ein spöttisches Geräusch, das wie der Schrei einer Eule klang – so täuschend ähnlich, daß drüben im Wald eine richtige Eule antwortete.

Obwohl sie todmüde war, quittierte Racqel das Kunststück ihres Mannes mit einem Lächeln. »Und die Nachtwache ebenfalls.«

Sie saßen nebeneinander auf den Stufen der vorderen Veranda ihres Hauses, Tonneman hatte seinen Arm um ihre Schultern gelegt. Die Lampe am Haken neben der Tür brannte mit niedriger Flamme. Die Kinder waren satt, gewaschen und im Bett. Auch Alice schlief bereits. Das Haus war still.

In der friedlichen Abendstille, die sich über New York gesenkt hatte, war nur das Knarren der Planken von den Schiffen auf dem East River und das träge Plätschern der Abendflut zu hören.

Tonneman räusperte sich. Wie sollte er beginnen? Feige, wie er war, schnitt er ein anderes Thema an. »Bist du sicher, daß es Fuchsmann war, den du gesehen hast?«

»Ziemlich.«

»Ich dachte, der alte Gauner sei längst in den ewigen Jagdgründen.«

Racqel schauderte.

Tonneman rieb ihr die Schulter. Es gab keinen Weg

daran vorbei. Sie mußten darüber sprechen. Er sagte es rundheraus. »Asser Levy ist wieder gesund.«

Racqel, die nicht erstaunt schien, nickte. »Zumindest glaubt er es. Das ist so bei dieser Krankheit.« Sie drehte den Kopf und sah ihren Mann an. »Woher ich das weiß? Mein Vater hat mir von dieser Krankheit erzählt. Wenn ich mich nur erinnern könnte ...« Sie sah wieder nach vorn und schmiegte sich an ihn. Er war so stark, so stabil.

»Die Leute munkeln von Hexerei«, sagte Tonneman leise. Sie wurde steif. »Zumindest hab' ich das läuten hören«, fuhr er fort. »Und De Sille hat es mir rundheraus ins Gesicht gesagt.«

»Was hat er gesagt?«

Tonneman entging nicht das ängstliche Zittern in der Stimme seiner Frau. Es machte ihn wütend, doch er unterdrückte seinen Zorn. Jetzt war nicht die Zeit, sich seinem Ärger hinzugeben. Er seufzte tief. »Sie sagen, du bist eine Hexe, Racqel. Weil du Levy geheilt hast.«

Die Nacht war wie schwarze Seide. Sterne funkelten silbern am aufklarenden Firmament. Eine sanfte Brise rüttelte die frisch erblühten Krokusse. Doch Racqel war heiß und kalt zugleich.

Sein Arm schloß sich fester um sie. »Hab keine Angst, meine Liebe. Böse Zungen gibt es immer und überall.«

»Aber aus welchem Grund? O Herr im Himmel. Und wenn ich eine Hexe bin, dann folgt natürlich daraus, daß ich auch für die Pferdemorde verantwortlich bin.«

Er sagte nichts darauf. Er hielt sie nur fest.

»Ich habe Levy gar nicht geheilt, Tonneman.« Mit einemmal war ihr alles klar. »Sicherlich steckt Solomon Navarro hinter all den Lügen. Levy ist nicht geheilt. Die Krankheit wird wiederkommen. Das tut sie immer.« Sie schauderte. »Wahrscheinlich werden sie mir auch daran die Schuld geben.«

»Sei vorsichtig, Racqel. Eine Hexe ist eine Sache. Eine jüdische Hexe und ...«

»Ich weiß«, erwiderte sie leise. »Ich werde vorsichtig sein.«

Schweigend saßen sie aneinandergeschmiegt und lauschten den menschlichen Geräuschen, die die Nacht zu ihnen trug. Ein Husten, ein Niesen. Jemandes Hund bellte.

»Das Ding an Crabtrees Tür ...«, sagte Tonneman.

»Ja?«

»Stammt höchstwahrscheinlich von Backers neuem Hengst.«

»Hallo, Tonneman-Haus!« Der Ruf kam aus Richtung der Queen Street.

Tonneman konnte fühlen, wie sämtliche Nachbarn die Ohren spitzten. Vielleicht war es an der Zeit, aufs Land hinauszuziehen. Er stand auf, den Kopf wachsam vorgestreckt. »Hier drüben, wer immer Ihr seid.«

Das Geräusch schneller Schritte, die sich näherten. »Ich bin es. Jacob de Kees.«

Tonneman nahm die Lampe vom Haken. »Jacob? Du solltest inzwischen in Boston sein.«

Der Postreiter erschien im Lichtkreis der Lampe, mit wirrem Haar und außer Atem. »Als ich bei der Ladderman-Farm kurz vor Stamford halt gemacht habe, um die Pferde zu wechseln, habe ich interessante Neuigkeiten gehört, von denen ich dachte, Ihr solltet sie hören ...« Der junge Reiter verstummte. Er starrte mit offenem Mund Racqel an.

»De Kees«, bellte Tonneman.

»Entschuldigung, Sir. Mistreß Tonneman.« Jacob war ganz außer sich. »Es ist schon mal passiert. Zweimal. In Hartford.«

»Was ist schon mal passiert, Junge? Spuck es aus.«

Jacob de Kees wurde rot wie eine Tomate. »In Hartford hat man Pferden auch den Schwengel abgeschnitten.«

Kapitel 39

Mittwoch, 20. März
Kurz nach Sonnenaufgang

Der frühe Morgen kam mit beißender Kälte, doch in der Luft lagen die frischen, süßen Düfte des Frühlings. Als die Sonne allmählich die Luft erwärmte, war am blauen Himmel – so blau, als sei er gemalt – nicht ein Wölkchen zu sehen.

Überall zeigten sich die Vorboten des Frühlings. Die Hartriegelbäume trugen noch nicht ihre roten und weißen Knospen, doch grüne Triebe in den Gärten versprachen Tulpen und Narzissen. Auch die Obstbäume erwachten aus ihrer Winterstarre. Bald würde New York in Farben und Düften erblühen.

Ein großer Wagen rumpelte an ihm vorbei. Er war mit Baumstämmen aus den Wäldern weit im Norden der Stadt beladen, unterwegs zu den Schiffen in der Bucht, die das Holz zu den Inseln oder nach England bringen würden.

Als er an den Galgen vor dem Kastell vorüberging, mußte Tonneman an zwei alte Freunde denken, einen der gehängt wurde, und einen, der hätte gehängt werden sollen. Doch das war in einer anderen Zeit gewesen, und außerdem waren beide längst tot.

Auf dem Marktplatz nördlich des Kastells jedoch pulsierte das Leben, als Tonneman dort ankam.

Seit Jahren kamen immer mehr Farmer – aus Holland, England, Frankreich und wer weiß, woher sonst –, aber auch Indianer und Afrikaner aus den weiten Gebieten jenseits der Mauer und der Flüsse zum Markttag nach New York, wo sie feilschten und handelten, kauften und verkauften. Tonneman kannte viele von ihnen – aus Breukelen oder anderen Teilen von Long Island und aus New Haarlem – ebensogut, wie er seine New Yorker Mitbürger kannte. Einige von ihnen waren sogar mit ihm verwandt.

Auch heute – wie an fast jedem Mittwoch – errichteten wieder all jene, die etwas zu verkaufen hatten, ihre Stände und Tische, auf denen sie den Bürgern der Stadt ihre Waren feilboten. Es gab eine Menge Geschichten, die vom Reichtum der New Yorker zu berichten wußten. Und der florierende Hafen und die Besucher aus aller Welt trugen ein übriges dazu bei, daß ein Farmer, Handwerker oder Händler hier gutes Geld verdienen konnte.

Die New Yorker – ob Käufer oder Verkäufer – erledigten alles zu Fuß. Leute, die Waren zu transportieren hatten, benutzten Wagen. Für Indianer, die in den dichten Wäldern lebten, waren Wagen nicht das geeignete Transportmittel. Sie kamen zu Fuß oder mit dem Kanu auf den Flüssen, manche auch hoch zu Roß, ihre Tauschwaren auf einem Schlitten aus zwei Baumstämmen und dazwischen gespannten Tierhäuten hinter sich herziehend.

Tonnemans erster Besuch galt dem Stand von Harry Price, wo er sich einen Becher Buttermilch leistete.

»Ah, das ist gut«, sagte er, nachdem er die Milch in einem Zug ausgetrunken hatte. »Kennst du Edward Davies? Er ist von hier.«

Der Milchmann nickte. »Nur vom Sehen. Geredet hab' ich noch nie mit ihm.«

»Hast du ihn vorgestern bei euch drüben in Breukelen gesehen?« Als Tonneman aus seiner Börse einen Penny für die Buttermilch fischte, streiften seine Finger den roten Seidenfetzen.

»Kann ich nicht sagen, daß ich ihn gesehen hätte.«

»Hörst du dich für mich mal um?« Tonneman stellte den leeren Becher auf die Holztheke.

»Gern, ja.«

Tonneman zeigte ihm das Stück Seide. »Hast du so was schon mal gesehen?«

Harry Price legte die Stirn in Falten und schüttelte den Kopf.

»Ich versuche rauszukriegen, was hinter den Pferdemorden steckt, die hier bei uns passiert sind. Ist bei euch drüben was Ähnliches vorgefallen?«

»Nichts, worüber ich gehört hätte. Und ich hätte sicher davon gehört. Noch einen Becher?«

»Gute Idee.« Tonneman legte einen zweiten Penny neben den ersten auf die Theke des Stands und wandte sich, an dem frisch gefüllten hölzernen Becher nippend, zum Gehen.

»Einen Penny extra für den Becher«, rief Harry hinter ihm her.

»Ich bring ihn zurück.«

»Und ich geb dir deinen Penny zurück, wenn du den Becher wiederbringst.«

Wo war nur das Vertrauen geblieben? Zugegeben, seit die Stadt aus den Nähten platzte und mehr und mehr Fremde kamen, hatte sich vieles verändert, und insofern verstand er Price auch, aber er war für Price schließlich kein Fremder. Tonneman legte einen dritten Penny neben die beiden anderen. Dabei fiel das Stück Seide aus seiner Börse. Mit einem Seufzen hob er es auf und schob es in seine Rocktasche.

Auf Schritt und Tritt verfolgte ihn der Duft und der Anblick von Essen; am stärksten von allem war der süßliche Geruch von gewürztem Apfelmost. Er vermischte sich mit dem Duft von gebratenem Fisch und gegrilltem Schweinefleisch. Wohin er auch sah, die meisten Leute aßen.

Als er den Blick über die Menge schweifen ließ, entdeckte Tonneman seinen Schatten Charles Lanchester, den Segelmacher, der gerade den letzten Bissen einer heißen Wurst vertilgte. Über der Schulter trug Lanchester etwas, das aussah wie ein Sack voll Muscheln, doch im Augenblick war seine Aufmerksamkeit ganz davon in Anspruch genommen, am Stand eines holländischen Bauern ein Stück Käse auszuwählen.

Tonneman lachte. Was sonst sollte er tun? Als er daran dachte, wieviel der Bursche Nick allein an Spesen kostete, lachte er erneut auf. Aus vollem Hals.

»Aaaah!«

Der Schrei kam ganz aus der Nähe, doch Tonneman war nicht im geringsten alarmiert. Über die Jahre hinweg hatte er gelernt, Luigi Castenellos Schmerzgebrüll von jeder anderen lauten Äußerung der Enttäuschung oder des Schmerzes zu unterscheiden.

Schon seit dem 64er Jahr kam Luigi, der drüben in New Jersey zu Hause war, über den North River zu den Markttagen, um von seinem offenen Wagen herab sein Können als Feuerschlucker zur Schau zu stellen, das allerdings so gut wie nicht vorhanden war.

Obwohl auch schon sein Vater Feuerschlucker gewesen war, hatte sich Luigi in den vielen Jahren noch immer nicht das Können angeeignet, das sein Gewerbe verlangte. Doch die Leute warfen trotzdem Pennies auf seinen Zinnteller und sahen ihm zu.

Ob sie dies taten, um zuzuschauen, wie er Feuer schluckte, oder ob sie nur sehen wollten, wie er brannte, darüber war sich Tonneman nie ganz im klaren. Luigi war ein schmächtiger, dunkelhaariger Mann und wohl auch das, was man unter einem sonderbaren Kauz verstand. Nicht anders als die meisten hier, wie Tonneman im Laufe der Jahre festgestellt hatte.

Brennende Fackeln steckten in Haltern an beiden Seiten von Luigis Wagen. Tonneman mischte sich unter die Gruppe der Zuschauer und sah zu, wie Luigi eine der Fackeln nahm und aus einer langhalsigen Flasche trank.

Ein Mundvoll Branntwein.

Mächtig prustend, spuckte er in weitem Bogen. Eine Frau kreischte auf.

Flammen loderten kurz auf, lohten erneut auf und erloschen. Das Publikum murrte enttäuscht ob des Branntweins, der aus Luigis Mund troff. Ärgerlich rieb er sich die versengten Lippen.

Tonneman seufzte. In all den vielen Jahren hatte der Mann es noch immer nicht gelernt. Oder aufgegeben. Tonneman wußte nicht, ob er Luigi wegen seiner Dummheit belächeln oder für seinen Mut bewundern sollte.

Jemand sagte: »Sie stehlen Hühner und trinken ihr Blut.«

»Nein, das machen die Juden.«

Die Stimmen waren ganz nah.

»Wer sagt so was?« fragte Tonneman mit erhobener Stimme.

Ein Stein schlitterte über den Boden und traf seinen Schuh. War das ein Zufall? »Wer hat den geworfen?« Der hölzerne Becher in seiner Hand zerbrach in seiner sich zornig ballenden Faust. Er warf die Scherben zu Boden. »Schau mir ins Gesicht, du Feigling, und ich breche dir das Genick.«

»Judenbeschäler!«

Die Menge, die sich um den Wagen des Feuerschlukkers versammelt hatte, stob auseinander, als sei Tonneman ein Aussätziger. Binnen kürzester Zeit hatte sie sich in nichts aufgelöst.

Ärgerlich schüttelte Luigi seine Fackel in Tonnemans Richtung. »Wegen dir verlier' ich eine Menge Geld, Mann.«

»Das bezweifle ich. Ich untersuche das Abschlachten von einigen Pferden, das es bei uns gegeben hat. Irgendwelche ähnlichen Vorkommnisse bei euch drüben?«

»Nein«, erwiderte Luigi und befühlte mit der Zunge vorsichtig seine verbrannten Lippen.

Mißmutig ließ Tonneman einen Shilling in Luigis Teller fallen und ging weiter.

Gleich darauf begegnete er einigen Männern, die er tags zuvor in Asser Levys Taverne angetroffen hatte. Vorneweg stapfte Asser Levy, der aussah wie sein eigener Sohn. »Guten Tag, Mister Tonneman«, rief der Schlachter.

»Guten Tag, Mister Levy.« Tonneman starrte unverhohlen auf den rot unterlaufenen Kratzer auf Levys linker Wange. »Eine böse Schramme habt Ihr da.«

Die Hand des Schlachters fuhr an seine Wange. »Ja. Ich bin gestürzt, als ich krank war.«

»Ihr seht wieder gesund aus.«

»Ein Wunder. Dank unserem Schöpfer und der Hilfe Eurer lieben Frau. Entschuldigt, Tonneman. Ich habe jetzt keine Zeit, mit Euch zu sprechen. Ich bin nur hier vorbeigekommen, um den köstlichen Duft des gebratenen Fleischs zu riechen, das unsereiner niemals essen darf. Guten Tag, Sir. Ich muß zum Gebet und unserem Schöpfer für meine Gesundung danken.«

Asser Levy stapfte weiter und mit ihm die Gruppe bärtiger Männer.

Tonneman machte sich Sorgen um Racqel. Es gab für sie keine Möglichkeit, sich gegen die bösen Zungen zu wehren. Racqel hatte recht. Als nächstes würden sie ihr das Kastrieren der Hengste in die Schuhe zu schieben versuchen. Und das, was in Hartford vorgefallen war, sicherlich ebenfalls.

Die Melodie eines alten Madrigals schwebte über dem geschäftigen Marktplatz. Tonneman nickte Michael Korbonski, dem Fiedler zu. Er war der Sohn von Sweet Lips, der Hure, deren wirklichen Namen oder Herkunft er nie erfahren hatte, und des polnischen Juden und Fiedlers Isadore Korbonski.

Der Junge sang vom Westwind und vom Regen, von Christus und der Liebe.

»Wie geht's der Familie?« erkundigte sich Tonneman.

»Sind irgendwo im Westen, soweit ich weiß«, erwiderte der Junge, ohne das Spiel auf seiner Fiedel zu unterbrechen.

»Ich untersuche die Pferdemorde, die es in letzter Zeit hier gegeben hat. Hast du irgendwas darüber gehört?«

Der Junge schüttelte den Kopf und spielte eine neue Melodie. Etwas, das Tonneman an ein Lied erinnerte, das er einmal einen russischen Seemann hatte singen hören.

Tonneman zog den roten Stoffetzen aus seiner Tasche. »Hast du jemanden gesehen, der irgendwas aus dieser Seide getragen hat?«

»Hübsch. Ich hätte selber gern einen Rock davon.«, Tonneman war es allmählich leid, nach der Seide zu fragen. Um die Wahrheit zu sagen, wußte er nicht mehr, was er noch fragen sollte. Hast du jemanden gesehen, der so was angehabt hat? Dutzende von Leuten – ach was, Hunderte – konnten ein Kleidungsstück aus roter Seide wie dieser haben. Nein – seine Frage war zu vage. Der Stoffetzen war möglicherweise ein Anhaltspunkt, der ihn auf die Spur des Pferdekillers bringen konnte, doch er war kaum besser als überhaupt kein Hinweis. Schockschwerenot und Schietkram – obwohl sie keine Seide trugen, der Pferdekiller konnte auch einer der hundert englischen Rotröcke sein, die in der Stadt stationiert waren. Mit düster gerunzelter Stirn schob er den Stoffetzen wieder in seine Rocktasche.

»Hallo, Tonneman.« Der junge Gerber Raphael Schuyler, Jan Keysers schärfster Konkurrent, hatte ebenfalls einen Stand aufgebaut, an dem er Lederhäute verschiedener Länge und Breite und unterschiedlicher

Stärke verkaufte, aus denen man Riemen oder Zaumzeug, Wämser und Hosen oder Stiefel und Schuhe machen konnte.

Der Pesthauch eines widerlichen Gestanks hing in der Luft, doch der junge Schuyler und seine dicke Betty, die einer wohlhabenden englischen Familie aus Jamaika, den Hamiltons, entstammte, waren so freundlich und liebenswert, daß sich die Leute von dem Gerbergestank nicht abschrecken ließen. Außerdem hatte Betty Schuyler am Markttag immer irgendwelche Süßigkeiten dabei, die sie den Kindern zusteckte.

»Wie geht's?« erwiderte Tonneman, der sehr wohl wußte, daß der Bürgerrat ständig damit drohte, alle Gerbereien weiter in den Norden der Insel zu verbannen, um den bestialischen Gestank von der stetig wachsenden Stadt fernzuhalten.

Raphael Schuyler grinste. »Wir haben ein Stück Land jenseits der Stuyvesant-Pflanzung gekauft, oben am East River.«

»Fast schon in Albany«, fügte Betty hinzu, und das Lächeln, das wie die aufgehende Sonne unter ihrer Haube hervorstrahlte, zauberte zwei entzückende Grübchen auf ihre Wangen. Sie streckte Tonneman einen Teller entgegen. »Wir feiern.«

Tonneman ließ sich nicht zweimal bitten und schob sich ein Stück von dem Zuckerkuchen in den Mund. »Den Umzug?«

Sie schüttelte den Kopf, und wieder erschienen die Grübchen auf ihren Wangen. Und sie errötete.

»Ah. Und wann kommt Euer Sohn und Erbe?«

Die Grübchen der jungen Frau wurden tiefer und ihr Strahlen breiter.

»Zur Erntezeit«, antwortete ihr Gatte stolz und legte die Hand auf den Bauch seiner Frau.

Tonneman gratulierte den beiden und schlenderte weiter, doch dann blieb er abrupt stehen und drehte sich noch einmal um. »Eines noch. Tote Pferde gehören schließlich zu Eurem Geschäft. Ich untersuche, was es mit den getöteten Pferden auf sich hat. Haben Euch in letzter Zeit irgendwelche Fremden Pferdekadaver gebracht?«

»Nein, Mister Tonneman«, erwiderte der Gerber. »Aber wenn ich was höre, seid Ihr der erste, der es erfährt.«

Tonneman hatte noch immer den süßen Geschmack von Betty Schuylers Kuchen im Mund, als er am Wagen der Bikkers anlangte. Ein Tuch gegen die Sonne war über den breiten Verkaufstisch gespannt, auf dem Eier, Butter und Milch und Fässer mit dicker gelber Sahne feilgeboten wurden.

Anna, das einzige lebende Kind aus Tonnemans erster Ehe, zählte gerade einer Kundin das Wechselgeld auf die Hand. Tonneman war jedesmal baß erstaunt, wenn er nach längerer Zeit wieder seine Tochter erblickte, die eine erwachsene Frau geworden war. Es dauerte immer eine Weile, bis er begriff, daß dies das brüllende, rotgesichtige Baby war, das seinen Lenden und Marias Schoß entsprossen war. Sein erstes Kind war jetzt eine Frau und die Mutter seiner Enkelkinder. Wohin waren die Jahre nur verflogen?

Johan, Tonnemans Enkelsohn, ein kräftiger Junge von elf Jahren, war seinem Vater Johan Bikker wie aus dem Gesicht geschnitten. Johan, der Jüngere, war damit beschäftigt, Kartoffeln in einen Weidenkorb zu füllen. Margrietta, Tonnemans Enkeltochter, sah aus wie Anna mit fünf ausgesehen hatte. Die Kleine versuchte, ihrem Bruder zu helfen, war ihm jedoch ständig nur im Weg.

Johan Bikker, Tonnemans Schwiegersohn, stand neben seinem Wagen, auf dem Äpfel, Zwiebeln und heißer Apfelmost zum Kauf angeboten wurden.

Tonneman vermißte die beiden alten Bikkers, Johans

Eltern, sehr. Sie waren beide im letzten Sommer innerhalb von Wochen am Sommerfieber gestorben.

»Großpapi!« kreischte Margrietta, rannte Tonneman entgegen und umklammerte seine Knie. Er löste ihre drallen kleinen Ärmchen und hob sie in die Höhe. Über ihr begeistertes Kreischen hinweg begrüßte er die anderen seiner Familie. »Wie geht es euch?« fragte er.

»Racqel war schon hier, Papi«, sagte Anna. »Sie sieht aus, als hätte sie Kummer. Ist irgendwas mit den Kindern?« Anna nahm die kleine Margrietta von Tonnemans Arm und stellte sie auf ihre Beine.

»Nein. Den Kindern geht es gut. Nichts, worüber man sich Sorgen machen müßte.« Aber er selbst machte sich sehr wohl Sorgen. Noch nie zuvor hatte er sich von seinen Mitbürgern bedroht gefühlt. Dieser Hexenblödsinn war eine Wahnidee, die auf dem Mist der Engländer gewachsen war.

Er schlug seinem Schwiegersohn krachend die Hand auf die Schulter. »Am Sonntag ist hier ein Pferd getötet und verstümmelt worden. Hat sich bei euch draußen irgendwas Ähnliches getan?«

»Nein – Gott sei dank nicht.«

Tonneman küßte seine Tochter und Enkeltochter, tätschelte seinem Enkelsohn den Kopf, trank einen Becher Apfelmost und empfahl sich.

Er hatte den größten Teil des Marktplatzes abgeklappert, hatte alte Freunde oder die Kinder alter Freunde besucht und so gut wie alle Stände gesehen. Abgesehen von den beiden letzten, die um die Ecke des Kastells und nur einen Steinwurf von der Windmühle entfernt standen.

Dieser hinterste Winkel war durch eine unausgesprochene Übereinkunft den Indianern zum Feilschen und Handeln vorbehalten. Vor einigen Jahren hatten die freien Afrikaner diese Ecke ebenfalls benutzt, um ihre Waren zu verkaufen, doch das hatte zu Problemen geführt. Wenn man jetzt etwas von den Afrikanern kaufen wollte, ging man dorthin, wo sie lebten – draußen am Shellpoint oder in Greenwich, das inzwischen ein kleines Dorf war.

Wie es schien, kamen die Fünf Nationen immer abwechselnd zum Wochenmarkt in New York und gingen sich so weit wie möglich aus dem Weg. Hin und wieder tauchten auch Indianer anderer Stämme auf, um irgend etwas zu tauschen.

Heute war offenbar einer dieser seltenen Tage: Die Schädel der anwesenden Männer waren glatt rasiert, bis auf einen schmalen Haarstreifen, der von der Stirn über den Scheitel bis zum Nacken hinabreichte. Dies und die aus Holz geschnitzten Figuren, die auf einer Decke am Boden ausgestellt waren, sowie die Decke selbst sagten Tonneman, daß diese Indianer nicht zu den Stämmen der Fünf Nationen gehörten. Sie waren Algonkin, von weit im Norden, jenseits von Albany. Die Algonkin waren freundlichere Leute als die Mohawks, der Stamm Fuchsmanns, die auch an Menschenfleisch Geschmack fanden.

Auch Decken waren zum Tausch ausgelegt, ebenso wie getrockneter Mais und Kräuter, kunstvoll geschnitzte Pfeifen und Figuren – Bären, Eulen und andere Tiere des Waldes. Alles wurde von zwei pfeiferauchenden alten Weibern überwacht, deren graue, dicke Zöpfe bis weit über ihre Hüften herabfielen. Getrocknete Hirsch- oder Rehseiten hingen am unteren Ast einer Birke. Die beiden alten Weiber beobachteten Tonneman unter gesenkten Lidern hervor, als er sich ihren Waren näherte. Von irgendwo ganz in der Nähe drangen Stimmen an sein Ohr; keine der beiden Frauen sagte etwas.

Er erkannte die Stimme seiner Frau und begriff, daß sie Fragen stellte. Racqel wußte mehr über indianische Medizin als jeder andere Weiße. Er lächelte und lehnte sich gegen den Stamm einer dicken Eiche. Die Schnelligkeit, mit der sich die Flügel der Windmühle drehten, sagte ihm, daß ein kräftiger Wind über die Bucht blies. Dies bedeutete noch gar nichts; wenn keine Wolken über dem Wasser waren, würde es keinen Regen geben. Er schob sich den Hut ins Gesicht und wartete.

Nach einer Weile räusperte sich eine der alten Indianerinnen krächzend.

Als Tonneman den Hut zurückschob, sah er Racqel auf ihn zukommen. »Komm«, sagte sie, als habe sie die ganze Zeit gewußt, daß er auf sie wartete. »Ich habe was erfahren.«

Kapitel 40

Mittwoch, 20. März
Abend

Als Tonneman den Devil on a Chain betrat, hustete ein Mann an der Bar in seine vorgehaltene Hand. Doch das Geräusch, das er machte, war kein Husten. Es war das Wort *Jude.*

Tonneman hatte den Mann noch nie zuvor gesehen; ein durchschnittlicher Bursche, der groß genug und blond genug war, sein Vetter zu sein. Ganz sicher war er ein Holländer. Doch nach seinem Blick zu urteilen, haßte er Tonneman. Und für seine Bemerkung – oder war es ein Fluch gewesen? – haßte Tonneman ihn. Übellaunig wie er war, hätte er dem Kerl am liebsten das Genick gebrochen. Doch er hatte Wichtigeres zu tun.

Er fand Pos an einem der Tische im Hintergrund, wo er sich mit François Knoblauchkopf, dem Trapper, im Armdrücken maß. Knoblauchkopf war natürlich nicht sein richtiger Name, doch niemand konnte sich mehr erinnern, wie er wirklich hieß. Das einzige, was jeder mit Sicherheit wußte, war, daß der Trapper haufenweise Knoblauch aß. Sein Schweiß roch danach, und sein Atem konnte eine Tulpe zum Verwelken bringen.

Pos begrüßte Tonneman mit einem schalkhaften Zwinkern und drückte den Arm des Trappers gnadenlos und ohne große Anstrengung auf die Tischplatte.

Der Trapper stieß eine Flut von Schimpfworten in Französisch, Englisch und Holländisch hervor, warf eine Handvoll Münzen auf den Tisch und verpestete, während er zur Theke stapfte, um sich einen frischen Drink zu genehmigen, den Schankraum mit seinem alles versengenden Branntwein- und Knoblauchatem.

»Jetzt kommt ein guter Mann.« Pos grinste, schloß und öffnete ein paarmal spielerisch die Finger seiner Hand und strich dann mit derselben Hand die Münzen ein. Er hob seinen leeren Becher und zeigte ihn dem Schankkellner.

»Ich muß ein paar Takte mit dir reden«, sagte Tonneman.

Pos' Grinsen verschwand. »Du siehst nach Kummer aus, alter Freund. Setz dich. Bring auch einen Drink für Mister Tonneman, Dirk.«

Der junge Samuel Hankin streckte den Kopf durch die Tür, wie er es auf der Suche nach einer Gelegenheit, etwas Geld in die Taschen zu kriegen, in allen Tavernen tat.

»Sam«, rief Tonneman.

Der Junge kam mit dem Hut in der Hand an den Tisch getrottet. Von irgendwoher hatte der junge Mann seine Garderobe um ein exquisites und sehr ausgefallenes Stück erweitert: Ein langes, rotes Seidenhemd ohne Ärmel, das er wie eine Robe über seinem braunen Rock trug.

»Wo hast du das Hemd her, Junge?«

»Captain Pos hat es mir geschenkt.«

Tonneman warf seinem Freund einen fragenden Blick zu.

»Im Ärmel war ein großer Riß«, erklärte Pos.

Tonneman nickte und ließ die Antwort erst einmal zusammen mit den übrigen Fakten und Informationen über rote Seide in dieser Stadt in seinem Kopf gären. »Sam.«

»Sir?«

»Kennst du Otto Westen?«

»Ja, Sir. Der Nachtwächter.«

»Ja.« Er gab dem Jungen einen Penny. »Finde Otto für mich. Sag ihm, ich möchte mit ihm reden. Sag ihm, er soll dir auch gleich Bescheid geben, wann und wo wir uns treffen können.«

»Ja, Sir.« Mit einem breiten Grinsen zeigte der Junge seine braunen Zähne und flitzte davon.

Tonneman war außerstande, den Becher mit Branntwein zu ignorieren, den Dirk, der Schankkellner, vor ihn auf den Tisch stellte. Er legte seine Hände auf den Becher. Er konnte die Hitze des Brandys an seiner Handfläche fühlen. Er hob den Becher an seine Lippen. Der Duft des Branntweins in seiner Nase war wie ein lockender Sirenengesang. Nur den Geschmack auf der Zunge. Was konnte das schaden? Wie leicht es wäre, den Becher mit einem Schluck zu leeren. Und dann noch einen nachzulegen. Und dann, vor dem nächsten, sich den holländischen Bastard an der Bar, der ›Jude‹ gehüstelt hatte, vorzuknöpfen und ihm das Genick zu brechen.

Er konnte Pos' Blick auf seinem Gesicht fühlen. Er setzte den Becher ab und schob ihn in die Mitte des Tisches. Er wußte, Pos würde für sie beide trinken.

»Hast du das über Backers Hengst gehört?« Pos setzte seinen rundäugigen Glupschblick auf, wie er es immer tat, wenn er etwas verbarg.

Der Blick gab Tonneman zu denken. »Ja. Der Killer hat den Pferdeschwengel an die Tür des Schulmeisters genagelt und den armen Crabtree beinahe ebenfalls umgebracht. Ich habe Michael Pijnenborgh von der Straßenbaumannschaft abkommandiert, damit er ihn im Auge behält.«

Pos schnalzte mit der Zunge und betrachtete Tonneman mit einem listigen Blick. »Dann hat dir Crabtree also gesagt, wer es getan hat?«

»Nein. Der arme Kerl schwört, daß er von einem haarigen Riesen heimgesucht wurde.«

Pos lachte laut auf und kippte seinen Brandy runter.

»Ich schätze, damit bist du aus dem Schneider«, sagte Tonneman. »Obwohl ich dich auch schon gesehen habe, wie du aus dir einen gewaltigen Narren gemacht hast.«

Pos lachte erneut brüllend auf. Er schob seinen leeren Becher zur Seite und hob Tonnemans vollen Becher an den Mund. Nachdem er einen beinahe gezierten Schluck daraus genommen hatte, wurde er wieder ernst. Er setzte den Becher ab, steckte einen Finger in den Brandy, kostete ihn und sagte dann mit leiser Stimme: »Sie sagen, Racqel hat den Schlachter Levy mit Hilfe von Hexerei geheilt. Sie reden sogar darüber, daß sie vor den Bürgerrat gebracht und angeklagt werden soll.«

Tonneman schlug krachend mir der Faust auf den Tisch; der Brandy in Pos' Becher schwappte über. »Ich will, daß das aufhört. De Sille kann dem sofort ein Ende bereiten. Sag ihm, er kriegt von mir gar nichts, solange diese Bedrohung nicht aus der Welt ist.«

In Gedanken versunken wischte Pos die Brandytropfen mit dem Finger von der Tischplatte, schleckte sie ab und schwieg. Dann kippte er den Rest des zweiten Brandys. Beschwichtigend schüttelte er den Kopf. »Das sind nur ein paar Fanatiker – mehr nicht.« Zum Schankkellner gewandt, rief er: »Mehr Branntwein.«

»Und sag ihm, daß auch anderswo abgeschnittene Pferdeschwengel aufgetaucht sind. Einer meiner Leute hat ...«

Pos' Gesicht wurde lang. Er sagte: »Dann hast du also schon von Boston gehört.«

Kapitel 41

Donnerstag, 21. März
Morgen

Tonneman schlief wie ein Bär im Winter. Er träumte nichts. Aber er entwarf in dieser Nacht im Schlaf zwei Theorien, die ihm wie Schuppen von den Augen fielen, bevor er erwachte.

Was nicht weiter schwer war, da beide Theorien auf der Hand lagen. Theorie eins: Wer immer die Pferde in Boston und Hartford verstümmelt und getötet hatte, mußte derselbe Mann sein, der das gleiche in New York getan hatte. Und Theorie zwei: Der schottische Händler Amos Lopez-Campbell wußte eine Menge mehr, als er zugab.

Das Kitzeln der Morgensonne auf seinem Gesicht weckte ihn vollends. Das grelle Sonnenlicht fortblinzelnd, rieb er sich den Schlaf aus den Augen. Als er sich herumwälzte, um sein Weib zu umarmen, fanden seine Hände nur ein regloses Objekt. Racqel saß aufrecht in ihrem Bett, den Schal um die Schultern geschlungen; das reglose Objekt war eine gepunzte Lederschatulle, die sie auf ihren Knien balancierte. Die Schatulle enthielt die Aufzeichnungen ihres Vaters und seine Rezepte für die Behandlung von Krankheiten. Tonneman hatte die Schatulle und ihren Inhalt seit Jahren nicht mehr gesehen, nicht mehr, seit Racqel sie nach ihrer Heirat auf den Dachboden hinaufgeschafft hatte.

»Bist du wach, mein Gemahl?«

»Ja.« Er legte ein ärgerliches Knurren in seine Stimme, um sie ein wenig auf den Arm zu nehmen, wenn er sie schon nicht *in* seine Arme nehmen konnte. »Dank dir, Weib.«

Doch sie schenkte dem keine Beachtung. »Ich glaube«, sagte sie, »ich weiß jetzt, woran Levy erkrankt ist. Ich habe es wieder und wieder gelesen.« Sie hielt ihm einen Bogen Papier hin.

»Nein, lies es mir vor.« Er setzte sich auf und legte den Arm um sie.

»Mein Vater ist schon vor Jahren zu einer Diagnose gelangt. Es ist mir eingefallen, als ich gestern mit den Indianern darüber gesprochen habe. Sie leiden ebenfalls an dieser Krankheit.« Sie ließ ein leises Glucksen hören, das ein Lachen sein sollte. »Mein Vater hat diese Krankheit die Schlachterkrankheit genannt. Man kriegt sie von totem Vieh.«

Tonneman grunzte.

»Was hältst du davon?«

»Ich denke, daß ich stolz auf meine Arztfrau bin«, brummte er und ließ seine Lippen über ihren Nacken gleiten. »Sie hat den Verstand eines Mannes und ist außerdem auch noch sehr schön.«

»Ich hätte Arzt werden sollen.«

»Ja, natürlich. Aber das würde bedeuten, daß du ein Mann wärst. Was für ein Glück für mich, daß du es nicht bist.«

Sie runzelte streng die Stirn und schien beunruhigt.

»Das ist eine gute Nachricht. Dann ist Levy also geheilt, oder?« Seine Hand strich zärtlich über ihre Schulter.

»Nein!« Sie nahm seine Hände in die ihren. »Ich kenne keine Heilung bei dieser Krankheit. Die Symptome kommen und gehen, wie Gott es gefällt. Der einzige Schutz für den Kranken, den ich kenne, ist es, sich von Kadavern toter Tiere fernzuhalten. Und wenn ich mich nicht irre, hat Crabtree die Krankheit ebenfalls. Ich muß zu Asser Levy gehen und ihm sagen, daß er nicht geheilt ist.«

Tonneman stöhnte gequält. Es verlangte ihn zu sagen, ›Das verbiete ich‹, doch er wußte, daß solche Worte ihren Entschluß nur noch bestärken würden. Er ließ sich ins Bett zurücksinken und zog die Decke über sich. Er zweifelte nicht daran, daß seine geradezu bedenkenlos ehrliche Frau nun auch noch dafür verantwortlich gemacht würde, wenn Levys Krankheit zurückkäme.

Der Morgen hielt nichts von der tröstlichen Behaglichkeit bereit, die sonst das Haus der Tonnemans erwärmte. Moses und Maria hatten früh gegessen und waren mit Benjamin nach draußen gegangen, um ihren morgendlichen Pflichten auf dem Hof und im Stall nachzukommen. Daniel schlief unter Alice' wachsamen Augen.

Zwei Dinge beschäftigten Tonneman. Zum einen Racqels Wohlergehen, denn er wußte, was sie vorhatte.

Und zum anderen Solomon Navarro, der Arzt.

Vor allem Navarros Reaktion bereitete ihm Sorgen, wenn er erfuhr, daß Racqel seinen Patienten erneut besucht hatte. Nein, Schluß jetzt damit. Seine Gedanken sollten bei De Silles Problem sein, welches auch seines war. Er mußte herausfinden, wer den Hengst des Governors getötet und kastriert hatte und wer dasselbe mit Backers Hengst gemacht hatte. Er mußte herausfinden, wer den Schulmeister überfallen hatte, und vielleicht auch noch, wer Edward Davies umgebracht hatte. Wenn Tonneman dies gelänge, würde niemand mehr von Hexerei reden und im selben Atemzug den Namen seiner Frau erwähnen.

Tonneman wußte, daß Navarros rote Krawatte und Pos' verdammtes rotes Hemd überhaupt nichts zu bedeuten hatten. In der Tat war der Fetzen rote Seide nicht unbedingt eine brauchbare Spur. Was konnte dieses Stück Stoff schon beweisen? Rote Seidenkrawatten waren seit einiger Zeit in Mode. Und roter Seidenstoff war gewiß nichts Besonderes in der Stadt.

Doch dies war die einzige Spur, die er hatte.

Auch wenn es ihn in dem Fall nicht weiterbrächte, Tonnemans Abneigung gegen den eitlen kleinen Arzt war groß genug, ihn mit Vergnügen ein wenig unter Druck zu setzen. Dies würde ihm ein Hochgenuß sein. Und wenn Navarro der Pferdemörder war, würde er ihn damit vielleicht so weit verunsichern, daß er sich in die Karten sehen ließe.

Doch zunächst mußte Tonneman im Gefängnis vorbeisehen. Er mußte mit Amos Lopez-Campbell sprechen.

Das Rathaus erschien ihm ungewöhnlich ruhig. Das Büro des Sheriffs war leer. Mit einemmal argwöhnisch geworden, legte Tonneman die Hand an den Griff seines Schwerts. Langsam näherte er sich der Tür zum großen Sitzungssaal und zog sie auf.

»Ja?« Nick De Sille, der am oberen Ende des langen Tischs, um den die Mitglieder des Bürgerrats saßen, präsidierte, bedachte Tonneman mit einem ungehaltenen Blick. Ebenso die übrigen Mitglieder des Rats. »Was ist, Tonneman?«

»Nichts«, sagte Tonneman leise. Und dann fügte er noch leiser hinzu: »Falsche Tür.« Schnell zog er die Tür wieder zu und ging in den Keller hinab, wo die Gefängniszellen waren.

Es war Jahre her, seit er dort unten gewesen war. Von dem runden Tisch in der Eingangshalle nahm er eine Lampe. Die ausgetretenen Stufen waren glitschig von Moder und Rattendreck; die Luft roch stickig und verbraucht.

Als er den Fuß der Stufen erreichte, hob er die Lampe und rief: »Hallo, jemand da?«

Keine Antwort.

Er zog sein Schwert und schob sich vorsichtig um die Stapel von Salzsäcken, die in dem Keller gelagert wurden.

Jeder Schatten, den die Lampe an die feuchten Wände warf, ließ ihn erstarren und lauschen. War das Atmen, das er hörte? Vielleicht sein eigenes. Er hielt den Atem an. Da. Er hörte es wieder. Langsam schlich er weiter. Nach der Erfahrung, die er in Mendozas Lagerhaus gemacht hatte, würde er sich hüten, sich noch einmal auf irgendein unnötiges Risiko einzulassen.

Die Türen aller vier Zellen standen offen. Und drei der Zellen waren leer.

Die letzte Zelle stank schlimmer als die anderen. Kohlsuppe. Sehr alte Kohlsuppe.

Tonneman trat in die Zelle und hielt die Lampe über die Gestalt auf der Pritsche in der Erwartung, dort Amos Lopez-Campbell zu finden.

Die Gestalt stöhnte und wälzte sich herum. Sie hatte keine roten Haare.

Es war Nessel-Vogel, der Deputy.

Kapitel 42

Donnerstag, 21. März
Morgen

»Ich bin ein mehr als nur leidlich kräftiger Mann«, stellte Nessel-Vogel klar.

»Das weiß ich. Was ist passiert?«

»Es gehört eine Menge dazu, mich niederzuschlagen.«

»Erzählt schon!«

»Amos Lopez-Campbell und der verrückte Beado waren unsere einzigen Gefangenen, und ich hab' ihnen etwas Kohlsuppe gebracht. Mistreß Ray kocht sie für uns.«

»Weiter, weiter.« Tonneman verlor allmählich die Geduld.

»Na ja ... Lopez greift nach seiner Suppe, die ich ihm reiche. Sie war in einer Tonschüssel.« Der Deputy versetzte einer der Tonscherben vor ihm auf dem Boden einen Fußtritt. »Und dann schlägt er mir die Schüssel über den Schädel.« Nessel-Vogel wischte mit den Händen über seine Lederweste. »Ich kriegte die ganze heiße Suppe über den Kopf.«

»Nicht sehr angenehm, kann ich mir vorstellen«, knurrte Tonneman. »Und wo ist der verrückte Beado?«

»Hölle und Verdammnis, er auch?«

»Sie haben sich beide aus dem Staub gemacht, fürchte ich«, sagte Tonneman und wandte sich zum Gehen.

»Gibb wird mich bei lebendigem Leib häuten. Zwei Gefangene geflohen.« Niedergeschlagen wischte sich Nessel-Vogel erneut über seine Weste. »Zuerst Dreck und jetzt Suppe.«

»Ihr könnt von Glück reden, daß es nur Suppe war.

Lopez-Campbell hat wahrscheinlich diesen Mann auf dem jüdischen Friedhof um die Ecke gebracht.«

»Wartet auf mich«, rief der Sheriffsgehilfe. »Gibb reißt mir den Kopf ab, wenn er es hört.«

»Das fürchte ich auch.«

»So etwas nennt man die Hand beißen, die einen füttert«, brummte Nessel-Vogel.

»Schon eher den Kopf einschlagen, der sich einem anbietet«, erwiderte Tonneman.

»Das ist gar nicht lustig, Mister Tonneman.«

Der junge Sam Hankin saß auf den Stufen des Rathauses.

»Suchst du mich, Junge?« fragte Tonneman.

»Ja, Sir.« Der Junge schien so etwas wie das Zweite Gesicht zu haben; er war immer dort, wo und wann er gebraucht wurde. Sam deutete zu dem gähnenden Mann hinüber, der auf der anderen Straßenseite wartete. Obwohl es ein warmer Tag war, hielt der Mann seinen abgetragenen grauen Uniformmantel fest um sich geschlungen; seine Hände steckten in Handschuhen, und seine Mütze aus Kaninchenfell hatte er tief über die Ohren herabgezogen. »Otto Wersten«, verkündete Sam stolz.

Tonneman steckte dem Burschen einen Penny zu und überquerte die Straße.

»Guten Morgen, Mister Tonneman.« Ottos nächstes Gähnen war gewaltig und geräuschvoll.

»Mister Wersten. Verzeiht mir, daß ich Euch so früh aus den Federn geholt habe.«

»Ich war noch nicht im Bett.«

»Dann werde ich es schnell machen. Ihr wißt, worüber ich mit Euch reden will?«

Der Nachtwächter nickte. »Hab' Mister Gibb schon alles gesagt, was ich weiß, aber ich erzähle es Euch gerne noch einmal.«

»Erzählt es mir, während ich mein Pferd sattle.«

Im Stall knabberten Venus und Deborah, Racqels Rotbrauner, gleichmütig an den auf dem Boden verstreut herumliegenden Heustengeln.

»Erzählt mir, woran Ihr Euch von diesem Morgen erinnert, Otto.«

»Ich machte meine Runden. Nichts Ungewöhnliches. Als ich zu dem alten Stuyvesant-Haus kam, in dem jetzt der Oberste Ratsherr wohnt, hörte ich dieses furchtbare, grauenvolle Geräusch. Es kam aus der Remise. Es müssen die Pferde gewesen sein. Das Tor stand weit offen. Das fürchterliche Schreien hörte auf. Einfach so. Ich hörte die Pferde wiehern und mit den Hufen gegen die Boxen schlagen. Bevor ich noch einen Schritt weiter gehen konnte, bekam ich Blut ins Gesicht. So viel Blut, daß mir übel wurde, kann ich Euch sagen. Als das Pferd vorbeigaloppierte, landete ich auf meinem Hosenboden. Ich rappelte mich wieder auf die Beine und rannte zur Remise. Smythe war schon dort. Ihr kennt ihn?«

Tonneman nickte.

»Der Kerl ist so nutzlos wie ein Euter bei einem Bullen. Ich drehte meine Rätsche, um Hilfe herbeizurufen. Nur der Himmel wußte, was wir dort drinnen finden würden. Dann erblickten meine Augen, was meine Ohren gehört hatten. Die beiden armen Kreaturen schrien in Panik und schlugen mit den Hufen Löcher in die Wände ihrer Boxen.« Otto wischte sich den Schweiß vom Gesicht und zog seinen Mantel aus. »Es war grauenvoll, sag ich Euch. Wie in einem Schlachthaus. Das herrliche Pferd des Governors, das, welches er vom König bekommen hat, lag am Boden, mit aufgeschlitztem Bauch und herausquellenden Eingeweiden.«

Tonneman mochte Ställe, Scheunen und ähnliche Plätze, wo Pferde gehalten wurden. Er sog tief die scharfen, würzigen Gerüche des Stalls in die Lungen, als könnte er damit das schreckliche Bild abwehren, das

Otto beschrieb. Ein Bild, das durch seine eigene Anwesenheit in der Remise noch verstärkt wurde.

Pferdeschweiß war ein guter Geruch, gewöhnlich gemischt mit dem Duft von Heu und Hafer. Auch Leder roch gut. Er mochte den Geruch von Leder. Und den des Öls, mit dem es eingerieben und zum Glänzen gebracht wurde, ebenfalls.

Tonneman tätschelte Venus die Kruppe und warf ihr dann den Sattel über. »Ihr habt den Reiter nicht gesehen?«

»Nicht mal ein Haar von ihm.« Der Nachtwächter rieb sich die Augen. »Wenn Ihr mich sonst nicht mehr braucht, sehe ich jetzt zu, daß ich ins Bett komme.«

»Vielen Dank für Eure Mühe, Otto.« Er gab dem Nachtwächter zwei Pennies.

Die Pennies verschwanden in einer Tasche des Mantels, den Otto in der Hand hielt. »Danke schön, Mister Tonneman. Immer zu Euren Diensten.« Der Nachtwächter legte salutierend seine Finger an die Kaninchenfellmütze, schlang seinen Mantel um die Schultern und gähnte erneut. Dann schlurfte er in Richtung Beaver Street davon, wo eine Schale heißer Haferbrei und ein kaltes Bett auf ihn warteten.

Tonneman zog den Sattelgurt fest und gab Venus einen beruhigenden Klaps. Als er die Stute auf die Queen Street hinausführte, sah er Sam Hankin auf sich zurennen, sein kleines Gesicht ganz rot vor Aufregung.

»Habt Ihr es schon gehört, Sir?« rief der Junge schon von weitem. »Im Rathaus ist deshalb die Hölle los.«

»Was gehört?«

»Sie haben den verrückten Beado im Shellpoint treibend gefunden. Tot. Und sie sagen, jemand hat ihm dasselbe angetan wie den Pferden.«

Kapitel 43

Donnerstag, 21. März
Morgen

Während Tonneman den Strand hinauf in Richtung des Water Gate ritt, dachte er über den Tod des verrückten Beado nach. Der Zusammenhang mit den Pferdemorden lag aufgrund der Verstümmelung klar auf der Hand. Oder war die Kastration nur ein Trick, damit jeder glaubte, daß es einen solchen Zusammenhang gab? Was hatte Beado gewußt? Und was hatte Davies Tonneman sagen wollen, als er ihm vor Mendozas Lagerhaus zu sich gewinkt hatte?

Er ließ sich Ottos Bericht noch einmal durch den Kopf gehen. Es war nicht viel. Doch das machte nichts. Alles würde sich wie die Steine eines Mosaiks zu einem Bild zusammenfügen. Es mußte.

Das Glück war auf seiner Seite. Als er sich dem Water Gate näherte, trat Sergeant Frank Nesbitt aus dem Schatten des Tors und ging in Richtung Broad-Way-Tor.

»Ho, Venus. Auf ein Wort, Frank, wenn du kurz Zeit hast.«

Nesbitt blieb stehen und kam dann die paar Schritte zu Tonneman herüber. »Was kann ich für dich tun?«

»Welche deiner Männer hatten am Sonntag Dienst?«

Nesbitt lachte. »Du meinst am Morgen der blutigen Schwengel?«

»Wenn du so willst.«

»Dafür brauche ich nicht mal auf meinem Dienstplan nachzusehen. Brown an diesem Tor und Hart drüben am Broad Way.«

»Ich würde gern mit ihnen reden.«

»Das kannst du, wenn du willst, aber ich kann dir die Mühe ersparen. Beide schwören, daß niemand an ihnen vorbeigekommen ist.«

Tonneman zog skeptisch die Stirn in Falten. »Der Pferdekiller ist kein Gespenst, das ohne eine Spur kommt und geht.«

»Hart schwört, daß niemand durch sein Tor gekommen ist. Und Brown sagt, das einzige Geräusch, das er in der Nacht gehört hat, war das Miauen einer Katze, die sich im Wald verlaufen hatte.«

»Was?«

»Eine Katze. Mach dir nicht in die Hose, Mann. Ich habe nichts von einem großen, wütenden Bär gesagt. Du glaubst, die Katze hat sich in die Stadt geschlichen und das Pferd abgeschlachtet?«

»Nein. Aber ich wette, dieser Schwachkopf von einem Musketier Brown hat nach der Katze gesehen und …«

Nesbitt stöhnte auf. »Ach du heilige Scheiße! Sag nichts mehr. Du hast damit wahrscheinlich den Nagel auf den Kopf getroffen. Der Pferdekiller hat Brown mit seinem Miauen in den Wald gelockt, einen Bogen um den einfältigen Tropf geschlagen und ist dann seelenruhig in die Stadt spaziert.«

Tonneman seufzte schwer und zog Venus am Zügel in Richtung Wall Street herum. Jacob Roomes Haus war in der Broad Way Road, gleich außerhalb des Tors. Und Roome und seine Frau waren die nächsten auf Tonnemans Liste.

»Hast du das von Beado gehört, Tonneman?« rief Nesbitt hinter ihm her.

»Ja, hab' ich.« Tonneman brachte Venus zum Stehen und sah über die Schulter zurück.

Nesbitt holte ihn ein. »Ich hab' auch eine gute Nachricht für dich. Meine Männer haben zwar niemanden in die Stadt hereinkommen sehen. Aber was sich in die andere Richtung – aus der Stadt heraus – getan hat, steht auf einem anderen Blatt. Hart hat deinen Killer gesehen. Er ist vors Broad-Way-Tor galoppiert und hat Hart über den Haufen geritten.«

»Warum sagst du mir das erst jetzt? Wolltest du mir damit eine Weihnachtsüberraschung bereiten?«

Doch Nesbitt mokierte sich nur über Tonnemans Sarkasmus und spitzte die Lippen zu einem ironischen Kuß.

Tonneman seufzte. »Wie sah der Mann aus?«

»Konnte er nicht sehen.«

»Und das Pferd?«

»Konnte er auch nicht sehen. Ich schätze, es war das Tier, das man später am Teufelsfelsen fand. Es war so in Panik, daß sie den Gaul erschießen mußten.«

»Und das nennst du eine gute Nachricht?« Tonneman preßte Venus die Fersen in die Flanken und ritt zum Broad Way weiter. »Hast du das alles Gibb erzählt?« fragte er über die Schulter.

»Ja, sicher«, rief der Sergeant zurück. »Er hat es nicht weiter ernstgenommen. Auch nicht, als ich ihm sagte, daß Hart für 'ne Weile bewußtlos war.«

»Ho!« Tonneman zog Venus mit einem Ruck herum. Das Pferd wieherte. »Tut mir leid, altes Mädel.« Er fixierte Nesbitt mit einem ärgerlichen Blick. »Du verdammter Hornochse!«

Ein Glitzern trat in die Augen des alten Haudegens.

Tonneman konnte sich ein Grinsen nicht verkneifen. »Du amüsierst dich prächtig, was? Na schön. Sag mir die gute Nachricht.«

»Das hab' ich gerade. Hart war eine ganze Weile bewußtlos. Wie lange, das weiß er nicht.«

»Das hat er dir gegenüber zugegeben?«

»Nach einigen Drinks und nachdem ich ihm erklärt habe, daß ich ihm den Arm breche und nach Afrika versetzen lasse, wenn er nicht mit der Wahrheit herausrückt.«

»Weiß Gibb davon?«

Nesbitt nickte. »Er hat von mir verlangt, es dir nicht zu sagen. Ich hab' mit mir selbst einen Kompromiß ausgehandelt: Ich hab' mir vorgenommen, es dir nicht zu sagen, bis du fragst.«

»Du weißt, was das bedeutet, oder? Wir wissen nicht, ob der Reiter aus der Stadt geritten ist oder ob er aus dem Sattel gestiegen ist und nur das Pferd alleine nach draußen gejagt hat.«

»So ist es.«

Tonneman ritt durch das Broad-Way-Tor und fragte sich, welchen Nutzen Zeugen überhaupt hatten. Wo der eine eine Flut sah, sah der andere einen Fluß. Von keinem konnte man erwarten, daß er die ganze Wahrheit überblickte.

Das Haus der Roomes war bereits von weitem zwischen all den anderen Häusern der Straße auszumachen, weil es weit und breit das größte und massivste war und wegen der vielen Karren und Wagen, die davorstanden. Hinter dem Haus war ein großer Garten und eine mächtige, hohe Scheune. Auf dem Hof machten sich eine Schar Hühner, ein paar Schweine und zwei dralle, im Schmutz herumkriechende kleine Mädchen die sonnigsten Flecken streitig. Von jenseits der Scheune war das Muhen von Kühen zu hören.

Tonneman betrat den weitläufigen Verkaufsraum im Erdgeschoß, der voller Kunden war.

Eine breitschultrige Frau mit roten, geschwollenen Augen beugte sich über eine Reihe geöffneter Säcke mit getrockneten Bohnen. Sie trug ein braunes Kleid aus Sackleinen und eine weiße Schürze. Der Raum war erfüllt von einer Atmosphäre der Strebsamkeit und Geschäftigkeit, aber auch von einer unsäglichen Traurigkeit.

»Mistreß Roome?«

»Ja, das bin ich.«

Jacob Roome stand an der Kasse und nahm die Bezahlungen seiner Kunden entgegen. Sein Rock und die Beinkleider waren schwarz, und am linken Arm trug er ein schwarzes Band. »Vielen Dank für Eure Kundschaft, Ma'am. Beehrt uns wieder«, sagte er zu einer Frau mit einem Muttermal auf der Nase.

Jan, Dirk und Willem, die neunjährigen Drillinge der Roomes, waren damit beschäftigt, die Bestellungen von Kunden in Körbe zu packen. Ihre Hemden waren ebenfalls aus Sackleinen.

Tonneman trat zur Seite und wartete geduldig, bis die Roomes Zeit für ihn hatten.

Jacob Roome ließ seinen Blick durch den mit Fässern, Kisten und Säcken bis an die Decke vollgestapelten Raum schweifen und eilte dann, nachdem er sich vergewissert hatte, daß seine Frau und seine drei Söhne eine Weile auch ohne ihn zurechtkommen würden, zu Tonneman. »Was kann ich für Euch tun, Mister Tonneman?«

»Wenn Ihr nichts dagegen habt, würde ich gerne über Euren Sohn Edward Davies mit Euch sprechen.«

»Selbstverständlich«, erwiderte Jacob Roome.

Eliza Roomes Hand fuhr erschreckt an ihren Mund. Sie quetschte ihre Lippen zwischen ihren Fingern und ließ dann ihre Hand wieder sinken. »Wir möchten uns bei Euch bedanken, Sir, daß Ihr Euch um meinen Edward in der Stunde seines Todes gekümmert habt.«

Tonneman hatte nichts dergleichen getan. Offenbar hatte Gibb die brutalen Einzelheiten weggelassen. Nun – er würde sich ebenfalls bemühen, den Gram der Roomes nicht noch größer zu machen.

»Mein Edward war ein guter Junge.« Eliza Davies Roome wischte mit ihren Händen über ihre Schürze, als wollte sie sie trocknen. »Ein bißchen jähzornig war er ja, aber er war berufen. Aus ihm wäre ein guter Prediger geworden.«

»Er hatte Anfälle«, sagte Roome mit einem Kopfschütteln.

»Ja, das ist wohl richtig«, gab seine Frau ihm recht. »Unserm Herrgott hat es gefallen, ihn mit dieser Bürde zu schlagen. Aber er hatte in Meister Crabtree einen Freund und Lehrer gefunden.«

Roome biß sich auf die Unterlippe. »Ich weiß nicht, ob Crabtree seinen armen Kopf nicht mit allem möglichen Unsinn aus Büchern vollgestopft hat.«

»Eine Frage noch«, sagte Tonneman. »Vor ungefähr einem Jahr habt Ihr von David Mendoza bei einem Handel einen größeren Posten rote Seide erworben.« Er zeigte dem Ladenbesitzer den Stoffetzen.

Verwirrung malte sich auf Roomes Gesicht. »Das stimmt, ja. Aber ich verstehe nicht ...« Seine Aufmerksamkeit wurde von zwei Frauen abgelenkt, die in den Laden traten.

»Bitte, Sir«, sagte Tonneman. »Es dauert nicht lange. Was ist mit dem Stoff geschehen?«

»Ich habe ihn natürlich verkauft. Schließlich bin ich Geschäftsmann.«

»An wen?«

»Wie soll ich das noch wissen? Ich habe ein schönes Stück gegen Biberfelle mit einem Indianer getauscht.«

»Könnte das dieser Mohawk gewesen sein, den man Fuchsmann nennt?«

»Die sehen für mich alle gleich aus.«

»Sein Haar. Hatte er nur eine herabhängende Strähne?«

Verwirrt schüttelte Roome den Kopf. »Genug, Sir. Ich habe Kundschaft, und meine Familie ist in Trauer. Ich habe vor kurzem meinen Sohn verloren.«

Tonneman nickte resigniert und machte Anstalten, den Laden zu verlassen, als Mistreß Roome gänzlich unerwartet das Wort ergriff: »Ich habe meinem Jungen davon einen Rock geschneidert. Einen feinen roten Rock für meinen Edward.«

»Ach ja?« Tonneman schrie dies fast hinaus. »Und was ist aus dem Rock geworden?«

Die Frau schüttelte bekümmert den Kopf. »Er ist nirgendwo im Haus.« Ihre Augen füllten sich mit Tränen.

Tonneman, plötzlich um Worte verlegen, trat zurück und verließ den Laden. Davies und Crabtree. Zwei, die man genauer in Augenschein nehmen sollte. Vielleicht war Davies der Pferdekiller gewesen. Aber wer hatte dann Davies getötet? Und warum wurde Beado verstümmelt?

Solomon Navarro wohnte am Broad Way unweit des Kastells in dem Haus, das Nick De Sille und Geertruyd gehört hatte, als die Engländer vor ein paar Jahren nach New York gekommen waren.

Tonneman ging einmal um das große, im holländischen Stil gebaute Haus herum, um einen Eindruck von der Lage des Anwesens und seiner unmittelbaren Umgebung zu bekommen. Natürlich hatte Nick damals eines der wenigen Backsteinhäuser der Stadt gehört. Und je mehr Tonneman darüber nachdachte, um so weniger verwunderte es ihn, daß inzwischen der selbstgefällige Navarro eines der schönsten Christenhäuser New Yorks sein eigen nannte.

Die Äste der Pfirsichbäume vor dem Haus grünten bereits. Im Sommer würde der Duft der reifen Pfirsiche bis hinüber zur Queen Street die Luft erfüllen.

Hinter dem Haus war der gepflegte kleine Kräutergarten verschwunden, den die De Silles seinerzeit angelegt hatten. Offenbar hielt Navarro weit weniger von den heilenden Kräften der Kräuter als Racqel.

Ein einsamer Apfelbaum stand dort, wo einmal der Kräutergarten gewesen war, daneben eine Gartenlaube aus Gitterwänden, über die sich Kletterpflanzen rankten.

Entschlossen trat Tonneman auf die große, horizontal geteilte Flügeltür zu, deren obere Hälfte in der Form eines Kreuzes getäfelt war. Unwillkürlich fragte sich Tonneman, ob Navarro die Bedeutung dieses Türschmucks, der nichts anderes war als das Kreuz Christi, wirklich von ganzem Herzen zu würdigen wußte. Er klopfte an die Tür.

Eine alte Negerin mit runzligem Gesicht stieß den oberen Türflügel auf und streckte den Kopf heraus. Sie erschreckte Tonneman, denn sie sah genau wie Annabella aus, Geertruyds alte Dienerin, die angeblich unterwegs nach Jamaika auf See gestorben war. War sie es? Für Tonneman sahen die meisten Afrikanerinnen gleich aus – vor allem die alten.

»Ist Mister Navarro zu Hause?«

Anstatt einer Antwort stieß die Alte den unteren Türflügel auf und trat zur Seite. Eine Amsterdamer Szene, an die Tonneman sich lebhaft erinnerte, war auf die Innenseite des oberen Türflügels gemalt, den unteren zierte ein Stilleben von einem Strauß Tulpen.

Tonneman folgte der Negerin, die in die große Wohnstube vorausschlurfte. »Beim Blut Christi«, flüsterte die Alte wie ein Echo Nicks aus längst vergangenen Zeiten. Offenbar hatte Navarro das Haus von Nick samt allem lebenden und toten Inventar gekauft. Es sah genauso aus wie damals, als es Nick De Sille gehört hatte.

Eine neue Frage beschäftigte Tonneman. Woher stammte Navarro? Hatte der Arzt das Haus gekauft, oder hatte es die jüdische Gemeinde für ihn erworben, wie dies häufig der Fall war? Oder hatte er es nur gepachtet? Wie auch immer – das Haus mitsamt Einrichtung war in geradezu verblüffender Weise unverändert dasselbe wie seinerzeit, als Nick hier gewohnt hatte.

Auch das grüne Plüschsofa stand an seinem alten

Platz gegenüber dem breiten, von einem Mittelpfosten geteilten Fenster, das auf den Broad Way hinaussah. Vor dem Sofa stand der mit Schnitzereien verzierte Tisch. Im orange gekachelten Ofen brannte ein Feuer.

Die alte Dienerin klopfte an eine Tür in der hinteren Wand der Stube.

Als die Tür aufging, hörte Tonneman eine Frauenstimme sagen: »Er kommt gleich raus.«

Das Kleinmädchenlispeln war unverkennbar. Die Frau, die in die Wohnstube trat, war ganz in Rot gekleidet, was ihre zarte weiße Haut wie Milch schimmern ließ. Auf ihrer rechten Wange war eine kleine schwarze *Mouche.* Madame Geertruyd De Sille.

»Ah, Tonneman«, flötete Geertruyd mit sanfter Stimme. »Wir treffen uns an den ausgefallensten Orten.« Sie hob ihre Stimme und rief durch die Tür zurück: »Vielen Dank, Señor Navarro. Mir geht es jetzt schon viel besser.« Sie segelte zur Tür, nahm im Vorübergehen ihren roten Sonnenschirm aus der blauen Chinavase und trat hinaus in den hellen Sonnenschein.

Geertruyds Rosenwasserduft hing in der Luft, nachdem die Tür ins Schloß gefallen war.

»Ein Patient«, rief die alte Negerin. Sie klang sogar wie Annabella.

»Ja?« Nun erschien Navarro in der Tür, ein verbindliches, gönnerhaftes Lächeln auf dem Gesicht. Der Mann war wieder in Schwarz gekleidet. Heute in eine seidene Kniehose und einen langen Gehrock über einem scharlachroten Hemd. Als er Tonneman erblickte, verschwand sein Lächeln. Seine schwarzen Eulenaugen wurden noch runder, falls dies überhaupt möglich war. »Was wollt Ihr hier?«

»Ich bin gekommen, um mit Euch zu reden.«

»Ich bin überrascht, daß Ihr nicht Eure Frau geschickt habt. Sie scheint zu glauben, sie kann tun, was ihr gefällt.«

Sehr schlau, dachte Tonneman. Er versucht, mich mit seiner Stichelei gegen Racqel zu reizen, damit ich vielleicht vergesse, weshalb ich gekommen bin. »Wo wart Ihr am Sonntag morgen, Mister Navarro?«

Navarro lachte. »In meinem Bett natürlich. Aber das geht Euch nichts an.« Seine Augen weiteten sich. »Ihr glaubt doch nicht im Ernst, daß ich irgend etwas mit dieser verdammten Pferdegeschichte zu tun habe? Ich war während dieser Nacht und den ganzen Morgen in meinem Bett. Und das kann ich beweisen, wenn es sein muß. Aber das muß ich nicht – nicht Euch gegenüber. Und nun raus mit Euch!«

Tonneman zuckte mit den Schultern und verließ das Haus des Arztes.

War Navarro in Schwarz eine Imitation eines jüngeren Nick – bevor Nick seine Gewohnheit, sich schwarz zu kleiden, zugunsten eines mehr englischen Aussehens aufgegeben hatte?

Abgesehen von der roten Krawatte natürlich.

Wenn Navarro dieses Haus von Nick gekauft hatte und sich wie Nick kleidete, existierten auch noch andere Verbindungen zwischen den beiden Männern?

Doch das hieße das Offensichtliche ignorieren. Wenn er alle Spieler in dem Spiel in Betracht zog, wie er sie kannte, dann mußte die Verbindung zwischen Navarro und Geertruyd zu suchen sein.

Ja. Wenn sie eine neue Eroberung gemacht hatte, dann war es ganz im Stil Geerties, ihn so herauszuputzen wie der junge Nick ausgesehen hatte, als sie ihn kennengelernt und geheiratet hatte.

Tonnemans Gedanken über die Beziehung zwischen Davies und Crabtree gewannen wieder die Oberhand.

Eliza Roome hatte gesagt, daß Edward einen Freund und Lehrer in Master Crabtree gefunden hatte.

Und der verrückte Beado spielte in dieser Freundschaft ebenfalls eine Rolle. Hatten Tonneman und Gibb ihn nicht halb tot in Davies' Hütte am Shellpoint gefunden? Nun waren Beado und auch Davies tatsächlich tot. Einfache Mathematik. So klar wie Kloßbrühe. Der Mörder war der Schulmeister, Crabtree. Oder war es doch Navarro?

Kapitel 44

Donnerstag, 21. März
Vormittag

Racqel wählte ihr sittsamstes Kleid, braun mit gestärktem weißen Kragen, und ihre schlichteste Haube für ihren Besuch bei Asser Levy und betete, während sie sich ankleidete, um den Beistand Gottes. Sie besprach mit Alice das Mittag- und das Abendessen und legte dann einen leichten, schwarzen Umhang um die Schultern, deckte ein Leinentuch über ihren Korb mit Arzneien und küßte ihre Kinder zum Abschied.

»Ich bin bald wieder zurück, Alice.«

Mit einem unfrohen Gefühl im Herzen verließ sie das Haus durch die Küchentür, ging um das Haus herum zur Queen Street und dann weiter in Richtung Wassertor.

Hinter ihr wühlten die Straßenarbeiter am Hafenpier noch immer Staub auf. Vor ihr war lautes Gelächter zu hören, und ein starker Rumgeruch hing in der Luft. Als sie näher kam, wurde ihr der Grund klar: Ein Faß war gebrochen – ob zufällig oder mit Absicht, war nicht zu erkennen –, und die Schauerleute, die die Fracht eines englischen Schiffs löschten, das soeben aus Jamaika eingetroffen war, fingen die herausrinnende braune Flüssigkeit mit ihren Händen auf und schlürften sie. Sheriff Gibb würde alle Hände voll zu tun haben, bevor der Tag zu Ende war.

Am Water Gate war nirgendwo eine Wache zu sehen. Racqel schüttelte den Kopf. Wußten sie denn nicht, daß ein Verrückter frei herumlief?

Sie hatte vier Möglichkeiten zur Auswahl: Levys Haus, die Taverne, sein Laden oder das Schlachthaus jenseits des Tors, draußen am Pier. Da es am nächsten lag, entschied sie sich für das Haus in der Wall Street.

»Meine Herrin ist nicht zu Hause.« Die Stimme des jungen Dienstmädchens war voller Hochmut. Der Blick des jungen Dings war eine Mischung aus Furcht und Unverschämtheit. Ebenso schnell wie ihre Worte hervorgesprudelt waren, schloß sich die Tür wieder.

»Warte. Ich will mit deinem Herrn sprechen.«

Die Augen des Mädchens wurden schmal. Sie musterte Racqel mit so etwas wie Angst in den Augen. »Mein Herr ist jeden Morgen, außer am Sabbat und am Sonntag, in seinem Schlachthaus. Ich richte ihm aus, daß Ihr hier wart.« Sie warf die Tür vor Racqels Nase ins Schloß.

»Vielen Dank«, murmelte Racqel und wandte sich ab. Sie zweifelte nicht daran, daß das Mädchen jetzt hinter der Tür ein Gebet flüsterte, um die böse Hexe fernzuhalten. Alles, was Racqel wollte, war, daß ihre Kinder in der Religion ihres Volkes unterrichtet und zu gläubigen Juden erzogen wurden. War dies zuviel verlangt?

Erbitterte Gedanken in ihrem Kopf wälzend, lenkte sie ihre Schritte wieder zurück zur Queen Street. All ihre Probleme wären mit einem Schlag gelöst, wenn Tonneman Jude würde.

Die Torwache, ein runder, fetter Mann mit einem mächtigen Bauch, war jetzt auf seinem Posten. Er kaute an einer Wurst.

»Guten Morgen.«

»Guten Morgen, Mistreß Tonneman.«

War es nur Einbildung, oder hatte der Musketier gezögert, als er sie erkannt hatte? Egal – sie würde sich durch nichts und niemanden von ihrem Vorhaben abbringen lassen.

Gleich hinter der Mauer war ein Pier, der ein Stück weit in den East River hinausragte. Racqel nickte dem Wachtposten zu und trat durch das Tor.

Das Schlachthaus von Asser Levy stand auf Pfählen über dem Wasser. Der Wind, der vom Osten her übers Meer blies, war kalt und trug den Gestank des Schlachthauses mit sich. Krähen und Habichte und hin und wieder eine besonders aggressive Möwe zankten sich kreischend um die besten Plätze, um Levys Schlachtabfälle zu ergattern.

Das Schlachthaus sah ebenso scheußlich aus, wie es roch, doch entschlossen setzte sie ihren Fuß auf die Planken, die zu ihm hinausführten. Im selben Augenblick bog ein von Norden kommender und von einem klapprigen Gaul mit durchhängendem Rücken gezogener Wagen auf den Pier. »He, du kannst da nicht hin«, rief der Mann auf dem Kutschbock des Wagens, der hoch mit Säcken aus Segeltuch beladen war. Einige davon waren aufgerissen, und Salz quoll heraus. Er brachte seinen grauscheckigen Klepper zum Stehen und sah finster auf sie herab.

»Halt!« rief eine andere Stimme vom Pier herüber. »Ihr dürft nicht weitergehen!«

»Geht zurück!« rief eine zweite Stimme aus derselben Richtung.

Ein Stück weiter vorn versperrten ihr zwei kräftige junge Burschen den Weg. Beide schienen entsetzt, daß sie hier auftauchte. Sie war schließlich eine Frau.

»Ich möchte ...«

»Laß mich vorbei«, bellte der Mann auf dem Kutschbock.

Der Graue trat ihr praktisch auf die Füße. Erschreckt balancierte Racqel am Rand des Piers, um nicht ins Wasser zu fallen, als der Wagen mit Salz an ihr vorüberrumpelte.

Nachdem der Wagen vor dem Schlachthaus zum Stehen gekommen war, rief sie hinüber: »Ich muß mit Asser Levy sprechen. Es ist sehr wichtig. Sagt ihm, Mistreß Tonneman möchte ihn sofort sprechen.«

Die beiden Burschen bewegten sich nicht.

»Bitte«, rief sie. »Es ist dringend.«

Einer der beiden verschwand im Schlachthaus, während der andere sie mißtrauisch im Auge behielt.

Alles und jeder hatte sich gegen sie verschworen, um sie fühlen zu lassen, daß sie eine Ausgestoßene war, dachte Racqel und wußte nicht, ob sie wütend oder traurig sein sollte. Der Wind hatte sich inzwischen gelegt, aber ihr war noch immer kalt. Doch sie stand mit erhobenem Kopf an dem Pier und dachte nicht daran zurückzuweichen.

Sie sah Asser Levy aus dem Schlachthaus kommen. Er nahm seine blutverschmierte weiße Schürze ab und reichte sie dem jungen Burschen, der sie nicht aus den Augen gelassen hatte.

»Mistreß Tonneman«, rief Levy über die Distanz hinweg, die sie trennte. »Ich sage allen, daß Ihr ein Engel der Barmherzigkeit seid. Aber das hier ist kein Ort für Euch.«

Seine Worte waren so überschwenglich, daß der Mann, der das Salz ablud, innehielt und zu ihnen herübersah.

»Ich habe Euch noch mehr Medizin gebracht.« Racqel machte einige Schritte nach vorn.

Levy hob warnend die rechte Hand. Sie blieb stehen.

»Aber ich bin nicht mehr krank. Seht Ihr das nicht? Ihr habt mich kuriert, und ich bin Euch sehr dankbar deshalb. Kommt doch später in mein Haus. Ich gehe während der Mittagspause zum Essen nach Hause. Mein Haus ist von heute an auch Euer Haus.«

»Vielen Dank, Mister Levy«, rief sie zurück. »Aber ich muß mit Euch reden. Jetzt gleich!«

Levy seufzte. »Und ich muß mit Euch reden, Mistreß. Aber das möchte ich lieber nicht hier tun.« Er verschränkte die Hände vor seinem schwarzen Wams. »Ich bin Euch so dankbar, liebe Frau, daß ich wieder gesund bin, und ich habe in den letzten Tagen oft an eine jüdische Mutter und ihre vier jüdischen Kinder gedacht, die gezwungen waren, ohne die Liebe und die Kraft unserer Gemeinde heranzuwachsen. Und ich habe auch über das nachgedacht, worum sie mich gebeten hat.«

Entgegen ihrem Willen und allem, was sie wußte, machte Racqels Herz einen freudigen Satz. Sie sagte jedoch nichts.

»Ich möchte ein Unrecht, das geschehen ist, wiedergutmachen«, fuhr Levy fort. »Schickt Euren Moses zu mir. Ich werde persönlich mit seinem Unterricht beginnen. Es wird mir ein Vergnügen sein, einen jungen Mann auf seinem Weg zum Glauben zu führen und ihn zu lehren, Gott zu preisen.«

»Ich danke Euch.« Racqel war überwältigt. »Aber hört mich bitte an, und ich hoffe, Ihr werdet Eure Meinung nicht ändern, nachdem ich Euch gesagt habe, was Euch zu sagen ich gekommen bin.«

»Und was ist das?« Levy lächelte wohlwollend.

»Ich fürchte, Ihr habt Euch falschen Hoffnungen hingegeben. Ihr seid noch immer krank.«

Der Schlachter lachte. »Wenn Ihr das krank nennt, dann möchte ich krank sein bis zu dem Tag, an dem ich sterbe. Und ich bete zu Gott, daß dieser Tag noch fern ist.«

»Ihr versteht nicht. Ihr seid nicht kuriert. Die Krankheit ist nur für eine Weile verschwunden. Sie könnte wiederkommen.«

Er betrachtete sie mit gerunzelter Stirn. »Das können auch die Engel des Todes. Ich mache mir Sorgen darüber, wenn es soweit ist. Was soll das ganze Gerede über den Tod?«

»Mister Levy, wie lange seid Ihr schon Schlachter?«

»Was hat das damit zu tun?« Er bemühte sich, seine Irritation zu verbergen. »Fast mein ganzes Leben lang.«

»Dann habt Ihr sehr viel Glück gehabt.«

»Sagt das einem, der in seinem Grab liegt. Schon wieder der Tod!« Er spuckte dreimal durch seine gespreizten Finger in den Fluß.

»Ich glaube, Ihr habt die Schlachterkrankheit. So hat mein Vater dieses Leiden genannt. Es könnte von den toten Tieren in Eurem Schlachthaus kommen.«

Jetzt war sie zu weit gegangen. Levys Gesicht verzerrte sich, und seine Stimme war kalt. »Unsinn, Frau. Ich befolge unsere Gesetze. Wir sind rein. Wir sind koscher.« Er schüttelte den Kopf. »Wie konnte ich nur auf den Gedanken kommen, daß ein Weib helfen könnte.«

»Mister Levy! Ich flehe Euch an, geht nicht mehr in Euren Laden oder in Euer Schlachthaus oder sonst irgendwie in die Nähe von toten Tieren.«

Asser Levys schwarze Augen glitzerten vor Zorn und Mißtrauen. Dies war die größte aller Beleidigungen. »Wieso verlangt Ihr nicht von mir, ich soll bis zum Jüngsten Tag nicht mehr atmen? Ich sage Euch, mein Fleisch ist das beste. Mein Schlachthaus ist sauber. Jede Lunge, die ich untersuche, ist rein und makellos. Es gibt keine Krankheit in meinem Fleisch.«

Sie trat so nahe auf ihn zu, wie sie nur irgend wagte. Als sie nur mehr eine Armlänge von ihm entfernt war, sagte sie: »Wenn Ihr Euch nicht von toten Tieren fernhaltet, könntet Ihr wieder erkranken. Ihr könntet sterben.«

Schweiß trat auf Levys Stirn. Sein Halstuch schien ihn zu ersticken. Er begann, auf sie einzubrüllen: »Versucht nicht, mich ins Bockshorn zu jagen. Seht mich an, Weib. Ich bin so wütend, daß meine Hände zittern. Wenn ich wieder krank werden sollte, dann nur, weil Ihr mich wieder krank gemacht habt. Ist es das, was Ihr wollt? Ist das Eure Rache für den Groll, den Ihr gegen unsere rechtschaffene Gemeinde hegt? Keiner von uns hat sich von Gott abgewandt. Ihr habt das getan. Keiner von uns hat einen Christen geheiratet. Ihr habt das getan. Gepriesen sei der Herr, unser Gott. Der Herr ist allwissend und einzig. Ihr ganz allein seid dafür verantwortlich, daß Eure Kinder nicht im Schoß unserer Gemeinde aufwachsen. Wegen Eurer Sünden, nicht wegen unserer. Verlaßt sofort meinen Pier!«

Levys Zorn löste eine Hustenattacke aus. Der Anfall war so heftig, daß der Mann Blut spuckte. Entsetzt zeigte Levy mit dem Finger auf Racqel und schrie: »Blut. Blut. Du bringst mich um. O mein Gott. Die Christen haben recht mit dem, was sie über dich sagen. Du bist eine Hexe!«

Kapitel 45

Donnerstag, 21. März
Später Vormittag

Jedes einzelne Wort von Asser Levy traf Racqel wie glühende Kohlen, die sich tief in ihre Seele brannten. Sie mußte fort von hier, davonlaufen, ihre Tränen verbergen und ihr Entsetzen.

Statt durch das Tor in die Stadt zurückzulaufen, stolperte sie die Water Gate Road nach Norden, vorbei am jüdischen Friedhof, und blieb nur stehen, als ihr der Korb mit Arzneien aus der Hand glitt. Wozu war das alles noch gut? Wozu war sie überhaupt gut?

Sie beschloß, zum Friedhof zurückzugehen; vielleicht würde sie am Grab ihres Vaters ein wenig Trost finden. Das Rumpeln eines herannahenden Gefährts ließ sie aufblicken. Eine Kutsche polterte schlingernd und Staub aufwirbelnd auf sie zu. Sie griff nach ihrem Korb und lief in den Wald. Diesmal rannte sie, bis sie keine Luft mehr bekam und gegen eine alte Kiefer sank. Erschöpft rutschte sie zu Boden und ließ ihren Tränen freien Lauf.

Er war wieder der Sucher, doch diesmal war er auch er selbst. Trotz der Krankheit war er heiter gestimmt. Als er vor zwei Tagen in sein eigenes Bett zurückgekehrt war, hatte das Fieber in ihm gewütet. Es glühte auch jetzt noch. Aber durch die Kraft seines Willens hatte er es vor jenen verborgen, die um ihn waren. Doch jetzt duldete er, daß es sich seiner bemächtigte. Seine Knochen waren wie die Nägel Christi und drohten durch die Haut zu stechen, die sie zusammenhielt. Er brauchte eine furchtbare und heilige Kraft, den Gotteslästerer niederzustrecken.

Er würde wieder seinen feinen roten Rock anlegen und Gottes Werk verrichten. Es gefiel ihm, den roten Rock zu tragen, wenn er das Schwert des Herrn gürtete. Eine poetische Verhöhnung der Engländer, der Rotrökke, der Gottesverdammer, denn die Engländer waren die schlimmsten aller Lästerer. Doch seine Mission war nicht nur gegen sie allein gerichtet. Alle würden seinen Zorn zu spüren bekommen. Die Holländer. Die Juden. Sogar die Indianer und Nigger. Sie alle waren Sünder. Und weil sie Gottes Gesetze nicht befolgten, waren sie alle verdammt.

In seinen Augen glühte mehr als nur das Fieber. In der Schulter seines feinen roten Rocks war ein Riß. Er konnte nicht geflickt werden; ein Stück Stoff fehlte. Fluchend warf er den Rock zu Boden. Er würde ohne das verschandelte Gewand auskommen müssen. Er hob es wieder auf und strich liebevoll darüber. Nein, er würde den Rock ein letztes Mal tragen. Seine Mission hier war fast erfüllt, und er würde wieder weiterziehen. Es war Gottes Wille, daß er unter die Sünder ging, sie strafte, wie Noah es getan hatte, und sie warnte vor der Lästerung Gottes durch Reichtum, Völlerei und Unzucht. Die Flut würde wiederkommen. Nur diesmal würde es eine Flut von Blut sein. Er schritt die Treppe hinab, blind für alles, was um ihn herum war, dann nach draußen und weiter in nordöstlicher Richtung. Seine Schritte fanden den alten Pfad, den Pfad der Indianer. Er folgte ihm, einen Lobgesang zum Ruhme Gottes auf den Lippen. Ein anderes, neues Geräusch ließ die Vögel verstummen und drang an sein Ohr. Stirnrunzelnd blieb er stehen und lauschte. Es klang wie das Weinen eines Weibes.

Der Wald war verzaubert, das wußte er. Er schlich näher. Hinter einem bewachsenen Hügel hervor sah er *sie* auf einer Lichtung gegen einen Felsen gelehnt sitzen.

War dieser weinende Engel mit dem dunklen Haar die Jungfrau Maria, die Mutter des Kindes, das sie Jesus nannten?

Seine Darmwinde plagten ihn. Eine weitere, von Gott gesandte Prüfung, so wie Gott Luther mit seiner Verstopfung geprüft hatte. Der Sucher wich wieder tiefer in den Wald zurück, um sich von seiner Bedrängnis Erleichterung zu verschaffen. Und um zu beten.

Als er wieder zu dem bewachsenen Hügel zurückkehrte, sah er, daß Maria, die Mutter Gottes, sich wieder gefangen hatte. Sie war zu ihm gekommen, um ihn von seinem Leiden zu heilen. Hatte sie nicht auch Asser Levy geheilt? Sie kannte die magischen Kräfte der Kräuter und die Geheimnisse der Indianer und der Nacht. Die Heilige Jungfrau Maria würde ihn heilen. Er trat auf die Lichtung hinaus.

›Der wie ein Fuchs geht‹ war ihr gefolgt, seit sie das Haus verlassen hatte. Das Salz, das zum Pier des Schlachters geliefert wurde, brachte ihn auf den Gedanken, einen Sack für sich selbst zu erbeuten. Doch die ärgerlichen Worte von Asser Levy ließen ihn zögern.

Weshalb war sie von schieren Worten so verängstigt? Was konnte es sein, das ihr so große Angst bereitete? Sie zeigte doch sonst niemals Furcht.

Er entblößte die Zähne zu einer Grimasse, die er für ein Grinsen hielt, und beobachtete, wie sie von der Stadt fortlief – zuerst auf der Straße und dann in den Wald hinein. Er folgte ihr.

»Heilige Jungfrau Maria«, flüsterte der Sucher, als er ins Freie trat. »Du weißt, wie krank ich bin, und nur du kannst mir helfen, so wie du Asser Levy geholfen hast.«

Racqel starrte ihn entgeistert an. In seinen Augen brannte das Fieber. Seine Lippen waren rissig und aufgesprungen. Zweifellos war er vom Wahnsinn umnachtet. Sie hatte das Leinentuch verloren, mit dem sie den Korb bedeckt hatte, doch die Arzneien waren nach wie vor heil. Sie tastete nach einer großen Flasche Laudanum und reichte sie ihm. »Hier, das wird deine Schmerzen lindern«, sagte sie.

Er beäugte sie mißtrauisch. »Nein, ich habe mich geirrt. Du bist nicht die Heilige Jungfrau Maria und Mutter Gottes. Du bist die andere. Du bist die Hure Maria Magdalena.« Er packte ihren Arm. »Du bist die heimliche Hexe, die ich töten muß. Komm mit mir.«

Entsetzt ließ sie ihren Korb fallen. Die Flasche fiel heraus und rollte gegen einen Stein. Ein Sprung erschien in dem dicken Glas. Mit einem bestürzten Aufschrei griff sie danach. Die Flasche zerbrach in ihrer Hand. Der scharfe Geruch von Opium und Branntwein erfüllte die Luft, als die kostbare schmerzlindernde Medizin in der Erde versickerte.

Tonneman beobachtete eine Weile das Haus von Navarro, doch ohne Erfolg. Patienten kamen und gingen, Juden und Christen, doch es war niemand darunter, der verdächtig war. Tonneman war zutiefst enttäuscht. So wie die Dinge standen, war der Mörder entweder Crabtree oder Navarro. Entweder der eine oder der andere, aber er wünschte sich, daß es Navarro war.

Als die Sonne im Zenit stand, verspürte Tonneman Hunger und Durst, und er machte sich auf den Nachhauseweg, um mit seinem Weib und den Seinen zu Mittag zu essen.

Navarro und Geertruyd. Er lachte laut auf. Langsam ... Wo hatte er nur seinen Verstand? Navarro war '73 nach New York – damals noch New Orange – gekommen. Von wo? Tonneman kratzte sich am Kopf. Aus irgendeiner der englischen Kolonien. Rhode Island? Newport?

Rhode Island, Massachusetts, Connecticut. Das paßte

perfekt in seine Theorie. Wenn jemand von dort nach Süden reiste, bot sich New York als nächste Station geradezu an. Das würde bedeuten, daß Crabtree unschuldig und Navarro der Schwengelabschneider war.

Und Navarro, der Arzt und Chirurg, wußte sicherlich, wie man einer Kuh mit dem Messer die Kehle durchschnitt.

Aber nach Racqels Theorie hatte die tote Kuh nur etwas mit dem Toten auf dem jüdischen Friedhof zu tun, bei dem es sich aller Wahrscheinlichkeit nach um einen Lopez-Campbell handelte, der von einem anderen Lopez-Campbell ins Jenseits befördert worden war.

Was hatte das eine mit dem anderen zu tun?

Nichts.

Aber Navarro *konnte* beides getan haben.

Tonnemans Gehirn war müde von all seinen Theorien. Er fand seine Kinder um den Tisch in der Küche versammelt und vor ihren leeren Schalen wartend, daß Alice die dicke Kartoffelsuppe austeilte.

Alice stellte eine Schale vor Tonneman hin und füllte sie bis zum Rand.

»Wo ist Mutti?« fragte Tonneman Moses, der an der Tür zum Garten stand.

Der Junge hob Stille gebietend eine Hand. Tonneman war verärgert, bis er begriff, daß dies keine Ungezogenheit seines Sohns gewesen war. Der Junge war in ein Gebet vertieft, während er sich die Hände wusch.

Mit einem Seufzen schnitt Tonneman das Brot. Wer hätte je im Traum daran gedacht, daß sich sein Leben in eine so erstaunliche Richtung entwickeln würde?

Moses trocknete sich die Hände und kam an den Tisch. »Sie ist noch nicht nach Hause gekommen«, sagte er.

»Aber sie war doch schon fast aus der Tür, um Mister Levy zu besuchen, als ich am Morgen ging.«

Das Messer schwebte über dem Brot. Seine Kinder starrten ihn aus großen Augen an. Alice ebenfalls.

»Papi?«

»Es ist nichts, Moses.« Tonneman legte das Messer auf den Tisch. »Sie mußte vielleicht noch zu …« Er warf Alice einen Blick zu. Sie hatte Angst. Und er ebenfalls.

Sie hörten das Klopfen zunächst gar nicht; erst als Maria aufstand, wurden sie seiner gewahr. »Es hat geklopft, Papi.«

»Setz dich und iß.« Tonneman ging zur Küchentür. Auf der Veranda stand ein sehr verlegener Asser Levy. »Ich bitte um Entschuldigung, Mister Tonneman. Eure Frau …«

»Wo ist sie? Was ist passiert?« Tonnemans Herz drohte in seiner Brust zu zerspringen. Er stieß Levy zurück, bis sie beide auf der Veranda standen. Er zog die Küchentür hinter sich zu.

»Ich muß sie sprechen. Ich möchte mich bei ihr entschuldigen.«

»Sie ist noch nicht nach Hause gekommen. Was ist passiert? Was habt Ihr ihr angetan?«

»Es tut mir alles so leid. Sie ist heute morgen in mein Schlachthaus gekommen, um mir zu sagen, daß ich noch immer krank bin und daß es keine Heilung für mich gibt. Ich wollte es nicht hören. Ich habe sie davongejagt.«

Tonnemans Pranken packten Levy bei seinem Rockaufschlag. »Sie wollte Euch nur Gutes.«

»Gott ist mein Zeuge, ich wollte ihr nichts Böses. Ich habe die Fassung verloren und sie angeschrien. Sie ist davongelaufen.«

»Wohin?« fragte Tonneman.

Levy legte die Stirn in bekümmerte Falten. Er preßte vor Gram ob seines gedankenlosen Tuns die Augen fest zusammen. »Sie lief auf der Water Gate Road nach Norden. Ich dachte, sie würde inzwischen längst zu Hause sein …«

»Ach ja?« brüllte Tonneman. »Sie lief von der Stadt fort, und Ihr habt geglaubt, sie ist inzwischen wieder zu Hause?«

Levy nickte. »Wie könnt Ihr mir je vergeben?«

»Das werde ich niemals.« Tonneman vergaß Levy, verbannte seine Kinder aus seinen durcheinanderwirbelnden Gedanken, ließ seine Hände vom Rockaufschlag des Schlachters sinken und eilte unter den Wäscheleinen hindurch zur Queen Street und hinab zum Coenties Pier. Er hatte dort Freunde.

Auf der kleinen Lichtung stand eine ausgebrannte Hütte. Vielleicht zwanzig Schritte jenseits davon war das Ufer des weiten Shellpoint.

Racqel ließ ihren Entführer keine Sekunde aus den Augen. Sein Gesicht war eingesunken und glühte vor Fieber. Er schien todkrank. Wenn sie ihm einen Schubs gab, würde er zusammenbrechen.

Doch all das bedeutete nichts mehr, als er das Messer aus seinem Gürtel zog und damit auf sie deutete. »Heile mich«, flüsterte er heiser.

Kapitel 46

Donnerstag, 21. März
Später Morgen

Das warme Sonnenlicht sickerte durch die Baumkronen am Shellpoint. Es fiel auf die Klinge des Messers.

Für Racqel war es, als sei in diesem Augenblick die Welt um sie herum stehengeblieben. Kein Vogelgezwitscher, kein Rauschen des Windes in den Blättern war mehr zu hören, und auch das Murmeln der Bäche, die sich in den großen Teich ergossen, hatte aufgehört. Sogar der Atem stockte ihr.

»Nimm deinen Fluch von mir, Tochter der Hekate, und ich sorge dafür, daß du in den Himmel kommst.« Seine fiebrigen Augen bohrten sich mit einem fanatischen Glühen in die ihren; sie war starr vor Angst. »Heile mich, wie du den Juden Levy geheilt hast.«

Ihr gelang es, Luft in ihre Lungen zu saugen, was sie selbst überraschte. Mit dem Atemzug zerbrach die Stille, und die Erstarrung fiel von ihr ab; Racqel taxierte ihre Lage. Er hatte ein Messer, und er war verrückt.

Und er war krank. Mit Symptomen ganz ähnlich denen von Asser Levy.

War es möglich, daß auch er die Schlachterkrankheit hatte? Wenn das Pferdeblut an seinem Körper gewesen war, als sie ihn fanden …?

Aber so schnell?

Seltsam, daß ein Schulmeister an einem solchen Leiden erkrankte.

Und dann wußte sie es.

Fuchsmann, der Racqel und ihren Entführer nicht aus den Augen ließ, stand so still, daß sich nicht einmal die

Grashalme unter seinen Füßen bewegten. Der Geist des Mannes mit dem Messer war verwirrt. Trug nicht Fuchsmann nun das Schwert und das Gehenk, das der Mann im Teich zurückgelassen hatte?

Fuchsmann glitt näher, um besser zu sehen und zu hören.

»Meister Crabtree. Ihr kennt mich. Ich bin Racqel Tonneman, Moses' Mutter.«

»Nein, du lügst. Moses' Mutter war die Tochter des Pharao!«

»Ich flehe Euch an, Sir. Steckt das Messer weg.«

Er blinzelte ein paarmal heftig und rieb sich dann die Augen. »Heile mich.« Er steckte das Messer nicht weg.

Racqel stellte ihren Korb auf den Boden, ließ sich auf die Knie sinken und beugte sich darüber. Das Laudanum war verloren, aber sie hatte noch die Birkenrinde und das Mittel zur Regelung des Stuhlgangs, das auch schmerzstillend wirkte. Sie reichte ihm die Flasche mit dem Schmerzmittel. »Trinkt das. Es wird Euch helfen.« Ihr Herz hämmerte so laut, daß sie es hören konnte.

Sie wollte nicht sterben, und sie wollte auch nicht, daß er starb. Wenn er etwas von der Arznei trank, würde er schläfrig werden. Aber wieviel reichte aus, ihr das Leben zu retten? Wenn er nicht genug davon trank, konnte er sie noch immer töten. Zuviel davon, und er konnte sterben. Sie war keine Mörderin. »Nur wenig davon.«

Der Schulmeister nahm die Flasche und starrte auf sie hinab. Dann ließ er sie in die Tasche seines roten Rockes gleiten.

»Ihr müßt Wasser dazu trinken«, sagte sie und deutete auf den Teich. Ihre Stimme war fest, doch ihre Hände zitterten. Wenn er sich zum Wasser hinabbeugte, konnte sie ihn mit einem Stein niederschlagen. Dies war der Mann, zu dem sie Moses zum Studieren geschickt hatte. Gott behüte – sie hätte ihren Jungen auch in den Tod schicken können! Ängste um ihre Kinder wirbelten durch ihren Kopf. *Gott steh mir bei,* betete sie. *Schick mir Tonneman. Tonneman, komm und rette mich. Bitte komm!*

Der Schulmeister schob sich näher, das Messer in seiner Rechten drohend auf ihre Brust gerichtet. Sie konnte seinen sauren Atem riechen. Er zog ihr den Umhang von den Schultern, schnüffelte daran und warf ihn zu Boden. Dann grapschte er nach dem Saum ihres Kleides. *Großer Gott, will er mir Gewalt antun?* war ihr erster Gedanke. Doch dann entsann sie sich, daß er dazu gar nicht in der Lage war. Sie hatte ihn nackt gesehen, und Crabtree hatte die Geschlechtsteile eines Kindes.

Das Messer zuckte vor.

Er zerschnitt den Stoff ihres Kleides. Er stieß sie zu Boden und hielt sie mit dem Fuß nieder, während er Streifen von ihrem Kleid abriß und zusammenknotete. Er schlang den Strang aus den Fetzen ihres Kleids um ihren Hals und band sie nahe der niedergebrannten Hütte an einen Baum.

Erst dann holte er die Flasche aus seiner Tasche, setzte sie an seine Lippen und trank sie leer.

Fuchsmann, der auf dem untersten Ast einer Kiefer kauerte, als sei er ein Teil von ihr, genoß die Vorstellung des kleinen Schulmeisters, doch allmählich wurde er dieses Spiels müde.

»Meister Crabtree, ich flehe Euch an. Tut mir nichts zuleide. Laßt mich bitte gehen.« Sie zerrte an der Schlinge, die sie an die kräftige Eiche fesselte. Doch damit erreichte sie nur, daß sich die Fesseln noch enger zogen.

Der Schulmeister schüttelte bedauernd den Kopf. Er warf die leere Flasche fort und stieß triumphierend das

Messer in die Luft. Er begann, herumzulaufen und Zweige und Äste zu sammeln, die er zu ihren Füßen aufhäufte.

Er würde die Hexe auf dem Scheiterhaufen verbrennen, wie es sich geziemte. Ein gewaltiger Durst überkam ihn plötzlich. »Wasser«, ächzte er, doch das Wort verdorrte in seiner Kehle. Er taumelte zum Ufer des Teichs.

Racqel tastete mit den Fingern nach den Knoten ihrer Fesseln, doch die rauhe Borke machte jede Bewegung schwierig. Sie drehte den Kopf zur Seite, bis ihre Wange den Stamm berührte, um den ihre Arme zusammengebunden waren. Wenn sie nur die Knoten erreichen könnte, bevor der Schulmeister wieder zurückkam! So sehr sie es auch versuchte, ihre Finger konnten die Knoten kaum ertasten. Sie streckte ihre Arme und spreizte die Finger von neuem. Mit ihren kurzen Nägeln begann sie, an den Knoten zu zerren. Das Passahfest stand bevor. Alles mußte vorbereitet werden. Sie und Maria würden das gewöhnliche Brot verbrennen und *Matzen* backen. *Mische Mehl mit reinem Quellwasser. Jetzt müssen wir uns aber beeilen, Maria. Wir müssen den Teig ausrollen und im Ofen haben, bevor er geht. Sonst ist das Brot für das Passahfest nicht geeignet. Rolle den Teig mit dem Nudelholz glatt. Ja, gut so. Dann stichst du ihn ein paarmal und schiebst ihn in den Ofen.*

»O Herr im Himmel.« Racqel hob den Blick, doch ihre Finger hörten nicht auf, an den Knoten zu zerren. »Rette mich.«

Fuchsmann war zufrieden. Die Frau war sicher an einen Baum gebunden, nicht weit von dem, auf dem er saß. Wenn er sie rettete, würde sie ihm gehören. Sie mit der glatten Haut, so weich und zart wie die eines Täubchens.

Auf einem Ast über ihm saß ein graues Eichhörnchen und starrte unverwandt auf ihn herab, dann huschte es am Stamm höher und verschwand.

Fuchsmann überlegte, welche Gefahr ihm von dem Mann drohte, dessen Geist verwirrt war. Er hatte gesehen, wie der Mann von der Flasche getrunken hatte.

Bald, Frau. Bald. Bald wirst du mir gehören.

Sie war tapfer. Und stark. Vielleicht würde sie sich sogar selbst befreien. Seine Lippen verzogen sich zu einem schmalen Grinsen.

Der Wahnsinnige lag auf dem Bauch und schlürfte Wasser aus dem Teich.

Von seiner erhöhten Warte aus konnte der Mohawk das Lärmen der Weißen im Wald hören. Kein Indianer würde einen solchen Lärm machen. Sie würden bald hier sein. Er hatte keine Zeit mehr zu vergeuden.

Ohne das geringste Geräusch sprang er auf den nächsten Baum und dann wieder auf den nächsten. Der Wahnsinnige lag jetzt auf dem Rücken und sang die Sonne an.

Sie ließ ihre müden Arme sinken, um sie ein wenig von der Anstrengung ausruhen zu lassen, und sah nach oben. Direkt in sein Gesicht. In Fuchsmanns Gesicht.

Der Indianer saß auf dem Baum gleich neben dem, an den sie gefesselt war. Er machte einen Satz und war jetzt direkt über ihr. Sie drehte den Kopf zu Crabtree. Er war im Wasser und jagte, wie ein Kind jauchzend, den Enten nach.

›Der wie ein Fuchs geht‹ glitt ein Stück den Baumstamm herab und sprang dann zu Boden. Er berührte ihr Haar, so weich, und fühlte, wie sie erschauerte. Er hob eine Strähne von ihrem Haar an sein Gesicht und sog seinen Duft in die Lungen.

»Bitte«, flüsterte sie.

Seine Hand verschwand hinter dem Baumstamm und durchtrennte ihre Fesseln mit einem Schlag seines Schwerts.

Sie fiel nach hinten in seine Arme, wie er es vorhergesehen hatte, und er hielt sie fest an sich gepreßt.

Er fühlte das Messer erst, als es tief in seinem Rücken steckte.

Kapitel 47

Donnerstag, 21. März
Später Vormittag

Tonneman stieß die Tür zum Haus der Ten Eycks auf und schrie: »Ten Eyck!« Als er keine Antwort erhielt, wirbelte er herum und rannte zum Pier hinab.

Dort fand er Antje und Conraet Ten Eyck mit baumelnden Beinen an der Kaimauer sitzen. Sein Partner machte gerade einen Fisch vom Haken los. »Tonneman?« Ten Eyck gab seiner Frau den Fisch und die Angel und sprang auf.

»Was ist los?« Antje steckte den Fisch in einen Fischkorb und legte die Angel auf den Pier. »Was ist passiert, Tonneman?« rief sie nun gleichfalls besorgt, als sie sein Gesicht sah, und stand ebenfalls auf, wobei sie beinahe über ihre Röcke gestolpert wäre.

»Eines der Kinder?« fragte Ten Eyck, und seine scharfen Augen wurden schmal. Es war jetzt keine Zeit für Vorwürfe oder verletzten Stolz; Tonneman wußte dies. »Racqel. Sie ist verschwunden.«

»Wieso verschwunden?« Antje rüttelte an seinem Arm.

Noch während er sprach, lief Ten Eyck bereits los. »Wann wurde sie zuletzt gesehen? Und wo?«

»Auf der Water Gate Road. Heute morgen.« Tonneman rannte jetzt ebenfalls, und Ten Eyck mit ihm, Seite an Seite. »Sie haben sie eine Hexe genannt.«

»Sie kann nicht weit gekommen sein«, meinte Ten Eyck.

»Das ist es nicht, was mir Sorgen macht.«

Sie machten einen Bogen um zwei Sklaven, die Mehlsäcke von einem Wagen luden.

»Wartet!« rief Antje und rannte hinter ihnen drein. »Ich komme mit euch.«

»Nein«, rief Ten Eyck zurück. »Spanne Snow vor den Wagen und folge uns auf der Water Gate Road nach Norden.«

Und Tonneman rief: »Sieh nach, ob sie zum Friedhof gegangen ist. Wenn du sie dort nicht findest, fahr zum Wassertor zurück.«

Jan Keyser bog von der Broad Street kommend auf den Strand. Sein Wagen war mit Häuten für Europa beladen. Als er die beiden Männer den Strand hinaufeilen sah, rief er zu Antje hinüber: »Was ist los?«

»Racqel Tonneman. Sie ist verschwunden.«

»Hexen können nicht verschwinden«, knurrte der Gerber. »Das weiß jeder.« Trotz seiner Worte schnalzte Keyser mit den Zügeln und trieb seinen schwarzen Wallach zu rascherem Trab an. Der Gerber war keiner, der sich etwas entgehen ließ, das ein Spektakel versprach.

»Ich komme mit euch, Tonneman«, schrie Keyser. Er holte das Letzte aus seinem Wallach heraus und zwang die beiden Freunde, von der Straße zu springen, als der Wagen an ihnen vorüberdonnerte.

Als Tonneman und Ten Eyck am Wassertor anlangten, wartete dort nicht nur Keyser auf sie, sondern auch Asser Levy und zwei kräftige junge Burschen. Die beiden jungen Burschen waren bewaffnet, der eine mit einem Knüppel, der andere trug ein Gehenk mit einem Schwert.

»Ich möchte Euch helfen«, sagte Levy zu Tonneman. »Es ist meine Schuld, was geschehen ist.«

»Das läßt sich nicht abstreiten«, knurrte Tonneman. »Vorläufig interessiert mich nur, daß meine Frau wohlbehalten wieder nach Hause kommt.« Er ging durch das Water Gate; die anderen folgten ihm.

»Was soll das werden?« wollte der Wachtposten wissen.

Niemand schenkte ihm Beachtung, ausgenommen Keyser. »Seine Frau ist ihm davongelaufen.«

»Ich wünschte, das würde meine tun«, gab der Musketier mit einem Lachen zurück.

Ten Eyck bedachte Keyser und den Musketier mit finsteren Blicken. »Tonneman und ich durchkämmen den Wald links von der Straße, Levy und seine Männer rechts davon. Keyser, Ihr fahrt bis zur Stuyvesant-Plantage. Wenn Ihr sie nicht findet, kommt zurück.«

Keyser nickte. Vielleicht, dachte er, würde Tonneman ihm ein paar Aufträge zukommen lassen, wenn er die jüdische Hexe fand. Er hob die Zügel. Trotzdem sollte er sich vielleicht nicht allzusehr beeilen. Er erwartete nicht, die Hexe noch lebend zu finden.

Kapitel 48

Donnerstag, 21. März
Kurz nach Mittag

Sie fiel nach hinten. Der Griff des Mohawk war so stark wie der Tod. Als sie auf den Boden prallten, federte sein Körper den Aufprall ab. Er stieß ein röchelndes Seufzen hervor und war dann still. War er am Leben oder tot? Sein Tiergeruch stieg ihr in die Nase, vermischt mit dem Gestank nach ranzigem Bärenfett und anderen Gerüchen, die er verströmte.

Plötzlich lockerte sich sein kraftvoller Griff. Racqel befreite sich aus seinen Armen und kroch auf Händen und Knien weg. Sie kam nicht weit; die Welt verschwamm vor ihren Augen und begann sich zu drehen. Sie zitterte am ganzen Leib, und eine quälende Übelkeit würgte sie.

Steh auf! redete sie sich zu. Lauf davon! Lauf los, *jetzt!* Aber sie konnte sich nicht bewegen.

Der Indianer lag reglos da, mit offenen Augen und gläsernem Blick. Was war geschehen? Unter seinem Rücken sickerte Blut hervor. Sein Schwert lag neben seiner ausgestreckten Hand.

Dann sah sie den Schulmeister, keine zehn Schritte von ihr entfernt.

Lauf!

Sie erhob sich und machte einen schwankenden Schritt auf die Bäume zu. Fuchsmann rührte sich nicht. Crabtree kniete am Ufer des Teiches und betete. Seine gefalteten Hände waren blutverschmiert. Er stöhnte auf, fiel vornüber und lag auf dem Gesicht, als sei er tot. Sie atmete erleichtert auf; die Medizin hatte endlich gewirkt. Sie war frei.

Über ihr kreiste ein Habicht.

Aus den Augenwinkeln nahm sie eine Bewegung wahr. Fuchsmann stemmte sich auf. Sein Gesicht war schmerzverzerrt, doch kein Laut kam über seine Lippen. Sein Hemd war naß von Blut. Er ruderte ganz merkwürdig mit den Armen.

Sie hatte gedacht, er sei tot. In ihrer Not rief sie den Namen ihres Mannes; sie konnte sich nicht bewegen.

Doch der Indianer beachtete sie nicht einmal. Mit seiner Linken griff er über seine Schulter und mit der Rechten hinter seinen Rücken, wobei er den Oberkörper drehte. Racqel stockte der Atem, als sie das Messer sah, das aus seinem Rücken ragte.

Fuchsmann stieß einen Triumphschrei aus; seine Linke hatte das Messer zu fassen bekommen, und er zog es mit einem Ruck heraus. Seine Hände waren jetzt ebenso blutverschmiert wie die Crabtrees. Das Gesicht des Mohawk war starr wie eine Maske. Nicht einmal seine Augen verrieten, daß er große Schmerzen haben mußte.

Racqel holte tief Luft und ging mit kleinen, unsicheren Schritten zu Fuchsmann zurück. Sie legte ihre Hände auf seine Schultern. Aus der Wunde an seinem Rükken sickerte Blut, doch es spritzte nicht hervor. Das war gut. »Beweg dich nicht«, sagte sie.

Einen Bogen um den schlafenden Crabtree machend, lief sie zum Ufer des Teiches, wo die Enten in der wärmenden Sonne ihre Gefieder spreizten. Sie zog an dem Band, das ihren Unterrock hielt, und ließ ihn fallen. Rasch machte sie eine Schlammpackung und trug sie, in den Leinenstoff ihres Unterrocks gehüllt, zu Fuchsmann zurück.

Fuchsmann saß mit dem Rücken gegen den Stamm der Eiche gelehnt, an den Crabtree sie gefesselt hatte. Sie fragte sich, was in seinem Kopf vor sich ging. Er preßte die Wunde gegen den Stamm, um die Blutung zu stillen.

Die Erde unter ihm war dunkel von Blut. Sie riß einen Streifen Stoff von ihrem Unterrock, in den sie eine Handvoll Schlamm wickelte und verknotete. Der Indianer verstand, was sie damit vorhatte; er beugte sich vor, damit sie die Packung auf die Wunde legen konnte. Wahrscheinlich hatte er durch das Herausziehen des Messers mehr Schaden angerichtet, als Crabtree ihm mit dem Stich zugefügt hatte. Sie preßte die Schlammpackung auf die Wunde, bis sie zu bluten aufhörte.

Fuchsmann nickte. »Du hast unsere Medizin gut gelernt«, sagte er auf holländisch.

Racqel nickte ebenfalls.

Sie riß einen weiteren Stroffstreifen von ihrem Unterrock, legte ihn über die Schlammpackung und verknotete ihn fest vor seiner Brust. Damit würde die Packung auf der Wunde halten, bis sie Hilfe geholt hatte.

Fuchsmann hob den Kopf und drehte ihn lauschend.

Sie hielt inne und horchte ebenfalls. Sie hörte nichts. Dennoch schien es ihr, als hätte jemand ihren Namen gerufen.

Der Kopf des Mohawk sank auf ihre Brust, doch sie wich nicht zurück. Zum erstenmal, seit sie einander vor Jahren in Mendozas Lagerhaus erstmals begegnet waren, machte ihr der Indianer keine angst. Sie ließ ihn behutsam auf den Boden sinken, so daß er auf der Seite lag, und drehte seinen Kopf so, daß er leichter atmen konnte. Ohne sich zu erheben, zog sie ihren Umhang heran, schüttelte ihn sauber und deckte den Indianer damit zu.

Ein kalter Schauer lief ihr über den Rücken, und erschreckt fuhr sie herum. Sie hatte Crabtree ganz vergessen! Wie konnte sie nur? Der Wahnsinnige konnte aufwachen und sich wieder auf sie stürzen. Vorsichtig erhob sie sich und spähte zum Ufer.

Der Schulmeister war verschwunden.

Vor Fuchsmann hatte sie keine Angst, vor Meister Crabtree dafür um so mehr.

Wieder hörte sie, wie ihr Name gerufen wurde – so leise wie das Rascheln trockener Blätter. Dann hörte sie es wieder, deutlicher diesmal; jemand rief ihren Namen: »Racqel, Racqel, Racqel, Racqel …«

Tonneman stapfte voraus, grimmig und stumm, außer wenn er hin und wieder ihren Namen rief. Er kannte die Indianerpfade in dieser Ecke des Waldes. Wenn Racqel durch den Wald irrte, würde sie auf den Pfaden bleiben. Wenn sie alleine war und sich nur verlaufen hatte, würde sie sich sicherlich an die Pfade halten. Aber wenn sie verschleppt worden war …?

Er wußte, hinter ihm war Ten Eyck, wie er es immer gewesen war und immer sein würde. Ihre Freundschaft war ein kostbares Gut, das viele Jahre, viele Schwierigkeiten, viel Spaß und Lachen und mehrere Frauen überdauert hatte. Er hatte das vergessen; er würde es nicht wieder vergessen.

Er hob die Hand und blieb stehen. »Racqel!« rief er und lauschte dann. Er hörte nichts, nur die Geräusche des Waldes: Flügelschlagen, das Flüstern des Windes in den Bäumen, den warnenden Schrei eines Hähers.

Sie war verschwunden. Er flehte zum Himmel, daß es nicht für ewig war.

Verzweiflung übermannte ihn. Er wandte sich zu Ten Eyck um; sein Gesicht war grau und eingefallen vor Sorge um Racqel.

Ten Eyck legte die Hand auf seine Schulter und drückte sie. »Mut, Tonneman. Racqel ist eine kluge Frau, die nicht so leicht was umwirft. Und sie ist nicht nur klug, sondern auch mutig.«

Tonneman nickte. Ten Eyck hatte recht. Er wandte sich um und ging weiter. Seinen Augen entging nichts zu beiden Seiten des Pfads, seine Lippen flüsterten ein unbeholfenes, wirres Gebet an den Gott der Juden und an den Gott der Christen.

Sie näherten sich dem Shellpoint, wo Davies' niedergebrannte Hütte stand. Er würde um den See herumgehen. Die Afrikaner, die am gegenüberliegenden Ufer wohnten, hatten vielleicht etwas gesehen.

Ein Eichkätzchen lief über den Pfad, und Tonneman blieb stehen.

»Soll ich mal vorausgehen?« fragte Ten Eyck.

Tonneman war wie betäubt vor Angst, doch er durfte jetzt nicht stehenbleiben. »Nein. Sie muß hier irgendwo sein. Was würde ich nur tun ohne sie, Ten Eyck?«

»Los – weiter, mein Freund. Wir finden sie.«

»Wenn wir sie finden, schwöre ich bei Jesus Christus, daß ich alles tue, was sie will. Bei Gott, ich lasse mich sogar beschneiden und werde Jude.« Er hob den Kopf und schrie erneut: »Racqel!«

»Hier, Tonneman.« Der Schrei, der vom See zu ihnen herüberschwebte, war wie eine zärtliche Liebkosung.

»Hosianna!« brüllte Ten Eyck und ließ seine Pranke auf Tonnemans Schulter krachen. »Du alter Schwede! Sie lebt. Du hast dein Gelöbnis zu früh abgelegt. Jetzt mußt du dich von ihnen beschneiden lassen.« Er lachte so laut, daß die Vögel erschreckt aus ihren Nestern aufflogen und die Tiere, die unter der Erde lebten, sich tiefer eingruben oder in ein sicheres Versteck flohen.

»Sie lebt!« murmelte Tonneman, und seine Worte klangen wie ein Dankgebet. »Sie lebt!« Er rannte jetzt und schrie die beiden Worte hinaus, ohne auf die Zweige zu achten, die in sein Gesicht schlugen, oder auf den glitschigen Boden unter seinen Füßen. »Racqel! Wo bist du?« Der Geruch von verkohltem Holz wurde stärker, je näher er dem See kam.

»Schnell, Tonneman!« rief Racqel. »Fuchsmann ist schwer verletzt.«

»Fuchsmann?« fragte Ten Eyck Tonneman erstaunt.

Sie waren jetzt nicht mehr auf dem Pfad, sondern brachen in der Richtung, in der die Überreste von Davies' Hütte sein mußten, durch das Unterholz.

Als sie auf die Lichtung hinausstürmten, war das erste, das Tonneman sah, Racqel, die neben dem Indianer kniete.

Tonneman entrang sich ein Freudenschrei, als sie aufsprang und in seine Arme lief; er streichelte ihr offenes Haar. Ihr süßes Gesicht war von Kratzern bedeckt.

Ten Eyck beugte sich über Fuchsmann. »Er lebt noch.«

»Hat er dich hierhergeschleppt?« flüsterte Tonneman in das schwarze Haar seiner Frau. »Ich bringe ihn um.«

»Nein. Crabtree war es. Er ist möglicherweise dein Pferdemörder … Er hat die Schlachterkrankheit wie Asser Levy. Er wollte, daß ich ihn heile.« Sie erschauerte in seinen Armen. »Er ist wahnsinnig geworden, Tonneman. Ich glaube, er hätte mich umgebracht, wenn Fuchsmann nicht gewesen wäre.«

Ten Eyck richtete sich auf. »Wo ist Crabtree?«

»Ich weiß es nicht. Er hat zuviel von meinem Schmerzmittel getrunken. Er ist entweder eingeschlafen, oder er windet sich irgendwo mit furchtbaren Bauchkrämpfen … Crabtree hat mich an einen Baum gebunden und Fuchsmann niedergestochen, als der mich befreit hat. Vorhin habe ich Crabtree noch am Ufer gesehen – bewußtlos oder schlafend, und dann war er plötzlich verschwunden.«

Ten Eyck grunzte drohend und zog sein Schwert. »Ich seh mich mal um.«

Tonneman ließ sich neben dem Indianer auf die Knie sinken. »Fuchsmann?«

›Der wie ein Fuchs geht‹ öffnete die Augen und starrte Tonneman unverwandt an.

»Meine Frau sagt mir, du hast sie gerettet.«

»Für mich. Nicht für dich.«

»Hier drüben«, rief Ten Eyck. Er stand an der Tür von Davies' verkohlter Hütte. »Ich hab' deinen Pferdekiller gefunden, Tonneman. Hier liegt er, zusammengerollt wie ein Baby, und schnarcht so laut, daß es Tote zum Leben erwecken könnte.«

Kapitel 49

Donnerstag, 21. März
Kurz nach Mittag

»Hoh, Sheriff. Habt Ihr das gehört? Nicht alle Eure Mörder sind uns ausgebüxt. Tonneman und Ten Eyck haben Euren Pferdemörder erwischt.«

Die Stimme des Sheriffs bellte von irgendwo aus dem Wald zurück: »Haltet den Schnabel, Nessel-Vogel!«

Als flaniere er nach dem Sonntagsgottesdienst auf dem Broad Way, kam der Deputy den Pfad entlangspaziert, der zu der Siedlung der befreiten Sklaven auf der anderen Seite des Shellpoint führte. »Wer, zum Teufel, ist es?« fragte er Tonneman und Ten Eyck.

»Lester Crabtree, der Schulmeister«, erwiderte Ten Eyck.

Hinter Nessel-Vogel brach Sheriff Gibb durch die Büsche. »Es war also doch Crabtree. Ich hatte gleich so ein Gefühl, daß er es war. Diese Gabel am Teufelsfelsen ließ sich viel zu leicht rausziehen. Vielleicht bringen wir ihn dazu, den Mord an dem toten Schotten auf dem jüdischen Friedhof auch zu gestehen, und damit hat sich's.«

Tonneman, der noch immer Racqel an sich gepreßt hielt, schüttelte den Kopf. »Nein. Wahrscheinlich hat der eine Lopez-Campbell den anderen Lopez-Campbell umgebracht. Wenn Ihr ihn kriegt, sagt er Euch vielleicht, warum.«

Nessel-Vogel lachte glucksend. »Der Sheriff hatte ihn schon, aber der hinterhältige Schotte hat ihm eins übergebraten und ist entkommen.«

Gibb bedachte ihn mit einem finsteren Blick. »Das

war, nachdem *Ihr* ihn entkommen ließt, Deputy. Er war sicher hinter Schloß und Riegel, und *Ihr* habt ihn zuerst entwischen lassen.«

Ten Eyck kam näher. »Wie war das?«

Mit einem Grinsen erklärte Nessel-Vogel: »Nachdem er mir die Hölle heiß gemacht hat, weil ich ihn entkommen ließ, hat der Sheriff den Schotten in Mendozas Lagerhaus aufgestöbert, wo er sich mit Proviant eindeckte. Er hatte den Schotten schon auf seinem Wagen, als ihm irgend jemand eins über den Schädel schlug und der Schotte wieder entkam.«

»Es war dieser jüdische Bastard, der ihm geholfen hat.«

Gibb hatte noch nicht zu Ende gesprochen, als Asser Levy und seine beiden Gehilfen auf die Lichtung traten. »Und von welchem jüdischen Bastard sprecht Ihr, Sheriff Gibb?« begehrte der Schlachter zu wissen.

»Seht euch das an!« rief Nessel-Vogel vergnügt. »Hier ist ein Betrieb wie auf dem Broad Way am Markttag.«

»Von welchem jüdischen Bastard habt Ihr gesprochen, Gibb?« Levys olivfarbene Haut rötete sich vor Zorn.

Betreten murmelte Gibb: »Ich bitte um Vergebung, Mister Levy, Mistreß Tonneman, ich wollte niemanden beleidigen. Ich kann es zwar nicht beweisen, aber ich kaufe mir diesen Mendoza noch deswegen.«

»Wollt Ihr nicht Lopez-Campbell verfolgen?« erkundigte sich Tonneman unschuldig. Einen Trapper in den Wäldern aufzuspüren und festzunehmen war so gut wie unmöglich.

Der Sheriff schüttelte bekümmert den Kopf und rieb sich das Kreuz. »In meinem Zustand würde ich nicht einen Tag auf dem Trail durchhalten. Er kommt schon wieder. Ich warte. Und halte die Augen offen.«

»Wenn ihr mich fragt, ist er inzwischen fast am Hudson Bay«, bemerkte Nessel-Vogel mit vergnügt glucksender Stimme. »Und er kommt sicher nie mehr zurück.«

Der Sheriff überhörte den Unterton seines Deputy und grunzte angewidert. »Wahrscheinlich nicht«, brummte er. »Aber wenigstens Ihr habt mehr Glück gehabt, Tonneman. Der Posten am Wassertor hat mir gesagt, daß Eure Frau verschwunden war. Ihr habt sie also gefunden. Und wo ist jetzt mein Pferdekiller?«

Tonneman und Ten Eyck tauschten Blicke aus. Tonneman nickte.

Racqel war in Sicherheit. Wenn er Crabtree hinter Schloß und Riegel brachte, würde Tonneman seine Schuldigkeit gegenüber De Sille getan haben. Tonneman und Ten Eyck würden De Sille gegenüber keine Verpflichtungen mehr haben. Er bot seinem Partner die Hand; Ten Eyck ergriff sie und preßte sie fest. »Nicht *Euer* Pferdekiller, Gibb. *Mein* Pferdekiller. Das werdet Ihr dem Obersten Ratsherrn auch sagen. Noch besser sagt Ihr, Tonnemans *und* Ten Eycks Pferdekiller. Ich werd' mich vergewissern, daß De Sille das so und nicht anders zu hören bekommt.«

»Na schön, Ihr habt ihn gefunden und nicht ich«, brummte Gibb beleidigt. »Aber Ihr habt ihn nur durch Glück erwischt. Hättet Ihr nicht nach Eurer Frau gesucht … Das war Glück. Reines Glück. Mehr nicht. Reines Glück.«

Tonneman grinste. »Was, glaubt Ihr, ist dieses Fang-den-Bösewicht-Spiel denn sonst? Ein bißchen Denkarbeit, aber der Rest ist im dunkeln herumtappen, Schweiß und Glück. Falls es Euch interessiert, ich hatte Crabtree und einen anderen schon länger im Verdacht. Früher oder später hätte ich ihn so und so gekriegt.«

»Wenn Ihr meint … Aber wie seid Ihr auf ihn gekommen?«

»Ich hab' eine Menge Fragen gestellt. Und ich hab'

darüber nachgedacht, was Ihr über diese Mistgabel gesagt habt.«

Gibb rieb sich mit beiden Händen das Kreuz. »Glaubt Ihr, daß Lopez-Campbell oder Campbell-Lopez – oder wie immer dieser Kerl sonst heißt – irgendwas mit den Pferdemorden zu tun hatte?«

»Das bezweifle ich. Fragt Crabtree. Fragt ihn auch nach Davies und dem verrückten Beado. Er hat beide umgebracht – so sicher, wie Gott Fische ins Meer gesetzt hat. Crabtree war Davies' Lehrer, müßt Ihr wissen. Und der wunderschöne rote Rock? Davies' Mutter hat ihn aus einem Stoff, den Roome bei einem Tauschhandel von Mendoza erworben hat, für ihn geschneidert. Entweder hat Davies Crabtree den Rock geschenkt, oder Crabtree hat ihn sich genommen. Was aufs selbe hinausläuft«, sagte Tonneman. »Fragt Crabtree.«

Gibb verzog das Gesicht. »Der wird mir viel erzählen. Wo ist er überhaupt?« Sein Blick blieb an Fuchsmann hängen. »Ist der Indianer tot?«

»Nein«, erwiderte Racqel. »Er ist allerdings schwer verletzt. Wir müssen ihn ins Rathaus bringen, wo wir ihn richtig behandeln können.«

Der Sheriff zuckte mit den Schultern. »Wo ist Crabtree?«

»Dort.« Ten Eyck deutete mit dem Daumen auf die verkohlte Ruine der Hütte. »Das heißt, wenn er Euch nicht ebenfalls entkommen ist.«

»Sagt nicht so was, auch nicht im Scherz!« Gibb seufzte. Er verschwand zwischen den rußschwarzen Resten von Davies' Hütte. Nach einer Weile rief er: »Los, Nessel-Vogel. Er schläft wie ein Bär. Ihr müßt ihn tragen.«

»Natürlich! Wenn es einen leichten und einen schweren Part gibt, krieg ich immer den schweren. Als wär' ich irgendein dummer Ochse.« Noch immer vor sich hin maulend, verschwand der Deputy ebenfalls in der Hütte.

Als die beiden Gesetzeshüter den schnarchenden Crabtree ins Sonnenlicht herauszerrten, legte Levy die Hand auf Tonnemans Arm. »Könnte ich mit Euch ein Wort unter vier Augen wechseln?«

»O Gott, mein Kreuz!« ächzte Gibb. »Der Kerl schläft wie ein Toter.«

»Das ist das Schmerzmittel«, erklärte Racqel. »Er wird die ganze Nacht durchschlafen.«

Tonneman warf Racqel einen fragenden Blick zu.

»Mir geht es gleich besser«, versprach sie. »Ich denke, ich setze mich ein wenig hin und ruhe mich aus.«

Tonneman führte sie am Arm zu dem Baum hinüber, an den Crabtree sie gefesselt hatte, und küßte sie auf die Wange. »Es dauert nicht lange.«

Sie nickte und schloß die Augen.

Tonneman bemerkte, daß Fuchsmann, der nicht weit von Racqel lag, die Augen geschlossen hatte und ruhig und gleichmäßig atmete. Er ging zurück zu Asser Levy. »Also, Mister Levy. Was ist es, worüber Ihr mit mir reden wollt?«

Levy ließ seinen Blick über die Männer auf der Lichtung schweifen, um sicher zu sein, daß sie ihn nicht hören konnten, und betrachtete dann Tonneman einige Augenblicke lang schweigend, ehe er antwortete. »Mir wäre es lieber, wenn das Gesetz davon erfahren würde, aber ich vertraue darauf, daß Ihr das Richtige tun werdet. Ezra Cohen, der als Schlachter für Henry Backer arbeitet, hat neulich ein wenig zu tief ins Schnapsglas geguckt. Auf dem Nachhauseweg hat er die Leiche von Lopez auf Backers Feld gefunden. Dieselbe Leiche, die Ihr – wie ich gehörte habe – auf unserem Totenacker ausgegraben habt.« Levy bemühte sich nicht, die Mißbilligung in seiner Stimme zu verbergen.

Tonneman verstand den Kummer des Mannes. Und

weshalb er Tonnemans Tun nicht gutheißen konnte. Er nahm es sich jedoch nicht sonderlich zu Herzen. »Und weiter?«

»Ich schäme mich, Euch das sagen zu müssen, aber in Anbetracht der Umstände, wie und auf welche Weise die Pferde verstümmelt wurden, und des bösen Geredes, das einige gegen uns anzettelten, fürchtete Cohen, daß die Leiche noch mehr Schwierigkeiten für unsere Gemeinde mit sich bringen würde. Er suchte meinen hohlköpfigen Schwager Zedekiah auf, um die Sache mit ihm zu besprechen. Zedekiah und acht andere Saufköpfe aus meiner Taverne bildeten zusammen mit ihm ein Minyan. Cohen tötete Backers Kuh. Er hat bei mir gelernt und weiß eine Klinge richtig zu führen. Gemeinsam begruben die zehn Hohlköpfe den Toten auf unserem Friedhof. Am nächsten Morgen, als dieser Tunichtgut Cohen wieder nüchtern wurde, bekam er es mit der Angst zu tun und lief fort. Genau dieses Verhalten ist auch der Grund, warum er nicht mehr für mich arbeitet«, fügte der Schlachter hinzu und verstummte dann.

»Seltsam«, knurrte Tonneman mit einer gehörigen Portion Sarkasmus in der Stimme. »Als ich sie nach Lopez fragte, hat keiner von Cohens betrunkenen Zechkumpanen irgendwas davon gewußt, daß die beiden rothaarigen Trapper in Eurer Taverne waren.«

Levy zuckte mit den Schultern. »Auch Juden besaufen sich. Und sie machen dieselben Dummheiten und schrecklichen Dinge wie die Christen auch.«

»Gütiger Himmel!« rief Racqel.

Erschreckt wandte sich Tonneman zu ihr um.

Wie konnte das geschehen sein?

Racqel saß noch immer an den Baum gelehnt. Ten Eyck half Gibb und Nessel-Vogel, Crabtree von beiden Seiten stützend auf und ab zu führen, um ihn aus seiner Betäubung zu wecken.

Die beiden jüdischen Schlachtergesellen waren in ein

angeregtes Gespräch vertieft und hatten nichts von dem mitbekommen, was um sie herum in der wirklichen Welt geschah.

Er und Levy hatten sich unterhalten.

Nur die blutdurchtränkte Erde dort, wo er gelegen hatte, zeugte davon, daß der Mohawk überhaupt hier gewesen war. Und Racqels Umhang und das Schwert waren nirgendwo zu sehen.

›Der wie ein Fuchs geht‹ war verschwunden.

Kapitel 50

Donnerstag, 21. März
Später Nachmittag

Der widerlich süßliche Lavendelgeruch hing wie ein zäher Nebel im Büro des Obersten Ratsherrn.

»Das war die ganze Geschichte«, sagte Tonneman. »Conraet und ich sind quitt mit dir und deinem verdammten Auftrag. Einhundert Pfund und vielen Dank, Sir, und damit ist zwischen uns reiner Tisch gemacht.«

De Sille nahm ein kleines goldenes Döschen von seinem Schreibtisch und genehmigte sich eine Prise.

»Ich hätte gern mein Geld und möchte gehen«, sagte Tonneman. »Jetzt.«

Der Oberste Ratsherr hob eine Hand. »Augenblick, ahh …« Er nieste geräuschvoll, wischte sich mit einem roten Seidenschnupftuch die Nase und stopfte es in den seidenen Ärmel seines feinen roten Rocks zurück.

Tonneman ging um den Schreibtisch herum und sah auf Nicks Füße hinab. De Sille trug die roten Seidenschuhe, die er beim Schuster gesehen hatte. Mit einem Kopfschütteln knurrte Tonneman: »Mein Geld. Einhundert Pfund.«

»Du hast mir noch nicht gesagt, warum Davies und Beado umgebracht wurden.«

Tonneman schnaubte ungeduldig. »Das ist einfach. Davies wollte mir anvertrauen, daß Crabtree unser Pferdemörder ist. Und Beado? Ich denke, daß es aus demselben Grund war. Aber er war nun mal ein Verrückter; wer kann das jetzt noch sagen?« Ein krächzendes Geräusch, das ein Lachen sein sollte, entkam seiner Kehle. »Sie waren alle drei verrückt.«

»Und Navarro?«

Nur zu gern hätte Tonneman dem guten Nickie gesteckt, daß er Hörner hatte, doch er ließ die Verlockung vorüberziehen. Sollte ein anderer dem Hahnrei über Geertruyd und Navarro reinen Wein einschenken. »Oh, er hat zwar eine Menge Dreck am Stecken, aber mit dem Pferdemord oder einem der anderen Morde hat er nichts zu tun.«

»Und was hatte es mit diesem Kuh-Blödsinn auf sich?«

»Um das rauszufinden, hast du mich nicht angeheuert.«

Nick nahm eine Prise und zog dann eine Tonpfeife und seine Tabakschale zu sich heran. »Aber du hast eine Meinung. Es wird dir wohl nicht schaden, sie mit mir zu teilen. Und was ist mit diesem Lopez-Kerl? Was hatte er mit alldem zu tun?«

Tonneman zuckte mit den Schultern. »Er hat seinen Vetter um die Ecke gebracht. Du wirst dieses Kraut doch jetzt nicht etwa rauchen, oder?«

De Sille gelang es tatsächlich, verletzt auszusehen. »Ich rauche, was immer mir behagt. Warum hat Lopez seinen Vetter umgebracht?«

»Keine Ahnung. Aber nachdem er es getan hatte, haben wir ihn erwischt. Gibb hat ihn ins Gefängnis gesperrt, aber er ist ihm wieder entkommen. Das ist alles, was ich über Amos Lopez-Campbell weiß.«

»Auffallend viele blutige Ereignisse am Teufelsfelsen, findest du nicht auch? Irgendeinen Grund dafür, den du dir vorstellen könntest?« De Sille zündete seine Pfeife an der Lampe auf seinem Schreibtisch an.

Tonneman schüttelte den Kopf und wedelte den Rauch mit beiden Händen von sich fort.

»Ich hab' reden gehört«, fuhr De Sille fort, »daß Keyser glaubt, die Juden stecken dahinter. Er behauptet, auf der Stirn des toten Hengstes vom Governor sei ein umgekehrtes Dreieck eingeritzt gewesen. Das Teufelsmal, so nennt es Keyser.«

Tonneman hustete ostentativ. »Das hat er mir auch schon erzählt.«

»Aha«, sagte De Sille. »Vielleicht will er damit die ganze Geschichte nur vernebeln? Was, wenn Keyser oder sogar Henry Backer in die Sache verwickelt sind?«

»Ich verstehe nicht, was deine Frage soll. Ich hab' keine Antwort darauf.«

Mit beiden Zeigefingern strich Nick seinen Schnauzbart glatt. »Es ist meine wohlüberlegte Meinung, daß der Trapper Amos Lopez-Campbell dem Schulmeister geholfen hat, die Pferde zu kastrieren. Und daß die beiden zusammen mit dem verrückten Beado und Davies und Keyser und Backer eine Konspiration gegen mich und meinen Ruf angezettelt haben.«

»Klingt verdammt überzeugend in meinen Ohren, Nickie.«

»Was hast du gesagt?«

»Und die Juden haben sicherlich auch ihre Hände im Spiel gehabt.«

»Genau das denke ich auch.«

»Und die Katholiken. Aber warte – James, der Herzog von York, ist ein Katholik. Dann müssen es also die Anti-Katholiken sein. Aber zu denen gehört auch der Bruder von James, seine Königliche Majestät Charles der Zweite.«

De Sille bedachte ihn mit einem frostigen Blick.

»Ich hab' dir das nie erzählt, Nickie, aber die Engländer trauen dir nicht wirklich, weil du Holländer bist.«

Was immer De Sille als Motiv hinter Tonnemans Bemerkung argwöhnen mochte, es wurde sogleich von den eigenen schlimmsten Ängsten des Obersten Ratsherrn zerstreut.

»Und …«, fuhr Tonneman ungerührt fort und registrierte zufrieden, daß der Haken saß. Es gab eine Menge Dinge, die er Nick heimzuzahlen hatte, und dazu gehörte nicht zuletzt der Umstand, daß er gezwungen war, diesen verdammten widerlichen Lavendelgestank zu atmen. »Die Holländer haben dir nie verziehen, daß du den Engländern in den Arsch gekrochen bist.«

»Ich habe nie etwas Derartiges …«, brauste De Sille auf und verstummte abrupt, unfähig weiterzusprechen. Er paffte heftig an seiner Pfeife. Nachdem er sich wieder einigermaßen gefaßt hatte, knurrte er: »Das habe ich schon immer gefühlt.«

Tonneman nickte. »Ich habe läuten hören, daß die Quäker handgemein gegen dich werden wollen.«

»Was?«

»Um zu dem Problem mit den Engländern und den Anti-Katholiken zurückzukommen – glaubst du, daß der König dahintersteckt?«

De Sille biß so heftig die Zähne zusammen, daß das Mundstück seiner Pfeife entzweibrach. Er warf die kaputte Pfeife auf den Schreibtisch; man sah ihm an, daß in seinem Kopf Argwohn und Mißtrauen jetzt gänzlich die Oberhand gewonnen hatten. »Du willst mich nur kujonieren, Tonneman, hab' ich recht?«

»Ich hab' immer gesagt, daß du nicht auf den Kopf gefallen bist.«

»Du kannst dich über mich lustigmachen, soviel du willst, Tonneman, aber Crabtree hat es nicht alleine getan.«

»Da bin ich anderer Meinung. Deshalb mußte er Davies und Beado umbringen. Sie waren nicht bereit, bei seinem verrückten Vorhaben, Pferde zu töten und zu kastrieren, mitzumachen.«

Glühende Tabaksreste waren aus der kaputten Pfeife gefallen und verkohlten ein Dokument auf De Silles prachtvollem Schreibtisch. Er spukte auf seine Finger und drückte hastig die herausgefallene Glut aus. »Aus dem Grund bin ich der Ansicht, daß du wesentliche Punkte deines Auftrags nicht erfüllt hast, Tonneman.«

»Schwachsinn, Nickie.«

»Sag, was du willst. Ich werde dir keine einhundert Pfund für einen Job zahlen, den du nicht richtig gemacht hast.«

Zorn blitzte in Tonnemans Augen. »Du verdammtes Lügenmaul …« Er hielt inne und besann sich eines Besseren. »Na schön, Nickie. Ich werd' sie mir von Solomon Navarro geben lassen.«

De Sille blinzelte verdutzt. »Warum sollte Navarro dir einhundert Pfund geben?«

Tonneman grinste. Jetzt war er soweit, der Verlokkung doch nachzugeben, und er tat dies mit größtem Vergnügen. »Das ist einfach, Nickie. Ich werd' ihm sagen, das ist der Preis, den ich dafür verlange, daß ich dir nicht verrate, daß er Geertruyd besteigt.«

Kapitel 51

Donnerstag, 21. März
Später Nachmittag

Der Tisch der Ten Eycks war so reich mit Essen und Trinken beladen, daß nicht eine Handbreit Platz mehr darauf war.

Dennoch gelang es Antje, mit dem Ellbogen einen Teller mit Käse so weit zur Seite zu schieben, daß die Schüssel mit gelben Äpfeln noch Platz fand. Sie schenkte Bier und Apfelmost ein.

Von einer tiefen Zufriedenheit erfüllt, ließ Tonneman den Blick über das Festmahl schweifen und seufzte dann: »Es ist schön, daß wir wieder zusammensitzen.« Er sah seiner Frau nach, wie sie zu der Schüssel mit Wasser ging, die Antje für sie auf einem kleinen Tisch bereitgestellt hatte, und ihre Gebete sprach. In einem stummen Stoßgebet dankte Tonneman Gott dafür, daß sie in sein Leben gekommen war.

Sie warteten, bis Racqel ihre Gebete zu Ende gesprochen hatte, ehe sie mit dem Essen begannen.

Tonneman schnitt sich ein Stück von dem guten Leidener Käse ab und verkündete: »Das war die verrückteste Woche in meinem ganzen Leben. Ich habe noch nie etwas Schändlicheres erlebt als das.«

»Amen.« Racqel setzte sich wieder an den Tisch und nahm einen Schluck von ihrem Bier. Tonnemans Probleme waren alle gelöst. Sie jedoch hatte noch ein großes Problem, das aus der Welt geschafft werden mußte.

»Ja«, sagte Antje. »Amen.«

Schweigen senkte sich über die Tafel, während die vier Freunde aßen.

Schließlich leerte Ten Eyck mit einem Schluck den

Rest seines Biers und hielt Antje den Becher hin, damit sie ihm nachschenkte. Mit leiser, beinahe flüsternder Stimme sagte er: »Es tut mir wirklich leid, mein Freund, daß ich uns so sehr in die Schuld von De Sille gebracht habe.«

»Es ist vergessen«, erwiderte Tonneman. »Aber keine Geheimnisse mehr zwischen uns, Partner. Warum lassen wir die Frauen nicht eine Weile allein und gehen fischen?«

»Nicht so eilig«, protestierte Antje. »Euch ist vielleicht alles klar, was passiert ist, mir aber nicht.«

»Was möchtest du denn wissen?« fragte Tonneman.

»Ob verrückt oder nicht – wie hat es Meister Crabtree angestellt, die beiden unschuldigen Tröpfe Davies und Beado für seine blutigen Absichten einzuspannen? Und wie konnte er sein wahres Wesen vor uns verbergen?«

»Wir sind nun mal ein einfältiger und vertrauensseliger Schlag«, lachte Ten Eyck.

»Ja, das ist wahr«, nickte Tonneman. »Und Neuigkeiten aus anderen Kolonien sprechen sich, wenn überhaupt, nur langsam bis zu uns herum.«

»Aber du hast meine erste Frage noch nicht beantwortet«, protestierte Antje.

»Es gibt nun einmal falsche Propheten«, sagte Racqel. »Hast du noch nie davon gehört, daß Wahnsinnige die Menschen oft ganz leicht in ihren Bann ziehen können? Sie scheinen ein besonderes Wissen zu haben, mit dem sie ihre Anhänger verführen, im Namen Gottes alles zu tun, was sie von ihnen verlangen. Torquemada war ein solcher Mann. Seine Inquisition hat meine Familie aus Spanien vertrieben.«

Tonneman ergriff die Hand seiner Frau und küßte sie.

»Ich muß dir etwas gestehen, mein Gemahl«, fuhr Racqel fort. »Ich habe auch ein Geheimnis vor dir verborgen.«

»Was für ein Geheimnis?«

»Unsere Freunde, Antje und Conraet, haben mir ganz in der Nähe ein Stück von ihrem Land gegeben. Sie haben mir meine eigene *Mikwe* darauf gebaut.«

»Racqel!« war alles, was Tonneman darauf antwortete.

»Ich dachte, du hättest was dagegen.«

»Du hättest es mir sagen sollen.« Er seufzte. »Wahrscheinlich hätte ich was dagegen gehabt.« Er lachte. »Aber du hättest deinen Kopf so und so durchgesetzt. Das hast du ja auch. Alles ist gut, was gut endet, und wir reden nicht mehr darüber.«

»Amen«, sagte Antje noch einmal. »Es ist an der Zeit, alte Kränkungen zu vergessen. Das Leben ist viel zu kurz. Wir alle wissen das.«

Tonneman sah Antje an und verdrehte die Augen.

Sie stellte einen Teller mit Teekuchen auf den Tisch. »Dein Lieblingskuchen, Tonneman.«

Seine Antwort darauf beschränkte sich darin, sich den Mund mit dem köstlichen Gebäck vollzustopfen.

»Aber weshalb Pferde?« fragte Ten Eyck.

Tonneman spülte den Teekuchen mit einem Schluck Apfelmost hinunter. »Weiß der Teufel, warum.«

»Erzähl uns von unserem ach so hoch geachteten Arzt Navarro«, verlangte Antje. »Oder, noch besser, von der lieben Geertie De Sille. Hatte sie ihre zarten Finger auch auf irgendeine Weise in diesem Spiel?«

»Nein, nur in Navarros Hose«, gab Tonneman zurück und lachte schallend los. Antje und Conraet stimmten in sein Lachen mit ein. Racqel lächelte.

»Ich bitte um Vergebung, die Damen.« Tonneman wischte sich die Tränen aus den Augen.

Ten Eyck, noch immer von einem Ohr bis zum anderen grinsend, sagte: »Wir alle wissen, daß Geertie vor nichts zurückschreckt, wenn für sie ein Profit dabei rausschaut.«

Antje sah ihren Mann von der Seite her an. »Und woher weißt du das?«

»Wenn man ein Geschäft hat, hört man so einiges.«

»Ich will hoffen, daß es nur beim *Hören* bleibt.«

»In meinem Alter, mein Schatz, kannst du dir dessen sicher sein.« Er gab seiner Frau einen sanften Kuß auf den Mund und kniff ihr in das dralle Hinterteil.

Antje schlug seine Hand beiseite und wischte den Tisch sauber. Sie errötete heftig.

»Wir gehen morgen fischen, Tonneman – ja?« sagte Ten Eyck.

Tonneman griff nach Racqels Hand. »Komm, wir lassen die beiden allein.«

Nebeneinander gingen sie die Coenties Alley zur Queen Street hinab. Er konnte Salzwasser und Rum riechen, Seegras und Tang. Er konnte auch das Haar seiner Frau riechen und den natürlichen Moschusduft ihrer Haut.

Das Leben war gut.

Kapitel 52

Freitag, 29. März
Morgen

Asser Levy rutschte in seinem Sessel in der Wohnstube seines Hauses in der Wall Street hin und her, als suche er nach einer bequemeren Stellung. Tonneman saß ihm gegenüber. Die beiden Männer trugen schwarze Röcke und ebensolche Kniehosen.

Der Raum war groß, selbst für eine Wohnstube. Auf einem Regal hinter Levy waren mehr als ein Dutzend siebenarmige Leuchter aus Porzellan, Kupfer und Silber aufgereiht. Einer von ihnen, so schien es Tonneman, war sogar aus Gold.

Der Schlachter betrachtete den blonden Holländer mit wachsamem Blick. »Zuerst unterhalten wir uns, trinken Tee, und dann gehen wir ins Badehaus.«

Tonneman grunzte.

»Euch ist es allerdings nicht erlaubt zu baden.«

Tonneman zuckte gleichgültig mit den Schultern.

Levy nippte von dem Tee, den seine Frau ihnen in gelben Majolika-Tassen kredenzt hatte. Er wischte sich mit einem großen weißen Schnupftuch über den Mund und stopfte das Schnupftuch dann mit bedächtiger Sorgfalt in den Ärmel seines schwarzen Rocks zurück. »Ihr wißt natürlich, daß heute der christliche Feiertag Karfreitag ist. Der Tag, an dem Jeshua, der Mann aus Nazareth, von den Römern gekreuzigt wurde.«

»Manche sagen, es waren die Juden.«

»Ah. Das ist das Denken der Christen. Wir Juden wissen, daß es die Römer waren. Erscheint es Euch nicht auch bezeichnend, daß wir uns heute treffen? Am Karfreitag?«

»Es ist ein Tag wie jeder andere.«

»Ah. Also, fangen wir an. Ein Nichtjude, der in der gebotenen Form zu unserem Glauben konvertiert, gilt von dem Tag an als echter Jude. Ich für meine Person halte nicht viel von einem Konfessionswechsel.«

»Sagt mir, was ich tun muß, damit ich neben meiner Frau auf eurem Friedhof liegen kann.«

Asser Levy seufzte schwer. »Das ist kein Grund, den Glauben zu wechseln.«

»Für mich schon.«

»Nein. Ihr könnt doch nicht den Glauben wechseln, wie es Euch gerade genehm ist. Ihr müßt *Jahwe* von ganzem Herzen lieben.«

Tonneman nickte. »Das ist nur wahr. Ich liebe Gott von ganzem Herzen.«

»Und die Menschen.«

Tonneman nickte und zog dann die Brauen hoch. »Gott und die Menschen sind kein Hinderungsgrund für mich. Was mir zu denken gibt, ist das Messer.«

»Ich gebe Euch ein großes Glas Schnaps, und Ihr werdet nichts spüren.«

»Ich trinke nicht.«

»Dann nehmt Ihr eben Laudanum.«

»Im Laudanum ist auch Alkohol.«

»Ihr disputiert bereits, als wärt Ihr ein Jude. Nun gut – Ihr nehmt nichts, und es wird weh tun.«

Tonneman grunzte. Er hatte schon früher Schmerz ertragen.

Und dies aus weniger achtbaren Gründen.

»Da sich mit der Konversion alles ändert, werdet Ihr einen neuen Namen bekommen und der Sohn des Abraham werden, des Urvaters unseres Volkes.«

Tonneman überlegte einen Augenblick. Dann grinste er. »Da Simon in meiner alten Religion Petrus genannt wurde, werde ich in meiner neuen Simon heißen.«

Diesmal war es Asser Levy, der grunzte und dann nickte. »Simon Ben Abraham. Gut.«

»Ich habe gelesen, daß es sechshundertdreizehn Gebote gibt, die ein Jude befolgen muß. Niemand kann mit so vielen Geboten ein normales Leben führen.«

Levy rieb seine Fingerspitzen gegeneinander. »Das ist richtig. Aber die meisten dieser Gebote sind für unser Alltagsleben nicht mehr von Belang. Sie beziehen sich auf den Gottesdienst im Tempel während des ersten und zweiten Heiligen Tempels in Jerusalem.«

»Die Tempel sind vor Jahren zerstört worden.«

Levy lächelte. »Vor Jahrhunderten.«

»Muß ich Gebote lernen, für die es keine Anwendung mehr gibt?«

»Nein. Studiert den fünfzehnten Psalm Davids. Er beantwortet die Frage, wer bei Gott sein wird, und beinhaltet die wichtigsten Inhalte des jüdischen Glaubens. Außer ...«

»Ich kenne den fünfzehnten Psalm gut aus meiner Kindheit. Ich glaube, ich bin ein aufrechter Mensch, mein Streben ist es, gerecht zu sein, und ich rede die Wahrheit von Herzen.« Tonneman bemerkte, daß er zuviel redete und dabei den Mund reichlich voll nahm. »Außer was?«

»Es gibt die Geschichte von dem Heiden, der den hochgeehrten und frommen Hillel, den Rabbi von Palästina, fragte: ›Könnt Ihr mir sagen, was die Religion der Juden ist, während Ihr auf einem Bein steht?‹«

»Und Hillel antwortete: ›Das, was dir Schmerzen bereitet, füge nicht deinem Nächsten zu. Alles andere sind Auslegungen. Und nun geh studieren.‹« Levy erhob sich aus dem tiefen Sessel. »Ich sage Euch dasselbe, Pieter Tonneman: Und nun geht studieren.«

Eine Fußnote

Die Übergabe von Neu-Amsterdam an die Engländer im Jahr 1664, wie wir sie in dem Buch *The Dutchman* beschrieben haben, war nicht das Ende der wechselhaften Beziehungen zwischen Holländern und Engländern an der Mündung des Hudson River.

Am 9. August 1673, während des dritten englisch-holländischen Krieges, segelte zum Erstaunen der New Yorker ein holländisches Flottengeschwader in die Bucht vor Manhattan und eroberte die Stadt zurück. Sie wurde wieder in New-Orange umbenannt.

New-Orange hatte eine kurze Geschichte.

Am 19. Februar 1674 unterzeichneten Großbritannien und die Niederlande den Vertrag von Westminster. Diese Neuigkeit erreichte New York jedoch erst im Juli. In dem Vertrag trat Holland die Herrschaft über New York wieder an die Engländer ab, behauptete jedoch im Gegenzug dafür seine westindischen Besitzungen.

Der Herzog von York ernannte Major Edmund Andros zum Governor.

Der echte Nicasius De Sille war weder ein Schurke noch der Repräsentant oder Bevollmächtigte des Governors. Tatsächlich war er ein Poet und geachteter Gesetzesvertreter. Doch wir konnten dem Gedanken, daß De Sille und Tonneman gezwungen waren zusammenzuarbeiten, obwohl sie verfeindet waren, nicht widerstehen. Der wirkliche Oberste Ratsherr hieß Anthony Brocknolls; er wäre der Nachfolger von Governor Andros gewesen, hätte sich die Notwendigkeit ergeben.

Obwohl der Vertrag von Westminster im Jahr 1674 die New Yorker zu Untertanen des englischen Königs machte, waren vier von fünf Bewohnern der Stadt Holländer. Die Volkszählung im Jahr 1698 ergab, daß in

New York 4937 Menschen lebten, wovon 700 Afrikaner waren. Manche von ihnen waren freie Bürger.

Das Wort *Yankee* ist erst seit dem Jahr 1750 im Gebrauch.

Möglicherweise leitet es sich von dem Namen ab, den die Holländer den englischen Siedlern in Connecticut gaben: Jan Kees – Johann Käse. Daher auch die Bezeichnung Johnny-Land.

In *Matzen* ist keine Hefe. Deshalb stellt sich die Frage: Wie kann der Teig gehen? Wenn Mehl und Wasser vermischt werden und das Mehl zu lange feucht bleibt, besteht die Gefahr, daß die Fermentation einsetzt. Aus diesem Grund ist beim Backen von *Matzen* für das Passahfest so große Eile geboten. Das Gebot verlangt, daß von dem Zeitpunkt an, bei dem Wasser mit Mehl in Berührung kommt, bis zu dem Augenblick, wenn der Teig in den Ofen geschoben wird, nicht mehr als achtzehn Minuten vergehen dürfen.

Asser Levy und Lester Crabtree waren am Mittelmeerfieber erkrankt, für das es bis Anfang des 19. Jahrhunderts keine medizinische Bezeichnung gab. Später wurde das Mittelmeerfieber auch als Maltafieber oder wallendes Fieber und schließlich als Brucellose bezeichnet. Die Krankheit wird von Bakterien verursacht, die im Fleisch toter Tiere gefunden werden.

Auch noch im 17. Jahrhundert war der Mann, der in der jüdischen Gemeinde die Beschneidungen der männlichen Knaben (am achten Tag nach ihrer Geburt) oder eines jeden tapferen Konvertiten durchführte, der (koschere) Schlachter. Asser Levy hätte durchaus der *Mohel* (die Person, die die Beschneidung vornimmt) von New York sein können.

Anmerkungen zu den ersten dreiundzwanzig jüdischen Siedlern in der Stadt:

Als wir den Roman *The Dutchman* schrieben, stimmten alle uns verfügbaren Quellen darin überein, wie die dreiundzwanzig Siedler nach Neu-Amsterdam gekommen waren. Inzwischen haben wir Howard Sachars Buch *A History of Jews in America* gelesen, in dem eine andere Version der Geschichte angeboten wird.

Sechzehn Schiffe verließen Brasilien. Eine Version der Geschichte berichtet, daß alle Schiffe nach Holland segelten. Eine andere Version behauptet, zwei der Schiffe seien mit anderem Ziel ausgelaufen und eines davon, der holländische Schoner *Valck*, mit Kurs auf Martinique.

In beiden Geschichten wird berichtet, daß die *Valck* von spanischen Freibeutern gekapert wurde. In der ersten Version der Geschichte werden die dreiundzwanzig Juden an Bord von einem Franzosen, Kapitän Jacques De la Motthe, gerettet. In der zweiten treffen sie ihn in Kuba.

Wie dies auch immer gewesen sein mochte – De la Motthe schloß mit den Juden einen Vertrag, in dem er sich verpflichtete, sie nach Neu-Amsterdam zu bringen. Auch hinsichtlich De la Motthes Schiff herrscht Uneinigkeit. Hieß es *St. Charles* oder *Ste. Catherine?*

Darum ging das Streitgespräch, das Tonneman mit angehört hatte.

Gudezmo oder *Judezmo* wurde das spanische Idiom genannt, das die Juden aus Spanien mitbrachten. Heute wird es als Ladino bezeichnet.

Katherine Harrison erlangte als die Hexe von Weatherfield Bekanntheit. Sie wurde von Alice Manning der Hexerei bezichtigt, jedoch für unschuldig erklärt, nachdem der Bericht eines Arztes zu dem Ergebnis gelangte, daß sie keine Hexe sei. Im großen und ganzen blieb New York von der Hexenhysterie verschont. Wir würden gerne glauben, daß dies daran lag, daß die Stadt Exzentrikern gegenüber stets tolerant war.

Und noch immer ist.

A. M.
M. M.
New York City